❶ 1977년 6월 25일, 광주 가톨릭회관 강당에서 열린 소설가 한승원의 창작집 『앞산도 첩첩하고』 출판기념회에서 소설문학동인회의 기념패를 증정하고 있는 이명한 작가.

❷ 1984년 한국문인협회 전남지부장 시절 광주 학생운동기념탑 앞에서. 앉은 이 왼쪽부터 이명한, 국효문 시인, 임옥애 동화작가. 선 이 왼쪽부터 강인한 시인, 김신운 소설가, 전원범 시인, 이삼교 소설가, 한옥근 희곡작가.

❸ 1986년 11월 7일, 전라남도 문화상 시상식 때.

❹ 1991년 부산의 김정한 작가를 방문한 광주의 문인들. 첫줄 왼쪽부터 이명한 허형만 김정한 송기숙 박혜강 고재종. 둘째줄 왼쪽부터 심상대 정해천 윤정현 김희수 곽재구 김유택 윤석진 장효문 조성국 김준태 이철송 등. ―사진 김준태 제공.

❺ 1992년 5월 27일, 광주전남민족문학인협의회 주최로 열린 '광주항쟁 12주기 5월문학의 밤'에서 공연된 문인극 「저격수」(이명한 작).

① 1993년 2월, 광주전남소설문학회 출판기념회에서 이명한 회장과 소설문학회 회원들. ㅡ사진 심상대 제공.

② 1994년 11월 19일, 서울 광화문 세종문화회관 세종홀에서 열린 '민족문학작가회의 창립 20주년' 기념식에서 작가회의 임원들과 축하 케이크 절단. 테이블 왼쪽부터 구중서 백낙청 이명한 송기숙 고은 김도현(문화부차관) 김병걸 임수생 신경림 등 문인들.

③ 2005년 7월 21일, '6·15공동선언 실천을 위한 민족작가대회'에 참석한 문인들과 평양 시내에서. 우측부터 이명한 송기숙 김희수 장혜명(북측) 염무웅.

④ 2005년 7월 22일, '6·15공동선언 실천을 위한 민족작가대회' 때 항일무장투쟁 유적지 백두산 밀영에서. 왼쪽부터 이명한 작가, 오영재 시인(북측), 황지우 시인 등과 함께.

⑤ 2007년 4월 21일, 광주전남작가회의 회원들과 전북 임실군 영화마을 소풍 길에서. ㅡ사진 김준태 제공.

❶ 2012년 7월 20일, 5·18기념문화관 대동홀에서 열린 시집 『새벽, 백두 정상에서』 출판기념회 후 가족과 함께.

❷ 2018년 '4·3문학제' 참석차 제주 가는 선상에서 작가회의 후배 문인들과. 오른쪽부터 채희윤 이명한 김병윤 서종규 김경윤 박혜강.

❸ 2019년 2월 26일, '5·18망언 규탄성명서 발표 및 기자회견' 때 (구)전남도청 앞 광장에서 광주전남작가회의 전 현직 회장과 함께. 오른쪽부터 이명한 김준태 김희수 김완.

❹ 2022년 5월 14일, 나주학생독립운동기념관에서 열린 한일국제심포지엄 개회사를 하고 있는 이명한 관장. – 사진 〈광남일보〉.

❺ 2022년 10월, 일본 하토야마 유키오 전 총리 부부(중앙)의 나주 방문 시 나주역 앞에서. 박준채 독립운동가의 아들 박형근, 윤병태 나주시장 등과 함께. —사진 〈강산뉴스〉.

이명한
중단편전집

1

효녀무

이명한 중단편전집 간행위원회 (무순)

고문

한승원 소설가   임헌영 문학평론가   문순태 소설가   이재백 소설가

김준태 시인   김희수 시인   김정길 통일운동가   김수복 통일운동가

윤준식 광주학생독립운동기념사업회 이사장

간행위원

임철우 소설가   채희윤 소설가   박호재 소설가   박혜강 소설가

전용호 소설가   조성현 소설가   김경희 소설가   나종영 시인

백수인 시인   고재종 시인   조진태 시인   김경윤 시인

맹문재 문학평론가   박관서 시인   김 완 시인   이지담 시인

김호균 시인   조성국 시인   김영삼 문학평론가   윤만식 문화운동가

김경주 화가   박종화 민중음악가

실무위원

이승철 시인   정강철 소설가   범현이 소설가   이철영 답사여행작가

송광룡 시인

이명한
중 단 편 전 집

효녀무

문학들

이명한 중단편전집을 펴내면서

광주의 어른이자, 원로작가인 이명한 선생께서 올해로 등단 '반세기'를 맞이하였다. 이명한 작가는 1975년 『월간문학』 4월호로 한국문단에 처음 얼굴을 선보였지만, 실은 1973년 광주에서 출간된 동인지 『소설문학』 제1집에 첫 소설을 발표했으니, 작가로서 어언 '50년' 세월을 살아오신 것이다.

식민지와 해방, 분단과 폭압의 한 시절을 거쳐 오는 동안 일국의 문인으로서 지조를 잃지 않고 반세기를 통과했다는 것은 존경할 만한 일이 아닐 수 없다. 이명한 작가는 해방정국의 틈바구니 속에서 일찍 아버지(이석성 작가)를 여의었지만, '영원한 문학청년'으로 자신의 삶을 일떠세웠고 작가적 사명을 실천하면서 우리 곁에 존재해온 분이다.

이에 우리는 이명한문학 반세기를 기념하고자 〈이명한 중단편전집 간행위원회〉를 구성, 올해 3월부터 작업을 진행해왔다. 여기저기 지면에 흩어져 있던 이명한 작가의 중단편소설 51편을 한데 모았고, '이명한 문학세계' 전반을 조망하는 해설(김영삼 평론가의 「시간의 지층을 넘어」)과 함께 '이석성 – 이명한 – 이철영' 작가로 이어지는 '문학적 3대'에 대한 탐사기(이승철 시인의 「이명한 작가의 삶과 그 문학적 생애」)를 새롭게 집필, 게재하였다.

『이명한 중단편전집』은 전 5권으로 구성돼 있다.

제1권은 1975년 『월간문학』 등단 무렵부터 1979년 10·26으로 '유신체제'가 붕괴될 때까지 발표한 작품들로 전통과 현대의 충돌, 애욕적 세대풍경과 몰가치한 현실, 새로운 세상에 대한 열망, 근대화 과정에서 소외된 하류인생들의 애환과 생존의지를 담아낸 것들이 주류를 이룬다.

제2권과 3권은 1980년 5·18민중항쟁과 1987년 6월 시민항쟁을 겪은 이명한 작가가 민주화운동에 투신하던 시기에 창작한 작품으로 비진정한 현실에 대한 통찰과 역사의식·사회인식이 투영된 문제작이다. 작가의 유년의 생체험과 더불어 일제 강점기의 피어린 역사, 8·15해방과 한국전쟁 시기의 이념적 갈등, 광주항쟁의 진실 찾기와 군사문화에 대한 폭로 등 역사가 만든 비극, 그 뒤안길에서 생존해야 하는 사람들의 뼈아픈 삶에 초점이 맞춰져 있다. 역사와 권력의 폭력에 대한 이명한 작가의 '저항의지'라고 할 수 있다.

제4, 5권은 '반복된 역사의 비극 방지'라는 작가의 철학과 고향으로의 회귀정신, 원초적 생명력을 담아낸 작품들이다. 1987

년 이후 이명한 작가는 '광주전남민족문학인협의회' 공동의장, '민족문학작가회의(현, 한국작가회의)' 자문위원, '광주민예총' 이사장, '6·15공동위원회' 남측공동대표 등으로 활동하면서 분단체제의 타파와 민족화해를 위한 실천운동에 주력했는바 그에 걸맞는 '문학정신'이 반영돼 있다. 그리고 제5권에 덧붙인 이명한 작가의 가계사적 이력과 문학적 생애에 대한 탐사는 '광주전남 문학사'의 소중한 일면을 보여준다.

이명한문학은 일관되게 '역사의식'과 '시대정신'을 추구해 왔다. 소설문학의 전통정서에 바탕을 두되, 그 기저에는 '사회의식'과 '역사 혼'이 흐른다. 우리시대의 '원로'로서 한국문학의 뿌리와 숲을 풍성하게 만든 이명한문학에 여러분의 큰 관심과 사랑을 기대한다.

2022. 12. 2.
이명한 중단편전집 간행위원회

차례

효녀무 孝女舞

그는 요사이 사진에 미쳐 있었다. 그날도 학을 찍으려고 구봉 마을을 들렀다가 내려오는 길이었다. 양 곁으로 풀잎이 무성한 소로길에서 성재聲宰는 손에 빨간 보퉁이를 든 어릿한 처녀와 스 치게 되었는데 그의 놀라움은 컸다. 소복 차림의 그녀는 짧은 머 리를 양 갈래로 갈라 묶은 앳된 모습이었는데, 하얀 얼굴에 아름 다운 구릉을 이루고 내달은 코와 마치 숲속의 호수같이 맑고 커 다란 눈은 어떤 숙연한 충격을 그에게 안겨주었던 것이었다. 사 뿐사뿐 옮기는 차분한 발걸음은 좁은 길에서 낯선 사내와 스쳤는 데도 당황하거나 흔들리지 않았다.

그녀가 숲이 울창한 고가古家 속으로 사라질 때까지 그는 한참 을 말뚝처럼 박혀 뒷모습을 바라보고 서 있었다.

모과나무가 서너 그루 서 있고 바람막이 노송들이 가지를 늘 어뜨리고 있는 동구 밖 바위 위에 걸터앉아서 좀처럼 지워버릴 수 없는 그녀의 생각에 잠겨있을 때 예순이 가까워 보이는 노인이 무엇인가를 등에 지고 뚜벅뚜벅 걸어와서 그의 바로 곁에 지게를 받치는 것이었다. 바지게 속에 들어있는 것은 두엄이었다.

하얗게 센 머리털이며 까만 눈빛, 그리고 코나 입 언저리에 부드러운 굴곡의 주름살이 있는 노인이었다.

노인은 흘금 한 차례 성재를 스쳐봤다. 난데없이 날아든 이 산촌의 침입자에게 경계심 같은 것도 없잖아 있는 모양이었다. 그러는가 생각했는데 어찌 보면 그의 존재 따위에는 관심도 없다는 듯 초연한 모습으로 먼 산을 바라보며 저고리 안 호주머니에서 차분히 담배를 꺼내 물었다.

"불 여깄습니다."

성재는 잽싸게 라이터를 켜서 불을 붙여 주었다. 그의 이런 친절 탓으로 노인의 표정은 처음보다도 풀리는 것 같았다.

"청년은 사진산가요?"

꽤 부드럽게 물어봤다.

"그냥 취미죠, 뭐."

공손히 대답하자 노인은 풀어진 얼굴을 몇 차례 주억거리더니 푸우하고 담배 연기를 내뿜으며 눈을 들어 먼 하늘을 유연히 바라봤다.

학들이 날아오고 있었다. 재 너머서 날아온 학들이 앞동산의 소나무 가지에 하나둘씩 내려앉고 있었다. 끼룩끼룩 새끼를 부르는지 동료를 부르는지 처량하달 수만 없는 유연한 울림이 학들의 울음소리에서 퍼져 나왔다.

두 사람은 한참 동안을 오르내리는 학들에게 정신을 팔고 서 있었다. 노인은 학들에게서 눈을 떼지 않은 채 몸을 굽혀 지게의 멜빵에 어깨를 밀어 넣었다. 지게를 지고 일어서는 그의 얼굴은 어느덧 인자한 모습으로 웃고 있었다.

"젊은이, 바쁘잖으면 쉬었다 가구려. 나도 젊은이를 조금은 알 수 있어. 아마 우리 집에 가면 사진의 소재도 있을 테니까."

다정한 청유에 마음이 끌렸다. 더구나 사진의 소재가 있다니 참으로 좋은 기회였다.

"잠깐만 여기서 기다리게."

말씨도 어느덧 하게, 로 내려왔다. 노인은 지게를 지고 뒤뚱뒤뚱 언덕을 내려갔다. 지게 솜씨는 숙수가 아니었다.

"가세!"

잠시 후에 돌아온 노인에게서는 생기가 넘치고 있었다. 성재는 조금 전에 내려왔던 길을 되돌아서서 노인을 따라 발을 옮겼다.

"어느 때랄 것 없이 이 마을에는 학이 살고 있었네."

가지를 늘어뜨린 노송 사이를 지나게 되었을 때 노인은 이야기를 시작했다.

"마을 사람들은 마을이 일어날 징조라고 해서 학들을 아끼고 보호했었네. 참으로 굉장들 했었지. 그때 나는 한량들 틈에 끼어 사냥을 즐기고 있을 때였어. 허참, 마파람이 부는군."

젊고 넓은 솔 그림자가 끝날 무렵 부드러운 마파람이 솔솔 불어와서 얼굴을 어루만졌다. 그들은 돌다리를 건너 솔밭이 끝나는 곳에서 구부러진 길을 돌았다.

"하루는 재 넘어 사는 친지 한 사람이 병이 났는데 약에 쓰겠다고 학을 한 마리 부탁해 왔네그려. 약에 쓴다고 하는데 딱 잡아뗄 수도 없어서……."

열심히 이야기를 들으며 걸어가는데 노인은 조금 전 예의 처녀가 들어가던 골목으로 접어드는 것이 아닌가. 성재는 괜히 가슴이 설렁거렸다. 그 아가씨를 만나볼 수 있을지도 모른다고 생각했다. 풍우에 오랫동안 씻긴 대문 기둥에는 '徐廷雲'이라는 문패가 걸려 있었다. 문패 역시 낡아서 글씨를 판독하기가 어려울 정도였다. 문턱을 넘어서면서도 노인은 이야기를 계속했다.

"총을 쐈는데 공교롭게도 두 마리가 한꺼번에 떨어졌어."

대문 안에 들어서자 노인은 이야기를 멈추고 지게를 벗어 헛간에 넣었다. 그리고 딸을 불렀다.

"아가 선이야! 손님 오셨으니 차 한 잔 가져온."

선이가 차를 마련하기 위해서 부엌으로 들어가는 동안 성재는 노인을 따라 방안으로 들어섰다.

"앉게. 이야기를 마저 끝내야지. 두 마리가 서로 떨어지면서 우는 소리. 포수 노릇 하면서 짐승도 잡아 봤지만 그런 처참한 꼴은 첨이었어. 하얀 깃털에 붉은 피가 어떻게나 선명했던지 후회해 봤던들 소용이 있어야지. 학을 부탁했던 친지 놈이 미워죽겠더군. 그래서 그것을 그 사람에게 주질 않고 그 자리에 그냥 묻어 줬지 뭐야. 참으로 후회를 했어. 그 길로 포수 노릇도 집어치우고……."

어느새 차를 달였는지 선이가 차반을 들고 조용히 다가와서 노인 곁에 다소곳이 앉았다. 눈을 내리뜬 얼굴의 우아한 모습은 선녀랄 수밖에 없었다. 차를 따르고 있는 가늘고 긴 손가락 끝에 불그레 홍조된 손톱이 가늘게 떨리고 있었다.

차를 따르고 나서 선이는 성재에게 공손하게 고개를 숙였다. 그리고 나서 조용히 몸을 일으켜 밖으로 물러갔다.

"저 선이가 스무 살이니까 이십 년 전 일이네. 그해에 학은 동산을 떠나고 말았어. 마을 사람들의 비난도 컸지만 나는 나대로 충격이 컸었어. 참으로 허전하더군. 자식을 잃은 것처럼 허전했어. 울었었지. 얼마나 울었는지 몰라."

노인은 이야기를 멈추고 담배를 피워 물며 차를 권했다.

"자 들어봐. 이 차는 별미야. 내가 뒷산에다 재배하고 있는 차야. 이 고장에 오래전부터 자생하고 있는 것이었는데, 내가 그것을 종묘로 삼아 재배하고 있어. 이 차는 무등산의 작설차보다도 한층 별미가 있다는 걸세."

코를 가까이하자 향긋한 냄새가 유별났다. 달다 할 수도 쓰달 수도 없는 그윽한 맛이 뇌의 속속들이 향내를 풍기는 그런 기분이었다.

"좋군요."

오랜만에 성재가 입을 열었다.

"저도 작설차라는 걸 음미해본 일이 있습니다만, 이 차는 맛이 일품입니다."

그는 찻잔을 내려놓고 노인의 등 너머로 시선을 던졌다. 선이가 향 그릇을 들고 대청으로 들어가는 것이 보였다. 회색의 어스름 속에 그녀가 입고 있는 소복의 빛깔이 유난히도 눈을 끌었다.

"따님은 소복이네요?"

망설인 끝에 궁금했던 것을 묻자, 노인은 갑자기 괴로운 표정이 되더니 침통한 눈빛으로 한참 동안 성재의 얼굴을 바라보다가 대답을 했다.

"제 모친의 복을 입었어. 작년 겨울에 죽었지. 눈보라가 무섭게 치는 날 눈더미를 헤치고 굴토를 했었어. 공교로운 일은 그 겨울이 지나고 다음해 봄에 저 학들이 돌아온 일이네. 꼭 이십 년 만이거든."

침통과 환희가 교차하는 노인의 말은 어떤 신비로운 운명의 줄을 더듬고 있었다. 우연의 일치이겠지, 했는데 가슴속은 그렇게 처리되질 않았다.

성재는 평소에 운명이나 윤회 따위를 생각해본 일이 없었다. 그러나 오늘 들은 노인의 이야기와 이 가정의 신비로운 분위기를 모르는 사이에 그의 마음을 이런 운명에의 예감 같은 것으로 끌고 들어간 것이었다.

대청 윗목에 있는 상 위에는 포장이 쳐지고 그 안에는 망부인의 영정이 모셔져 있었다. 영정 곁으로는 하얀 자기의 꽃병들이 몇 개 놓여 있었으며 싱싱한 들국화 원추리 같은 가을꽃들이 꽂혀 있었다.

향을 피우고 있는 선이의 모습이 촛불 앞에 떠올랐다. 그녀의 윤곽이 뚜렷한 얼굴은 입고 있는 소복과 어울리어 그 자리를 더

할 나위 없이 아늑하고 신비로운 분위기로 이끌고 있었다.

밖에서는 철 맞지 않게 천둥소리가 들려 왔다. 번개 불빛과 천둥소리의 간격이 가까운 것으로 보아 천둥은 가까이에서 치고 있는 것을 알 수 있었다.

"천둥이 치는군. 가을에 천둥이 치면 명년 시절이 좋지 않다는데, 이러다가 소나기라도 몰려오면 나들이 나간 학들이 떼지어 돌아오지. 저것 보게."

노인이 가리키는 쪽을 바라보자 학들이 몰려 돌아오고 있었다. 성재는 거의 반사적으로 몸을 날려 사진기를 들고 밖으로 뛰어나갔다. 신을 꿰어 신고 마당을 질러 대문 밖으로 내달았다. 시근벌떡 달렸다. 그러나 그가 적당한 거리에 접근하기 전에 비는 벌써 동산을 부옇게 덮어오고 있었다. 쏴아쏴아 마구 쏟아지고 있었다. 그의 몸에도 하나둘 빗방울이 떨어지기 시작했다. 그는 하는 수 없이 사진 찍는 일을 포기하고 물러설 수밖에 없었다. 마치 적을 향해서 뛰어가던 병사가 일제사격에 몰려 후퇴하는 것처럼 그는 힘을 다해서 서 노인의 집을 향해 내달았다.

성재가 숨을 몰아쉬며 처마 밑으로 들어섰을 때 마당에는 그를 뒤쫓아온 비가 쏴아하고 내리쏟아졌다. 번갯불이 눈앞을 번쩍하고 스쳐 가자 곧이어서 우르르하고 천둥이 울렸다. 비는 기세를 더해갔다. 뜰 앞의 수없는 은행잎들이 다다다닥 소리를 내며 번쩍번쩍 빛나고 있었다.

— 덩 궁 따딱 궁 따르르.

이때 어디선가 장구 소리가 울려 왔다. 소리는 대청에서 울려오고 있었다. 성재가 소나기에 정신을 파고 있는 동안 자리를 옮긴 노인이 장구를 치고 있었으며 그 장구 소리에 맞춰 선이가 춤을 추고 있었다.

덩실덩실 내딛는 발이 방바닥을 가볍게 발동하자 어깨와 손이 동시에 움직이며 너울거렸다. 잦은 장단이 되면 선이의 춤도 빨라지고 또 장단이 늘어지면 춤도 느려졌다. 눈은 앞을 직시하면서 바른팔을 올려 둥글게 원을 그리고 왼팔이 뒤로 돌아 바른팔을 잡을 듯이 부려졌다. 발이 서너 걸음 앞으로 나아가며 팔이 만든 원 가운데 화병에 꽂은 들국화 몇 송이가 들어왔다. 그 청초한 꽃이 그녀의 곧게 선 코앞에 놓인 듯 보였을 때 자연과 인간이 신비롭게 융합하는 미의 극치가 나타났다. 그녀는 몸을 한 바퀴 돌려 허공을 향해 팔을 벌렸다. 꽃은 이제 그의 얼굴 앞에 있지 않았다. 그녀는 천정을 향해 무엇인가를 강력하게 우러르며 몸을 이동해 갔다.

이미 소멸해버린 장구의 춤이 재현한다면 저렇게 되는 것일까. 거기에는 현존하는 춤들이 보여주는 평범한 동작이나 표정이 아니라 자연과 완전히 융합하거나 그것을 뛰어넘고자 하는 강력한 소원이 불타고 있었다.

밖에서는 여전히 천둥이 치고 비는 더욱 세차게 내리고 있었다. 장구 소리는 그것에 호흡을 맞추듯 음조가 높아지고 춤은 그에 따라 격렬해져 갔다. 시작할 때의 그녀의 춤은 마치 학들의 유장한 너울거림이었고 격조를 높였을 때의 춤은 숨 가쁜 퍼덕임 같아서 견딜 수 없는 아픔을 그에게 전해왔다.

그녀의 얼굴에서는 수없는 땀방울이 빚어 나왔다. 흥분의 도를 더해갈수록 춤은 크고 억센 세계로 옮아갔다. 가냘픈 몸에서 저런 동작이 나오리라는 것은 상상하지 못한 일이었다. 점점 빛을 더해가던 그녀의 눈빛을 화경처럼 초점을 이루다가 끝내는 그 초점을 초월한 신비의 빛으로 나타났다.

성재가 그 춤을 더이상 바라볼 수 없는 안타까움으로 안절부절하고 있을 때 그녀의 몸은 한번 크게 맴돌더니 그 자리에 퍼덩하고 쓰러져 버리는 것이 아닌가. 신명이 넘치는 얼굴로 장구에 열중하고 있던 서 노인은 딸이 마룻바닥에 쓰러지자 장구 채를 놓고 일어섰다. 놀란 기색도 없었다. 아무 탈 없이 딸 곁으로 나아가서 두 손으로 선이의 다리를 주무르기 시작했다. 성재도 엉겁결에 서노인 곁으로 붙어 앉았다. 그리고 서노인을 따라 선이의 어깨를 주무르기 시작했다.

선이의 육신은 보기보다 풍성하고 탄력이 있었다. 요염하도록 섬세한 피부가 그의 가슴에 부드러운 성감을 자릿하게 전해 왔다. 안마를 계속하는 동안 그의 의식은 점점 황홀한 수렁 속으로 빠져들어 갔다. 얼굴은 불덩이 같이 달아올랐다.

"달리 생각 말게. 이것은 모두가 제 망모亡母를 위한 일이라네."

선이가 깨어서 제 방으로 돌아간 다음 노인은 입을 열었다.

"선이의 망모는 일찍이 무남독녀인 딸에게 춤을 가르쳤네. 저 춤은 기방이나 예능계에서 추는 춤과는 취향이 다르네. 앉은뱅이 모친을 가진 어느 효녀가 불쌍한 모친을 위해서 추기 시작했다는 춤일세. 그래서 이 고장에서는 저 춤을 '효녀무'라고 부르고 있어. 양가에서는 좀처럼 딸들에게 춤을 추게 하는 일이 드물지만 이 고장에서는 저 춤을 가르치는 집안이 더러 있었어. 그 춤이 지니고 있는 뜻을 가상하게 본 것이지. 제 망모가 심심파적으로 저 춤을 딸에게 가르쳐 놓고 세상을 떠났는데 그놈이 이제 망모를 위한답시고 영정 앞에서 저렇게 춤을 추네."

어느덧 밖에서는 소나기가 멎고 동산 위로는 파란 하늘이 구름 사이로 드러나고 있었다. 그 하늘과 더욱 선명해진 산등성이에 다시 학들이 하나둘씩 너울거리기 시작했다.

"그래도 졸도하도록까지 추는 것은 좀 과하네요."

"그래 말일세. 천둥이 치거나 바람이 부는 날은 신 춤이 되네. 마치 신이 들린 사람의 춤이야. 그러다가 그것이 넘치면 아까처럼 쓰러지네. 쓰러져서는 비몽사몽간에 제 망모를 만난다는 걸세."

"아이구 참! 그 춤을 찍는 건데."

성재는 놀란 사람처럼 외쳤다. 너무나 황홀해서 사진을 찍는 일 따위는 잊어버리고 있었던 것이다. 근래에 와서 사진에 열중해 있는 그는 좋은 대상을 만나기만 하면 반사적으로 사진기를 들이대도록 습관화되어 있었던 것인데 이날은 춤에 정신을 팔리고 있다가 그만 사진 찍는 일을 잊었던 것이다.

"아마 찍으려 했어도 못 찍었을지도 몰라. 아무리 훌륭한 사진사라도 신이나 신선을 찍었단 사람은 없지 않은가. 흥이 넘쳤을 때의 선이는 사람이 아니고 흡사 선녀일세. 선녀가 되어 가지고

18

역시 선녀가 되어 있는 제 망모를 만난다는 걸세."

성재는 꼭 이 모든 것을 긍정하는 마음은 아니었지만 숙연한 자세로 묵묵히 그의 말을 듣고 있었다.

"강군은 총각이라지?"

"그렇습니다."

얼굴을 붉히며 성재는 대답했다. 노인은 몇 차례 고개를 끄덕이고 나서 긴 한숨을 내쉬었다.

눈이 내리는 설날이었다. 그날 성재는 세배를 위해서 일찌감치 서 노인의 집을 찾아갔다. 사진에 담아야 했을 절묘한 춤을 찍지 못하고 돌아온 다음날부터 성재는 거의 매일같이 서노인의 집을 드나들었다. 그의 평소 생활세계와는 거의 이질적인 이 가정의 분위기는 마력처럼 그의 마음을 유혹해 갔던 것이다. 선이의 아름다운 모습과 고송이나 동양란 그리고, 백 년 묵은 석류나무가 풍겨주는 고색스런 다정함은 더욱 그의 마음을 이끌었다. 그는 어느 땐가 선이의 그 신비로운 춤을 찍고 말겠다는 집념을 버릴 수가 없었다.

세배를 받고 나자 서 노인은 딸과 더불어 성묘를 가겠다고 일어섰다.

"저도 동행해야지요."

성재도 웃으며 따라서 일어섰다. 이 집과는 그동안에 까다로운 형식이 필요 없을 만큼 친근해져 있었다.

선이는 앞장을 서서 눈길을 헤쳐 나갔다. 다음은 서 노인이었

으며 성재는 맨 끝에 서서 걸었다. 눈이 발목까지 빠졌다. 성재
는 장화 차림이었지만 두 사람은 고무신이 되어서 눈이 신을 넘
어 들었다. 선이는 그런 일쯤에는 개의치도 않은 듯 성큼성큼 산
길을 걸어 올라갔다. 소복의 여인이 앞서서 걸어가는 눈 덮인 산
길은 더욱 매서운 바람이 일고 있었다.

산소는 학이 사는 동산을 넘어 아늑한 남향의 비탈에 있었다.
두 그루의 측백과 네 그루의 동백이 눈을 머리에 인 채 무덤가에
서 있었다.

성재는 노인과 함께 두 자리의 절을 올렸다. 그가 절을 마치고
일어섰을 때 먼저 시작한 선이는 절을 아직도 계속하고 있었다.
네 번만 하고 그치려니 했는데 그렇지가 않았다. 몇 번이고 몇 번
이고 계속하고 있었다. 엄숙하고 단정한 모습으로 절을 올리고
있는 선이의 모습은 진지한 것이었다.

"저것 보게. 저놈이 저런단 말이야."

선이의 절이 끝나기를 기다리고 섰던 서 노인은 중얼거리며
외면을 하고 나서 눈을 지그시 감았다.

흰 눈에 덮은 국사봉이 평시보다 가까이 솟아 있었다. 국사봉
위로 눈을 머금은 구름이 짙게 덮이면서 산봉우리가 점점 희미해
져 가고 있었다.

"학이 죽은 곳이 바로 이곳이네. 꽤 멀리 날아와 떨어졌어."

비스듬히 꿈틀거리며 뻗어간 노송과 떡갈나무 사이를 노인은
가리켰다.

"예에! 여기라구요?"

선이가 놀란 소리로 외쳤다.

"왜 그리 놀라지?"

노인이 되묻자 선이는 창백한 얼굴을 가로 흔들었다. 양 갈래의 윤기 있는 머리끝이 맵새의 꼬리처럼 흔들렸다. 까만 두 개의 겁먹은 눈이 눈에 덮인 국사봉을 배경으로 더욱 청초하고 애련하게 깜박거렸다. 엷은 막 같은 피부에 덮인 입술이 차가운 바람 탓인지 가늘게 떨리고 그녀는 한참 동안 눈이 몰려오는 산을 바라보고 섰더니 결심한 듯 성큼성큼 발을 옮겨나갔다.

"괜한 소리를 했구나. 쟤는 학이 죽은 일에 대해서 지나치게 생각하고 있는 것 같애. 총 같은 걸 보기만 해도 질겁을 하거든. 작은 쇠붙이만 봐도 놀라니까."

노인은 후회하고 있었다.

모두들 침묵을 안은 채 발을 옮겼다. 사각사각 눈이 밟히는 소리가 마치 현실이 아닌 어느 딴 세상에서 들려오는 것으로 느껴졌다. 눈에 덮인 차가운 지표가 다스운 인간의 체온이 천착해 들어오는 것을 거부하고 있었다. 성재는 제 몸이 날고 있다고 생각했다. 순간 발이 경사진 언덕을 주르르 미끄러져 내려갔다. 엉덩방아를 찧은 순간 노인은 잽싸게 손을 내밀어 그의 몸을 붙들었다. 위기를 모면한 그의 긴장된 몸이 노인에게 밀착되었다. 동시에 그는 어떤 전류 같은 것이 찌르르 노인의 몸에서 건너오는 것을 느꼈다.

"강 군!"

부르고 나서 노인은 성재의 손을 꼬옥 쥐었다. 노인의 숨소리가 가까이서 들렸다. 친근감이 뜨겁게 가슴을 적셔왔다. 어쩌면 끊어버릴 수 없는 운명의 연대 관계가 우리에게는 있어 온 것이 아닐까. 엊그제까지도 별로 느끼지 못했던 이런 감정이 벌써부터 있어 온 기정사실로 그에게는 받아들여졌다.

눈이 내리기 시작했다. 두 사람은 서로 손을 잡은 채 가파른 길을 걸어 내려갔다.

"우리 선인 참하고 마음씨야 곱지만 생각해보면 불쌍한 아이지. 어떻게 해서라도 행복하게 해주어야겠는데 나는 언제 떠날지 모르는 몸이거든. 외로운 선이에게 관심을 가져주게."

예순이 내일모레라곤 해도 아직 젊은이 못지않게 정정한 그가 어떤 이별 같은 것을 염두에 두고 하는 말인 것 같았다. 참으로 우연한 계기로 이 가정에 접근하게 된 그로서는 이런 노인의 심상찮은 말에 어떻게 대꾸하고 처신해야 할지 적이 당황하지 않을 수 없었다.

눈이 바람에 날리고 있었다. 눈보라가 심해져 갔다. 어느 사이에 머리와 몸이 눈을 뒤집어쓴 사람같이 하얗게 덮여있었다. 그들은 몸을 움츠리고 걸음을 재촉했다.

성재는 서 노인의 집에 돌아온 다음 툇마루에 올라서서 동산 있는 쪽을 어림해 봤다. 동산은 눈보라에 부옇게 가려 보이질 않았다. 방금 성묘하고 돌아온 산소는 더욱 아득한 곳으로 사라져버린 것으로 느껴졌다. 선이는 벌써 몸의 눈을 털고 영정 앞에 향을 피우고 있었다. 몇 줄기의 하얀 연기가 부드러운 곡선을 이루며 천장으로 헤엄쳐 올라가고 있었다.

어느새 노인은 장구 채를 잡고 있었다. 이어서 장구 소리가 나고 선이의 춤이 시작되었다. 미끄러지듯 버선발이 나가면서 깃과 같은 팔이 너울거렸다. 산에서의 모든 언짢은 기억들을 눈보라 속에 묻어버린 채 부녀는 장구와 춤으로 몰입해갔다. 눈을 몰고 온 바람이 창을 때려 덜렁거렸다. 그 소리들은 이내 선이의 섬세한 신경에 전달되고 그녀의 동작에 반응을 나타냈다. 얼굴에 가벼운 경련을 일으키면서 몸의 율동이 폭을 넓혔다. 눈은 간절한 소망을 담고 팔이 둥글게 원을 그리며 이동하고 있을 때 뭉클한 감동이 그의 가슴에 울려왔다. 그는 미리 준비하고 있었던 카메라의 셔터를 눌렀다. 섬광이 번쩍 스쳐 갔다. 여러 장면을 계속 찍고 싶었다. 충격이 있었는지 선이의 몸이 움찔했다. 그러자 춤의 속도가 늦추어지기 시작했다. 힘이 빠져가고 있었다. 춤이 장단을 따르지 못했다 그녀는 안간힘을 써가며 몇 차례의 회복을 시도했으나 허사였다. 좌절자가 갖는 절망의 빛이 얼굴을 덮었다. 노인 역시 마음이 언짢은지 장구 채를 내던지고 힘없이 밖으로 사라졌다.

"미안해요. 강 선생님! 찍게 하고 싶었어요. 헌데 이렇게 힘이 없어요. 쭈욱 빠졌어요. 이상한 일이지요."

그녀는 늘어진 팔을 들어 보이며 실성한 사람처럼 중얼거렸다.

"괜찮아요. 상관없어요. 얼마든지 다음 기회가 있는데."

성재는 일어서서 그녀 가까이 다가갔다. 절망에 빠져 있는 그녀를 부축해 주어야 할 것 같았다. 그는 선이의 가냘픈 손목을 잡고 일으켰다.

"선이 너무 초조해할 것 없어요. 플래시에 놀란 탓이 거야. 너무 성급히 카메라를 들이댄 내가 잘못이었어."

"기계라는 게 뭐든지 두렵긴 해요. 불이 번쩍했을 때 꼭 내가 총을 맞을 걸로 착각했어요."

"그래서 그랬군. 아버님께서는 선이의 춤을 제대로 찍지 못할 거라고 하셨는데……"

"선생님께서는 사람의 마음도 사진에 담을 수 있다고 하셨지요."

"그거야 사람의 마음은 얼굴과 동작에 나타나는 거니까."

"아무리 두려워도 다음번엔 꼭 찍게 해드릴께요."

그녀는 성재에게 손목을 맡긴 채 이끌려 왔다. 선이의 크고 슬픈 눈이 앞을 가로막자 그는 충동적으로 그녀의 몸을 끌어안고 얼굴을 부벼댔다.

"성재씨! 이러심 안 돼요. 마음이 불결해져요."

선이는 성재의 가슴을 세차게 밀치고 서너 걸음 물러섰다. 싸늘해진 얼굴이었다. 갑자기 비어버린 그의 가슴속으로 어떤 차고 예민한 것이 파고들어와 아프게 에이기 시작했다. 아까까지도 그렇게 가깝게 있던 그녀의 체온이 지금은 눈길을 따라 멀리 사라져 버린 것같이 느껴졌다. 밖에는 지금도 끊임없이 눈이 내리고 있었다. 싸늘한 고독이 밀물처럼 그를 삼켜왔다. 선이가 돌아서서 그를 바라봤다. 커다란 눈에 눈물이 가득했다. 그것을 보자 성재의 가슴속에서 자책과 연민의 정이 소용돌이쳤다. 선이는 그에게서 떠나지 않고 있었다. 분명히 사랑한다는 눈빛으로 그를 바라보며 서 있었다. 고독의 물결이 한 걸음 한 걸음 가슴속에서 밀려가기 시작했다. 그는 이제 저 가련한 여인과 헤어질 수 없다고 생각했다. 운명의 실이 이미 두 사람을 묶어버렸다고 생각했다. 그는 가까이 가서 그녀의 등을 어루만졌다. 그리고 귀에다 속삭였다.

"선이 눈이 오고 있어. 헤어지는 것은 두렵구나. 우리 헤어지지 말자우. 헤어지지 말자우."

선이의 눈물이 성재의 저고리를 축축하게 적시고 있을 때 눈은 그칠 줄을 모르고 있었다.

그날 서 노인은 돗자리를 들고 성재를 석류나무가 있는 바윗가로 끌고 갔다. 술을 마시자는 것이었다. 봄이라고는 해도 아직 날씨는 쌀쌀했다. 그동안 여러 차례 이야기가 되어 두 사람의 혼담이 이어지고 결혼식을 하루 앞둔 날이었다.

"오늘은 내가 모든 걸 이야기하지 않을 수 없네."

술이 두어 순배 돌자 노인은 입을 떼었다.

"나는 원래 불도를 닦던 중놈이었어. 그날 나는 탁발을 나왔었지. 어느 집을 들렀는데 시주를 가지고 나온 젊은 여자가 있었어. 나보다는 십 년쯤 아래였는데 그 여자는 대번에 이 중놈의 가슴을 울렁거리게 해버렸어. 어찌나 아름다웠던지 정신이 아찔할 정도였으니까."

노인은 이야기를 멈추고 술잔을 들었다. 먼 하늘을 바라보고 있는 그의 흰 머리카락이 바람에 너풀거렸다. 그는 술잔을 단숨에 쭈욱 비운 다음 이야기를 이었다.

"그 부인은 소생이 하나도 없는 과부였었어. 망부의 명복을 부처님께 빌며 평생을 살아갈 결심을 하고 있는 여인이었으니까. 나는 한 달이면 두어 차례씩 그 집을 드나들었지. 그러는 동안에 피차의 사이가 미묘하게 되어 버렸지. 그 집 불당 앞에서 너무 저물게까지 덤벙거린 것이 그만 실수였어. 처음에는 그럴 마음이 아니었는데 결국 나는 파계승이 되어 버린 것이지. 십 년 공부 하루아침이었네."

노인은 술잔을 다시 들더니 버릇처럼 다시 먼 산을 바라봤다. 십 년의 세월을 단식이며 면벽의 기도 그리고 헤아릴 수도 없는 채찍질로 마음을 닦았는데 파계를 하고 포수가 되어 살생을 일삼았으니 그는 앞으로 삼생三生을 부지런히 닦아도 그 업을 벗기 어려울 거라고 했다. 그는 연거푸 술잔을 비우고 있었다.

"그래서 나는 돌아가야 해. 이런 생활 속에서도 그 일을 잊은 적은 한 번도 없었으니까."

그는 평소에 즐기지도 않는 술을 몇 잔이고 몇 잔이고 비우고 있었다.

그날 밤이 이슥해서였다. 갑자기 선이는 춤을 추겠다는 것이었다. 폭풍이나 소나기 그리고 뇌성 따위의 자연의 울부짖음이 없이는 그 신비의 춤을 추지 못한다는 그녀가 춤을 추겠다는 것이다.

"이런 날씨에도 해내겠어?"

"할 수 있어요. 찍을 준비나 하세요."

결연하게 대답했다. 그녀의 눈에 광채가 빛났다.

— 궁궁딱 궁딱딱 궁따르르…….

노인의 장구 소리가 울리기 시작했다. 곧이어 선이의 몸이 덩실덩실 앞으로 밀려갔다.

남녀가 육신을 결합하고 나면 춤을 못 추게 될지도 모른다는 것이 그녀의 생각이었다. 춤을 못 추게 되는 것은 죽는 거와 같다고 뇌까린 적도 있었다. 내일의 결혼을 앞두고 폭풍우나 뇌성이 없이도 춤을 추겠다는 선이의 초조한 마음을 성재는 이해할 수 있었다. 결혼을 하루 앞둔 절박한 상황은 자연 포효 이상으로 그녀의 내면 속에 격렬한 충격과 흥분을 안겨준 것이다. 이 필생의 동작을 그녀는 성재에게 찍게 하고 싶었던 것이다.

사뿐사뿐 나가던 발이 한 바퀴 돌면서 팔이 너울너울 바람을 일으켰다. 영정 옆에 놓인 두 개의 촛불이 춤을 췄다. 장구 소리가 잦아지며 고조되자 그녀는 가속적으로 몸을 돌리면서 손을 움직였다. 그녀의 눈도 광채를 더해갔다. 그 초자연을 본다는 신비의 색채가 곧 나타날 것 같았다. 앞선 실패를 되풀이하지 않기 위해서 그는 신중을 기해야 했다. 그러나 어느 대목을 잡아야 최고에 이른 상태가 될지 몰라 마음이 초조해졌다. 빨라도 안되고 너무 늦추어 잡다가 기회를 놓쳐 버려도 안 될 것이기 때문이었다. 눈빛이 점차 광채를 더하기 시작했다. 그는 이때다 하고 셔터를 눌렀다. 불빛이 번쩍 온 방안을 스쳤다. 그녀의 얼굴이 처절한 모습으로 명멸했다. 그러나 춤은 아직 절정이 아니었다. 다음의 동작을 찍기 위해서 필름을 한 바퀴 감았을 때 춤의 동작이 무디어진다고 느껴졌다. 허탈이 나타나고 있었다. 그녀는 끝내 제 체중을 가누지 못하고 얼마 만에 자리에 쓰러지고 말았다. 쓰러져서 성재를 노려봤다. 꼿꼿한 시선이 그를 압도할 것 같았다. 눈은 성재를 노려보면서 그녀는 팔을 집고 몸을 일으키려 했다. 당황한 성재가 부축하려고 접근했을 때 그녀의 날카로운 손톱이 그의 얼굴을 할퀴었다. 그녀는 성재의 손에서 카메라를 빼앗아 마룻바닥에 내동댕이쳤다.

"이놈의 기계가 날 죽이고 있어요."

고래고래 소릴 질렀다. 거의 실성한 사람이었다.

"당신이 나를 모델로 생각하고 있어요. 진실로 사랑하는 것이 아니어요. 춤을 찍기 위해서 사랑하는 것처럼 꾸미고 있어요. 아니라면 말해 봐요."

막무가내였다. 아니라고 변명할 여유도 없었다. 그대로 당하고 있을 수밖에 없다고 생각했다. 잠시 후에 선이는 제풀에 지쳐서 잠이 들었다.

"역시 선이의 춤은 찍을 수 없는 춤이었네. 다른 사람들의 춤이 몸만 움직이는 춤이라면 선이의 춤은 넋이 움직이는 춤일세. 기계를 들이대는 것은 넋을 죽이는 이치일세. 아마 선이는 오래 살지는 못할 거네."

서 노인은 장구를 챙기면서 비통하게 내뱉었다.

다음날 선이가 없어진 것을 안 것은 날이 훤하게 밝은 다음이었다. 늦잠을 깬 그들이 부엌이나 선이의 방에도 그녀가 없는 것을 알고 온 집안을 뒤졌으나 허사였다. 점심때 가까이 되어서야 선이는 등산의 서쪽 골짜기에서 시체로 발견되었다. 그 꾸불꾸불 뻗어간 노송과 떡갈나무 사이였다.

"모든 것은 업보야. 인과를 따르지 않는 일은 없어."

봉분이 끝난 후 서 노인은 허리를 펴면서 담담한 표정으로 말했다. 무덤은 제 모친의 무덤 옆에 아담하게 이루어졌다. 인부들을 다 돌려보낸 다음에도 두 사람은 얼른 그 자리를 떠나지 못하고 무덤 앞에 서 있었다. 해가 서산에 뉘엿뉘엿할 무렵에야 두 사람은 산길을 걸어 내려왔다. 마을 어귀에 이르기 전에 길은 두 갈래로 갈라져 있었다. 갈림길에 이르러 노인은 발을 멈췄다.

"나는 이 길로 가겠네. 진작 갈 걸 그랬어. 그동안 여러가지로 고마웠네. 인연이 남았다면 다시 만나게 될 것일세."

말하면서 노인은 뚜벅뚜벅 바른편 길을 더듬어 올라갔다.

"인연 말이세. 인연이 있다면 다시 만나……."

이 세상에 대한 모든 미련을 털어버린 후련한 자세였으나 인연이라는 말만을 강조하면서 그는 걸어 나갔다. 성재는 장승처럼 서서 언덕을 올라가는 그의 뒷모습을 바라보고 있었다. 노인은 고갯마루에 잠시 멈춰 무엇인가를 생각하는 것 같더니 다시 발길을 옮기기 시작했다. 고개를 넘어 내려서는 그의 아랫도리가 사라지고 허리가 내려가고 등이 가려지더니 머리가 가물가물 움직이다가 고개 위에는 둥글고 흰 하늘만이 훤칠하게 틔어버리는 것이었다.

— 이 작품은 『월간문학』 1975년 4월호 등단작 「월혼가」를 개제(改題)한 것임.

숙주처리법宿主處理法

여행을 하는 사람이 홀몸이라는 것은 한결 홀가분한 일이긴 했다. 그러나 그곳에는 가슴 한구석을 무엇으로라도 채워야 할 것을 채우지 못하는 아쉬움이 있었다. 사람들이 그리웠다. 벗들과 같이 술병이라도 앞에 놓고 밤의 긴 여행을 흥겹게 보냈던 일들을 생각하면 오늘 밤의 고독은 지독한 것이었다.

나는 침대차에 탄 것을 새삼스럽게 후회했다. 여러 지방의 사투리가 교차하는 그 잡스럽고 들뜬 삼등칸의 분위기는 얼마나 다양하고 흥미 있는 곳일 것인가. 나는 그런 속에서도 언제나 고독했었다. 구변이 없는 나는 통 그들과 어울리지 못했다. 그러다 보면 어느 사이에 나는 외톨이가 되고 멋쩍게 홀로 앉아 있어야 하는 것이었다.

사과 궤짝 속에 갇힌 토끼의 꼴이 되어버린 나는 이러나저러나 고독할 수밖에 없는 숙명의 밤을 비스듬히 침대에 몸을 기댄 채 할 일 없이 보내야만 하는 것이었다.

밖은 어두웠다. 간이역의 등불들이 제트기처럼 차례차례 눈앞을 스쳐가고 나면 밤은 또다시 해저와 같이 육중한 어둠 속에서 무겁게 숨을 쉬고 있었다. 간이역의 등불이 남기고 간 빛의 여광이 나그네라는 위치를 새삼스레 일깨워 줄 때마다 나는 견딜 수 없는 고독 속에 휘말려 들어가곤 하는 것이었다.

둥둥둥둥…… 열차는 연한 진동음을 실은 채 어둠 속을 이동해 가고 있었다.

머리 위의 침대가 아까부터 흥청거리는가 했더니 여자의 비명 소리가 들려왔다. 나는 신경의 촉수가 곤두서는 것을 느꼈다. 동시에 무엇인가를 던져서 부수어버리고 싶은 짜증이 솟아올랐다. 건너편 침대도 홀몸이 아닌 것 같았다. 신경은 벌집을 쑤셔 놓은 듯 어지럽고 윙윙거렸다. 그렇다고 호기심이 없는 것은 아니었다. 이런 분위기는 사람을 음탕하게 만들기에는 알맞은 상태였다.

나는 나그네가 되면 여자 공포증에 걸리곤 했었다. 여자가 무서웠다. 평소에 교제가 없었던 여자를 여자로서 대우한다는 것은 여간 불안한 일이 아니었다. 이것은 결코 나의 알량한 도덕심에서가 아니었다. 마음을 진단해보면 나는 참으로 위선자였다. 아닌 체하면서도 자꾸 음탕하거나 불순한 생각을 일으키고 있는 것이었다. 예를 들면 어떤 좋은 여자라도 앞에 있고 보면, 저 여자를 한 번 포옹해 봤으면 한다거나 키스를 해보면 어떨까 하는 상상을 하게 되는 수가 적지 않은 것이었다. 오늘 밤으로 말하더라도 윗 침대에서 일어난 일들을 쥐새끼들의 장난쯤으로 간주해 버리면 그만일 것인데, 자꾸 신경을 쓰고 있는 것을 보면, 나라는 사람이 얼마나 불순한 인간인가 하는 것을 알 수 있는 것이었다.

둥둥둥둥…… 열차의 진동음은 나를 더욱 들뜨게 했다. 나는 이런 분위기에서 더는 머물러 있을 수 없다고 생각했다.

커튼을 젖히고 어슬렁어슬렁 통로로 기어나갔다. 통로의 한가운데 장승처럼 우뚝 서서 나는 한숨을 내쉬었다. 자신의 모습이 초라하다고 생각했다. 연민의 정이 솟아올랐다. 이어서 섬뜩한 존재로 비쳐왔다. 도둑놈도 같고 성범죄를 예비하고 있는 사람도 같았다. 이제까지의 내 인격이 산산조각으로 무너져버린 폐허 위에서 나는 얼마 동안 전전긍긍하고 서 있었다.

나라는, 김순호라는 존재가, 보헤미안처럼 안정성이 없고 포로처럼 후줄근하고 도둑놈처럼 불안한 몰골로 통로의 가운데 서 있는 것이었다. 더구나 다른 사람은 모두 다 잠들어버린 이 시간에.

나는 어름어름 발걸음을 옮기기 시작했다. 승무원이 자리잡고 있는 우리를 향해 다가갔다. 그곳에는 희미한 불이 켜져 있었다. 까만 옷을 입은 승무원이 앉아 있는 것이 보였다. 그런데 승무원은 혼자가 아니었다. 옆에는 사람이 있었다. 여자인 것 같았다. 승무원이 여자와 같이 있는 것이었다. 이 추운 밤에 삼등칸에서 자리를 못 잡은 여자를 끌어다가 희롱하고 있는 것이었다.

"저런 괘씸한 놈……."

나는 바위덩어리만한 분노가 가슴에서 솟아오르는 것을 느꼈다. 당장 저놈을 쳐버릴까. 그렇잖아도 신경이 곤두서 있는데 조 것까지 까불고 있다니. 십 년 동안 단련된 태권도로 콱악 문짝부 터……, 이렇게까지 나간 나의 감정은 곧 역류를 했다. 심술인 것 이다. 소갈머리 없는 놈의 머저리만도 못한 심술인 것이다. 저 승 무원 놈의 탈선행위는 수양이 잘 된 교통부장관님이나 철도국장 님이 다스릴 일이지 내가 관여할 바가 아닌 것이었다. 허허 무슨 객기람, 무슨 망령이람, 나는 나아갈 수도 없고 물러설 수도 없는 유곡에서 허탈한 채 서 있어야 했다.

그동안에 승무원이 갇혀 있는 우리도 불이 꺼지고 칠흑 같은 어둠이 가득 차 있었다. 그동안의 나의 분노를 알아차린 모양이 었다. 태권도로 얻어맞을까봐 참새처럼 가슴을 헐떡이고 있을지 도 모를 일이었다. 불쌍한 일이었다. 남 좋은 꼴을 못 보는 나는 심술쟁이였다. 비겁한 놈이었다.

나는 자책을 안고 뒷걸음을 쳐서 침실을 되찾았다. 통로에 발 을 내놓고 머리를 감싼 채 세상의 모든 일들을 생각해 봤다. 이 세상의 모든 일이란 폐허 위에 흩어져 있는 나의 패배한 상념의 조각들일 따름이었다. 외롭고, 후줄근하고, 못나고, 위선적이고, 도둑놈이고, 성범죄 음모자이고…… 이런 것들이 이 세상의 모든 것이었다. 그것은 동시에 나의 전부였다.

"여보세요! 실례하겠어요."

상냥한 여자의 소리가 헝클어진 나의 머리 위에서 들렸다. 고 개를 드니 짙은 화장 냄새가 코를 찔러왔다. 나는 고소한 것을 탐 하듯 그 냄새를 빨아들였다. 어쩌면 나는 밤새도록 이 냄새를 탐

하고 있었는지도 몰랐다. 나를 괴롭혔던 고독의 거울이 깨지고 내 앞에서는 구세주와 같이 아름다운 여인이 미소를 짓고 서 있었다.

"참으로 외로우신 것 같네요. 혼자서라면 잠시 벗이 되어 드리겠어요."

나는 커튼을 들고 여인더러 침대 안으로 들어갈 것을 권했다.

"아이, 그럴 수가 있어요. 남의 방을. 쥔이 먼저 들어가셔야지요."

"참 그렇군요. 난 무슨 일에 순서라는 걸 잘 몰라요."

허리를 굽히고 안으로 들어가자 여인은 곧 뒤따라 들어왔다. 노총각의 방에 아름다운 여자가 들어오니 이제 방에 훈훈함이 가득했다. 진작 이렇게 되었어야 할 일인데 참으로 하늘에서 떨어진 떡이로구나.

"삼등칸에서 자리를 못 잡았어요. 여자라 밤새도록 서 있을 수도 없지 않아요. 그래서 하는 수 없이 침대칸에 들어와 봤어요."

"내가 혼자라는 걸 어떻게 알았지요?"

"보면 알 수 있지 않아요? 선생님이 얼마나 외롭게 보였다고요. 동행이 있는 사람이라면 그렇게 외롭게 보일 수가 없어요."

"참으로 그렇군요. 나는 '황성 옛터'를 여행하고 있었으니까요."

"선생님, '황성 옛터' 좋아하세요?"

"그 유행가 말이지요?"

"그렇지요. 난 그 노래가 참으로 좋아요. 그 노래를 부른 '이

애리사'가 바로 우리 이웃에 살고 있어요."

여인은 "황성 옛터"를 흥얼거리기 시작했다. 나는 얼른 손을 가져다 여인의 입을 막았다. 상하좌우가 모두 승객들인데, 이 밤 중에 노래라니. 나는 그녀의 뜨거운 입김이 서린 손을 돌려 여인의 목을 감았다. 화장품 냄새를 밀접한 거리에 느끼면서 나는 점차 황홀해져 갔다.

둥둥둥둥…… 열차는 한없이 먹물 속을 잠행해가고 있었다. 서리에 덮은 논두렁이나 촉촉한 숲 사이를 누비고 있을 것이었다.

"아까 보셨지요? 그 승무원 앙큼한 사람이던데요."

"승무원?"

"기차 차장 말이에요. 참으로 숭글숭글하고 앙큼해요."

응 그렇구나. 그럼 아까 승무원이 농락하던 여자가 바로 너였구나. 나는 불덩이 같은 질투심이 가슴속에서 소용돌이침을 느꼈다. 치사한 계집. 그놈을 한번 상대했으면 끝까지 상대해 줄 일이지 왜 나를 찾아와?

나는 목에 감았던 팔을 풀며 풍겨오는 화장품 냄새에서 메스꺼움을 느꼈다. 빌어먹을, 아까 그 년놈들이 들어 있을 때 창을 부수어버리는 건데, 이 여우 같은 년이 무슨 둔갑을 하려고 나에게 왔을까.

"왜 불쾌하세요? 그러시면 싫어요."

여인은 몸을 문지르며 어린애 다루듯 내 볼을 부드러운 손으로 만지작거렸다.

"바보! 바보. 여길 오기 위해서 잠깐 들렀던 건데 바보같이……."

그녀가 몸뚱이를 내 몸에 문지르고 내 볼을 만지작거리고 있는 동안, 나는 이제까지 끓어올랐던 역정이 스스로 무너져 내리는 것을 느꼈다. 여인은 마치 어린애를 다루듯 내 몸을 애무했다. 나는 점차 황홀해져 갔다. 분노와 황홀과의 거리가 이렇게 짧다는 것은 무엇을 의미하는 것일까? 인간은 참으로 찰나적 감정의 연속에서 자기의 생활을 이끌어가고 있는 것이 아닐까. 모든 것은 찰나야 찰나. 허니까 인간의 행복이라는 것은 이 황홀한 찰나를 더 많이 갖느냐 못 갖느냐에 달린 일이야.

나는 이 찰나가 계속되기를 바랐다. 한없이 계속되길 바랐다. 한없이 계속된다면, 황진이처럼 동짓달 한 허리를 베어다가 펼 필요도 없는 것이고, 그런데 황진이의 밤은 얼마나 짧았기에 그런 노래를 지었을까. 이상한 일이야.

뽀오옹— 기적이 길게 울리고 밖이 환해지고 소란해졌다. 나는 꿈에서 깨듯 정신을 차렸다. 바깥 동정이 궁금했다. 밖을 내다보기 위해서 몸을 일으켰다.

"왜 일어나세요?"

여인이 불만에 찬 소리로 물어왔다.

"내가 꿈을 꾸고 있었군. 예가 어딜까?"

"왜 일어나 앉느냐 말이에요?"

여자의 소리가 날카로웠다.

"바깥 좀 본다는데……."

"싱거운 분, 그래 나보다 밖이 더 중요해요?"

안달을 부렸다. 얌체 같으니, 왜 이리 안달일까? 불쑥 혐오감이 솟아올랐다. 승무원을 생각했기 때문이다. 그 좁은 우리 속에 앉아서, 자기 몸에 앉았던 나비가 다른 꽃을 찾아서 훨훨 날아가 버렸을 때도, 아무런 질투나 반감도 없이 앉아 있을 그가 얄미웠다. 하기야 그치는 매일 밤 좌석의 편의를 봐주는 척하고 그런 짓을 계속하고 있으니까. 말하자면 남창처럼. 그 남창을 거쳐서 온 플레이 걸이 바로 이 여인이었어. 나를 또다시 농락하겠다고, 어림도 없는 일이지. 나는 고집스런 모습으로 고개를 세운 채 밖을 바라보고 앉아 있었다. 자정이 훨씬 넘은 시각이라 오르내리는 승객은 많지 않았다. 얼마 안 되는 사람이 내리고, 몇 둥치의 짐이 내려졌을 뿐 플랫폼은 한산하기만 했다.

나는 유리에 서린 김을 손바닥을 닦아낸 다음 이마를 유리에 밀착시켰다. 선뜻한 기운이 골속까지 스며들었다. 열에 의해서 희부옇게 서린 머릿속이 한결 개운해졌다. 나는 오래도록 이렇게 있고 싶었다.

"뭘 하구 있는 거예요?"

여인이 내 어깨에 팔을 걸고 낚아채자 나는 힘없이 침대에 나둥그러졌다. 그녀는 냉각된 내 이마에 자기 이마를 포개었다.

"나두 좀 식히겠어요. 나만 들뜨게 해놓고 당신 혼자만 식히면 되나요?"

여성 상위가 되어 가지고 그녀는 제 이마를 내 이마에 문지르고 있었다.

파도가 밀려왔다. 그런데 그 파도 위에는 검은 제복을 입은 아까의 승무원이 떠서 거치적거렸다. 그래서 파도는 자연스럽고 부드럽지 못했다. 물 위에서는 승무원의 모자가 떠 있었고, 저고리가, 바지가, 그리고 사루마다까지 떠 있었으며, 승무원은 나체로 떠돌고 있었다. 물 위에 떠 있는 그 승무원의 모든 것이 내 얼굴 위로 덮쳐오고 있었다. 나는 그 파도 속에서 더 이상은 견딜 수가 없었다. 가슴이 터질 것 같았다. 나는 분노한 동작으로 몸을 일으켜 여인을 밀어붙였다. 파도가 곧 사라졌다. 승무원의 모든 것도 사라졌다.

"춘자야! 춘자야!"

밖에서 나지막하게 사내의 목소리가 들려왔다.

"어딨어? 춘자."

이제는 바로 침실 밖에서 그 소리가 들렸다.

"여기예요."

여인은 얼른 몸 매무새를 고친 다음 커튼을 젖혔다. 뚱뚱하고 몸집이 큰, 그러나 좀 멍청한 듯한 사내의 얼굴이 포장 사이에 나타났다.

"자리를 잡으러 간단 사람이 여기서 뭘 하고 있지?"

"막 이곳에 자리를 잡고 당신을 부르러 갈 판이었어요. 아이 참, 선생님! 이분이 제 쥔 어른이어요. 어째 들어오시라고 할까요? 자리가 없어서 이제까지 서 기셨거든요. 근데 참 당신은 내가 여기 있는지 어떻게 알았어요?"

"승무원이 안내해 줬어."

사내는 막무가내로 침대 위에 기어 올라왔다. 좁은 침실이 터질 것같이 메워졌다. 그들이 한 덩이가 되어 누워 버리자 나는 창가에 밀려 모로 몸을 눕혔다. 숨이 막힐 것 같았다. 사내는 나에 대해서조차 아무런 관심이 없다는 듯 곧 코를 골기 시작했다. 신간 편한 친구군! 사람은 저래야 살이 찌는 건데……

나는 발대같이 드러난 갈비를 매만지면서 한숨을 내쉬었다. 꼬챙이같이 마른 이 몸은 지금 파도에 밀린 나뭇개비처럼 침대의 한구석에서 헐떡이고 있는 것이었다.

바로 얼마 전에 나는 홀몸이었었지. 허전하기 이를 데 없는 그러던 판에 하늘에서 굴러 떨어진 떡처럼 여자가 나타났었지. 짙은 화장내, 부연 얼굴, 하얀 이, 그런 여자가 나의 '황성 옛터'에 떨어졌었지. 그리고 그 '황성 옛터'는 그 여인으로 해서 사라지고 황홀한 정경이 계속되었었지. 그곳에 파도가 밀리고 돼지가 들어오고……, '저 돼지를 그만……' 나는 눈을 흘기며 속으로 뇌까렸으니 사내는 천진스럽게도 코만 골고 있을 따름이었다. 여인이 침을 삼켰다. 잠이 안 든 모양이었다. 여인의 팔이 내 얼굴을 감더니 제 편으로 잡아 돌리는 것이었다.

"좁으시지요? 미안해요."

나는 말없이 침만 삼켰다. 입속이 칼칼했다.

"미안하지만 너무 좁으니까 나가 주시겠어요? 이러다간 피차 잠들 수 없지 않아요? 그렇지요?"

그녀의 말에 저항을 느꼈으나 내가 밀리고 있음에는 틀림없는 일이었다. 하지만 내가 돈을 주고 산 침대인데 이럴 수가 있단 말인가. 나가라니, 나를 추방하겠다는 말인가?

나는 차체의 벽에 몸을 밀착시킨 채 눈만 말똥거리고 있었다. 무어라고 여자에게 반박을 해야겠는데 입속은 칼칼하고 메마른 채 말이 나오지 않았다. 더구나 태산 같은 몸을 눕히고 코를 골고 있는 그 사내의 존재를 느낄 때마다 나는 간이 콩만하게 오므라드는 위축감을 느꼈다. 저자의 쓸개는 어떻게 생겼기에 제 마누라와 한 침대에 있었던 사내의 존재를 묵살해 버릴 수가 있단 말인가? 참으로 배짱 좋은 놈이지. 잘 만났어. 태권도는 이럴 때 써먹기 위해서 단련해 놓은 것이지 무엇 때문에 해놨겠는가. 저자를 일깨워서 앉혀놓고 따져야지 형씨 형씨는 어째서 부부간에 남의 침대에 침략해 들어와서 침대의 주인을 추방하려 하느냐고. 그랬을 때 그는 적반하장으로 나를 제 마누라의 유인자라고 반격을 가해올 테지. 그때, 그때, 그야말로 강한 펀치로 얼굴의 급소를, 아니 급소를 때리면 위험하니까, 그저 엄포만 주는 셈 치고 턱을 살짝 쳐올려야지. 그러면 뒤로 쿵 넘어지면서 아저씨 살려줍쇼 하겠지. 그렇게 나오면 나는 까딱까딱하면서 좋아 좋아, 이번만은 용서해 주지. 다음부턴 조심하라고 알았어? 임마.

그런데 저치는 왜 저렇게 코만 골고 있지. 나의 이 분노를 모른단 말인가. 기가 막혀. 하룻강아지 범 무서운 줄 모른다고 이때 춘자의 보드라운 손이 다시 얼굴 위를 돌더니 나의 귀를 잡아당겼다. 화장품 냄새를 맡으며 나는 다시 몸을 그녀 편으로 돌리지 않을 수 없었다. 쪽쪽 그녀는 나의 입에다 억센 키스를 퍼부어 왔다. 나는 그녀의 허리에 팔을 감고 힘껏 조여댔다. 이렇게 밀착하고 보니까 마음이 달라졌다. 이 여자는 저 사내의 것이 아니고 분명히 내 꺼야. 나는 이런 생각을 하며, 이제는 능동적으로 그녀에게 키스를 퍼부었다.

이때 갑자기 사내의 코 고는 소리가 뚝 그쳤다. 나는 반사적으로 여인의 몸을 떠밀고 일어나 앉았다. 혹 사내가 공격이라도 해오면 누운 자세로서는 위험하기 때문이다.

나는 잠시 사내의 동정을 살폈다. 그러나 그는 다시 코를 골기 시작했다. 맥이 풀렸다. 그의 그 무관심하고 대범한 태도는 나로 하여금 그를 점점 어떤 거인처럼 느끼게 했다. 나같이 깡마르고 초라한 꼴로는 도저히 그를 당해 낼 수 없을 것 같았다. 나는 그가 태평하게 코를 골면서 풍겨오는 위압감 때문에 그 자리에 더는 앉아 있을 수 없다고 판단되었다. 나는 어렵사리 몸을 일으켰다.

그녀와 사내의 몸을 넘어 커튼 밖으로 몸을 내던졌다.

탈출에 성공하자 나는 통로에서 길게 안도의 한숨을 내쉬었다. 돼지는 여전히 코를 골고 있었다. 나는 발을 옮겨 서서히 승무원이 갇혀 있는 우리로 다가갔다. 그곳에는 다시 희미한 불이 켜져 있었다. 승무원은 테이블에 얼굴을 처박고 잠들어 있는 것 같았다.

똑똑똑똑…… 나는 문을 두들겼다.

"어쩐 용무이십니까?"

승무원이 충혈된 눈을 비비면서 문을 열었다. 나는 다짜고짜 승무원을 침대칸에서 끌어내었다. 끌려 나온 승무원이 불안한 표

정으로 나를 바라보는 순간 태권도의 정권으로 그의 얼굴을 내질
렀다. 그는 힘없이 열차의 바닥에 나둥그러졌다.

"치사한 놈! 에이, 치사한 놈!"

나는 연신 내뱉으며 문을 밀고 삼등칸으로 들어섰다. 후끈한
공기가 얼굴에 와서 닿았다. 나는 통로에 밀접한 사람의 사이를
비집고 걸었다. 객실을 하나하나 비집고 걸어 나갔다. 탐내듯 그
들의 체취를 들이마셨다. 이젠 살 것 같았다.

여수旅愁

산촌의 밤은 빨랐다. 아늑한 소음을 이끌고 산의 그림자는 점점 짙게 물들어오고 있었다. 올라가도 올라가도 골짜기는 끝없이 이어지고 바위나 커다란 돌덩이들이 냇속에 수없이 깔려 있는 사이로 물은 쫠쫠쫠 소리를 내며 흐르고 있었다. 그 물소리와 새소리 그리고 벌레소리를 스쳐서 방앗간에는 방앗소리가 들려오고 있었다. 쿵쿵쿵…… 하는 방앗소리의 울림이 들려오자 그의 가슴은 갑자기 긴장해왔다. 가슴의 고동소리를 닮은 음향의 탓이었는지 과거의 어떤 추억이 되살아난 탓이었는지 분별은 가지 않았다. 그는 가슴에 손을 대고 마음이 진정되기를 기다렸다. 한참만에 그 쿵쿵쿵…… 하는 소리를 철철철…… 하는 물소리로 대체되었다. 그러자 긴장은 썰물처럼 아득히 물러갔다. 주위는 다시 고요해지고, 쫠쫠쫠…… 하는 시냇물 소리만이 그의 청각을 채우고 있었다.

초갓집들이 산기슭에 점점이 흩어져 있었다. 워낙 오랜만의 길이라 그는 자기와 집들과의 거리를 헤아리기가 힘들었다. 같은 집이 십 미터쯤 될 것도 같고 오십 미터쯤 느껴지기도 했다.

그러나 성수가 어렵사리 찾아낸 집은 길례네 집이 틀림없었다. 사립을 밀고 들어서자 컹컹컹 개가 짖어댔다. 짖는 소리가 산골짜기에 메아리쳐 가자, 그는 새삼스레 어둠 속에서 나그네의 고독을 느꼈다. 이때 개가 짖어대면서 우루루 쫓아나왔다. 짖어대는 개소리는 곧 고독을 삼켜버리고 그의 정신을 현실로 돌아오게 했다.

"누구요?"

문이 빠끔히 열리며 중년의 부인이 희미한 불빛을 배경으로 몸을 내밀었다.

"접니다. 성습니다."

"누구라고요?"

"성수여요!"

"아니 성수 도련님이라고요. 아이구매 어쩐 일이랑가."

여인은 반색을 하며 마루에서 뛰어내리자, 버선발로 내달아와서 성수를 얼싸안았다. 그동안 졸려서 마루 밑창에 박혀 짖어대던 개는 주인이 나타나자 기운을 얻어 성수에게 접근해오려고 했다.

"내오개!"

그녀는 앙칼진 소리로 개를 나무랐다. 귀한 손님에 대한 무례를 나무라는 데 있어서 '내이개'하는 법은 없었다. 남편의 성인

'이李' 자를 개에게 붙일 수는 없기 때문이었다. 그래서 '내오개'였
다.

방안에 들어서자 등잔불 밑에서 바느질을 하고 있던 길례가
일어서서 인사를 했다. 무척 반가운 모양이었으나 그것을 두드러
지게 내색하지는 않았다. 그저 은근한 표정이었다.

"아저씨는 어디 가셨어요?"

"돌아가신 지 삼 년쨉니다. 올봄에 삼년상을 치뤘응께요."

그녀의 동그스름한 얼굴이 숙연해졌다. 하기야 이 집을 떠난
지가 벌써 오 년이 되었으니까 어떤 변화 하나쯤은 있을 법한 일
이긴 했어도, 이 집의 주인인 삼수씨가 죽었다는 일은 무척 충격
적인 이야기였다. 삼수씨는 비록 물방앗간을 겸업으로 갖고 있었
던 한 평범한 농부였으나, 견식이나 행동범절이 남다른 데가 있
는 분이었다. 대학 동창의 숙부였던 인연으로, 오 년 전에 이 집
을 요양처로 삼아, 일 년 동안 신세를 졌던 것인데, 성수에게는
친조카 못지 않게 친절하게 대해주었던 분이었다.

바느질을 하고 있는 길례의 모습은 예나 다름 없이 아름다웠
다. 달라진 것이 있다면 음영陰影이 짙어진 얼굴이랄까. 수심이
어리고, 보다 숙연한 데가 있어 보였다. 쫄쫄쫄…… 바로 울 밑을
흐르는 내에서는 물소리가 끊이지 않고 들려오고 있었다. 삼수씨
에 대한 추억으로 한순간 숙연해진 방안으로 들려오는 물소리는
가벼운 파문을 일으키며 그들의 가슴에 부딪쳐가는 것 같았다.
견디기 어려운 아픔이 방안에 충만해 왔다.

"길례야. 도련님 진지 해드려야지."

좌중의 무거운 공기를 깨뜨리며 길례의 어머니가 입을 열었다.

"아이 참 도련님 장가 드셨어요?"

"아닙니다. 총각입니다."

"장가를 드실 일이지. 그러다가 고운 청춘 다 늙어버리겠소."

"갈 때가 있겠지요."

길례가 조그마한 부엌문을 열고 밖으로 나가자 곧 기명 부딪는 소리가 달그락거렸다.

"길례는 안 여웠어요?"

"글쎄 말이요. 저것 땜에 못살겠소. 여운다고 여운 것이 병신을 택했소 그려. 모두가 영감 잘못이지요."

딸이 들을까 봐 큰 소리는 못 내고 그녀는 괴로운 표정으로 호소하듯 말을 이었다.

"사위라고 얻은 것이 각시를 아는가 친구를 알아보는가 정신이 돌았어도 웬만해야지요. 저 가시나는 생처녀로 늙어 죽게 되었소."

이십 년을 두고 아껴 키워온 딸이었다. K시의 여학교에 넣었다가도 그들은 곧 딸의 학교를 중단시켰다. 행여 객지에서 딴 일이라도 생길까 두려웠기 때문이었다.

전보다 싸늘지고 처연해진 길례의 모습이 예사는 아니었다. 그러나 그런 불행이 길례에게 있었던가. 성수는 그날밤 잠을 이룰 수가 없었다. 전에는 머리맡에서 들리던 물소리가 자장가처럼 느껴졌었고, 혹시 자다가 눈을 뜨는 일이 있어도 아늑한 환경은 그에게 곧 잠을 이룰 수 있게 했었다. 그러나 오늘따라 그는 잠을 이룰 수가 없었다. 쫄쫄쫄…… 하는 물소리까지 그에게 견딜 수 없는 아픔을 전해왔다. 달도 밝았다. 산골의 달은 깊고 싸늘했다. 밝은 창은 밤과 낮을 구분하지 못할 환각을 가져다주기도 했다. 그는 몇 차렌가 뒤치던 몸을 일으켰다. 불을 켜고 책이라도 읽어 볼까 했으나 그것을 곧 단념했다. 가슴이 묵직해왔기 때문이다. 오 년 전의 그때보다야 심하지 않았지만 이번에도 상태는 좋지 않았다. 가슴의 병은 무리만 하면 도져오는 것이 질색이었다. 앞서의 요양을 통해서 그 심하던 각혈은 물론이고, 기침이나 오한 같은 것도 없어지고, 사진의 소견은 이상이 없다는 것이었다. 그랬던 것이 그 후 몇 년 동안의 무리한 생활은 다시 병을 도지게 했던 것이다. 그래서 찾아온 곳이 지리산 중턱의 이 운내마을이었다.

며칠을 지내 봐도 성수는 전과 같은 안정을 찾을 수가 없었다. 탈속한 생활을 통해서, 거기에서 얻어지는 정신력으로 투병을 해 보겠다고 찾아온 그가, 공연히 심상찮은 길례의 신상에 신경을 쓰고 있다는 것은 온당한 일이 아니었다.

길례는 예전 같은 천진성을 잃고 있었다. 그의 모습은 보다 준엄해지고 열부의 위엄 같은 것이 돌았다. 말수도 적어졌고 몸을 움직이는 것도 함부로 하지 않았다. 그녀는 말끝마다 수녀나 여승이 된다는 것이었다. 천주교라든가 수녀원의 조직, 그리고 수녀가 되는 자격 같은 것도 알지 못하면서, 막연하게 수녀 생활을 동경하고 있는 것이었다. 비구니가 되는 길만 하더라도 길례는 승려라는 것을 그렇게 좋아하는 것 같지도 않았다. 막연한 동경이 있을 따름이었다. 기혼녀이면서도 자기가 지니고 있는 처녀성이라는 것을 어떤 숭고한 형태로 지녀보겠다는 것이 수녀나 비구니에의 동경으로 나타난 것에 불과할지도 몰랐다.

하현에 접어든 달이 낮과 같이 훤했다. 달빛은 창문을 스쳐서 벽에 붙은 달력 속의 국회의원 얼굴까지 알아볼 수 있게 부각시키고 있었다. 그는 몸이 근지러우면서 야릇한 흥분 같은 것을 느꼈다. 길례에게 차라리 사내라는 것을 알게 해주어버릴까? 저렇게 우물쭈물 친가에서 늙어가게 하는 것보다는 그런 자극을 통해서 개가라도 하게 하는 것이 길례에 대한 자선이라면 자선이 될 수 있지 않을까? 그녀의 가슴속에 도사리고 있는 숭고한 성城을 무너뜨린다는 것은 다소 애석한 일이긴 하다. 그러나 그녀로 하여금 처녀 아닌 노처녀로 늙어가게 한다는 것은 더욱 유쾌한 일은 아닐 것 같았다.

한동안의 흥분이 썰물처럼 물러가자 머릿속이 찌잉해왔다. 떱떨한 허탈이 몸을 솜같이 만들면서 잠을 청할 수 있을 것 같았다. 이때 마당 쪽에서 찌익하는 소리가 들려왔다. 사립문을 여는 소리였다. 이어서 뚜벅뚜벅 어지러운 발자국 소리가 들려왔다. 성수는 몸을 일으켜 창구멍에 눈을 댔다. 한 봉발의 사내가 대지팡이를 짚고 이쪽으로 다가오고 있었다. 중심이 없이 비틀거리는 걸음이었다. 텁수룩한 머리와 수염, 흐트러진 의복, 이런 모습은 흡사 이야기에 나오는 총각 귀신을 연상시켰다. 긴장이 와락 밀려 왔다. 그는 얼른 문고리를 걸었다. 까만 그림자가 곧 문을 검게 물들이더니 쿵쿵쿵 문을 두드렸다.

"기일례야!"

소리는 컸으나 끝에 가서는 힘이 빠지는 목소리였다. 목소리의 주인공이 바로 길례의 남편임을 직감하자 그의 고조된 긴장이 누그러졌다. 건넌방 길례 모녀는 사태를 알아차렸는지 문고리를 거는 소리가 달그락거렸다.

"기일례야!"

아까보다 더 힘이 빠진 소리를 내며 사내는 문을 잡아당겼다. 문이 열리지 않자 문 여는 일을 포기하고 물러나더니 마당을 슬슬 거닐기 시작했다. 하품을 하는지 이따금 입을 짜악 벌렸다 오므렸다 하며 마당을 한 바퀴 돈 다음 울타리 가에 우뚝 서서 달을 쳐다보는 것이었다. 한참만에 그는 입을 놀려 무엇인가를 중얼거리기 시작했다. 길례나 옛 친구의 이름들을 주워섬기는 것도 같았으나 무슨 말을 하고 있는지 알 수가 없었다. 한 식경을 중얼거리던 사내는 대지팡이를 짚고 마당을 한 바퀴 돈 다음 사립문 밖으로 걸어나갔다. 뒷모습이 처량했다. 길례에게 만일 사내를 알게 해주었을 때, 길례는 저 사내로부터 떠날 것이다. 그런 뒤 저 사내는 얼마나 고독한 존재가 되어버릴 것인가. 그렇게 하는 것은 죄악일까? 못할 일일 것도 같았다. 길례 쪽으로 말하더라도, 이제까지 결혼이라는 형식의 쇠사슬을 끊을 수 없다고 확신하고 있는 그녀를 해방시키는 길은 사내의 관계를 끊어버리는 길밖에 없는 것인데 길례는 그것을 행복으로 받아들일 것인가? 아닐 것도 같았다.

동정과 욕망, 도덕과 위선, 갈피를 잡을 수 없는 생각의 소용
돌이가 얼마만에 잠잠해지자 오랜만에 잠이 들 것 같았다. 잠결
에 그는 머리 위를 가볍게 스치는 치맛바람을 느꼈다. 머리맡에
한 여인이 서 있었다. 촉감을 통해서 곧 길례임을 알 수 있었다.
손가락을 창살 틈으로 넣어 문고리를 끄른 다음 문을 열고 들어
온 것이다.

길례는 움직이지도 않고 말 한마디도 없이 그 자리에 우뚝 서
있었다. 오 년 전에도 몇 차례 이런 일이 있었다. 밤중에 자고 있
는 성수의 방에 침입해 들어와서 비록 소극적인 방법일망정 구애
를 하곤 했었다. 성수를 좋아한다느니 성수는 저를 생각지도 않
을 거라느니 하고 중얼거리다가 밖으로 사라지곤 했었다. 처음
당했을 때 성수는 좀 해괴한 생각이 들었었다. 그때마다 그는 모
른 척하고 누워 있어야 했었는데, 그런 딸의 행동을 알게 된 삼수
씨의 고충은 컸던 모양이었다. 삼수씨가 딸에게 그 일을 추궁했
을 때 길례는 통 제 행동의 경위를 기억하지 못하고 있는 것이었
다. 이른바 몽유병이었다.

당시 삼수씨는 두 가지 확신을 가지고 있는 것이었다. 첫째는
길례가 몇 차례의 성수 방 출입을 통해서 이미 처녀성을 상실했
으리라는 것이고 둘째는 길례가 중대한 정신병을 가지고 있다는
생각이었다. 이런 아버지의 확신은 길례를 불행으로 몰아넣는 원
인이 되었다. 성수가 이 집을 떠난 후 정신병의 증세를 가지고 있
는 사람을 사위로 맞이해버린 것도 이런 연유에서였던 것이다.
젊은이의 정신병은 대개가 상사병에서 생기는 것이니, 같은 병자

끼리 부부로 결합해주면 두 사람 다 구제가 되리라는 것이 삼수씨의 생각이었던 것이다. 그럼에도 불구하고 사내의 병세는 결혼 전보다도 훨씬 나빠져버렸다는 것이었다.

"성수씨! 사랑하고 있어요. 그러나 나는 남의 아내여요."

길례는 호소하고 있었다. 그러나 길례로서는 이것이 현실이 아니고 꿈인 것이다. 자기가 현실적으로 성수의 방에 들어와 있다는 것을 모르고 있는 것이다. 꿈과 현실이 한 레일을 타고 진행하고 있는 것이다.

성수는 손을 내밀어 길례의 손을 잡았다. 그녀는 순순히 딸려왔다. 사각하고 그녀의 옷을 스치자 그는 가슴에 뜨거운 충동을 느꼈다. 그녀를 와락 끌어안고 격렬한 입맞춤을 퍼부었다. 이마, 뺨, 입술 할 것 없이 뜨거운 입술을 부딪쳐 문질렀다. 등과 허리에 감긴 팔에 힘을 주었다.

"아니 이곳이 어디여요?"

길례는 놀라며 성수를 떠밀었다. 몽유 상태에서 깬 것이다.

"길례! 나야 나, 안심해요."

"안 돼요. 나는 남의 아내여요. 나는 그와 예식을 올린 부부여요."

새침해지며 그녀는 몸을 빼치려고 안간힘을 썼다.

"바보 같은 소리 말아요. 백치만을 위해서 평생을 바칠 작정이요?"

그녀의 저항은 그에게 짜증을 유발했다.

"물론이지요. 안 되면 수녀라도 되겠어요. 그이를 배신할 순

없어요."

"하지만 우리는 서로 좋아하고 있는 거야."

성수는 떨리는 소리로 호소했다.

"그러나 나는 그이를 위해서 지켜야 해요. 지키지 않으면 안 돼요."

"저쪽은 사기꾼이야. 길례를 제물로 해서 요행을 바란 사람들이야. 왜 길례같이 멀쩡한 사람이 그런 곳으로 결혼한 것부터가 잘못이지."

성수의 말은 격해져 갔다. 의분이 섞여 있었다. 그는 그런 의분을 통해서 길례에게 타락을 강요하고 있는지도 몰랐다.

"나 역시 몽유병자라면서요?"

"몽유병은 병이 아니어요. 어떤 일을 과도하고 생각하고 있으면 그런 돌아다니는 꿈을 꾸는 것이라니까."

자기를 사모하다가 몽유병에 걸린 것이라고 생각했을 때 성수는 그녀가 자기에게 밀착해오는 운명 같은 것을 느꼈다. 연민의 정이 밀려오면서 그는 길례를 좋아한다고 말한 자기의 말이 위선이 아니라고 생각했다.

건넌방에서 쿨룩쿨룩 인위적인 기침소리가 울려왔다. 길례는 어머니의 기침소리에 놀라 몸을 일으켜 도망치듯 밖으로 사라졌다.

다음 날 성수는 화개장으로 나들이를 했다. 별다른 볼 일은 없었지만 바람도 쐬고, 시골 시장의 풍물도 구경하고 싶은 충동에서였다.

동구 앞을 나섰을 때 그는 길례가 제 뒤를 따르고 있다는 것을 알았다. 성수가 돌아보자,

"어머 선생님도 시장 가시네. 나도 가는 길인데……"

길례는 짐짓 놀라는 체했다.

집 안에만 박혀 있을 때보다도 밖에 내놓고 보니 길례는 욕실에서 나온 여인처럼 신선한 감각을 풍기고 있었다. 약간 촌스럽긴 해도 의복이 어울리고 몸맵시가 좋았다.

물방앗간을 뒤로하고 그들은 걸었다. 물방앗간에서 쿵쿵 쿵…… 하는 소리가 들리고 있었다. 이 물방앗간은 삼수씨가 경영했던 것인데, 지금은 마을 이장인 덕구가 경영하고 있었다. 삼수씨가 죽자 덕구는 사람을 놓아 방앗간을 사겠다고 덤벼들었다고 한다. 아낙네의 힘으로 어린 자식들과 방앗간을 경영할 수 없었던 길례 어머니는 이것을 팔기는 팔아야 할 형편이었는데, 덕구는 워낙 헐값으로 들이댄 것이었다. 길례집에서 버티자 덕구는 만일 팔지 않으면 마을에다가 신식 발동기 정미소를 차리겠다고 어을러댔었다. 그런 일은 삼수씨가 생존해 있을 때도 있었다고 한다. 덕구의 사촌형인 덕만이가 물방앗간을 사기 위해서 발동기 정미소를 차린다고 재목을 들여오고 터를 닦고 하며 수선을 피웠던 것이다. 그러나 마을 사람들은 수십 년 된 물방앗간을 두고 그런 짓을 하는 것은 도리에 어긋나는 일이라고 만류를 해서 진정이 되었다고 한다. 그런 후로도 끈질기게 방앗간을 욕심 내고 있던 덕구는 삼수씨가 죽자 곧 제가 사겠다고 대들었던 것이다. 이렇게 해서 방앗간은 변변히 제 돈도 받지 못하고 덕구의 손에 넘

어간 것이다. 길례에게 있어서는 언짢은 추억의 방앗간이었다. 성수가 방앗소리에 귀를 기울이고 천천히 걷고 있는 동안 길례는 그 소리에 쫓기듯 성큼성큼 걸어 앞질러 갔다.

산은 빨갛게 단풍으로 물들고 있었다. 오미자며 머루 다래 같은 것을 따러 가는 사람들이 장꾼들과 어울려 산길을 나서고 있었다. 산꿩이 놀고 숲속에서는 갖가지 새들이 우짖고 있었다. 성수는 아름다운 경치에 취해서 피로한 줄도 모르고 발을 옮겼다. 길례 역시 경쾌한 기분이었다. 요사이 성수는 그녀의 명랑한 모습을 본 적이 없었다. 언제나 우울했다. 매섭도록 싸늘했다. 그러나 가정에서는 어두운 그림자를 털어버릴 수 없는 사람도 한 번쯤 나들이를 하게 되면 그것을 털어버릴 수 있는 모양이었다. 예쁜 꽃이 있으면 뛰어가서 꺾어오며 단풍잎을 따오기도 했다.

길은 산을 벗어나 나룻터에 이르렀다. 건너갈 배가 돌아오기엔 족히 십 분은 걸릴 것 같았다. 앞서 온 대여섯 사람들이 배를 기다리고 있었다. 그녀들의 보따리에는 계란이나 잡곡 산과山果 같은 것이 담겨져 있었다. 배를 건너면 경상도 땅이라 그녀들의 말씨에도 경상도 억양이 두드러지게 나타나고 있었다.

그때 그들이 걸어온 길을 따라 세 사람의 젊은이가 가까이 오고 있었다. 그중의 한 사람은 덕구였다. 그들은 무슨 좋은 일이 있는지 너털대며 걸어오고 있었다.

그들이 접근해 오자 길례는 좀 곤혹을 느끼는 모양이었다. 성수와의 동행이 우연으로 돌릴 수도 있는 일이었지만, 시골 색시가 먼 시장 길을 딴 남자와 동행해 나섰다는 일이 겸연쩍기도 한 모양이었다.

건너갔던 나룻배가 돌아오는 것과 때를 같이해서 덕구의 패거리가 도착했다. 그들은 어쩔 수 없이 한 배를 타게 되었다. 먼저 올라탄 길례는 배의 맨 앞머리에 자리를 잡고 등을 이 편으로 돌리고 있었다. 배에 오른 덕구는 성수를 보자 씨긋이 웃으며 아는 체를 했다. 같은 패거리도 뒤따라 배에 올랐는데, 좀 거칠은 데가 있는 사람들로 보였다. 성수도 덕구에게 목례로 답례를 했으나 어쩐지 마음속에 눌러오는 압박감을 버릴 수가 없었다.

길례의 이야기를 들으면 덕구는 평소에 길례에게 짓궂게 굴어 왔다고 한다. 처녀 때는 물론이고 결혼 후에도 심상찮은 행동을 걸어온다는 것이었다. 밤 중에 침입해와서 길례의 방문을 찌그덕 거린다든가, 산길에서라도 만나면 치근덕거린 일이 한두 번이 아니었다고 했다. 길례가 제 방을 버리고 어머니와 같이 있게 된 것도 따지고 보면 미친 남편 때문이 아니라 덕구 탓이었다고 한다.

그런 덕구가 길례의 집에 다시 나타난 성수에 대해 섬찍한 거리감을 갖고 있지 않다고 믿을 수는 없는 일이었다. 그런 관계가 아니라면 비록 성수가 나그네의 신분이라고는 해도, 한 마을에 사는 인정이 이런 자리에서의 해후를 통해서 박하게 나타날 수는 없는 일이었다.

"재미 좋으시지요?"

덕구의 말에는 다소 가시가 섞여 있었다.

"좋지요."

성수는 대답했으나 부드럽지 않은 대답이었다. 그 부드럽지 않은 대답을 하면서 성수는 뱃머리에서 앞을 바라보고 섰는 길례를 의식했다. 만일의 경우라도, 길례에게 사내답지 않은 꼴을 보여서는 안 된다고 생각했다. 그러나 대결이 되게 되면 그것은 위험한 장난일 수밖에 없었다. 저쪽은 세 사람이었다. 까딱하면 수중고혼이 될 것을 각오해야 하는 것이다.

삐그덕삐그덕 배는 노의 마찰음을 내며 강심에 이르고 있었다.

"재미 좋으신 것을 축하합니다."

덕구의 빈정대는 말투였다. 성수는 얼굴이 화끈 달아오르는 역정을 느꼈으나 그것을 눌렀다. 따지고 보면 그는 길례와의 사이에 아무런 연관이 없었다. 그러나 세상은 그렇게 봐주질 않는 것이다. 첫째 삼수씨부터가 그렇게 인정한 나머지 딸의 신세를 망쳐놓은 것이니까. 따지고 보면 자신이 길례의 운명에 깊숙이 간여하고 있는 것을 부인할 도리가 없었다. 그러나 이것은 저지르지 않은 죄에 대한 형벌이었다. 그 형벌은 삼수씨뿐만 아니라 많은 마을 사람들이 자기에게 씌우고 있는 것이다. 성수는 그런 형벌은 뒤집어쓸 수 없다고 생각했다. 그 형벌로부터 벗어나려면 보다 냉혹해져야 한다고 생각했다. 그는 고개를 돌려 길례를 바라봤다. 길례의 뒷모습은 여느 때보다도 슬프고 외롭게 보였다. 냉혹해야 한다면 누구에게 냉혹해야 한다는 말인가. 그렇잖으면 주위의 모든 사람에 냉혹해야 한다는 말인가. 그러나 그의 이런 생각은 어떤 형태를 취하지 못하고 내적인 갈등으로 소용돌이 치고 있었다.

이때 길례가 고개를 돌렸다. 배후의 불안한 침묵을 돌아보지 않곤 견딜 수 없었던 모양이다. 그녀의 눈이 성수의 눈과 마주쳤다. 애원하는 눈빛이었다. 사랑한다는 눈빛이었다. 그뿐 아니라 그것은 격려를 보내는 눈빛이었다. 이른바 성수에의 신뢰를 표시하는 눈빛이었다.

성수는 순간 마음이 누그러졌다. 여자에게 신뢰를 받고 보면 사내의 마음은 한결 어른스럽고 너그러워지는 것이다. 그는 얼굴을 부드럽게 하고 덕구에게 손을 내밀었다. 덕구는 성수의 이런 돌연한 변화에 당황하면서 성수의 손을 맞잡았다.

"고맙소. 고맙소."

빈정거리는 말이 아니라, 성수의 말씨는 부드럽고 따스했다. 덕구도 마음이 풀리는 모양이었다. 배는 강의 중심을 훨씬 넘어서고 있었다. 경상도 땅이었다.

"화개 가서 술이나 한잔 합시다."

배가 육지에 닿자 덕구는 성수의 손을 잡고 흔든 다음 휠휠걸음으로 멀어져갔다. 성수는 그의 뒷모습을 바라보며 별반 몹은 없는 사람이라고 생각했다.

길은 다시 산길로 접어들었다.

"참으로 오늘 잘하셨어요. 난 선생님이 싸울까 봐 겁먹었어요."

"싸워서 이기는 것보다는 싸우지 않고 이기라고 했거든, 이것도 모두 길례의 힘이지."

"사내들 세계란 측량할 수 없는 것 같아요."

"내 속은 더구나 모를 테지……."

"물론이지요 호호호……."

길례는 입을 가리고 허리를 굽히며 웃어제쳤다. 그녀는 점점 활기를 되찾고 명랑해져갔다.

"나 말이에요. 참 나 이런 말 해도 괜찮을지 몰라."

"무슨 말인데, 해 봐야 알지. 괜찮을지 어떨지 어떻게 알아."

"기분 나빠하면 안 되어요."

"응."

응락하면서 성수는 그녀의 얼굴을 응시했다. 천진하고 명랑한 얼굴이었다.

"나를 낳은 곳이 저기 저 바위 안이래요."

길례가 가리킨 바위는 길에서 십 미터쯤 위쪽으로 육중하게 자리를 잡고 있었다. 모가 나지 않고 곡선이 부드러운 바위였다.

"엄마가 화개를 갔다 오시다가 산기가 돌기 시작하여, 길 가운데서는 낳을 수 없고, 저 바위를 돌아가서 낳은 거래요. 그래서 내 이름도 길례여요."

성수는 웃음을 누르면서 그녀의 얼굴을 바라봤다. 갸름한 얼굴, 수는 적지만 깨끗한 곡선을 이룬 눈썹, 싸늘하면서도 정이 담긴 눈, 볼그족족 상기된 얼굴이 그의 정감을 자극했다.

"우리 올라가볼까."

성수가 손을 내밀자 그녀는 자연스레 매달려왔다. 진달래 떡갈나무 등 잡목의 단풍을 헤치고 그들은 바위까지 올라갔다. 검은 이끼와 검푸른 바위솔이 바위를 장식하고 있었다.

바위 위쪽으로는 지리산의 봉우리를 향해 거대한 산등성이가 완만한 등을 보이고 기어오르고 있었으며 수없는 나무들이 단풍에 물든 채 퍼져 있었다.

두 사람은 바위의 묵직한 허리를 돌았다. 펀펀한 곳이 있었다. 그들은 끌리듯 그 자리에 주저앉았다. 아늑하기가 방석 같았다. 등 뒤는 바위이고 앞쪽은 키 넘는 갈대와 잡목이 깔려 그들을 외부와 완전히 단절시켰다.

"이곳에서 내가 태어났다니 좀 이상하지요? 난 처음에 이런 곳에서 태어난 게 좀 부끄럽다고 생각했어요. 그러나 막상 와 보니 좋은 곳이네요. 내가 꼭 새사람으로 태어날 것 같네요. 그렇지요? 성수씨!"

매달려왔다. 성수는 아찔한 정신으로 품에 안겨 있는 길례를 바라봤다. 그녀는 신선하고 이글거리는 눈으로 그를 올려다보고 있었다. 그토록 강한 집념으로 자기의 성을 쌓고 있었던 여인이었는데, 이렇게 품에 안고 보니 신기하기까지 했다. 오랜 노고 끝에 얻은 수확물처럼 대견하기까지 했다.

길례는 사내의 충동적인 모든 행위에 대해서 저항하지 않았다. 운명처럼 받아들이고 있었다. 그가 예견했던 바와 같이 무혈입성은 아니었다.

그날 집에 돌아오는 길에 바람이 일기 시작했다. 밤이 되자 더 거세어졌다. 계천을 스친 바람이 마을 앞 왕소나무에 부딪쳐 쒸쒸 바람소리를 내고 있었다. 그 바람소리는 늘 쫄쫄쫄 하는 시냇물소리를 단절시키곤 했다. 물방앗간도 잠들어 있는 모양이었다.

성수는 흐뭇했다. 자연의 거친 울부짖음은 사람의 마음을 안으로 안으로 폐쇄시키고, 보다 정일한 세계로 이끌어갔다. 무엇인가를 완전히 소유해버리고 난 다음에 오는 감동이 부드럽게 거친 바람 소리를 받아들이고 있었다. 화개장터에서의 방물장수, 옷감집, 대포집, 오미자, 산포리, 길례의 탄생지인 바위와 그곳에서의 아픔…… 이런 회상들을 더듬어가고 있을 때였다. 쿵쿵쿵…… 문이 열렸다. 바람소리거니 했는데 누군가가 문을 두드리고 있었다.

"기일례야."

예나 다름 없는 길례 남편의 힘빠진 소리였다. 그는 지금도 길례가 이 방에 거처하고 있는 것으로 생각하고 있는 것이다.

사내는 둬 차례 문을 잡아당기다가 다시 길례를 한 차례 불러본 다음 멀어져갔다. 이때 안방의 문이 열리는 소리가 났다. 이어서 누군가가 밖으로 내닫는 소리가 들리더니 울음소리가 들려왔다.

"으흐흐흐……."

비창하고 서글픈 울음소리였다. 내다보니 길례가 제 남편을 붙들고 통곡하고 있었다. 무릎을 꿇고 남자의 허리를 껴안은 채 무엇인지 중얼거리고 있었다. 남자에 대한 사죄인지 신세타령인지 잃어버린 처녀성에 대한 애통인지 보는 사람의 가슴을 아프게 했다.

사내는 말뚝처럼 멍청하게 서서 검은 구름이 스쳐가는 하늘을 쳐다보고 있었다. 아무런 반응이 없었다. 답답했다. 성수는 문을 열고 밖으로 나갔다. 하늘을 우러르고 섰던 사내가 그것을 의식하고 성수를 바라봤다. 주춤하고 놀라는 것 같았다.

"우지 마 우지 마 기일례야."

한참 동안 성수를 바라보고 섰던 사내는 울먹이는 소리로 길
례의 등을 어루만지며 달래기 시작했다. 성수는 저항을 느꼈다.
아까까지도 길례를 자기가 소유하고 있다고 생각하고 있었는데
막상 두 사람이 한덩이가 되어 있는 것을 보자 그들로부터의 소
외감을 어찌할 수 없었다. 결혼이라는 형식의 사슬에 매여서 괴
로워하던 길례의 마음을 알 수 있을 것 같았다. 평생 동안 자기를
희생하여 남편을 끝내 섬기고자 했던 길례는 자기의 굳게 간직했
던 성이 무너져버린 날 무척 서러울 수밖에 없는 일이었다. 오늘
밤 그는 두 사람의 사이에 개입할 수 없다고 생각했다. 방으로 돌
아와 잠을 청했다. 이제 그들을 멀리 격절시켜버리고 잠을 청할
수 있을 것 같았다.

다음 날 성수는 떠들썩한 소리에 잠을 깨었다. 나가 보니 길례
의 남편이 동구 밖 여울 물에 빠져 죽었다는 것이었다. 지난날 성
수가 나가서 더위를 가시곤 했던 곳이었다. 마을 사람들에 의해
서 끌어 올려진 시신은 옷과 머리가 적셔 있을 뿐 예상보다 깨끗
하고 해맑았다. 고등고시를 치르겠다고, 높은 사람이 되겠다고
몸부림친 적이 있었던 한 사나이는 이제 세상의 모든 고뇌를 끊
고 편안하고 영원한 길을 떠난 것이었다. 어젯밤 오 리나 되는 밤
길을 찾아온 그가 성수의 출현, 길례의 통곡을 보고 어떤 충격을
받은 다음 죽음이라는 결단을 흐린 정신으로나마 내렸을지도 모
른다고 생각했을 때 성수는 가벼운 전율을 느꼈다. 폐가 송송이

구멍난 틈입자에 의해서 길례의 불행한 운명이 시작되고 눈앞에 한 사나이의 죽음을 보고 있다는 부담감은 그의 다리를 떨리게 했다. 어쩌면 그의 평상 생활이 주위의 많은 사람들에게 불행의 그림자로서 작용하고 있는 경우가 없지 않다고 생각했을 때 그는 스스로를 저주스럽다고 생각했다.

얼마 후, 사나이의 시체는 제 가족과 친척들의 손에 의해 들것에 실려 돌아갔다. 귓전에 울리던 바람은 멎어 있었다. 그는 어떤 결단이 필요하다고 생각했다. 곧 방에 들어가 행장을 수습했다. 책 몇 권과 약들을 가방에 넣은 다음 집을 나섰다. 길례 모녀는 그의 갑작스런 거동에 어안이 벙벙한 모양이었으나 그는 미처 그들이 따지고 만류할 겨를도 없이 사립을 나서 버린 것이다. 동구 앞을 빠져 산길로 나서자 살 것 같았다. 마음이 홀가분해지고 아까까지의 중압감이 안개 걷히듯 사라져갔다. 서늘한 산바람이 잡목들과 풀 사이를 스쳐 그의 가슴에 부어지고 있었다. 한 등성이를 넘자 길은 완만하게 경사진 능선을 뻗어 올라가고 있었다.

운내마을에서 좋이 이 킬로는 빠져나왔을 때였다. 뒤에서 외침소리가 들려왔다.

"박 선생니임! 박 선생님!"

달려오고 있는 여인이 갈대밭 사이에서 가물거렸다. 길례임을 알 수 있었다. 성수는 멈춰 서서 기다렸다. 그녀는 숨을 헐떡이며 다가왔다.

"웬일이지요?"

"선생님 나를 데려다주어요."

매달려왔다.

"어데로?"

"절로요. 여승만 사는 절로요. 정말 이젠 들어가야겠어요."

기어코 결행을 한 것이다. 자기를 사슬로 매고 있던 남편이라는 존재가 사라져버린 날 그녀는 홀가분한 마음으로 입산을 하겠다는 것이다. 하는 수 없다고 생각했다. 그는 자기가 전에 몇 달 묵은 일이 있던 S사를 생각했다. 그곳에 가서 사정하면 길례를 맡아줄 것도 같았다.

산길을 걸어가며 길례는 어제와 같은 명랑을 되찾아갔다. 어제도 화개에서 돌아와서는 곧 우울해져버렸던 그녀였는데, 다시 산길에서 만나자 어젯밤의 일조차 없었다는 듯 명랑해진 것이다. 심지어 우우우 휘파람을 부는 흉내를 내며 리듬에 발을 맞추고 있었다. 사람이란 누구나 양면성을 가지고 있는 법이지만, 이런 정반대의 성격이 장소를 달리함으로써 나타난다는 것은 흥미 있는 일이었다. 이럴 때의 길례의 거동은 여승이 되기에는 참으로 걸맞지 않은 것이었다.

그들이 버스를 타고 S사에 내린 것은 석양 가까울 무렵이었다. 낯익은 승려의 안내로 여승들만이 수도하고 있는 청정암淸淨庵이라는 암자로 안내되었다. 늙은 여승 하나가 그들을 맞이했다. 키가 작달막한 여느 여승들보다 얼굴이 맑고 기품이 있어 보이는 여승이었다.

"불가에 귀의할 뜻이 섰다면 속세의 모든 인연을 버리고 먼저 청정한 마음으로 돌아와야 합니다."

그들의 이야기를 담담하게 다 듣고난 여승은 길례의 입문을 어렵지 않게 허락해 주었다.

해는 고운 비단구름을 산 위에 펼쳐 놓고 감추고 있었다. 숲에서는 이름 모를 새들이 우짖어댔다. 어두운 산그림자가 가슴을 물들여오자, 그는 아파오는 가슴으로 이별이라는 것을 의식했다.

"길례! 잘 있어요."

손을 들며 한마디를 남기고 성수는 마당을 가로질러 걷기 시작했다. 미련에 찬 행동은 불가의 마당에서는 할 일이 아니었다. 그는 뒤도 돌아보지 않고 걸음을 빨리했다.

"선생님!"

뒤에서 길례의 격한 부름소리가 들렸다. 돌아보자 여승과 법당 앞에 나란히 섰던 길례가 뛰어내려오고 있었다.

"같이 가요. 헤어질 수 없어요."

길례는 그의 옷을 붙들고 늘어졌다. 수치라는 것도 아랑곳없다는 자세였다. 성수는 자못 당황했다. 뿌리칠 수가 없었다. 구원이라도 요청하듯 그는 여승을 바라봤다. 이런 광경을 바라보고 있던 여승은 뚜벅뚜벅 걸어오더니 매달려 있는 길례의 등에 왼손을 얹었다. 그리고 바른손을 내어밀어 성수의 등을 또닥였다.

"사정이 그렇다면 두 분은 헤어지지 마십시오. 마음의 순리를 따르는 것이 부처님의 뜻입니다. 청년은 이 아가씨를 버려서는 안 됩니다."

매섭게, 그러나 부드럽게 여승은 말하는 것이었다. 마력에 끌리듯 성수는 여승 앞에 합장을 했다. 여승의 말대로 순응해야 한

다고 생각했다. 아니 여승의 말이 아니더라도 그것은 운명의 길
이었다.

위패位牌

며칠째 비가 내리고 있었다. 용수는 명주실같이 가늘게 내리는 빗속을 풀이 무성한 철도부지로 뚫려 있는 길을 따라 발을 옮겨갔다. 오늘따라 등에 멘 구두통이 무겁고 지겨웠다. 뿌연 비안개는 멀리 시가지의 지붕들을 엷은 연기같이 가리고, 이 구질구질하고 질퍽질퍽한 빈민굴의 시가지가 끝나자 정거장 쪽에서 뚜우우! 하고 기적소리가 울려왔다. 기적소리는 마치, 이승 아닌 저승에서 울려 오는 짐승의 소리같이 유연한 음향으로 길고 서글펐다. 그의 몸은 술에 취한 듯 기적 소리를 타고 두웅웅, 허공에서 헤엄을 쳤다. 동시에 그의 연상은 하늘을 날듯 날개를 쳐서 그가 떠나온 시골 정거장으로 이어져 갔다.

뚜우— 덩덩그르르……. 그때 열차가 사나운 기적소리와 산더미가 무너지는 소리를 내며 플랫폼으로 밀려 들어왔다. 울부짖으며 덤벼드는 맹수와 같은 열차의 위세 앞에 그는 눈을 부릅뜨고 굳어진 채 떨고 있었다. 열차가 멎자 이불 보퉁이를 머리에 인 어머니의 손에 이끌리어 그는 승강구를 찾아 더듬더듬 발을 옮겼다. 늙은 할머니는 끙끙거리는 소리를 내며 누나의 손을 잡고 그들의 뒤를 따르고…….

하늘에는 비단 같은 붉은 놀이 드리워 있었다. 그 놀을 배경으로 열차의 승객들은 마치 검은 유령들처럼 을씨년스럽게 오르내렸고, 붉은 하늘과 검은 산이 만든 긴 지평선은 멀리 희부연한 하늘 끝의 공동 밖으로 숨어들고 있었다. 어둠 속에 가라앉은 역사驛舍나 창고 등의 무겁고 검은 형체들은 그의 가슴속에 감당하기 어려운 불안을 이입해 왔다.

이런 정경들은 기적소리를 들을 때마다 그의 머릿속에 되살아나곤 했다. 그 기억은 어머니의 죽음보다도 더욱 선명하게 그의 뇌리에 찍혀 있는 것이었다.

"느그 어메 제삿날이 내일이다."

문을 열자, 어두운 방안에서 할머니의 소리가 힘겹게 울려 나왔다. 벌써 닷새쯤이나, 훨씬 앞날부터 할머니는 제삿날을 되뇌고 있었다. 그 닷새는 나흘이 되고, 나흘이 글피가 되고 글피가 다시 모레, 그리고, 모레는 내일이 된 것이다.

용수는 열린 문에 손을 짚고 어두운 방안을 들여다봤다. 날씨 탓으로 더욱 깊고 어두워진 방안에 할머니의 모습은 유령처럼 떠 있을 따름, 뚜렷한 형체는 어둠 때문에 잡히지 않았다.

"쯔쯔……, 느그덜은 어메 기일도 잊었구나. 나 죽으면 선영 제사도 궐향할 것이다."

할머니의 말소리는 마치 얇은 천이 공중에서 너울거리듯 어두운 방안을 헤엄치고 있었다.

"장마라 통 벌이가 없지?"

대답이 없으면 상대방의 반응이 나타날 때까지 할머니는 자꾸 새로운 말을 걸어왔다.

"없어요. 한 푼도 없어요."

퉁명스럽게 대답하며 용수는 팔랑팔랑 날아가 너구리 앞에 떨어진 삼백 원의 지폐를 생각했다.

"참으로 한 푼도 못 벌었구나."

체념을 담은 할머니의 신음 소리는 너구리에게 돈을 빼앗기고 두들겨 맞은 그의 울분을 되살아나게 했다.

"쌍 너구리새끼, 남이 구두 닦아 번 돈까지 빼앗고……."

대쪽같이 꼿꼿한 것이 배꼽 밑에서부터 울대까지 치밀고 올라왔다. 증오심이 가슴속에서 이글거렸다.

그는 한참 동안 다시 시내로 나갈까 말까 망설이다가 신을 벗었다. 방안으로 기어들어가 구두통을 베고 몸을 모로 눕혔다. 눈을 감았다. 비릿한 구두약 내가 스멀스멀 콧속에 번져왔다. 촉촉하게 젖은 잠바에서 한기가 몸에 들어왔다. 오한이 날 것 같았다. 그는 얼굴을 찡그리며 코를 실룩거렸다. 후춧가루를 먹은 뒤처럼 코에서 미간으로 아릿한 것이 번져 올라왔다. 기침이 나올 것 같은 고비도 몇 차례 넘겼다. 그러나 막상 기침은 나오지 않았다.

"웬 장마가 이리 길거나."

할머니는 또 중얼거렸다. 이제는 대답조차 바라지 않는 독백이었다.

너구리에게 얻어맞은 볼기가 무질근했다. 그는 팔로 볼을 감싸고 자근자근 눌러 봤다. 둔중한 아픔이 얼굴 속속들이 번졌다. 머리도 뻐근해 왔다.

"얘야! 너 오늘 무슨 일 있었지야?"

할머니는 예사 때와 다른 손자의 거동에 관심을 보이기 시작했다. 용수는 자신을 할머니로부터 방어하기라도 하듯 더욱 몸을 움츠렸다. 새우등처럼 몸이 구부러졌다. 한참 동안 죽음 같은 침묵이 흘렀다.

"괜히 고향을 떠나왔지야……."

벽에 몸을 기대고 무릎을 끌어안은 채 가쁜 숨 때문에 어깨를 들먹이며 할머니는 고향 이야기를 시작할 차례였다. 이야기는 언제나 구부러진 논배미 이야기로부터 시작되었다. 그 논은 물이 저절로 솟는 샘을 끼고 있어서 어떤 가뭄이라도 이겨내는 상답이었다고 한다. 시집올 때 가져온 놋쇠 요강 이야기는 그보다는 조금 길었다. 그 요강을 윗마을 박 진사네 며느리한테 팔아서 장리를 놓는데, 돈이 장마에 오이 불어 나듯 커서 자그만치 이백 냥이나 되었다고 했다. 그 돈으로 밭을 사서 무명을 심고, 그 무명으로 길쌈해서 돈도 벌고 밭도 샀지만 할머니는 이 대목에 와서는 하던 말을 그치고 한숨을 내쉬었다. 가슴이 막혀 말이 안 나온다고 했다. 한숨을 내쉬어 막힌 것을 내보낸 뒤에야 말을 이을 수 있다고 했다.

할아버진 길쌈한 무명베를 팔러 시장에 가곤 했는데 어느 추운 겨울밤에 그만 시장에서 돌아오다 여울물에 빠져 죽었다고 했다. 또 할머니에게는 그보다 더 큰 한이 있는 것이다. 주색잡기로 재산을 몽땅 털어버린 다음 자취를 감춰버린 아버지의 일이었다. 아버지는 할머니의 가슴에 한을 심고 못을 박은 것이다. 버린 자식은 아예 없는 것이 낫다고 했다. 모자의 인연을 끊었다는 것이었다.

용수에게는 이런 아버지의 이야기들이 자기와 상관없는 남의 이야기처럼 들렸다. 얼굴도 모르고 기억조차 없는 아버지— 십년을 소식이 없고 생사조차 확인할 수 없는 아버지인 것이다.

용수는 무엇에 놀란 듯 벌떡 몸을 일으켰다. 오늘은 어쩐지 할머니의 그 고향 이야기가 시작될까봐 겁이 났다. 버티어 선 채 벽을 바라봤다. 벽에는 빨간 글씨의 독촉장이 엊그제 꽂힌 그대로 꽂혀 있었다. 시청에서 나온 가옥철거 독촉장이었다. 도시의 미화상 좋지 않다고 해서 이 근처의 판잣집들을 모조리 뜯어낸다는 것이다. 그는 한참 동안 숨을 죽이고 그 고지서를 바라봤다. 가슴속의 공기가 팽창하면서 그의 오기를 자극했다. 심술이 솟아올랐다. 그는 고지서를 빼서 갈기갈기 찢기 시작했다. 한 번 찢은 것을 겹쳐서 찢고, 그것을 다시 겹쳐서 찢었다. 흥! 버젓이 사람이 살고 있는 내 집을 뜯어내라고? 어림도 없는 수작이지. 뜯을 테면 뜯어 보라지. 버티면 되는 거지……, 조금 앙칼지긴 했으나 황막한 심정으로 중얼거렸다.

그는 문을 열고 한길에다가 찢은 종이조각을 휙 뿌렸다. 종이조각은 팔랑팔랑 날아가 젖은 땅바닥에 진눈깨비처럼 흩어졌다.

그것을 보자 맺혔던 마음이 조금은 후련해졌다.

그는 곧 흩어진 종이조각들을 밟으며 밖으로 나왔다. 비는 그칠 듯 말 듯 내리고 있었다. 질펀질펀한 판잣집들 사이를 걸어 나갔다. 집들의 벽 사이에서는 악취가 나고 볼꼴 사나운 액체가 꾸역꾸역 밀려 나오고 있었다. 똥덩이나 여자들의 팬티, 그리고 기저귀를 빤 물들이 흐물흐물 어울리어 흘러나오고 있는 것이었다.

골목의 어귀에는 순자네 떡 가게가 있었다. 떡판에는 언제나 먹음직한 인절미, 쑥떡, 찹쌀떡, 송편이 놓여 있었다. 날씨가 좋으면 거의 팔렸을 텐데, 요새는 장마 때라 통 팔리지 않는 것이었다. 막벌이꾼들이 일을 나가야 잘 팔리는데, 그 사람들이 장마통에 손을 씻고 앉아 있으니 안 팔릴 수밖에.

"용수야! 오늘은 할머니 드릴 떡 안 살래?"

"돈이 없어요."

용수는 약간 창피하다는 듯 멋쩍게 웃으며 고개를 저었다. 하얀 살갗에 노란 고물의 인절미가 제일 먹음직하게 보였다. 침을 한 모금 꿀꺽 삼켰다.

"외상으로 가져가렴."

팔지 못한 떡이니 외상으로 주겠다는 것이다. 하기야 그렇잖더라도 외상 안 줄 처지는 아니었다. 그는 한걸음 떡판 가까이 다가섰다. 할머니의 모습이 떠올랐다. 측은했다. 어둠 속에서 매일같이 손자와 손녀가 돌아오기만을 기다리고 있는 할머니였다. 벌이가 좋은 날은 언제나 육십 원이나 팔십 원어치씩 떡을 사가지고 들어갔었다. 그러나 오늘은 빈털터리였다. 단돈 삼백 원 번 것을 너구리에게 빼앗겨버린 것이다.

"너 돈 좀 빌려라."

너구리는 으레 소매치기 벌이가 없는 날은 돈을 빌려 달라고 했다. 말은 빌린다 해도 한 차례도 갚은 적이 없었다. 없다고 잡아떼었다.

"짜아식, 거짓말 잘한다. 임마, 이번에는 틀림없이 갚는다는데도 못 주겠어?"

끝내 너구리는 주먹질을 했다. 안 줄 도리가 없었다. 그래서 오늘은 빈털터리가 된 것이다. '외상이라, 외상은 좋지 않은 일인데……' 그는 잠시 눈을 감고 생각했다. 단념하기로 했다. 할머니에겐 안됐지만 돈이 없으면 깨끗이 안 사는 게 나은 것이다. 그러나 다시 눈을 떴을 때 먹음직스러운 떡이 눈앞을 가로막았다. 그놈의 인절미가 더욱 마음을 끌었다.

그는 다시 사기로 마음을 바꿨다. 떡을 청했다. 순자네 어머니가 떡을 세는 동안 입 안에서는 군침이 돌았다. 그는 한 개의 인절미를 입으로 집어넣고 나머지 다섯 개를 종이에 싸게 했다. 입안의 떡을 불근불근 씹었다. 고소하고 졸깃졸깃한 떡이 입 안에 감쳐 들었다.

"백 원만 이따 내라. 외상이지만 덤으로 하나 얹었다이."

순자네 어머니는 생색을 썼다. 떡을 건네며 웃고 있는 그녀의 입안에 녹이 파랗게 번진 금니가 드러났다. 그 이빨 탓인지 오늘따라 월남치마 밑으로 비친 때 묻은 고쟁이가 유별나게 거슬렸다. 아침저녁 할 것 없이 주정만 해대는 남편으로부터 맞고 채이고, 짓이겨져 지칠 대로 지친 몸이었다.

순자네 어머니는 생긴 상판 같잖아 마음씨가 곱고 상냥했다. 마을 사람들도 칭찬을 했다. 그 주정뱅이에 재끼꾼인 남편을 섬기면서 자식들 안 굶기고 가정을 꾸려간다고 할머니도 칭찬이 대단했다. 그녀가 더욱 그에게 다정하게 하는 것은 고객인 탓도 있겠지만 그와 순자가 다정한 사이란 걸 알기 때문일지도 모를 일이었다. 두 살 위인 순자가 그를 불러다가 어쩌고저쩌고한 일은 아무도 알아서는 안 되는 일이었다.

그는 떡 꾸러미를 들고, 나왔던 골목을 다시 되짚어 집으로 돌아갔다. 문을 잡아당기자 비바람에 바랜 종이가 덕적덕적한 문짝이 기우뚱하며 열렸다. 방안은 아까보다도 어두웠다.

"할머니 떡입니다."

떡 꾸러미를 방안으로 쑤욱 들이밀었다.

"벌이가 없다면서 웬 떡이냐?"

할머니의 말소리가 계속되고 있었으나 그는 문을 닫고 골목을 빠져나왔다. 빨리 가서 누나의 소식을 알아봐야 하는 것이다.

비췻빛 어둠이 골목을 물들이고 있었다. 비는 멎어 있었다. 개천가로 나왔다. 장발을 한 덕수의 형이 가시내를 끼고 여인숙으로 들어가는 것이 보였다. 순천집 앞으로 나왔다. 안에서 왁자하니 떠드는 소리가 들려왔다. 가까이 가서 문틈으로 안을 들여다보았다. 오까모도의 패거리들이 있었다. 치기배의 두목인 오까모도는 마루에 걸터앉아 있고, 너구리가 쌍둥이의 멱살을 잡고 쥐어박고 있었다. 그들의 뒤에는 상고머리를 깎은 덕수도 보였다.

구두를 닦아서 이아무개같이 돈을 모으겠다더니 어느 신사와 구두를 닦은 돈 때문에 시비를 하다가 턱을 한 번 걷어차인 뒤엔 구두닦이를 집어치운 것이다.

"이 도둑놈아, 너만 옹색하냐? 나도 요새 죽을 지경이여, 여편네가 병이 났어도 병원엘 한 번 못 가고 있어, 성님 모르게 돈을 가로채? 이런 도둑놈은 죽여야 해."

너구리가 소릴 지르며 쌍둥이를 치고 있었다.

— 우리하고 같이 있자이. 있기만 하면 말이야. 응 알았어? 있기만 하면 너는 척 중학교 보내주고 누나도 차장 치우게 하고, 뿐인 줄 아나? 참 할머닐 모시고 있다지, 그 할머니도 편히 모신단 말이야— 오까모도는 만나기만 하면 용수를 꼬셨다. 자기가 무슨 후견인이라도 될 것처럼… 그럴 때면 마음이 끌렸다. 오까모도에게 매달려 의지하고 싶은 충동을 느꼈다. 그러나 그렇게 할 수는 없었다. 할머니 탓이었다. 할머니가 살아있는 한 그것은 안 되는 일이었다. —요게 주먹만 한 게 콧대 보게, 정말 성님 말 안 들을래? —그들은 매질을 하고 거꾸로 매달고 물을 붓기까지 했다. 그러나 끝내 그는 그들과 어울리질 못했다. 덕수는 꼬임에 빠지고 말았지만.

"성님 잘못했습니다."

쌍둥이의 비통한 소리가 울려 나왔다.

"성님 이놈을 죽여주십시오. 으흐흐흐……."

쌍둥이가 무릎을 꿇고 앉아서 울음을 터뜨렸다. 소름이 끼쳤다. 그들에게 붙들려 경을 치를 것 같은 두려움이 덮쳐 왔다. 그는 몸을 돌려 어둠이 깔린 길을 다시 걷기 시작했다.

누나는 요사이 행실이 좋지 않았다. 멋을 부리고 외박이 잦았다. 통 회사에서 탄 월급도 가져오지 않았다. 그 버스회사 정비공하고 어울린 것이다. 누나는 이번에도 이틀을 들어오지 않았다. 어쩌면 사람이 그렇게 변한 것일까. 얼마 전까지만 해도 할머니와 나밖에는 모르는 알뜰한 누나였는데……

부릉부릉부릉, 화물차가 강한 헤드라이트를 비치고 접근해오고 있었다. 불빛은 순식간에 그의 시야를 봉쇄하고 온몸을 삼켰다. 전신주를 꼬옥 붙들고 초조하게 차가 지나가길 기다렸다. 부르릉, 다가온 트럭은 한 바가지의 흙탕물을 선사하고 달려갔다. 아랫도리가 섬뜩했다. 쌍! 분노가 치솟았다. 그는 차가 지나가고 휘발유 내만 퍼져 있는 어둠 속에서 주먹만 한 돌멩이 하나를 집어 들고 차를 향해서 힘껏 내던졌다. 돌이 떨어지는 소리가 퍽하고 어둠 가운데서 울려왔다. 그뿐, 차는 그의 분노 따위는 아랑곳없이 멀어져 갔다. 그는 어둠 가운데서 새삼스레 고독을 느꼈다. 오까모도의 패거리에게 요사이 더욱 소외되고 있는 것 같은 상황이 불안했다. 이 고독과 불안을 지우는 일은 그들에게 매달리는 도리밖에 없을 것같이도 느껴졌다. 누나가 더욱 그리워졌다.

"뼁땅 가려낸다고 말이야."

누나는 요새 회사 측의 처사에 대해서 불만이 많았다. 저고리 벗기고, 바지 벗기고 글쎄 부라자까지 까보이라니……, 에이, 징그러워 이 짓 못해 먹겠다. 어느 날 누나는 밤을 새워 울었다.

"담배 공장, 돈 만드는 곳도 다 그런다는데?"

"말도 마라이, 그와는 다르다이. 월급이나 마나 쥐꼬리만큼 주는 주제에 사람을 개같이 다루어도 분수가 있어야지. 툭하면 욕이나 하구……."

누나가 마음이 들뜬 것도 하는 수 없다고 생각했다. 놈들이 나쁘지 정말 우리 누나가 무슨 죄가 있어.

회사 문 앞에서 그는 금숙이를 만났다. 같은 회사의 차장인 것이다.

"금숙이 누나, 우리 누나 못 봤어?"

금숙이는 그렇지 않아도 전하려 했다면서 호주머니에서 편지한 장을 꺼내 주었다. 누나의 편지였다.

용수 보아라, 누나는 오늘 서울로 떠난다. 회사는 오늘로
그만두었다. 차라리 이렇게 된 것이 잘된 일인지 누가 알겠
니. 올라가 일자리 잡히면 편지하마 – 누나 옥순

누나는 떠나버린 것이다. 며칠을 들어오지 않아도 설마 했었는데, 갑자기 세상의 모든 것을 잃어버린 것 같은 공허가 그의 온몸을 삼켰다. 바보같이 왜 서울로 가? 일자리가 없어도 같이 살면 되는 건데, 분노인지 슬픔인지가 어깨까지 치밀고 올라와 들먹거렸다.

그는 발작적으로 편지를 꾸깃꾸깃 호주머니에 쑤셔 넣었다. 가슴속에는 이제 슬픔이 사라지고 형체를 알 수 없는 분노만이 소용돌이쳤다. 거센 분류가, 가슴을 역류해 오르자 그는 망아지

와 같이 몸을 날려 거리를 내닫기 시작했다. 방향도 정처도 없었다. 한참 만에 그는 자기가 마을 앞길로 달리고 있다는 것을 깨달았다. 2킬로의 거리였다.

숨이 막히고 머리가 어지러웠다. 삐져나온 땀이 옷을 축축하게 적시고 있었다, 순자네 떡집 앞에서 발을 멈췄다. 심호흡을 했다. 시원한 바람이 가슴속속들이 스며들면서 이마에 솟은 땀이 서늘해졌다. 가슴의 고동이 점차 진정되면서 마음이 후련해졌다.

밖에서 불안한 일이 있다가도 그는 마을에만 들어서면 마음이 안정되었다. 그곳에는 할머니가 언제나 기다리고 있으며 정다운 마을 사람들이 있었다. 얼마 전까지만 해도 그는 덕수와 더불어 마을을 나가고 들어오곤 했었다. 그러다가 덕수가 오까모도 패거리에 어울리면서 혼자가 되었다.

밤이 이슥한 골목은 먹물 속같이 어두웠다. 어두워도 그에게는 낯익은 거리였다. 마을 사람들은 모두 검게 타고 깡마른 몸을 때꼽재기에 절은 누더기로 싸고 잠을 청할 시간이었다. 검은 하늘을 유성 하나가 길게 별똥을 갈기며 흘러갔다.

문을 열자 십 촉짜리 전등이 묽은 황톳물 빛으로 방안을 밝히고 있었다. 벽에는 겨울을 난 누더기가 몇 벌 걸려 있고, 시렁에는 할머니가 항시 소중히 간직하고 있는 낡은 함지가 방안을 굽어보고 있었다. 그 함지 속에는 조상들의 신주神主를 싼 보따리가 들어 있었다. 그 위패들은 원래 시골에서는 따로따로 모시고 있었던 것인데 이곳으로 이사한 다음부터는 한데 싸놓고 기일 날만 해당되는 위패를 꺼내어 놓고 제사를 모시는 것이었다. 할머니는 항상 그 위패의 주인공들을 자랑했다. 벼슬은 그리 높진 못했지만 깨끗한 선비들이었다고 했다. 그런 조상을 이어 불우하게 세상을 잘 못 타고 태어난 할아버지가 술로 세월을 보내다 뜻을 못 펴고 끝내는 징검다리의 돌 밑에서 횡사를 했다지만.

할머니는 죽은 듯이 깊은 잠에 빠져 있었다. 그는 한참 동안 장승처럼 방안에 숨을 죽이고 서 있었다. 퀴퀴한 냄새가 콧속으로 스며들었다. 그 붓글씨로 범벅된 종이가 더적더적한 함지가 움직이는 것같이 느껴졌다. 금방 귀신으로 화한 위패들이 기어 나오는 환상을 느꼈다. 그러나 그것은 두렵지 않았다.

"할아버님네들, 그저 불쌍한 조것들, 용수 옥순이를 아무쪼록 보살피고 일년내내 먹고 뛰놀아도 아무 탈 없이만 해주게라우."
그러다가 이제는,

"구두 닦고 차장 노릇 함서 돈도 잘 벌고 누구와 다투는 일 없이 그저 무사하게만 보살펴 주시오."

이런, 수없는 기도를 들으면서도 위패들은 말이 없었지만 설령 그들이 귀신으로 화해 나오더라도 그를 해칠 것으로는 느껴지지 않았다. 그는 그 위패들을 한 가족이나 다름없다는 생각으로 매일을 살아가고 있는 것이었다. 그는 알 수 없는 흥분 같은 것을 안은 채 할머니가 새우등을 하고 찬 김을 내뿜고 있는 이불 속으로 파고 들어갔다. 할머니의 쭈글쭈글한 젖을 꼬옥 움켜잡았다. 쭈그러지고 가죽만 남은 젖통에서 젖꼭지를 찾아서 문질렀다. 할머니가 손을 내밀어 그를 꼬옥 껴안았다.

"내 씨가 이제 왔구나."

할머니는 잠결에 손자의 등을 어루만지며 중얼거렸다. 이 할머니의 말과, 등을 어루만지는 손의 감촉은 곧, 그의 마음을 부드럽고 안정된 상태로 이끌고 갔다. 할머니에 대한 더할 수 없는 신뢰감이 그의 가슴을 촉촉이 적시고 있었다.

"기집애들은 다 쓸 데 없어야."

누나에 대한 원망이었다.

"선영 받들 사람은 우리 씨니께."

손자에 대한 신뢰였다.

"네 애비 같은 건 생각지도 말아라잉. 그 죽일 놈."

소식도 없는 아들에 대한 것은 증오에 차 있었다.

봄이 돌아오거나 겨울로 잡아드는 환절기에, 그는 으레 며칠씩 열병을 앓곤 했었다. 할머니는 밤을 새워 근심하며 그를 보살폈었다. 다섯 살이 넘은 댈삭 큰 손자를 등에 업고 방안을 서성거리거나 마당을 몇 바퀴 빙빙 돌았다. 그에 비해서 어머니는 짜증이 심했다. 주색잡기로 가산을 탕진하고 가출한 다음 소식조차 없는 남편에 대한 원망을 자식에게 돌리곤 했다. 어려서 죽었지만 그에게는 한 살 밑의 동생이 있었다. 그 동생 때문에 그는 어머니의 젖을 일찍 떨어져야 했다. 두 살의 나이로 할머니의 품에 넘겨진 그는 밤마다 할머니의 젖을 쥐고 옛이야기를 들었다. 둔갑한 여우 이야기, 쑥고개에 비 오기 전 어스름에 나타난다는 총각 귀신 이야기로부터, 옥단춘이나 능라도 이야기까지……

잠든 줄 알았던 할머니의 입에서 쩝쩝, 하는 소리가 났다. 말을 하기 위해서 입속의 침을 고르고 있는 것이다.

"내 씨야! 자냐?"

잠을 안 잔다는 신호로 그는 젖을 쥔 손을 문질렀다.

"안 잊었지? 내일이 네 어메 제삿날이란 걸, 일찍 돌아와야 해."

장마가 끝나고 나면 구두닦이는 벌이가 좋았다. 다방 앞에 전을 벌이고 앉아 있으면 이 층 다방으로 올라가는 손님들이 그의 앞에 구두를 벗어 놓고 슬리퍼를 끌고 올라갔다. 일이 끝나면 닦은 구두를 들고 이 층으로 올라갔다. 그러면 즉석에서 새로운 손님이 생겼다.

삭삭삭삭……, 그는 신이 나게 구두를 닦았다. 구두약을 발라서 잠시 곁에 놔두면 약은 곧 마르게 된다. 헝겊 조각을 양손으로 갈라 잡고 문지르면 구두의 등판은 반들반들 빛을 내기 시작했다. 구릿한 구두약 냄새가 콧속으로 스며 올라왔다. 따사로운 햇볕이 머리를 내리쪼이고 있었다.

이렇게 오랜 시간 일을 하고 나면 어깨가 뻐근하고 묵직했다. 오후가 되면 손님도 뜸했다. 팔을 벌리고 기지개를 켰다. 뼈의 마디마디에 잠겨 있던 피로가 대기 속으로 발산해가는 것같이 후련했다. 찬란하게 빛나는 오후의 햇볕이 채석장 쪽에서 구름을 헤치고 움직여오는 것이 보였다.

그 채석장의 돌무더기에 반사하는 햇볕들 속에서 어머니의 선명한 피는 이마 위를 흘러내리고 때꼽재기에 절은 저고리를 검붉게 물들이고 있었다. 아침까지만 해도 멀쩡하게 살아서 걸어 나갔던 한 생명체는 머리에 수건을 쓴 아낙네들과 노란 금니를 한 현장감독 앞에 총에 맞은 노루처럼 늘어져 있었다. 발파된 돌이 멀리 떨어져 숨어있던 그녀의 머리에 명중된 것이다.

펑 하는 폭음이 채석장에서 좁은 들판을 건너 울려왔다. 그 폭음 소리는 언제나 그의 몸을 놀라게 했다. 어머니의 머리를 친 돌이 위로 날아 오는 환각 때문에 몸을 떨었다.

채석장에서 일하는 인부들이 숨었던 자리에서 개미들처럼 기어 나오는 것이 건너다보였다. 잔인한 햇볕은 지금도 사신처럼 돌 깨는 여인들의 머리 위에 내리쪼이고 있었다. 오만했던 그 금이빨 감독의 구릿빛 얼굴이 지금쯤 음탕하거나 깔보는 눈초리로 꿈틀거리는 여인들의 엉덩이를 훑어 내리고 있을 것이다.

비극은 붉은 하늘 탓이었다. 기적소리, 펑 하는 폭발음, 이것들이 뒤섞여 그의 머리를 어지럽혔다. 이 모든 것들은 어머니의 목숨을 향해서 헤엄쳐 간 사신들의 부름 소리였다. 그는 이런 불길하고 언짢은 상념들을 쫓기라도 하듯이 구둣솔로 구두통을 딱딱, 두들겼다. 똑똑하고 둔탁한 음향이 회색의 주변으로 퍼져갔다. 그러나 그 소리는 더욱 신경을 자극했을 뿐 그의 마음은 불안으로부터 구제해 주질 못했다.

구름이 이동해 가면서 빛나던 채석장의 돌무더기를 검게 물들였다. 폭발음은 오늘따라 불길하게도 간헐적으로 울려왔다. 그 울림소리는 지극히 자극적이어서 그때마다 그의 몸을 흠칫흠칫 놀라게 했다. 매질과도 같은 자극을 전해왔다.

지난겨울 오까모도 패에게 잡혀갔을 때, 너구리에게 맞을 때마다 그는 흠칫흠칫 놀라며 몸을 떨었었다. 으르렁대며 매질을 했었다. 매질뿐 아니라 거꾸로 매달기까지 했었다. 머리가 빙빙 돌고 실내의 모든 것들이 안개 속에서 아물거리다가 끝내 실신을 하고 말았었지만……. 그때 할머니는 이틀이나 돌아오지 않는 손자를 위해서 정화수를 떠놓고 손을 비비고 있었다. 조상님네에게 애원하다 지치면 성조님네, 조왕님네, 하고 의지하고 싶은 모든 것의 이름을 부르고 손을 비비고 있었던 것이다.

"구두 좀 닦아라. 이놈 무얼 생각하고 있어!"

사십 대의 사내가 구두를 통 위에 텅 하고 올려놓으며 소릴 질렀다. 그의 의식은 곧 현실로 돌아왔다. 냉큼 솔을 집어 들고 먼지를 털었다. 이어서 검은 구두약을 바르고 손질을 했다. 이윽고 광약을 발랐다. 헝겊을 펴서 좌우로 문질렀다. 삭삭삭삭…… 신이 나게 문질러 가자 곧 구두는 번들번들 빛이 났다. 탁탁, 구두통을 두들겨 닦았다는 신호를 했다.

"얼마냐?"

"사십 원이어요."

"뭐가 그리 비싸 이십 원만 받아!"

사내는 십 원짜리 동전 두 잎을 내던지고 발을 옮겼다.

"안되어요. 아저씨!"

바지를 붙잡았다. 순간, 신사는 돌아서며 그의 뺨을 후려갈겼다. 번쩍 불이 일었다. 오기가 솟아올랐다. 져서는 안 된다고 생각했다. 그는 이제 사내의 저고리를 잡고 늘어졌다.

"이놈아, 내가 누군지 알고 이래."

뇌성 같은 소리를 지르며 발길이 날아왔다. 발길을 가슴으로 받으며 그는 이 사내를 당해낼 수 없다고 생각했다. 기가 확 꺾였다. 하기야 큰소리 치는 작자치고 종이호랑이 아닌 놈 드물지만, 혹시 기운깨나 쓰는 사람이라면 한바탕 경을 치를지도 모르는 일이었다. 그가 잡았던 저고리를 엉겁결에 놓고 멍청하니 서 있는 동안 사내는 몸을 흔들며 멀어져 갔다.

재수는 옴 붙었다. 이런 꼴을 당하고 나면 힘이 빠진다. 차라리 소매치기라도 되어 잘 나고 기름진 작자들의 호주머니를 털어 복수해 주는 것이 통쾌할 것 같은 생각이 든다. 빌어먹을 오까모도에게 당장 뛰어갈까. 그는 고개를 들어 오까모도 패가 있을 먼지 쌓인 거리를 바라본다. 그놈의 기술은 배워놓기만 하면 굶지는 않는다고 했다. 자본없이 살아갈 수 있는 그 기술은 이십 원을 주고 버스를 타거나 여객 회사 매표구에서 서성대기만 하면 벌이가 생긴다고 했다. 그래서 덕수도 구두닦이를 치우고 달라붙은 것이다. 쌍놈의 것, 당장 오까모도에게 뛰어가 버릴까? 마음이 자꾸 흔들렸다. 그는 고개를 들어 다시 서쪽 하늘을 바라봤다. 눈부신 햇볕이 얼굴을 비쳐왔다. 한 뼘만 내려가면 저녁이 될 시간이었다.

"오늘이 네 어메 제삿날이다. 오늘은 일찌감치 들어와야 한다잉."

아침에 나올 때 당부하던 할머니의 말이 생각났다. 와락 집이 그리워졌다.

그는 집에 돌아가기 위해서 도구를 챙겼다. 약곽 구둣솔 헝겊 같은 것을 통속에 밀어 넣었다. 구두통을 둘러매고 허리를 폈다. 집이 있는 쪽을 바라봤다. 얼마 전까지만 해도 아득하게 내려다보였던 판잣집들이 요새는 새로 들어선 회색의 고층 건물들에 가려서 보이지조차 않았다.

그는 걸으면서 청바지 호주머니에 손을 대봤다. 돈이 꽤 두툼했다. 흐뭇했다. 아까까지의 언짢은 기분은 어느 사이에 안개처럼 걷혀가고 없었다. 노래가 저절로 흘러나왔다.

그가 제일 좋아하는 노래가 남진의 노래다. 그중에서도 '울랴고……'였다. '울랴고 내가 왔나' 하고 부르기 시작하면 언제나 가슴이 뭉클했다. 그럴 때면 그의 머리에 으레 붉은 저녁놀을 배경으로 검게 서 있었던 정거장 건물이며 기적을 울부짖으며 들이닥치는 기차가 떠올랐다. 그리고 '내 젊던 날은…' 하고 부르는 노래도 좋아했다. 제목도 모르고 뜻도 확실하게 모르는 노래였지만 그는 친구들과 놀 때나 홀로 걸으면서도 늘 그 노래를 불렀다. 어떤 친구는 늙은 놈의 노래라고 부르지 말랬지만 그는 다른 노래를 부르다가 싫증이 나면 그 노래를 꺼내었다.

저쪽에서 한 소녀가 달려오고 있는 것이 보였다. 익은 얼굴이었다. 순자임이 분명했다. 순자가 웬일일까? 몹시 궁금했다. 아무 일 없이 저렇게 달려 올 리는 없는 것이다.

"마을 집들을 뜯고 있다이."

들이닥치자 순자는 숨을 몰아쉬며 소식을 알렸다. 창백한 얼굴에 눈이 더욱 치켜 올라가고 있었다.

"뭐! 우리 마을을?"

"다 뜯고 있어."

기가 콱 질렸다. 물론 예상은 했던 일이었다. 그러나 이렇게 빨리 당하리라고는 생각지 못했던 일들이었다.

"시청 사람들이 작업 인부를 데리고 와서 뜯고 있어, 빨리 가 봐."

두려웠다. 그는 어떤 거대한 벽이 그를 덮어씌우며 무너지는 공포를 느꼈다. 발을 움직일 수가 없었다. 다리가 땅에 붙어서 천 근이나 되게 느껴졌다.

"빨리 가봐야 한다니까."

순자의 연거푸 재촉을 받고서야 가까스로 한 걸음을 떼었다.

"썅!"

우뚝 서서 집 있는 쪽을 노려보며 소릴 질렀다. 사지가 부르르 떨리며 온몸의 속속들이 힘이 솟아 가슴으로 몰려 들었다. 그는 혼신의 힘을 다하여 몸을 날렸다. 등에 맨 구두통이 거치적거리 긴 했지만 2킬로의 거리를 단숨에 달렸다. 순자도 상당히 뒤지기 는 했어도 헐떡이며 뒤를 따랐다.

마을은 온통 수라장이었다. 판잣집들이 차례차례 헐려 들어가 고 있었다. 긴 쇠막대기로 지렛대질을 해서 지붕과 벽을 분리시 킨 다음 밀어붙이면 지붕이 물러나면서 벽이 와르르 와르르 무너 졌다. 부연 먼지가 연기처럼 퍽퍽 피어올랐다. 마을 사람들이 몰 려나와 아우성쳤지만 건장한 한 사내의 지휘로 사람들은 거칠게 작업을 계속하고 있었다. 다음이 용수 집 차례였다.

"못 뜯어요. 우리는 어디로 가라고 뜯어요."

용수는 지붕을 걷고 있는 사내의 팔을 잡고 늘어졌다. 어깨가 들먹이며 숨이 씩씩거렸다.

"이게, 꼬마가 큰소리네. 할 말 있으면 시청에 가라구. 그래 봤자 소용없을 거야."

사내가 팔을 휙 뿌리쳤다. 그는 비틀비틀 밀려가다가 가로 놓인 재목에 걸려 쓰러졌다.

"씨! 시청이면 다야? 우린 거리에서 살란 말이야?"

용수가 다시 일어서서 기어드는 동안에도 그들은 막대기로 집을 밀어댔다. 우지끈우지끈 벽은 한쪽에서부터 무너져 내렸다. 벽이 무너지면서 퍼진 먼지들이 쫘악 주위로 퍼져나갔다. 아릿한 냄새가 콧속을 쑤셨다.

"이놈들이 생사람을 묻어 죽일 작정인가?"

방에서 끝까지 버티고 앉았던 할머니가 보퉁이 하나를 들고나오며 소릴 질렀다. 무너지고 있는 지붕 밑에서 기어 나온 할머니의 출현은 마을 사람들의 감정을 크게 자극했다.

"야! 이놈들아. 노인을 치어 죽이기냐? 요 죽일 놈들 보게."

순자 어머니가 앞장을 서서 악을 썼다.

"정말 나쁜 놈들이네."

"이런 막된놈들 보게."

모두가 기운을 얻은 듯 외치고 나섰다. 팔을 걷어붙인 사람도 있었다. 어디서 뛰어나왔는지 너구리가 앞장을 서고 있었다. 너구리는 집을 뜯고 있는 한 사내의 몽둥이를 빼앗아 들고 그것을 휘둘렀다. 몽둥이가 씽씽 소리를 내며 공기를 갈랐다. 한 번 엄포를 놓은 것이다.

"보아하니 뒤도 그리 깨끗지 못한 자가 웬 참견이야."

아까의 뚱뚱한 사내가 너구리를 손가락질하며 힐책을 했다. 멀리서 호각 소리가 들려왔다. 너구리는 몸을 날려 앞차기로 뚱뚱보의 턱을 걷어찼다. 그는 한 번 비틀하고 몸을 휘청거리더니, 다시 몸을 가누고 입에서 선혈을 뱉었다. 피를 보자 뚱뚱보의 눈이 분노로 해서 화경처럼 빛을 냈다. 그는 옆에 있는 몽둥이를 들고 번개같이 휘둘렀다.

호각 소리가 가까워지며 경찰의 모습이 나타났다. 너구리에게 얻어맞은 뚱뚱이는 휘청휘청 몸을 두어 차례 비틀거리다가 겨우 일어섰다.

문득 채석장에서의 어머니의 죽음이 떠올랐다. 용수는 몸을 떨었다. 경찰이 들이닥쳤다. 마을 사람들은 하나둘씩 빠져나갔다.

용수는 할머니의 손을 이끌고 골목을 걸어 나왔다. 떡집 앞을 지나서 큰길로 나왔다.

"어디로 갈거나?"

할머니가 새우등을 하고 길가에 멈춰서서 숨을 내쉬었다. 용수도 우뚝 서서 정거장 쪽을 바라봤다. 순자가 길거리에 나와 겁에 질려 울고 있는 모습이 보였다.

이때 누군가가 용수의 등을 가볍게 두들겼다. 오까모도였다. 그는 왈칵 설움이 북바쳐 올라왔다.

"너구리 성이 쓰러졌어요."

저도 모르게 너구리를 성이라고 불렀다.

"다아 알구 있어. 너를 도와주라고 내가 보낸 건데 그리됐어."

용수는 가슴이 짜릿해 왔다. 이제까지 미워만 했던 일이 너구리에 대해서 미안했다.

"꼬마야, 너 이젠 어디로 가지?"

"가는 대로 가겠어요."

"갈 데가 없지? 가자, 우리한테로."

오까모도는 부드럽고 다정했다. 왈칵 그의 품에 달라붙고 싶은 충동을 느꼈다. 그러나 그렇게 되진 않았다.

"아저씨, 난 돈 벌어서 학교에 가야 해요."

"그러니까 학교를 보내준다는데……."

"그래도 난 할머니 모시고 가겠어요."

용수는 재촉하듯 할머니의 손을 끌었다.

"너 정말 내 말 안 들을 테냐? 당장 쳐죽일 테다."

오까모도의 입이 거칠어졌다. 사뭇 위협조였다. 용수는 제힘으로 어찌할 수 없는 거대한 힘이 자기를 덮치고 있다는 걸 느꼈다.

"아저씨, 난 가겠어요. 보내주세요."

그는 몸을 와들와들 떨며 간청을 했다. 오까모도는 목덜미를 움켜쥐었다. 목이 조여들며 얼굴이 벌겋게 상기되었다.

"이놈! 내 손자를 놓지 못하나?"

할머니가 외쳤다. 째릉째릉한 목소리가 분노를 내뿜었다. 할머니는 손에 들고 있는 신주 보따리를 들어 호통 소리에 놀라 멀거니 그녀를 바라보고 있는 오까모도의 면상을 후려쳤다. 보따리가 터지면서 다섯 개나 되는 위패가 길 가운데로 와르르르 쏟아졌다. 미처 정신을 못 차리고 멍청하게 서 있던 오까모도가 한참만에 흩어진 위패들을 내려다봤다. 그것을 내려다보던 그의 얼굴이 차차 놀라운 모습으로 변하더니 곧 몸을 와들와들 떨기 시작했다. 얼굴이 점차 핏기를 잃고 창백해지던 오까모도는 그만 흩어진 위패 위에 병든 말처럼 쓰러졌다.

"가자!"

할머니는 손자의 손을 끌고 분연히 발을 옮겼다. 거리에는 벌써 회색의 어둠이 깔리고 있었다. 그들은 철도부지의 습진 길을 따라 걸어 나갔다. 뚜우우 뚜우…… 기적소리가 울려왔다. 그 기적소리는 엷은 어둠을 헤치고 날아 아름다운 저녁놀이 채색되고 있는 하늘을 멀리멀리 퍼져나갔다.

개벽 연습

"뜻은 없어요. 정말입니다."

사내의 물음에 나는 결연히 대답했다.

"단지 하고 싶어서 하는 겁니다. 하지만, 나는 이 일에다 내 인생을 걸고 있어요."

사내는 어이없다는 듯, 그러나 신기하다는 표정으로 나를 바라봤다. 나는 못이 박히고 쩍쩍 벌어진 손을 문지르며 두 길이나 쌓여 올라간 탑을 대견스런 심경으로 올려다봤다.

"언제까지 쌓을 작정입니까?"

"기야, 한이 없지요. 나는 이것으로 내 인생이……"

내 인생이 끝나도록 계속할 것이라고 말할 참이었는데 사내는 손을 거칠게 저어 내 말에 차단기를 내렸다. 기세대로라면 곧 어떤 거창한 말이 이어져 나올 법도 했지만 사내는 잠시 머뭇거리면서 두꺼비처럼 눈을 깜박이다가 곧 풀이 죽은 꼴이 되어 중얼거렸다.

"할 수 없지요. 하는 데까지 해보세요."

우리는 이슬이 방울진 풀밭을 헤치면서 산의 능선을 걸어 올라갔다. 내가 살고 있는 움막과는 가까운 위치였지만 이 길은 초행이었다. 이제까지 나는 움막을 벗어나서 이쪽 봉우리까지 올라와 본 적이 없었다.

첩첩이 쌓인 산들의 골짜기를 희고 엷은 구름이 연기처럼 깔려 있었다. 구름들은 신기하게도 골짜기마다 등고선을 유지하면서 부드러운 깃을 펴며 날고 있었다. 물을 머금은 그 구름들은 콧속이 촉촉하도록 신선한 감촉을 전해 왔다. 상쾌했다. 나는 내가 쌓고 있는 돌탑에 대해 이야기하고 싶어졌다.

"말이지요."

이렇게 나는 말의 서두를 꺼내며 사내를 돌아봤다. 그러나 사내는 나의 수작에는 아랑곳없이 입으로 무엇인가를 —그것은 주문이었다— 중얼거리며 걷고만 있었다. 나의 신선하고 상쾌한 흥분은 어이없게도 묵살되었다. 두 사람은 얼마 동안 서로 마음의 거리를 유지하면서 말없이 걸었다. 그렇다고 증오라던가 혐오감 따위는 없었다. 그저 담담했다.

우리는 곧 목표로 한 계양대의 고지에 다다랐다. 그곳에는 철제의 국기 계양대가 서 있었다. 사내는 천천히 그리고, 침착한 태도로 품에서 기를 꺼내어 계양대에 올리기 시작했다. 올리면서 입으로는 여전히 중얼중얼 주문을 외우고 있었다. 나는 말없이 옆에서 그의 거동만을 바라보고 서 있었다.

아침마다 사내는 이 일을 반복하고 있었다. 비가 오나 눈이 오나 거르는 일이 없었다. 그의 이런 일은 내가 돌을 쌓아 올리는 일과 거의 동시에 시작되었었다. 언제부터였던가? 그것은 확실하지 않았다. 내 기억은 그것을 망각한 지 이미 오래였다. 그는 아침마다 해돋이 전에 내 일터를 스쳐 올라가 기를 꽂았고, 해거름이면 다시 올라와 기를 내려갔다.

"이것은 태극기지요?"

나는 너무나 격식이 다르게 그려진 태극기를 의심하는 심정으로 물었다.

"태극기가 아닙니다. 모양이 비슷할 뿐이지요.

그는 갑자기 생기가 솟아나는지 억양 높은 소리로 떠들었다.

"윗부분은 선천先天이고 밑부분은 후천입니다. 이제 선천의 시대가 가고 후천이 열립니다."

"개벽의 날 말이지요?"

내가 다소 빈정거리는 어조로 물었을 때

"그렇지요. 그렇습니다. 어떻게 그것을 아셨습니까?"

그는 감격하고 흥분하고 있었다. 그의 검은 동자는 확대된 흰자위의 중간에 어안魚眼처럼 돌출되었다. 동지를 얻었다는 기쁨이 컸으리라. 나는 확실하지도 않은 지식을 점잔을 빼면서 말을 이었다.

"태호 복희씨라고 옛날 먼 옛날……"

"문왕文王도 있었어요. 저 팔괘는 바로 문왕 팔괘랍니다."

내가 문왕까지를 이야기해 버리면 자기의 지식을 전부 박탈당

할까 두려웠던지 사내는 내 말이 채 끝나기도 전에 가로챘다. 나는 그의 이런 대화법이 도전이라고 생각했으나 묵살하기로 했다. 아까도 그는 나의 작업에 관해서 관용의 뜻을 보였었으니까.

우리는 잠시의 침묵을 통해서 다시 아까의 신선한 쾌감을 되찾았다.

"가 볼까요."

사내가 갑자기 나의 귀에다 속삭였다. 아무도 듣는 사람이 없는 곳에서 귓속말을 듣고 보니 나는 마음이 으스스해졌다. 사내는 건너다보이는 하얀 건물을 가리켰다. 처음 보는 건물이었다.

"저게 뭐지요?"

나는 저으기 놀라운 심정으로 물었다. 놀랍다는 것은 아까의 그 으스스한 마음의 바탕에 감지된 건물의 인상 때문이었다. 나는 그 건물을 바라보며 어떤 이국 풍경을 (가령 유럽의 무시무시한 산성을, 딴은 사진에서밖에 보지 못하였지만) 연상했다.

"재림한 예수가 살고 있다는 산상 기도원이지요."

나는 그 말에 호기심이 복받쳤다.

"가봅시다."

내가 그의 팔을 끌었다. 우리는 돌이 깔린 산등성이를 타고 기도원을 향해서 걸었다. 바람에 갈대들이 소리를 내며 살랑거렸다. 그곳에 이르자 우리는 잠시 문밖에서 머뭇거렸다.

"들여 보내줄까요?"

나는 사내의 손을 꼬옥 쥐며 나직이 말했다. 사내의 손에는 땀이 촉촉이 배어 있었다. 사내는 대답하지 않았다.

"들어갈 수 있을까요?"

나의 두 번째 질문을 받고 사내는 나를 빤히 바라보며 침을 꿀꺽 삼켰다. 그는 지금 나의 인도자였기 때문에 무엇이라고 답변을 해야겠는데 답변할 수가 없는 모양이었다.

"아들들아, 들어라. 나는 그날의 약속대로 이 동방의 땅에 재림하였노라……. 머지않아 이 세상의 종말이 올지니, 나는 그것을 심판하러 왔노라. 찾는 자는 살 것이요, 찾지 않는 자는 죽을지니……."

중년의 사내가 외치고 있는 모습이 열린 문 사이로 들여다보였다. 수염이 터부룩한 그 중년 사내의 말 한마디, 제스처 하나하나가 신자들의 마음을 사로잡고 있음이 분명했다. 청중은 감동해서 기성을 발하고 땅바닥에 엎드려 머리를 조아리었다. 이어서 울음소리가 우웅하고 둥성이로 울려 나왔다.

나는 그 신비로운 말들과 광경에 정신이 몽롱한 채 귀를 기울이었다. 사내는 마음이 타는지 침만을 꿀꺽꿀꺽 삼키고 있었다.

"모두가 사기꾼 짓이오."

사내가 내뱉었다.

"어서 갑시다."

그러나 나는 선뜻 움직이고 싶지 않았다. 나는 기도원에서 울려오는 소리와 눈에 보이는 광경 때문에 꽤 마음이 흔들리고 있었다. 잠시나마 그 자리에서 있고 싶었다. 그러나 나는 지금 어린애나 다름없이 사내의 인도를 받고 있는 처지였기 때문에 그의 말에 따르지 않을 수가 없었다.

우리는 기도원에 등을 돌리고 게양대 쪽으로 천천히 발을 옮겼다. 내 신경의 촉수는 무척이나 예민해져서 기도원에서 울려오는 소리, 발에 차이는 돌멩이의 굴림소리 그리고, 산 벌레의 날갯짓 하나도 놓치지 않고 있었다. 신경이 주위의 모든 것을 빼놓지 않고 빨아들이는 순간이란 참으로 형언할 수 없는 내면적 평온이나 감동, 그리고 정적의 시간이 아니고는 이루어질 수 없는 일이었다. 그런 시간에는 가령, 자기의 옷에 가려진 옛날의 부스럼 자국 하나에서 발작되어 퍼지는 가려움까지라도 어떤 쾌감으로 받아들여질 수 있는 순간이었다. 형용할 순 없었지만 나는 점차 그런 감동으로부터 유도된 어떤 깊은 생각으로 빠져들고 있었다.

"예수님께서 재림하셨습니다."

어떤 여인의 목소리가 뒤에서 울려왔다. 우리는 반사적으로 고개를 뒤로 돌렸다. 나의 깊고 아늑한 사념의 정적은 순시에 무너졌다. 여인은 우리 곁으로 다가왔다.

"예수님께서 말세를 심판하시러 재림하셨습니다."

여인의 목소리는 그 여인이 아닌 어떤 형체 없는 존재로부터 울려 나오는 소리처럼 신비로웠다.

"그 시간이 오기 전에 우리는 기도원으로 모여야 합니다."

세 번째 목소리는 분명히 한 발자국 앞에 선 여인의 입으로부터 터져 나옴을 감지할 수 있었다.

언제나 내 움막 앞을 지나던 바로 그 여인이었다. 반가웠지만 나는 내색을 하지 않았다. 어쩐지 속물적인 응수가 이곳에서는 자연스럽지 못할 것 같았다. 그러나 우리는 여인과 잠시 동안 동행이 되었다. 우리는 여인에게 아무런 말도 묻지 않았다. 여인은 세 번이나 말을 걸었어도 반응이 없는 우리를 가엾다는 듯이 한 번 쳐다보곤 앞질러 걸어갔다.

"기도원을 찾아 들지 않으면 곧 후회할 것입니다."

멀리까지 앞질러 간 여인이 잠시 돌아서서 다시 말을 던졌다. 그러나 우리는 대꾸하지 않았다. 내가 무어라 대꾸하려 하면 사내는 내 허벅지를 꼬집어 만류했다.

어느새 게양대 밑에 이르렀다. 기도원의 감동은 지금까지 무거운 중량으로 내 가슴을 짓누르고 있었다.

기가 바람을 타고 머리 위에서 펄럭이고 있었다. 청홍의 위치가 뒤바뀐 사내의 기에는 그 문왕의 팔괘가 여덟 개 고스란히 그려져 무척 요란했다.

사내는 게양대에 붙어 서서 다시 주문을 외웠다. 나는 사내가 주문을 외는 동안에 몇 개의 돌을 주워 망태에 담았다. 다시 우리는 움막을 향해서 비탈을 내려갔다. 사내는 내가 둘러매고 있는 망태를 내리게 해서 그것을 맞들어 주었다.

"후천은 언제부터 시작되는 겁니까?"

"나는 현몽을 얻었어요."

사내는 현몽을 얻었다고 했다.

"구백구십 구일 동안 기를 저 봉우리에 꽂고 기도를 하면 천지 개벽의 날에 구원을 얻는다는 현몽을 얻었어요."

"언제가 구백구십 구일입니까?"

"벌써 넘겼지요. 그러나 나는 그의 삼배, 구배라도 실망하지 않고 계속해야 합니다. 그것을 이루지 못하는 것은 오로지 이쪽의 정성 부족이니까요."

사내는 조금도 실망하지 않는다는 의젓한 자세로 말을 이었다.

"불교에서도 석가모니의 시대가 가고 미륵부처님의 시대가 온다는 거예요."

사내의 말이 부처님에게까지 미쳤을 때 나는 기도원에서 나온 여인의 말을 연상했다.

"그것은 기도원에서 나온 여인의 말과도 일치하는가요?"

사내는 그에 대해서는 대답하지 않았다.

일터에 이르러 나는 곧 작업을 시작했다. 사다리를 걸치고 올라가서 돌을 쌓기 시작했다. 사내는 사다리도 잡아주고 돌도 올려주고 하면서 나의 일을 도왔다. 일은 한 시간 동안만으로 그치기로 했다. 끝내고 나서 사내와 나는 이마에 송알송알 솟아난 땀방울을 닦았다.

우리는 어느새 친근해져 있었다. 나는 누추한 내 움막으로 사내를 안내했다. 그리고 아침을 대접했다. 술도 마셨다. 술은 우리를 모든 시름으로부터 해방시켰다. 아무도 우리를 제약할 사람이 없는 산중이었지만 술을 마시고 나서 자신들을 보다 자유롭게 할 수가 없었다.

"정말 형씬 무엇 때문에 이 탑을 쌓고 있는 것이지요?"

여러 가지 이야기 끝에 사내는 다시 탑에 대해서 물어 왔다. 이 탑이 몇 길이나 올라갔다가 세 차례나 무너졌다는 이야기를 해주었을 때 사내는 놀라움으로 그 어안 같은 눈을 크게 뜨고 번쩍이었다.

"뜻이 없어요. 그러나 나는 내 생명이 끝나도록 계속할 겁니다."

나는 상대방이 주책없는 인간이라고 인정할지도 몰랐지만 소신대로 되풀이 대답했다.

술이 어지간해지자 사내는 다시 건망증을 발로하곤 했다. 몇 번 되풀이 대답했는데도 탑을 쌓는 목적이 무엇이냐고 물어보곤 했다. 그때마다 나는 권태로운 대답을 되풀이해 주어야만 했다. 어쩌면 목적 없는 일을 계속하고 있는 나에 대해서 사내는 모멸감을 가지고 있는지도 모를 일이었다.

우리는 그럭저럭 움막 속에서 시간을 보냈다. 권태와 의욕은 조수 같은 운동을 통해서 밀려오고 밀려갔다. 우리는 그것을 적절하게 향유함으로써 하루를 보내기로 하였다. 우리는 여러 가지 이야기를 하다가 지치면 쓰러져 눕기도 하였다. 돌을 쌓는 기술이라든가, 게양대는 얼마나 바람이 세면 부러질 것이라는 둥, 퍽 유익한 이야기를 교환하였다. 특히 그로부터 들은 이야기 가운데 놀라운 것은 그 산상의 기도원으로 통하는 길이 이쪽에서뿐 아니라 저쪽의 더 험준한 골짜기를 통해서도 여러 갈래 있다는 사실이었다.

나는 갑자기 재림했다는 예수를 만나보고 싶은 생각이 들었다. 그러나 그때는 이미 조건이 좋지 않았다. 어느새 하늘은 먹구름이 덮고 바람이 비를 몰아 때리고 있었다. 생각해 보면 무던히도 후덥지근한 몇 시간이었던 것을…….

씽씽, 바람이 나무들을 스치는 소리가 지나가면 번개가 번쩍번쩍 코빼기 앞을 스쳤다. 우리는 거의 절망적인 마음으로 움막 속에 쭈그리고 앉아서 검은 하늘을 쳐다보았다.

"기를 거두러 가야겠군."

사내가 중얼거리며 무거운 동작으로 몸을 일으켰다. 이때 후둑후둑 굵은 빗방울이 바람에 실려 세차게 몰아닥쳤다.

"천지 개벽이라도 되려는가?"

사내는 한 발자국 밖으로 내놓았던 발을 거두고 게양대 쪽을 바라봤다. 멀리 어두워가는 하늘에서 깃발이 비바람에 찢어질 듯 나부끼고 있는 것이 안타까웠다.

"기를 거둬야 하는데……"

사내는 중얼거리기만 할 뿐 움직이려 하지 않았다. 여느 때 같으면 비가 오나 눈이 오나 바람이 불거나 간에 기를 거두는 일을 거르거나 게으름을 피워본 일이 없는 그였지만, 오늘은 망설이기만 하고 있었다.

어둠은 너무나 빨리 산골짜기를 물들였다.

"정말 종말이 오는가 봐."

누군가가 움막 앞을 지나며 비바람 속에서 중얼거렸다. 그 여인이었다. 치적치적치적 여인의 발걸음은 바쁘고 거칠었다. 얼굴에 흘러내리는 물기를 연신 닦으며 능선을 기어가듯 걸어 올라갔다. 회색의 어둠 속으로 비 맞은 후조같이 어깨를 늘어뜨리고 그녀가 사라지자 갑자기 칠흑 같은 어둠이 삼라만상과 우리 사이를 비통한 울부짖음 소리를 내며 단절시켰다. 우리 앞에는 어둠과 비바람 소리만이 있었다. 이따금 스치는 번개가 우리 앞에서 명멸할 때 나는 상처를 입은 짐승처럼 가슴을 안고 신음했다.

밤이 깊어갈수록 천지는 더욱 어수선하고 비통하게 울부짖었다. 움막이 삐득거리는 소리, 나무들이 꺾이는 소리 이런 소리들 때문에 우리는 잠은커녕 누울 수도 없었다. 나는 칠흑 같은 어둠 속에서 사내의 손을 찾아 쥔 다음 그 손을 내 곁으로 끌어당겼다. 사내는 기다렸다는 듯이 딸려 왔다.

"깃대가 꺾이면 어쩔까."

내가 마침 탑이 무너질 것을 마음속으로 걱정하고 있을 때 사내는 불쑥 게양대 걱정을 했다. 그 상념의 일치는 내 마음에 큰 위안을 가져왔다. 서로 손을 잡고 있는 시간에도 마음의 교류가 있기까지엔 우리는 고독할 수밖엔 없었던 것이다.

"쇠니까 설마……."

내 소리는 목이 갈려 있었다.

"쇠라도 바람이 이렇게 세서야……."

나의 위로하는 말에 의해서도 그는 불안을 지우려 하지 않았다.

삐드득 삐드득, 움막은 더욱 마찰음을 내며 흔들렸다. 우르릉 쾅, 벼락이 근처에 떨어지는 소리가 천지를 진동했다. 우리는 서로 몸을 끌어안고 있었다. 둑두구르……, 분명히 탑이 무너지는 소리.

"탑이 무너지고 있어."

나는 몸을 와들와들 떨며 사내의 귀에다 속삭였다.

"아마 개벽이 되나 봐."

뜻밖에도 그는 침착하게 가라앉은 목소리로 말했다. 사내의 지나친 침착은 상대적으로 나의 불안을 가중시켰다.

"개벽이 되면 우린 모두 어떻게 되는 거지유?"

"그야……"

해놓고 사내는 말이 막히는지 한참 동안 침묵을 지키고 있다가 다시 말을 이었다.

"신명에게 달린 일이지요. 죄지은 자, 천지 음양의 뜻을 어긴 자는 멸망할 거고."

"깃발이 있으니까요."

나는 마음의 위로를 나와는 아무런 연관이 없는 깃발에서 찾고 있었다. 깃발이 그곳에 서 있는 한 멸망으로부터 구제되리라는 기대 때문이었다. 그 기대는 내 가슴에서 보다 큰 빛으로 일렁이었다. 그 빛은 어둡고 무거운 물안개 삭이듯 조금씩 지워갔다.

움막은 다시 흔들리면서 벽이 무너졌다. 물이 쏴아, 하고 움막 안으로 흘러들었다. 나는 물이 첨벙 고인 바닥에 엉덩이를 담그고 더욱 힘주어 사내를 껴안았다.

"끝장이야 끝장, 오! 나는 죽었네."

사내는 찢어지는 비명소리에 나는 잠을 깼다. 벽을 기대고 새벽녘에야 나는 겨우 새우잠이 들었던 것이다. 나는 바지 띠를 졸라매면서 밖으로 뛰어나갔다. 나의 눈에 가득 찬 것은 좁다란 초원을 메운 돌덩이들이었다. 탑은 비참하게 무너져 있었다.

"천지개벽이 되었어요?"

나는 언덕 위에 슬픔에 젖어 서 있는 사내에게 물었다.

"내 깃대가 부러졌단 말이야."

올려다보니 밝아오는 산봉우리에는 있어야 할 게양대며 깃발이 보이지 않았다. 나는 현장을 확인하기 위해서 풀이 죽어 흐느적거리는 사내를 이끌고 봉우리에 올라갔다. 밤새 비바람에 할퀸 대지는 상처를 입고 신음하고 있었다. 구부러지고 부러진 나뭇가지들이 볼품없이 산길에 걸쳐 늘어져 있었다. 긴 계곡이 헤엄쳐 나간 좁은 들판은 번들번들 홍수로 덮여 있었다.

게양대는 무참히도 산등성이에 길고 싸늘한 형태를 눕히고 있었다. 사내는 얼굴을 일그러뜨리고 울먹이기 시작했다. 좌절자만이 가질 수 있는 처절한 오열이 어깨에서 들먹이었다. 온 정성을 다하고 마음을 의지했던 지주支柱가 꺾이어버린 다음의 깊고 무서운 절망이 사내를 핏기 없는 해골로 변신시켰다. 나는 사내 곁으로 다가가 그의 등을 어루만졌다. 어린애 다루듯 그를 위로했다.

사내를 안고 있는 나의 시야에 무너져 산산이 흩어진 탑의 돌들이 멀리 내려다보였다. 나는 슬프진 않았다. 어쩌면 나는 탑이 자꾸 무너지길 바라고 있을지도 모른다고 생각했다. 무너진 것을 쌓고 다시 쌓는 그 작업만은 나에게 주어진 평생의 과업일지도 몰랐다.

"기도원은 어찌 되었을까?"

"글쎄 말이야. 걱정이 되는데."

사내의 슬픔이 웬만큼 물러갔을 때 우리는 서로 얼굴을 바라보며 기도원에 대해서 걱정하였다. 우리는 약속이나 한 듯 기도원을 향해서 순례자처럼 발을 옮기기 시작했다. 고개를 올라 서면 기도원이 언제나 산등성이에 우뚝 솟아 있는 것이 보였다. 그러나 오늘은 상황이 달랐다. 등성이 위에서 우리는 놀라움 때문에 발을 멈췄다. 우리는 거의 달리다시피 기도원을 향해서 걸었다. 문 앞에 이르렀을 때 우리는 그곳에 어젯밤의 여인이 쓰러져 있는 것을 보았다.

"가엾게도 죽었군요." 사내는 말하면서 죽은 여인의 등을 손가락으로 쿡쿡 찔렀다. 미동도 하지 않았다.

"이분도 역시 순교자이겠지요."

나는 숙연한 마음으로 중얼거렸다. 그러나 여인의 죽음은 어떠한 실감도 나에게 던져주질 못하였다. 그것은 스스로가 체험하지 않고는 알 수 없는 세계였다. 죽음은 보다 깊숙하거나 제기할 수 없는 암흑과 결합한 것일 수밖에 없었다. 그것은 우리의 삶과도 같이 참으로 잡을 수 없는 불가사의한 것이었다.

비에 젖은 채 늘어진 시체며 폭삭 무너진 기도원, 그리고 그것을 위압하듯 버티고 서 있는 거대한 소나무의 음영에서 나는 견딜 수 없는 외로움 같은 것을 느꼈다. 그것은 이 세상의 모든 것을 상실해버린 것보다도 더욱 벅차고 엄청난 것이었다. 소나무의 인상이 어째서 그렇게 그로테스크한 것이었는지, 그것은 설명할 도리가 없었다. 이제까지 내가 겪었던 죽음들, 전장에서의 수많은 시체들 속에서도 나는 이런 체험을 하지 못했었다. 이런 깊숙한 절망이 나를 거의 질식시키고 있을 때 나는 하늘을 우러러 이제 아무도 아무것도 기대할 수 없다는 참혹한 심정으로 오열하고 있었다. 나는 대양 속의 한 이파리 나뭇잎처럼 몸을 출렁이며 현기증을 일으켰다.

사내도 참혹한 심정이었는지 풀이 죽고 얼굴이 백지장처럼 해쓱한 채 고개를 떨어뜨리고 서 있었다.

"형씨는, 형씨는 말이지요." 사내가 더듬거리며 핏기가 말끔히 가신 입술을 놀리기 시작했다.

"형씬 쌓고 있는 돌무더기에 치어 죽을지도 몰라요."

사내는 이제까지 죽음을 생각하고 있었음이 분명했다.

"그렇지요. 분명히 그렇다니깐요."

나는 신경질적으로 소릴 질렀다.

"그러나 말이지요. 산다는 것이 더욱 엄청나단 걸 알아야지요."

창백하고 일그러져만 보이던 사내의 얼굴에 다소 화색이 돌아왔다. 나는 돌멩이 하나를 집어 골짜기를 향해서 혼신의 힘을 다하여 던졌다. 돌멩이는 내 손을 벗어나 아스라한 골짜기 속으로 사라져갔다. 갑자기 나는 무거운 짐을 털어버린 것처럼 몸이 홀가분해졌다.

"내려갑시다. 내려가 다시 탑을 쌓아야겠소."

나는 사내의 소매를 끌었다. 사내는 여느 때보다도 훨씬 양순한 태도로 무척 다정하게 내 곁에 붙어서 걸었다. 사내의 숨소리가 아내의 숨소리처럼 가깝고 다정했다.

"우앗하하하······." 고갯마루에 올라섰을 때 나는 갑자기 미친 사람처럼 너털웃음을 터뜨리기 시작했다.

"우앗하하······." 웃음소리는 골짜기와 골짜기가 화답하듯 멀리 메아리쳐갔다. 몇 마리의 산새들이 웃음소리에 놀라 푸드득 푸드득 날아올랐다.

사내는 어느덧 얼굴이 환하게 풀려 있었다. 우리는 서로 어깨를 걸쳐 팔짱을 꼈다. 그리고 노래를 불렀다. 탑이 무너지고 게양대가 쓰러졌으며 기도원이 내려앉은 폐허 속에서도 나는 다정한 벗 하나를 얻은 것이 기쁘기만 했다.

동숙자同宿者

폰쇠는 희미하게 빛을 내고 있는 전등 밑에서 팬티를 홀랑 까
내리고 앉아 이를 잡고 있었다. 이때 만술이가 찌익 하고 미닫이
를 밀고 들어와서 아랫목에 털썩 주저앉으며 내뱉었다.

"제길헐, 오늘은 재수라곤 쥐뿔만치도 없다."

"왜 그래, 또 그 여자라도 만나서 무신 일이라도 있었어?"

폰쇠는 이를 뒤지다 말고 흰 살비듬이 깔린 엉덩이를 뜨윽 뜨
윽 긁어대며 만술이를 돌아봤다.

"아니여, 그렇기라도 했으믄 좋게. 재수 머리 없이 돈도 못 받
고 파출소 참만 했단께."

"파출소?"

"그래여."

정류소에서 손님의 짐을 받아 지고 따라갔다가 사고가 난 것
이다. 하주 집에 이르러 짐을 내리고 보니, 짐 위에 얹어 놓은 가

방이 날아버렸던 것이다. 법석대는 거리에서 골목으로 접어들 때가 아니면, 문을 끄르도록 밖에 서서 기다리는 시간에 어느 놈이 내려가 버린 것이 분명했다.

"이 새끼, 짐을 어떻게 지고 왔어!"

하주는 마구 호통이었다. 만술이는 죄지은 사람이 되어서 꿀먹은 벙어리가 될 수밖에 없었다. 변명할 용기가 없었다.

"중요한 회사 문서 하구 돈까지 든 가방이여. 빨리 찾아내거나 못하면 손해 배상이라두 해!"

멱살을 잡히고 뺨을 두 대나 두들겨 맞았다. 너무 곱신곱신 당해줘서 그랬던지, 하주는 끝내 그를 도둑으로 몰기 시작했다.

"이 짜식 도둑놈과 한속일 것이여. 맛을 봐야 해. 날 따라 와."

그는 끌리다시피 뒤를 따라야 했다. 이래서 파출소 참을 한 것이다.

"큰 벼슬했네 그려."

폰쇠가 뚝, 하고 이를 죽이면서 비죽거렸다. 사철 안팎으로 쥐색 옷만을 입고 살아서 그런지, 이의 색깔도 희지 않고 검다. 폰쇠는 퉤퉤, 침을 뱉은 다음, 손톱에 묻은 검붉은 피를 쓱쓱 바짓가랑이에 문질렀다.

"에이, 시원하다."

댓자로 큰 이를 죽이고 난 다음의 쾌감이 얼굴에 희희낙낙하게 번지고 있다.

"그놈의 주민등록증 말이여. 그걸 해뿌러야 할랑 개비여. 파출소에서는 고것만 내노라고 야단이니 말이여."

만술이는 이번에 주민증을 하지 않았다. 주민증만 하게 되면, 어떻게 되는 셈인지 고향에서 주소를 알아내 가지고 그를 찾으러 온다. 지난번 주민등록 때도 있는 곳이 탄로가 나서 아내한테 붙들려가서 이년을 고생해야 했었다. 마음으로 버려버린 고향이란 아예 돌아가기가 지겹다. 그래서 이번에는 주민등록 신청조차 포기해버린 것이다. 그런데 자꾸 구차한 일이 생긴다. 순경들이 임검을 나와도 그렇고, 오늘같이 사고가 나도 주민증 먼저 보자고 한다. 참으로 난처한 일이다.

"인제 자네도 처자식한테 돌아가지그려. 그러면 주민등록 걱정도 없을 것인께. 하! 이 무허가 하숙집에서 평생 마칠 셈인가? 나사 처자식 없은께 요렇게 살지만, 내가 자네 판속이라면 냉큼 돌아간다고."

폰쇠는 서캐를 뚜두둑 으깨어 죽이면서 가볍게 한숨을 내쉬었다. 젊어서 죽은 아내 생각만 하게 되면 한숨이 나온다. 그 아내만 죽지 않더라도 고향을 버리지 않았을 것이고, 이런 떠돌이 신세가 되지 않았을 것이다. 젊어서야 떠돌이 생활도 그 나름대로 즐거움이 없지 않아 있었다. 그러나 나이가 오십을 넘으면서부터는 가정 그리울 때가 부쩍 많아졌다. 거리에서 구두를 고치고 앉아 있는 시간에도 이따금 그런 그리움 같은 것이 무너지는 낙엽과도 같이 몸을 덮어 오는 수가 많았다.

"아니, 오늘 밤은 밥들도 안자실 것이유!"

하숙집 주인인 석순네가 예고도 없이 문을 드르륵 열고 고개를 들이밀었다. 끝이 부드럽고 뭉툭하게 끝나는 충청도 사투리다. 폰쇠는 얼른 까진 궁둥이를 올려 덮었다.

"무신 놈의 이데여, 아이구 추접해라. 물 철철 나온께 빨아서 삶아들 입지."

석순네가 눈을 씰룩거리며 폰쇠를 골려댔다.

"아짐씨가 내 것도 한번 빨아줄란가유?"

폰쇠는 부러 충청도 억양을 섞어 말하면서 노란 이를 내놓고 씨익 웃었다. 속이 있어서 한 소리다. 접때도 석순네는 만술이 옷을 빨아준 적이 있었던 것이다.

"속들은 좋네"

석순네는 째지게 눈을 흘기면서 문을 닫았다. 더 버티고 있어봐야 본전도 못 찾을 것이 뻔하기 때문이다. 폰쇠가 바지를 추스러 올리며,

"자네는 여복도 많은 사람이여."

했다. 만술이는 대꾸하지 않고 싱긋이 웃기만 했다.

석순네가 폰쇠를 제쳐놓고 만술이에게 호감을 보이고 있는 것은 사실이었다. 며칠 전에도 만술이가 내의를 빨고 있자니까, 석순네가 다가와서,

"아이구, 그걸 나한테 맡기지 않구."

하고 빨래를 가로채서 빤 다음, 깨끗이 말려서 돌려준 적이 있었던 것이다. 그뿐 아니었다. 이따금 좋은 음식이라도 생기면, 폰쇠를 따돌리고 그에게만 살짝 맛이라도 보이는 것이었다. 그럴 때는 으레 소줏잔이라도 곁들여서였다.

만술이가 말하지 않아도 폰쇠는 그런 일을 다 짐작하고 있었

다. 어떻게 보나 만술이는 폰쇠에 비해서 미남이고 호남아임에는 틀림없었다. 굵성굵성한 생김새가 남자다웠다. 눈도 부리부리하고, 코가 밑으로 내려와서 사잣코로 뭉클어진 폼이라든가, 쭉 째진 입 때문에 그는 스스로 항시 잘생긴 사내로 자처하고 있기도 했다.

밥상이 들어왔다. 밥이야 덩실하게 고봉으로 솟았지만 반찬은 말이 아니다. 희부덕한 김치에 시래깃국이 고작이거나 이따금 젓갈 나부랑이가 오를 뿐인 밥상이었다. 폰쇠는 다섯 손가락으로 수저를 야물게 걸머쥐고 착착 밥을 다진 다음 손가락 가득히 떠서 아가리에 퍼넣고 불근불근 씹었다.

폰쇠의 밥그릇에 비해 만술이의 그것은 조금 낮았다. 원래가 양통이 적기도 하지만, 매일 막걸릿잔이라도 안 마신 날이 없고, 그것을 마시고 나면 밥이 덜 먹히기 때문에 자연 식성은 폰쇠를 따르지 못했다. 그런 것을 아는 석순네가 밥을 담을 때, 미리 폰쇠의 것과는 구분해서 얇게 담아 보낸다. 선비는 밥그릇이 얇은 것이고 어쩌고 하는 상식 때문에, 만술이는 이따금 제 밥그릇이 폰쇠의 것보다 얇은 것을 대견하게 생각하기도 한다. 하기야 일자무식으로 지게 품팔이인 주제에 무슨 놈의 자기를 선비에 빗대고 어쩌고 하는 일이 가당이나 한 일이겠는가마는, 하여튼 그는 그 생긴 허우대 때문에 한 몫을 먹는 것이다.

"오늘 벌이는 얼마나 했는가?"

밥을 먹으며 만술이가 물었다.

"천오백 원 했어. 밑천 지하고 천원 가까이 벌었을래."

"그럼 오늘은 자네가 반주 한산 사소."

"그리혀."

폰쇠는 입에서 뺀 숟가락을 푹 밥에다 꽂은 다음, 서슴없이 밖으로 나가서 보해 한 병을 사 들고 들어왔다.

폰쇠는 언제나 인심이 푸지다. 혼자 몸으로 돈 모아서 뭣하냐고 아무에게나 선심을 곧잘 쓴다. 우체국 옆에서 나란히 구두를 고치고 있는 덕만이에게도 술을 사는 수가 많았다. 덕만이는 가솔이 많아서 언제나 쩔쩔매고 있다.

"매이긴 해도 자네는 복인 줄만 아소. 그래도 자식들 다 중고등 보내고, 나사 아무 재미도 없는 놈인께."

덕만이가 돈이 쪼들린다고 푸념이라도 할 작시면 폰쇠는 언제나 그를 위로하곤 했다. 돈을 모아놓으면 마땅한 홀어미라도 생기는 법이라고, 더러 충고도 받긴 하지만, 마음이 허랑해서 그런지 통 돈이 모아지질 않는다.

폰쇠는 어금니로 마개를 물어 제쳐서 술병을 깠다. 남실하게 술 한잔을 따라서 만술이에게 주었다. 전작도 있으련만 만술이는 그것을 받아 단숨에 쭈욱 들이키고 폰쇠에게 다시 건넸다. 이렇게만 되어도 흥이 솟는다.

"그 잡년 말이여."

만술이는 입을 헤벌리며 그 시골 여자 이야길 꺼냈다.

"그래, 요새도 봤댔어?"

폰쇠가 술을 마시다 말고 눈을 말똥거리며 관심을 쏟는다.

"어제도 쫓아오며 보채쌌는 걸 겨우 달래 보냈어. 오늘은 심이 없은께 내일 만나자고…… 염병할 것, 촌년이 아전 서방 하면 날 새는 줄 모른다더니 아조 찰거마리란께."

벌써 달포도 넘은 일이다. 시외버스에서 쌀자루를 보듬고 내린 아낙네가 있어, 만술이는 그 자루를 받아지고 뒤를 따랐는데 엉덩이를 흔들며 앞서 걸어가던 아낙네가 흘금흘금 몇 차례 뒤를 돌아보더니 자꾸 얼척없는 소리를 붙여온 것이다. 미남이라커니, 아주머니는 좋겠다커니 해싸서, 지게 품팔이하는 홀아비가 좋을 것이 뭣이냐고 쏘아붙였더니, 홀아비란 말을 듣고 시골 여자는 적이 감동을 하기 시작한 것이다.

"아이고 그래라우잉, 아이고 그래라우잉. 아무리 지게는 졌어도 저렇게 반반한 양반이 홀애비가 웬 일일께라우잉?"
하고 환성만을 연발한 것이다. 짐도 가볍고 해서 건둥건둥 가벼운 기분으로 뒤를 따라가서 마루에 짐을 부려주었더니, 이왕이면 뒤주에까지 부어달라고 했다. 그래서 쌀자루를 들고 방으로 들어서자, 아낙네는 덜컥 문을 쳐닫고 매달린 것이다.

그래서 만술이는 그 시골 여자를 잡년이라고 했다. 시골에다 고혈압인가 중풍이 든 남편을 놔두고, 공부하고 있는 자식들 식량이나 반찬 나른다고 오르락내리락하며 만술이를 만나 온갖 대접을 다해주는 것이다. 자식들이 등교하고 난 방은 그들의 소굴이었다.

여자가 지나치게 매달리면 겁도 나는 법이다. 하숙집 석순네를 보다 곱게 보고 있는 만술이는 그 시골 아낙네를 떨쳐버려야 하겠다고 생각하고 있다. 여자가 너무 적극적으로 나온 걸 봐서는 필경 심상찮은 일이 생기고 말 것이라는 두려움이 있었다. 바람난 중년 여인이란 남자보다 훨씬 통이 커지고 체면까지를 돌보지 않는다.

"폰쇠!"

술병이 바닥이 날 무렵에 만술이는 폰쇠를 다정하게 불렀다. 파출소에서 당한 언짢은 기억들이 달콤하게 변해가고 있었다. 다정한 만술이의 부름소리에 폰쇠의 가슴속이 욱신하고 뜨거워진다.

"그 시골 여자 말이여, 자네에게 소개해줄까?"

"뻘소린 말지 그려."

"정말이여. 그 여자 내일 열두 시 차로 내리기로 했은께."

"정말이라도, 떡 줄 사람한테 물어보지도 않고?"

"떡 줄 사람이나 마나 그 여자는 내게 매인 사람인께 죽으라믄 죽진 않드라두 죽는 시늉까진 헐 꺼여."

"정 그렇다면야. 히볼티면 히봐. 오랫만에 호래비 면 한번 혀보게."

폰쇠는 쑤욱 들이키고 빈 잔을 만술이에게 건넸다. 겨드랑이를 비롯해서 그늘진 모든 곳이 노글노글했다. 갑자기 젊어지기라도 한듯 그의 얼굴에는 생기가 넘쳤다.

"그만 둬. 술병 바닥났은께."

만술이가 잔을 받으려다 말고 손을 내렸다.

"응? 바닥났네, 그럼 한 병 더 해야제."

폰쇠는 다시 일어섰다. 여자를 소개해준다는데 술값이 아까울

소냐, 인 것이다.

"그만하세."

만술이가 속은 두고 체면치레의 말을 했다.

"아니여, 한 병은 더 해야 써."

이렇게 해서 권커니잣거니 술자리는 이어졌다. 의기가 투합되자 폰쇠도 지지 않고 술잔을 비웠다.

끝내 그들은 다섯 병의 술을 비웠다. 만술이는 전혀 미련이 없는 것은 아니었으나, 깨끗이 사내답게 시골 아낙네를 폰쇠에게 밀어주기로 결심을 굳혔다. 첫째, 그 시골 여자는 유부녀란 것이 불리한 조건이다. 둘째로는 만일 그 여자가 하숙집에라도 찾아와서 수선을 떠는 날이면 모처럼 익어가는 석순네와의 사이에 파탄이 올 것이 뻔한 일이기 때문이다. 그렇게 되면 이 집에서 쫓겨나기 십중팔구일 것이니, 깨끗이 양보의 미덕을 보이고 물러서리라는 결심이 선 것이다. 잘 생각하면 누이 좋고 매부 좋은 일인 것이다.

두 사람은 술이 거나해지자 우정이 더욱 두터워졌다. 서로 팔을 끼고 몸을 밀착시켰다. 상대의 입에 술을 먹여주기도 했다.

"참으로 우린 보통 사이가 아닐세."

"그다 뿐인가. 서로 입엣것 내묵기는 쉬어도 여편네까지 양보하기란 보통 사이에서야 가당이나 한 일인가?"

폰쇠는 거의 오금이 녹아가는 행복에 젖어 있었다.

"우리들이야 베개 동서지, 응 안 그래?"

"맞어 맞어. 베개 동서여."

폰쇠는 허리를 비비 꼬며 대꾸했다.

"허허허허……."

두 사람은 소리를 합쳐 늘어지게 웃어제꼈다.

"뭔 일들이 그리 재밌수? 상은 빨리 내놓지 않구!"

석순네가 다짜고짜 문을 밀고 들어섰다. 표정이 좀 거칠다.

"아 아주머닌 알 일이 아니여라우."

폰쇠가 혀 꼬부라진 소리로 변명을 했다.

"왜, 내가 알아서 못 쓸 일이 있수?"

석순네가 뒤틀어진 표정으로 만술이를 쏘아봤다. 말소리도 매
서웠다. 두 사람이 주고받은 이야기를 밖에 서서 다 들은 눈치다.

"아니요, 아니요! 아무 일도 아니라니까."

만술이는 앉은걸음으로 두어 걸음 물러앉으며 손을 내저었다.
만술이의 그 거동은 좀 비굴하달 수 있는 것이어서 아까 폰쇠에
게 인심을 쓰던 때의 호기라곤 찾아볼 수가 없었다. 석순네는 어
이없다는 듯한 표정으로 잠시 만술이를 내려다보다가 토라진 얼
굴을 한 채 상을 들고 밖으로 나갔다. 만술이는 어쩐지 석순네한
테는 맥을 추지 못한다. 그는 미처 변명도 하지 못한 채 멋쩍은
자세로 방을 나가는 석순네의 엉덩이를 바라봤다. 가슴에 욱신한
것이 와서 닿았다.

여편네란 토라진 모습이 더욱 정답다. 그것이 아니라면 남자
의 마음을 사로잡지 못한다. 오늘 밤 기어코 위로해주리라. 만술
이는 어리버리한 의식 속에서 다짐을 한다. 아들 석만이도 요사
이는 공장에서 기거를 하기 때문에 밤에도 집에 돌아오지 않는

다. 딸 석순이가 잠든 사이에 침입을 하리라. 차마 제까짓 게 거절이사 할라고. 그까짓 여편네 골난 것쯤 당장 내일 아침이면 낫낫하게 해주리라. 더구나 그녀를 위해서 한사코 달려드는 여자까지를 양보해버린 지금, 거리낄 것이 없는 일이다.

통행금지가 가까울 무렵에야 그들은 누더기 이불을 끌어당겨 몸을 덮었다. 이때 덧문이 열리고 옆집 상술네의 소리가 들렸다. 옆집이라고 해봐야 커다란 적산 가옥을 여러 사람이 잘라서 차지한 다음, 각기 방 하나나 둘씩을 가지고 떠돌이들한테 숙식을 제공해주고 밥이나 뜯어먹고 사는 처지들이다. 석순네만 하더라도 만술이와 폰쇠가 매일 조금씩 벌어들인 돈에서 쌀 되씩이나 팔고, 반찬 사고, 그리고 연탄깨나 들여놓는 그것으로 살림을 꾸려가고 있는 처지다.

얼마 전까지만 해도 석순네는 시장엘 나가 생선 나부랑이를 받아서 팔아가지고 다소나마 생활에 도움을 주기도 했지만, 석만이가 공장에 나가버린 뒤론 그것마저 치워버렸다. 그것도 장사라고 너나 없이 벌이기 때문에 치어서 해낼 수가 없었던 것이다. 한동안 그들은 못 팔고 남아온 생선으로 포식을 하기도 했다.

"석순네 엄마! 손님 안 받을라요? 우리집은 방이 찼는데 손님이 늦게사 오셨네요."

"방이 없는데, 대체 어떤 손님이유?"

"이 손님."

상술네의 말꼬리를 이어서, 삼십도 못 되어 보이는 젊은이가 문밖에 섰다가 안으로 들어섰다. 상판을 보니, 희부덕한 피부색이나 이목의 생김으로 봐서 이런 더러운 무허가 하숙집에 굴러들어온 상은 아닌데, 하여튼 당장은 무던히도 궁하긴 궁한 처지인 모양이다.

"이 방에 합숙이라도 하겠시유? 두 분 있는데……."

석순네는 동정이 가는 모양이다. 웬만하면 받지 않으려 할텐데…….

"아무래도 좋아요. 며칠만 묵고 갈라니까요."

젊은이는 가리지 않고 들겠다고 했다. 발소리가 부서진 판자를 삐걱거리며 다가왔다.

"폰쇠아저씨, 주무셔유?"

만술이를 부르지 않고 석순네는 폰쇠를 불렀다. 아까의 토라진 마음이 상기 풀리지 않는 모양이다. 만술이는 금새 잠든 시늉을 하고, 폰쇠는 누더기 이불 속에서 윗몸을 일으켜 앉혔다.

"뭣이라우?"

다 들어 알고 있으면서 폰쇠는 모르는 척 시치미를 뗐다.

"방에 한 사람 더 들어야 하게슈. 이 손님이여유."

석순네가 가볍게 등을 밀자 젊은이는 조심스레 방으로 들어섰다.

"사이 좋게 지내세유."

석순네는 폰쇠를 구슬리며 문을 닫았다. 옴은 없는 여자다. 젊은이는 엉거주춤한 자세로 어슬렁어슬렁 방을 가로질러서 폰쇠 옆에 쭈구리고 앉았다.

"젊은이는 고향이 어딘가?"

그때까지 잠든 척하고 있던 만술이가 이불을 밀고 일어나 앉으며 점잔을 빼고 물었다. 이런 방에 정체를 알 수 없는 사람이 들면 점잖은 방법이라도 좋고, 위압적인 방법이라도 좋으니, 하여튼 방의 좌상으로 자처하는 사람이 이 방의 질서를 유지하기 위한 어떤 의식이 필요한 것이다.

"고향 따위 없습니다."

젊은이 좀 당돌한 경상도 말씨로 대꾸했다. 만만치 않은 데가 있는 젊은이다.

"허! 고얀 사람일쎄. 손윗 사람한테 그리 대답하는 것 아니여. 그렇다믄 어디서 오는 길인가?"

만술이는 더욱 점잔을 빼고 위엄있게 말했다.

"오늘 나왔십니다."

"오늘 나왔다니! 어미 뱃속에서 나왔단 말이여, 고향에서 나왔단 말이여?"

"그렇다면 좋게요. 빵깐이라니까요."

"뭐! 빵깐? 벽돌집 말이지?"

만술이와 폰쇠는 어른 봤다는 표정으로 서로의 얼굴을 바라봤다.

"하여튼 이왕 들어왔으니 그리 눕기나 하게."

만술이는 더 이상 말을 붙이고 싶지 않았다. 역시 높은 곳에서 온 사람이라면 한몫 놔줄 수밖에 없는 일이다.

젊은이는 한차례 늘어지게 기지개를 켠 다음 거침없이 이불을 끌어당겨 얼굴까지 덮고 누워버렸다. 이불이 쭈욱 그쪽으로 끌려갔다. 만술이의 가슴까지 덮고 있던 이불이 배꼽 께로 내려갔다. 당장 끌어올리고 싶었지만 만술이는 참았다. 역시 산전수전 다 겪은 사람으로서의 너그러움이 있었다. 이제까지 인생의 밑바닥만을 살아온 그로서는 이 세상이 모두 자기만을 위해서 있는 것이 아니라는 것을 잘 알고 있기 때문이다.

만술이는 술이 깨어가면서 좀처럼 잠이 오지 않았다. 폰쇠는 코를 골다가 뚝 그치고 이를 으득으득 갈기 시작했다. 이 가는 것을 그치자 몸을 한 바퀴 뒤치고 나서 이제는 가슴팍을 뜨윽뜨윽 긁기 시작했다. 유독 폰쇠에게는 이가 들끓는다. 방안에 서식하는 모든 이들은 폰쇠에게만 모이는 모양이다. 피가 단 사람에게 이가 몰린다지만 겨울 내내 설탕이라곤 맛조차 보지 못한 폰쇠의 피가 남보다 달 이유도 만무한 일이다. 그는 밥만 고봉으로 한 그릇 치울 따름이지 마르고 혈색도 그리 좋지 않다.

젊은이가 폰쇠와 교대를 해서 코를 골기 시작했다. 천하태평인 모습이다. 뭣하다가 저놈이 벽돌집, 아니 아까 빵깐이라고 했지, 그 빵깐을 다녀왔을까. 살인? 강도? 아니면 절도? 만술이는 여러 갈래로 짐작을 뻗쳐 봤다. 그러나 그것은 확실하게 알 수 없는 일이었다. 생긴 목자가 반반한 걸로 봐서는 무슨 치정 관계라도 얽혀 살인을 했을지도 모를 일이고, 당돌하고 거침없는 행동으로 봐서는 강도 같은 것을 하다가 잡혔을지도 모를 일이었다.

폰쇠가 또 다시 몸을 긁어 젖히더니 젊은이 쪽으로 몸을 돌려 눕는다. 그는 그 시골 여자에 대한 꿈을 안고 잠이 들었으니까, 필경 오늘 밤 그녀의 꿈을 꾸었을 것이다. 폰쇠는 젊은이의 가슴에 팔을 걸쳤다. 젊은이가 골던 코를 뚝 그치고 쩝쩝 입맛을 다신다. 방안은 죽은 듯이 잠잠해졌다.

만술이는 웬일인지 점차 정신이 해맑아 왔다. 푸시시 털고 일어나서 담배를 한 대 피워 물었다. 목이 달아왔다. 그는 윗목에 놓여 있는 대야의 물그릇을 끌어당겨 단숨에 바닥까지 비워버렸다. 그리고 나서 트렁크의 열쇠를 점검하고, 그것을 더욱 구석으로 밀어붙인 다음, 그 위에다 다른 짐들을 쌓아 올렸다. 그 청동색 트렁크는 장가들 때 주인한테 얻은 일제 트렁크였다. 속은 다 해진 노동복 나부랑이로 채워져 있었지만, 밑바닥에는 자그만치 이만 원이나 되는 돈뭉치가 들어 있었다. 고향이란 것은 아예 잊어 버린지 오래지만, 지금 당장 죽더라도 시체를 담을 관 값이야 남에게 신세 질 수 있느냐는 생각에서 모아둔 돈이었다.

애당초부터 그는 머슴이었다. 어렸을 때부터 남의 집 머슴이었다. 따라서 부모가 누구인지 알지도 못했다. 십오 년을 그렇게 한 집에서 머슴살이를 했다. 새경이 밀리자 주인은 희한한 계책을 세웠다. 새경을 지불하는 대신에 장가를 보내준다는 것이었다. 그것도 부잣집으로 장가를 보내서 팔자를 고치게 해준다는 것이었다.

"만술이, 이리 오게."

하루는 주인이 불러서 안방으로 들어갔더니, 주인은 명주 옷한 벌과 양단 조끼를 내주며 입으라는 것이었다. 그 옷을 입고 한나절을 꼼짝 말고 앉아서 주인네 아들 행세를 하고 있으라는 것이었다. 시키는 대로 하고 있었더니, 이 집을 무시로 드나들던 건너 마을 바우네가 옷을 썩 잘 빼입은 중년 여인 한 사람을 데리고 만술이가 앉아 있는 방으로 들어왔다. 이른바 선을 보러 온 것이다. 중년 여인은 인사를 받은 다음 만술이를 위아래로 훑어보더니, 적이 만족스러운 표정으로 그에게 몇 마디의 말을 붙여본 다음 떠나갔다.

그런 일이 있은 지 보름 만에 그는 장가를 들었다. 처갓집은 으리으리한 대궐 같은 집을 가지고 있는 부잣집이었다. 비록 좋은 혼처를 고르다가 혼기를 놓친 스물셋이나 된 규수였지만, 하여튼 만술이는 주인 덕분에 못 가던 장가를 들어 새색시와 새살림을 차리게 되었다. 마을에서는 여복이 터졌다고 야단들이었다. 빈털터리 머슴 놈이 지주의 집으로 장가든 것을 모두 부러워했다. 얼굴이 잘생겨서 간판값을 한다고 했다. 이제 처갓집에서 못해도 논섬지기는 붙여줄 것이니, 그렇게 되면 신세는 늘어질 것이고, 이제 천석꾼 부럽지 않게 되었다고 떠들어댔다.

그러나 결혼생활의 행복한 꿈은 며칠이 못 가서 산산이 부서지고 말았다. 색시는 당장에 속아서 시집온 것을 알고, 첫날밤에 눈물 바람을 했지만 곧 체념하고 잠잠해져 버렸는데, 장모가 오십 리 길을 걸어 딸네 집에 나타났을 때는 조용하게 일이 끝날 수만은 없는 일이었다.

"여보게 김 서방! 저 집이 자네 집이 아니란 말이 옳은가?"

"먼 말씀인 게라우? 그 집은 지 쥔 집인디요."

만술이는 아무 물정을 모르는 사람처럼 거짓 없이 대답했다.

"그럼 자네가 그 집 머슴이란 말도 뜬소문이 아니었네 그려."

"예, 저는 그 집에 꼬마둥이로 들어가서 십오 년 동안 머슴살이를 했어라우?"

사정을 다 알고 묻는 바에야 사실대로 까버리는 수밖에 없는 일이었다.

"아이고! 내 딸 신세야 아이고, 아이고, 이 일을 어찌할꼬. 그 중매쟁이 년을 찢어 죽여야제. 스물세 살 넘기면 된닥해서 떠보지도 않고 여웠더니."

장모는 두 다리를 뻗고 대성통곡을 했다. 새색시도 덩달아 제 어머니를 부여잡고 울음을 터뜨렸고, 무슨 굿청이라도 되는 듯 마을 사람들은 몰려와서 구경만 하고 있었다.

그러나 한번 엎질러진 일을 어찌할 것인가. 더구나 딸을 새 처녀로 만들 수는 없는 일이었기 때문에 장모는 되려 떠나면서 사위에게 신신당부를 하는 것이었다.

"자네야 먼 잘못이 있는가. 나는 자네를 절대 원망 안네잉. 이렇게 된 것도 다 연분인께 만났다고 생각하네. 부디 착실하게 노력해서 아들딸 낳고 잘살기만 바라네."

딸에게도,

"여필종부라니, 한번 일이 이렇게 되었응께 아무 불평 말고 남편 섬기고 잘살아라. 재산이사 있다가도 없고, 없다가는 있는 것 아니냐?"

하고 간곡히 딸을 위로하는 것이었다.

"나는 좋은께 내 걱정은 절대 마시고, 돌아가시면 말씀 잘해서 아버님이나 안심시키게라우."

딸도 어머니를 위로했다. 비록 며칠 동안의 곁방살이였지만 그동안에 새색시는 남편과 웬만큼 정도 들어 있었다.

장모가 이렇게라도 풀어져서 딸을 빼앗아가지 않은 것은 천만다행한 일이었지만, 만술이는 이때부터 마음이 편치 않았다. 자존심이 깎이고 공연히 심술이 뒤틀리기 시작했다. 갑자기 색시에 대해서도 뜨악한 생각이 들기 시작했다. 짚신도 제 날이어야 한다고, 새색시와 자기와의 사이에는 결합할 수 없는 깊은 도랑이 파여 있는 것이라고 생각했다. 자기와 걸맞은 불쌍한 아가씨나 하나 골라줄 일이지 과분하게 부잣집 규수에게 장가를 들도록 계책을 꾸민 주인이 원망스럽기까지 했다.

다음날 새벽 그는 아내가 잠든 사이에 우선 입을 옷 몇 벌을 싸 들고 몰래 집을 빠져나와 줄행랑을 쳐버렸다. 동가식서가숙하는 방랑 생활에서 그의 발이 닿지 않은 곳이 거의 없을 정도로 세상을 유랑했다. 철도 부설 공사장, 저수지 공사판, 광산 할 것 없이 앵기는 것이 그의 일터였고, 발걸음 다다른 곳이 그의 생활 터전이었다.

그러나 그런 생활 이태 만에 그는 행적이 탄로가 나서 장인에게 붙들려 고향으로 되돌아가야 했다. 돌아가 보니 아내는 그동안에 아들 하나를 낳고 처갓집에 붙어서 설움의 나날을 보내고 있었다. 처가에서는 당장 집 한 채를 마련해 주었고, 논도 닷 마지기를 붙여주었다. 그는 옛 머슴살이의 마음으로 덤덤했지만 차차 자식에게도 정이 깊어 갔고, 머슴 놈 아니면 떠돌이인 그를 남편이랍시고 끝내 기다려준 아내에 대한 고마움도 알아갔다.

그러나 그에게는 무엇인가 다하지 못하는 그리움 같은 것이 있었다. 해가 설핏해질 무렵이면 마을 뒤에 있는 가마재에 올라 저물어가는 먼 하늘을 바라보며 하염없이 서 있을 때가 많았다. 가마재를 넘어서 뻗은 길은 그가 방랑했던 먼 타향의 길로 아득히 이어져 있었다. 마누라고 자식이고 다 팽개쳐 버리고 멀리멀리 하늘 끝을 방랑하고 싶었다. 강원도라 충청도, 함경도라 평안도를 거침없이 돌아다니고 싶었다. 그런 그리움으로 그는 가슴이 울렁거렸다.

"오오날도 걷는다마는 정처 없는 이 발길……. 만포진 구불구불 육롯길 아득한데 철쭉꽃 국경선에 황혼이 서리는구나……"

공사판의 함바에서 비 오는 날을 뒹굴며 부르거나, 낯선 타향의 재를 넘으며 불렀던 노래들을 다시 되새겨 불러보곤 했다. 그럴 때면 그날의 그 나그네 길들이 눈앞에 환히 열려 보이곤 했다.

이불을 머리끝까지 둘러 쓰고 코를 골고 있던 젊은이가 갑자기 고는 소리를 그치고 푸시시 일어나 앉았다. 그는 양팔을 위아래로 집어넣어서 등을 긁기 시작했다. 이장이 옆에서 잠을 잤으니 가렵지 않을 리가 없다. 젊은이는 윗목에 놓여 있는 화톳장에 눈이 가자 그것을 집어들고 패를 떼기 시작했다.

"아니, 이 시간에 무신 놈의 패는 패여?"

마침 들락말락한 잠을 깨게 된 만술이가 푸념을 했다.

"재수 보는 기라요."

"재수?"

"그럼요, 재수나 보고 나갈끼요."

"어딜 가는디?"

의아스러워지자 만술이의 정신이 초롱초롱해졌다.

"뭘 그리 꼬치꼬치 물어쌌는기요. 나사 다 갈디가 있어서 가는 긴디."

통행금지도 안 풀린 이 시간에 어딜 간다는 게 도대체 수상쩍고 당치도 않는 일이었지만, 말끝마다 콧대가 센 젊은이하고 만술이는 더 이상 대화하고 싶지가 않았다 관심을 풀자 갑자기 조수처럼 잠이 밀려왔다.

젊은이가 문을 밀고 나가는 기척에 만술이는 다시 잠을 깼다. 얼른 윗목을 쳐다봤으나 트렁크에 이상이 있는 것 같지는 않았다. 덧문 여는 소리도 나지 않았는데 밖은 잠잠했다. 그는 귀를 세우고 바깥 동정을 살폈다. 조용하기만 하다. 왈칵 의심이 솟았다. 혹시 석순네 방을 범한 것이 아닐까? 그는 바삐 바지를 주워 입었다. 문을 열고 밖으로 나가 주위를 살폈다. 인기척이 없다. 석순네 방문에 귀를 대고 동정을 살폈다. 역시 조용하다. 그러고 있자니 강력한 정염이 솟아올랐다. 문고리를 잡고, 들어갈까 말까 잠시 망설였다. 그러나 문을 열 수는 없었다. 아까의 그 토라졌던 석순네의 얼굴을 생각했기 때문이다. 잡아당겨도 열어주지 않을 것 같았다. 그는 단념을 하고 돌아섰다. 마음이 비참했다.

"귀신 같은 놈이군."

감쪽같이 집을 빠져나간 젊은이를 두고 그는 구시렁거렸다.

"누구요?"

방안에서 바스락거리는 소리가 나더니 석순네의 소리가 울려 나왔다. 잠이 깨어 있었는지 그 소리는 나지막하면서도 또랑또랑했다.

"나요, 나."

만술이는 다시 돌아서서 문고리를 잡으며 응수했다. 곧 이어서 문고리 따는 소리가 딸그락거렸다. 문을 열고 들어간 만술이는 어찌나 고마왔던지 어둠 속에서 와락 석순네를 껴안고 뒹굴었다.

"얼래얼래, 이분이 왜 이런데여?"

석순네는 가볍게 저항을 했다.

"어떻게 나 있는지 알았지?"

"잠이 안 왔어요."

"그 젊은 놈 오기를 기다렸지?"

공연스레 우기는 소리를 했다.

"저리 가!"

석순네는 발칵 화를 내며 사내를 밀어붙였다.

"잘못했어, 잘못했어."

만술이는 안달을 하며 다시 기어들었다.

"아이고 이 술내……."

석순네의 푸념은 채 끝나기도 전에 만술이의 체중으로 뭉개어졌다.

석순네 방에서 돌아왔을 때 폰쇠는 사람이 든지 난지를 모르고 깊은 잠에 빠져 있었다. 아까 마신 술 탓도 있었겠지만 폰쇠는 잠귀가 밝지 않다. 하루종일 구두를 고친다고 길가에 눌러앉았다가 집에 돌아오면 피로를 이기지 못한다. 만술이사 한가한 시간에는 그늘에 지게를 눕히고 그 위에 등을 대고 잠시 동안 눈을 붙이거나, 집에 돌아와 한숨 자고 나가는 수도 있지만, 폰쇠는 그러지 못한다. 그러니 고달플 수밖에.

그놈은 무엇 하러 이 시간에 나갔을까? 몹시 궁금했다. 그에게 있어서 젊은이의 출현은 퍽 충격적인 일임에 틀림없었다. 그가 방금 나왔다는 곳이 빵깐이라서만은 아니었다. 그가 몰고 온 것은 어떤 형태의 불안으로 표현할 수 있는 성질의 것이었다. 아마도 그것은 그의 싱싱한 젊음에서 우러나온 것이었다. 그 젊음은 곧 어디로 뛰쳐나가서 무엇인가를 윽박지르거나, 남의 손에 있는 보물이라도 억지로 빼앗아버릴 수 있는 위태로울 정도의 패기가 있었다. 부평초같이 떠돌며 오십 평생을 살아온 폰쇠나 만술이와 같은 사람들의 손아귀에 들어올 그런 녹록한 존재가 아니었다. 마치 고삐 떨어진 뿌사리처럼 억세고 거칠었다. 그는 이 방의 신참자로서 좌장에게 복종하려 하지 않았으며, 통금 시간을 두려워하지 않고 뛰어나갔다. 그런 일련의 행동들은 그들의 힘으로 제어하거나 감당하기 어려운 공포에 가까운 힘이 있었다.

젊은이는 쉽사리 돌아올 것 같지 않았다. 그가 완전하게 멀리 사라져 버렸다는 것을 확인했을 때 만술이는 비로소 깊은 잠 속으로 빠져들어갈 수가 있었다.

만술이는 아스라한 잠결 속에서 둔중하고 탁한, 그러나 속도가 있는 소음들이 먼지를 몰고 굴러가는 소리를 들었다. 그것은 곧 통금의 해제를 알리는 것이기도 한 자동차 소리였다. 이윽고 덧문 열리는 소리가 났다. 방문이 열리고 누군가가 들어섰다. 젊은이였다. 그는 무엇인가 한 보따리 걸머지고 와서 그것을 윗목에다 부리더니, 아무 일도 없었다는 듯, 거침없이 이불 속으로 파고 들어왔다. 다시 자동차의 헤드라이트가 때꼽자기에 저린 창문을 검붉게 물들이며 스쳐갔다. 젊은이는 어느새 코를 드르렁 드르렁 골고 있었다.

날이 완전히 밝은 다음에 젊은이는 몸을 털고 일어나더니 새벽에 가지고 온 보따리를 풀어 헤쳤다. 텔레비전, 시계, 그리고 돈뭉치가 비어져 나왔다. 만술이와 폰쇠가 눈을 휘둥그레하고 앉아 있는데, 젊은이는 석순네를 불러들였다.

"아줌마! 텔레비존 없지요? 이거 내 밥값으로 디리는 거라요. 가다 죽어도 미제, 알씨에이라구요."

"아이구! 이 비싼 것을……"

석순네는 놀라서 한 발짝 물러났다.

"아줌마, 참 배짱 없네요. 그러니께 밤낮 이 꼴로 살지요. 나 이것 거저 디린 게 아니라요. 하숙비라니까요."

석순네는 그래도 마음이 내키지 않는 눈치였으나, 견물생심이라더니 물건 보고 욕심 안 날 사람이 어디 있겠는가. 그녀는 그걸 받아 냉큼 안방으로 옮겨갔다.

"아저씨는 시계도 없이 사는 기요? 받으시소, 로렉스입니다."

만술이에게는 팔목시계를 주었다. 만술이가 손을 내밀지 않고

주저하고 있자,

"어서 받으시소. 못난 분들 왜 이리 배짱이 없는기요?"

핀잔을 줬다. 만술이는 젊은이의 말에 기가 꺾여서 가까스로 시계를 받아들었다.

"팔에 차봐야 멋을 알지요."

하며 젊은이는 만술이의 팔에 시계를 채워주었다. 꼭 들어맞았다.

"아저씬 이것이라도 가지시소."

폰쇠에게 준 것은 여자 시계였다. 노란 금시계였다. 폰쇠는 사양하지 않고 그것을 받아서 호주머니에 담았다.

아침상은 여느 때보다 걸었다. 돼지고기 볶음이 나오고, 생선도 올랐다 만술이와 폰쇠는 오늘 아침 그들이 이렇게 훌륭한 반찬을 먹을 수 있다는 것은 젊은이 때문이라고 생각하고 있었다. 내심으로 젊은이에게 감사하고 존경심까지 가지고 있었다.

아침이 끝난 다음 젊은이가 먼저 나가봐야겠다고 일어섰을 때 그들은 문밖까지 따라나가 허리를 굽혔다.

"젊은이 참으로 감사하네. 잘 다녀오소."

이렇게 감사하다는 인사를 했다.

"지금이 몇 실까, 아홉 시 하고도 십 분이구나."

젊은이가 떠나버린 다음 만술이는 차고 있는 시계를 싸악 훑어보면서 폼을 쟀다. 폰쇠는 시계가 든 호주머니에 손을 꽂고 부러운 듯 만술이의 거동을 바라봤다.

"그 시계는 여자 시곈께, 오늘 여자 만나면 선사하소."

만술이의 말에 폰쇠는 옳거니 머리를 주억거렸다.

"좋아할 걸세. 촌년이 언제 그런 시계 보기나 했겠어!"

"이히히히……."

폰쇠는 어린애처럼 즐거운 표정으로 웃었다. 그의 마음은 장가드는 젊은이처럼 들떠 있었다. 옷도 깨끗한 걸로 갈아입었다. 과도로 날을 세워서 만든 면도로 수염을 밀었다. 구두 고치는 일도 오늘은 쉬겠다고 했다.

그들은 열두 시에 버스에서 내리는 그 여잘 만나, 같이 국숫집에 가서 국수를 먹으며 일을 익히기로 했다.

"나만 믿소, 틀림 없는께."

만술이가 푸짐하게 장담을 하며 신을 신고 있을 때, 가죽잠바 차림의 두 사내가 문을 밀고 들어섰다.

"우리 서에서 왔습니다."

불길한 예감에 두 사람의 눈이 휘둥글해졌다.

"같이 좀 들어가실까요?"

그들은 두 사람을 앞세우고 방안으로 들어섰다.

"이 시겐 어디서 났소?"

한 사내가 만술이의 시계를 가리키며 물었다.

"얻었어라우."

"뭐? 얻어? 어디 주민증 좀 봐요."

"증명도 안했는디요."

"증명을 안해? 그럼 주거부정이구만. 어젯밤에 어딜 갔었어?"

만술이가 미처 대답도 못하고 우물쭈물하고 있는 사이에 그의 손에서 시계가 벗겨지고 수갑이 채워졌다. 그들은 방을 샅샅이 뒤져, 만술이의 트렁크 속에서 이만 원의 돈뭉치를 찾아냈다. 다음으로는 폰쇠의 호주머니에서 금시계를 찾아냈다.

"아주 이 집이 소굴이구만."

폰쇠의 손에도 수갑이 채워졌다. 안방에서 텔레비전이 석순네 손에 들려 나왔다. 그녀는 억울하다고 극구 변명이었지만 장물아비가 변명한다고 크게 호통을 치자 입을 다물어버렸다.

그들은 석순네를 차의 앞 좌석에 태우고, 만술이와 폰쇠는 뒤쪽 안 좌석에 밀어 넣은 다음 문을 찰가닥 닫아버렸다. 차가 움직였다.

"오늘 그 여자는 만날 수 있겠지?"

폰쇠는 만술이의 귀에 대고 물었다.

"………"

만술이가 대답을 않자 폰쇠는 마음이 다는지 끙끙 앓는 소리를 내다가,

"어째여?"

다그쳐 물었다.

"옛부터 죄인 잡아들이라면 없는 놈 잡아 들이는 것인께."

만술이는 폰쇠의 안달에는 아랑곳없이 딴전을 피우다가 갑자기 무엇인가가 가슴속에서 모락모락 우러나오는 것을 느꼈다. 그것은 곧 웃음으로 변해서 터져 나왔다.

"앗핫하하하……, 아핫핫하하……."

한참을 웃어제치고 마음이 후련해졌다. 그는 다시 나그네가 되어 정처 없는 길을 떠나는 기분이었다.

왕조와 굴레

정수는 요사이 심신이 피로했다. 친구인 K교수가 행방이 묘연해진 지가 보름이 넘은 것이다. 백방으로 찾았지만 알 길이 없었다. 일요일인 오늘도 오전 내내 뛰어다니다가 돌아오니 몸이 해파리처럼 쭈욱 늘어졌다. 지친 몸을 소파에 깊숙이 묻고 눈을 감았다. 이렇게 해서 잠시나마 모든 걱정을 묵살해버리기로 했다. 곧 정신이 몽롱해지며 잠이 찾아왔다.

"찌르릉."

그는 어슴푸레한 잠결 속에서 요란한 벨 소리를 들었다. 눈을 떴을 때 테이블 위에 놓인 꽃병이 희미한 가운데 휘청거려 보였다. 벨이 다섯 번 울린 다음에야 정수는 허리를 구부린 채 수화기를 들었다.

"예, 용문동입니다."

그의 갈린 목소리가 바람이 새듯 목에서 터져 나왔다.

"박군이여? 미안하이."

쩨릉한 금속성이 섞인 마 소장의 목소리였다. 그의 말소리는 언제나 자신감이 넘친다.

"박 군이 꼭 나와 주어야겠어. 우리의 역사를 올바르게 밝힐 의무가 우리에겐 있단 말이야."

"……"

그는 대꾸를 못 하고 망설이고만 있었다.

"박 교수, 안 그래?"

'박 군'의 호칭이 '박 교수'로 바뀐 데는 이편의 무기력한 냉담성에 연유한 것 같았다.

"글쎄요. 저는 그 사실에 대해서 전혀 아는 바가 없지 않습니까?"

대답하면서 정수는 탁자 위에 놓여 있는 초청장을 내려다봤다.

演題 : 새로운 檀朝史蹟碑 發見의 意義

演士 : 檀君正史研究所

　　　所　長　　　馬　勝

　　　A大學校 史學科

　　　敎　授　　　朴正洙

고딕체의 활자가 또렷하게 눈으로 건너왔다. 그 강연회가 바로 오늘 세시부터 종로의 S회관에서 열리는 것이다. 시계는 두

시에 다가서고 있었다.

"설령 아는 것이 없다고 해두, 다 우리 민족을 위한 일이니까 나와 주게."

"연사로 지목된 제가 강연내용에 대해서조차 전혀 아는 바가 없을 뿐 아니라, 그리고……."

"그리고 연설 원고 말씀이지? 그것이라면 대강 이곳에 준비가 되어 있네."

"아니, 준비가 되다니요?"

버럭 역정 같은 것이 끓어올랐다. 얼굴이 화끈하니 달아올랐다.

"허허, 어렵게 생각할 건 없네. 정 강연을 못 하겠다면 강연장 에만이라도 나오게. 나오면 알게 되네."

수화기를 통해서 노출된 이쪽 감정의 변화를 읽고 있는 듯했으나, 마 소장은 조금도 흥분하지 않고 대화를 주도해서 처리해 나갔다.

수화기를 놓고 정수는 양손을 돌려 머리를 감쌌다. 괴로웠다. 자기의 사상과 감정을 전연 무시한 채 진행되고 있는 사태가 불쾌했다. 그러면서 방금 감정을 묻혀 건넨 몇 마디의 말이 실언이라도 한 것처럼 마음에 거리꼈다.

그에게는 자기도 모르는 사이에 어떤 무거운 굴레가 들씌워지고 있었다. 며칠 동안 망설이고만 있던 현안의 무제가 이제 목전의 긴박한 현실로 그의 머리에 조여 들어오고 있었다.

'참으로 가야 할 것인가? 참으로…….'

망설이는 듯 중얼거렸으나 손은 이미 저고리를 주워들고 있었다. 설령 가지 않으려 한다고 해도 굴레에 이어진 줄이 그를 밖으로 끌어내고 있었다.

문자판 위에서 분침이 도약을 했다. 시계는 세시에 박두하고 있었다. 그 분침의 도약은 자극적으로 그의 마음을 졸이게 했다. 고문의 차례를 기다리는 사람처럼 마음이 초조했다.

그는 발작적으로 불끈 몸을 일으켰다. 일으키자 굴레에 매여진 줄이 그를 사정 없이 문 쪽으로 끌어냈다. 투덕투덕투덕……, 그는 문을 열고 밖으로 뛰어나갔다. 밖으로 나오자 거리를 향해서 손을 들고 외쳤다.

"택시이!"

차가 멎었다.

"어디로 가실까요?"

"종로 S회관."

차가 미끄러져 갔다. 동대문을 지나, 육가, 오가, 차는 목적지를 향해서 어김없이 접근해가고 있었다. 그러나 마음속으로는 차가 조금 아니 조금이 아니라 훨씬 더디게 달려 주기를 바라고 있었다. 한 시간 연착하기를 바라고 있었다. 분명한 저항이었다. 그것은 마 소장에 대한 반항이기도 했다. S회관이 점차 가까워지자 그의 마음은 고삐 줄에 끌려 도살장을 향해 가는 소와 같이 비참했다. 그는 차가 S회관으로 휘어드는 골목으로 접근하려는 순간, 바른손으로 들어 제 머리를 쥐어박으며 소리를 꽥 질렀다.

"기사님, 창경원으로."

운전사는 힐끗, 한차례 그를 돌아본 다음 핸들을 꺾었다.

삐익, 오금이 시어지는 마찰음을 내며 차는 창경원 앞에 멎었다. 밖으로 뛰어내리자, 그는 쏜살같이 매표구로 다가가서 입장권을 한 장 사들었다. 입구를 향해서 한발을 옮겼다. 정복을 한 수위가 이쪽을 바라보며 들어오기를 기다리고 있었다. 갑자기 어떤 찬 기류가 그와 수위 사이를 스쳐 가는 기분이었다. 그는 우뚝 그 자리에 멈춰 섰다. 그리고 망설였다. 그것은 정복을 한 수위 탓이었는지, 좁은 철제의 출입구 탓이었는지 분별은 가지 않았다. 저 문을 한번 꿰어 들어서면 짐승의 우리에 갇혀 헤어나오지 못할지도 모른다는 생각이 들었다. 그 불안은 그에게 곧 변심을 가져왔다. 들어가는 것을 포기하게 했다. 그는 몸을 돌려 창경원을 등지고 서서 거리를 바라봤다. 남으로 북으로 차들이 분주하게 질주하고 있었다. 모두가 방향과 목적이 있는 것이다. 어디로 가야 할까? 분명히 마음속으로는 거부 작용을 하고 있으면서 그의 머릿속에 떠오르는 것은 역시 S회관이었다.

출입객이 없어서 한가해진 수위가 이쪽을 주의 깊게 바라보고 있었다. 수위로부터 주시를 받고 있다는 사실은 갑자기 아까보다 한층 확대된 불안으로 건너왔다. 그는 쫓기는 사람처럼 길가로 뛰어나와 차를 세웠다.

"S회관."

차가 굴렀다. 아까보다 깡마른 얼굴의 젊은 운전사였다.

"아니, 남산으로. 아니, 아니 S회관 그대로."

운전사는 백미러를 통해 이쪽을 힐끔힐끔 쳐다보며 신경질적으로 핸들을 꺾었다. 안정감이 없고 광대뼈와 콧날이 선 운전사의 눈초리와 그의 눈이 백미러를 통해서 부딪칠 때마다 정수는 무엇에 놀란 사람처럼 얼굴을 돌렸다. 괜히 가슴이 두근거렸다.

차는 기어이 S회관 앞에 멎었다. 문을 열고 어슬렁어슬렁 회관 안으로 걸어 들어갔다. 세 시 반, 마 소장의 연설이 한참이었다. 청중은 고작해서 이십여 명, 이것은 학계나 사회가 이 문제에 대해서 관심조차 보이고 있지 않다는 증좌가 되었다. 가뭄에 콩 나듯 청중은 이곳저곳에 흩어져 앉아 있었다. 좀 더 청중이 많았더라면 눈에 띄지라도 않았을 텐데, 그는 되도록이면 노출되지 않기를 바라며 엉거주춤 청중석에 엉덩이를 살짝 내렸다.

"이번에 A대학교의 박정수 교수와 공동답사한 단조사적비는 우리민족이 중국민족에 앞서서 훌륭한 문화를 가지고 있었다는 것을 단적으로 입증하는 것이며, 이것은 천년에 걸친 단씨 왕조의 역대 사적을 밝히는 중대한 실마리가 되는 것입니다. 더구나 조각된 비문은 한문의 계통이 아닌 우리 고유의 문자로서 이것은 세계적인 자랑이 아닐 수 없습니다. 이번의 조사로써 우리는 육당이 막연하게 제시했던 불함문화론不咸文化論을 한걸음 진전시켜 실증하는 계기가 되었습니다."

열기가 넘치는 웅변이었다. 만인을 감동시키고도 남을만한 애국충정이 넘치는 열변이었다. 그러나 그것을 듣고 있는 정수의 얼굴에는 화끈화끈 뜨거운 기운이 달아올랐다. 이어서 현기증이 일어났다. 머리가 몽둥이로 얻어맞은 것처럼 띵하니 울려 왔다.

'박정수 씨와 공동답사한 단조사적비' 했을 때 얼굴이 욱신 하고 달아올랐는데 '육당의 불함문화론' 운운했을 때 그는 두 손으로 얼굴을 감싸며 몸을 일으켰다.

"아이구! 박 선생님, 여기 계셨군요."

두 사람이 양쪽에서 팔을 끼면서 하는 소리가 들렸다. 마 소장 집에서 더러 만났던 삼십 대의 젊은이들이었다.

"어서 가십시다. 단상에 자리가 되어 있습니다."

그들은 정수를 이끌고 단상으로 올라갔다. 버틸 수는 없는 일이었다. 버터기는커녕 청중석에서의 못난 제스처가 마 소장에게 마치 죄라도 저지른 것처럼 마음에 켕겼다.

"이 고유문자의 발견이야말로 우리가 중국의 한자에 앞서 뛰어난 문자를 가지고 있었다는 것을 입증하는 것입니다. 단지 애석하기 이를 데 없는 일은 우리가 이 훌륭한 문자를 전승하지 못한 데 있는 것이며……"

마 소장의 연설은 찌릉찌릉한 울림을 토하며 계속되고 있었다.

어느 사이에 정수의 가슴에는 이 모임의 연사임을 상징하는 커다란 꽃송이가 꽂혀지고, 그의 무릎에는 연설원고가 놓여졌다.

"원고가 준비되시지 않았다고 해서 준비했습니다. 우리는 어차피 뜻이 같은 사람들이니까, 그대로 하셔도 큰 차질은 없을 것이라 믿습니다."

정수는 원고를 들고 대강 훑어내려 봤다. 마 소장의 단조사에 대한 주장을 뒷받침하는 내용으로 가득 차 있었다. 끝으로는 정수가 답사하지도 못한 사적비의 현장 답사체험담까지 곁들여 있었다.

  마승 소장이 그가 설립한 단군정사연구소檀君正史硏究所의 연구
사업에 동조해줄 것을 요청한 것은 일 년 전의 일이다. 단씨왕조
의 역사적 사실을 밝힘으로써 민족정신을 확립하겠다는 것이 연
구소 설립의 목적이긴 했지만 이제 사학계에 갓 발을 들여놓은
소장학자인 정수로서는 그런 일에 섣불리 말려 들어간다는 것이
퍽 조심스러운 일이 아닐 수 없었다.
  그러나 정수는 마 소장의 요청을 매정하게 거절해버리기에는
퍽 난처한 과거가 있는 사람이었다. 전쟁고아로서 고학을 하고
있던 그에게, 대학의 사 년 동안, 적지 않은 학비를 보조해주었던
마 소장이었기 때문이다. 뿐만 아니라 이 년 동안 미국을 다녀오
는 데도 뒷바라지를 맡아준 분이 바로 마 소장이었다. 정수가 역
사학 중에서도 특히 고대사를 선택하게 된 것도 마 소장의 영향
때문이었다.
  마승 소장은 비록 정식으로 학계에 발을 들여놓은 것은 아니
었지만 소싯적부터 독립운동에 참여해서, 상해 등지를 다녀왔고
역사에 대해서도 조예가 깊다는 것을 아는 사람은 알고 있는 처
지였다. 그가 정치운동에 몇 년 동안 열을 올리다가 손을 떼고,
연사 연구에 손을 대기 시작한 다음, 몇 권의 저서까지 내게 되었
는데, 여기에서부터 좀 황당하달 수 있는 주장들이 섞이기 시작
한 것이다.
  단군이나 기자 시대의 역사를 역대 왕조별로 분류해서 연대순

으로 사건을 기록한 내용들이 들어가기 시작한 것이다.

민족의 숨겨진 정사를 발굴했다고 기염을 토하고 있었다. 물론 마 소장이 그런 주장을 하는 데는 전연 근거가 없는 것은 아니었지만, 그가 주장의 근거로 삼은 『단기고사檀奇古史』라든가 하는 몇 권의 기록들도 사실은 괘치할 만한 근거가 될 수는 없었다.

마 소장은 그의 주장을 거들떠보지도 않는 현역 사학자들을 통박했다. 이른바 혼이 빠진 위학자僞學者들이라고 했다. 단재丹齋만 생존해 있고 아니면, 백암白巖만 살아있대도 이러진 않을 텐데, 하고 울분과 한탄이었다.

다섯 달 전의 일이다. 마 소장은 기어이 단군 임금의 오대왕五代王에 해당하는 파루왕把婁王의 유적으로 추정되는 비체碑體를 발견했다고 주장하고 나선 것이다. 그 유적비의 탑본搨本을 한답시고 정수는 마 소장 일행과 같이 답사를 나선 적이 있었다. 애당초부터 꼭 그렇다고 믿고 떠난 것은 아니었지만, 마 소장의 인격을 존중하고 있던 그로서는 혹시나 하는 호기심을 또한 갖지 않을 수가 없었다. 그것이 설령 단씨 왕조의 유적이 아니더라도 퍽 역사적으로 가치 있는 것일 수도 있으리라는 기대를 걸었던 것이다.

경기도 강원도의 도계를 따라 신철원新鐵原에서 동쪽으로 십여 킬로의 지점, 이곳이 그들이 찾아가는 목표지였다. 덤불을 뚫고 바위를 뛰어넘어야 했다. 통상적인 등산로가 아닌 험준한 골짜기와 봉우리를 넘어야 했다. 길은 커다란 바위에 막히게 되었다. 그 바위는 병풍 같은 절벽을 이루고 있었다. 절벽을 올라서 얼마 동안을 걸으면 목표지에 이른다고 했다.

일행들은 모두가 등산의 경험자들이었지만, 정수는 거의 등산에는 먹통이었다. 이제까지 일요일 하루만이라도 가질 수 있는 등산조차 마음에만 있을 뿐 실행해보지 못했다. 등에 멘 배낭이 그렇잖아도 어깨를 쪄 누르는 데 바위를 기어오르는 일은 더구나 쉽지 않은 일이었다. 등산에 익숙한 두 사람이 먼저 올라가 자일을 내렸다. 정수는 그 자일을 붙잡고 조심스레 발을 버티며 기어오르기 시작했다. 팔다리가 떨리고 몸에서는 땀이 배어 나왔다. 이렇게 해서 얼마쯤 올라갔을 때 아마 반쯤은 올랐다고 생각했을 순간 그는 자일을 쥔 채 밑으로 굴러떨어졌다. 영문을 알 수가 없었다. 정신이 아찔했을 뿐이었다. 그는 갈대밭 속에서 포수에게 다리를 맞은 사슴처럼 상처를 입고 신음하고 있었다. 발목이 끊어질 듯 아프고 허리가 바스라져 나가는 것 같았다. 갈댓잎이 눈 위에서 살랑거리는 속에서 그는 새삼스레 자신의 초라함과 처량함을 느끼고 눈물을 짰다. 정수는 대원의 등에 업혀서 올라갔던 길을 되짚어 내려와 민가로 옮겨졌다. 그곳에서 일행들이 탑본을 해 오도록 기다리는 수밖에 없었다.

어이없게도 정수의 현지답사는 이렇게 해서 막을 내렸다. 좀 더 순탄한 길이 있었을 터인데도 어째서 리더는 그 험준한 길을 택했는지 알 수 없는 일이었다.

정수가 병원에서 상처를 치료하고 있는 보름 남짓한 사이에 단군정사연구소에서는 탑본의 사진과 곁들여 그 유적비에 새겨진 문자가 다름 아닌 단조시대의 우리 고유문자였다는 것까지 밝혀서 회보를 찍어낸 것이다. 공동조사자는 단군정사연구소 마승 소장과 A대학 박정수 교수로 되어 있었다.

　일반 학계에서의 반응은 부정적이거나 냉담한 것이었지만, 정수가 소속하고 있는 학교에서까지 그것이 무관하게 처리될 수는 없는 일이었다. 동료 교수들은 그것을 확인하는 질문들을 해왔다. 그러나 물정을 아는 교수들의 질문은 힐난의 뜻을 담고 있었다. H교수 같은 분은 "허, 거, 희한한 발견이던데요." 하고 빈정거리는 투였는가 하면, D교수는 "우리 역사는 이제 고쳐 써져야지요." 하고 고개를 갸웃하고 움직이는 것이었다. 이런 가운데서 정수는 빙그레 웃기만 할 따름 사실의 경위를 털어놓지 않았다. 발을 다쳐서 현장에는 가보지도 못했는데 마 소장이 내 명의를 도용한 것이라는 변명 따위를 할 수가 없었다. 시일이 흐르면 자연히 모든 것이 밝혀지리라는 생각이었다. 그중에서도 기자들의 극성은 참으로 거북했다. 그는 그들의 질문에 대해서도 묵비권을 행사했다. 며칠 전에는 대학의 학보를 맡은 B씨로부터 현지답사와 체험담을 써달라는 청탁을 받고서도 묵살해 버렸다.

　마 소장은 정수의 치료비는 물론이고 위자료라고 해서 적지 않은 돈은 보내왔다. 국내 유수의 K재벌이 이 연구소의 모든 활동을 뒷받침해 주고 있었다. 연구소에는 어중이떠중이 소원들이 들끓었다. 그들에게도 마 소장은 서운찮은 보수와 활동비를 지급하고 있었다. 그들은 대부분이 연구에 종사하는 사람들이라기보다는 마 소장을 회장으로 하는 애국청년회 소속의 회원의 자격으로 마 소장을 보필하고 있었다.

　민족의 정기를 바로잡고 선양하기 위해서는 저 신라의 화랑도와 같이 힘을 길러야 한다고 했다. 무술로 몸을 닦고 머리는 민족정신으로 무장해야 한다고 했다. 정의의 실현을 위해서는 힘을 필요로 하기 때문에 경우에 따라서는 폭력도 중요한 구실을 하게 된다고 했다. 그의 애국론에는 언제나 K선생의 상해 등지에서의 활동이 인용되고 Y나 R 등의 의사義士, 열사烈士 들이 숭앙의 대상으로 올랐다.

"박 선생님 강연 차례입니다."

한 청년이 옆에서 귀띔을 해주었다. 박수 소리를 들으며 그는 마 소장의 연설이 끝난 것을 비로소 깨달았다. 그는 반사적으로 몸을 일으켜 연단으로 끄덕끄덕 마치 송아지처럼 걸어 나갔다. 아까의 원고를 들고 나오긴 했으나 그것을 그대로 읽어내려갈 수는 없는 일이라고 생각했다. 즉흥적으로 몇 마디 더 재치 있게 던진 다음, 체면치레나 하고 물러나리라 마음먹었다.

"참으로 훌륭한 일입니다. 위대한 일입니다. 나는 마승 선생님의 한 제자로서, 마승 선생님이 이런 훌륭하고 위대한 일을 하고 계신 데 대해서 깊은 존경과 감사를 올립니다."

겉도는 말만을 주워섬기다 보니 말이 막혔다. 빌어먹을 것, 마승 씨의 하는 일은 모두 터무니없는 거짓이라고 외쳐버릴까, 하는 충동을 느꼈다. 에에, 하고 군소리를 한 다음 옆에 돌아봤다. 마 소장의 부리부리한 눈이 그를 주의 깊게 응시하고 있었다. 그 눈과 마주쳤을 때 그는 가슴이 뜨끔했다. 그렇다. 이 강연회를 망쳐버릴 수는 없다. 그것만이 나의 마 소장에 대한 의리인 것이다. 찬양하리로다. 축복하리로다. 그는 다시 마음을 가다듬고 말을

이었다.

"참으로 감사합니다. 이 방면에 대해서 너무나 아는 바가 없는 저는 이 연단에까지 올라서서 몇 마디라도 말할 수 있는 기회를 주신 데 대해서 깊은 감사를 올립니다. 이 연구가 계속되고, 보다 훌륭한 결실을 맺게 되는 날 우리 학계는 장족의 발전을 이룩할 것은 물론이요, 우리 민족의 발전에 기여하는 바가 크리라는 것을 확신합니다."

역시 연설은 겉돌고만 있었다. 그는 연설을 더 이상 끌고 갈 자신을 잃었다.

"에에, 더 자세하게 말씀을 올리려 했습니다만, 지금 건강이 좋지 않기 때문에 자세한 것은 다음 기회로 미루기로 하고 이만 물러가겠습니다. 대단히 죄송합니다."

주최자의 기대했던 바와는 엉뚱하게도 그의 연설은 이렇게 해서 끝을 맺었다. 현기증이 일었다. 곧 쓰러질 것 같았다. 비실비실 발이 흐트러졌다. 간신히 몸을 이끌고 자리에 돌아오고 있을 때, 짝짝짝짝……, 박수 소리가 울려왔다. 그는 자리에 앉아 얼굴에 송알송알 배어 나온 땀을 닦으며 박수의 의미를 생각했다. 박수는 위대한 자에게뿐만 아니라, 비굴한 자에게도 한결같이 보내진다는 것을 깨달았다. 박수는 간악한 자나 위선자, 도둑에게도 한결같이 보내질 뿐만 아니라, 애국자에게도 매국노에게도 보내지는 것이었다. 박수는 그만큼 값지고도 천한 것일 수밖에 없었다. 참으로 박수는 많은 것을 포괄하고 있었다.

언젠가는 마 소장에게 심중을 밝혀 버려야 할 일이었다. 어느 때까지고 고삐를 잡혀 타의에 의해서 끌려다닐 수는 없는 일이었다. 마 소장과의 체면과 의리에만 묶여 우물쭈물하고 있는 것보다는 이쪽의 생각을 깨끗이 밝혀서 피차의 입장을 분명히 해두는 것이 필요한 일이었다. 이대로 가다가는 사태가 어떻게 발전이 될지 전연 예측할 수 없는 일이었다.

오늘은 마 소장과 만나 담판을 지으리라. 적어도 학문의 세계를 가지고는 당분간 거리를 두는 것이 좋겠다고 통고를 하리라. 정수는 이렇게 결심하고 교문을 나섰다.

바로 몇 시간 전의 일이다. 둘째 시간의 강의가 막 끝났는데 총장이 부른다는 것이다. 총장이 있는 본관에 가려면 이 문리대에서 백 개나 되는 계단을 내려간 다음 잠시 숲속을 꿰어가야 했다. 총장실의 문을 들어섰을 때, 총장은 벙글벙글 웃으며 그를 맞았다. 악수까지 청했다.

"박 교수, 축하해요. 아주 굉장한 일을 해내고 있더군."

"무슨 말씀인지 잘 모르겠네요."

"아, 그 단조사 연구 말이어요. 그 일은 누군가가 꼭 해야 할 일이어요. 박 교수가 그것 손댄 건 참 잘한 일이어요."

"그건 제가 한 일이 아니고……"

"주저할 건 없어요. 우리 대학에서도 이왕 박 교수가 앞장을 섰으니 정식으로 연구소라도 발족시켜야겠어요. 예산의 뒷받침은 할테니 계획서를 만들어 봐요."

총장의 넓은 이마가 오늘따라 더욱 번들번들 빛을 내고 있었다. 창밖으론 노랗게 물들기 시작한 단풍잎 사이로 멀리 푸른 산들이 내다보였다. 그는 총장의 말에 대해서 아무런 대답 없이 그 산만을 바라보다가 눈을 감았다.

"빠를수록 좋을 일이니 오늘 중이라도 대강의 계획서는 내고, 며칠 안으로 일을 추진하도록 해요. 이런 일은 다른 대학에 선수를 빼앗길 수가 없어요."

그는 말없이 물러 나왔다. 말없이 물러 나왔다는 것은 총장 쪽으로 봤을 때 승낙을 의미했다. 교수실로 돌아오니 그의 책상 위에도 어느 사이에 단군정사연구소의 회보가 날아와 있었다. 강의하는 시간에 배달된 것이다. 다른 교수들은 벌써 받아서 읽은 뒤였다. 그 속에는 얼마 전 강연회에서 읽지도 않고 덮어두었던 그 원고가 박정수의 연설 원고로서 고스란히 실려 있었다. 총장이 부른 것도 바로 이 원고 때문이라는 걸 알 수 있었다.

어쩌면 이렇게도 빨리 그 원고가 활자화되어 여러 곳으로 배포될 수 있을 것인가. 마 소장의 집요성에는 감탄하는 수밖에 없었다. 마 소장은 그의 뜻을 펴기 위해서 나 같은 무명의 학자를 이토록 필요로 하는 것일까? 그는 생각했다. 이제까지 그를 돌봐준 정성대로라면 요사이의 모든 일들도 그를 위하는 배려가 곁들어 있지 않을 수 없는 일이었다. 생각하면 고마운 일이었다.

그러나 그는 결연하게 결심을 한다. 아무리 그것이 선의에서 출발한 일이라고 하더라도 사실이 아닌 주장은 따를 수 없는 일이라고. 오늘은 기어코 마 소장을 만나 설득시켜 그 일에서 손을 떼게 하리라.

정수는 긴장한 마음으로 마 소장 댁 문을 밀고 들어섰다. 정원의 화초에 물을 주고 있던 마 소장이 반색을 하며 그를 맞았다. 얼굴에 내 천川자 무늬의 굵은 주름이 잡혔지만 나이 같잖게 그의 얼굴은 정정했다. 자리를 권하며 마 소장은 기쁜 얼굴로 연신 싱글거렸다. 이렇게 좋으신 분인데, 정수는 이런 분과 요사이 위화감 속에서 살아온 일이 송구스럽기까지 했다. 그러나 할 말은 해야겠다고 다짐을 한다.

"선생님, 죄송합니다만 오늘은 제 소신을 좀 말씀드릴까 해서 왔습니다."

이렇게 정수는 정색을 하고 서두를 뺐다. 마 소장의 눈알이 빛을 냈다.

"무슨 말인지 말해 보게."

퍽 가라앉은 목소리였다.

"선생님, 대단히 죄송한 말씀입니다만……."

죄송하단 말을 되풀이했다.

"저는 선생님의 주장하시는 일에 동조하기가 어렵습니다. 그 일에 한해서는 말입니다."

마 소장의 눈이 압도할 듯 그를 응시했다. 그는 그 시선을 피해서 고개를 떨구었다.

"다 짐작은 하고 있는 일이야. 그러나 내 소신은 바꿀 수가 없어. 자네들이 정 동조해주지 못하겠다면 하는 수 없는 일이지. 그러나 양심이 있는 학자라면 동조하지 않을 수 없는 일이야. 내가 강조하고 싶은 것은, 우리들의 핏속에서 사대주의라는 것을 몰아내지 않고서는, 우리는 결코 위대한 민족이 될 수 없다는 사실이네."

마 소장의 말씨는 끝에 가서 억양이 높아지고 있었다.

"선생님, 우리 조상들이 훌륭했던 일에 대해서 그것을 싫어하고 반대할 사람이 어디 있겠습니까? 그러나 학문을 하는 사람은 그것이 과학적인 뒷받침이 결여되었을 때 떳떳하게 주장하기란 난처한 일이 아닐 수 없습니다."

"이 사람아, 그런 소린 다 애국심의 부족에서 나온 말이야. 민족혼이 없는 탓이야. 설령 말일세, 설령……."

기가 막힌 듯 마 소장은 하던 말을 쉬고 길게 담배를 빨았다가 푸우, 하고 내뿜고 나서 말을 이었다.

"설령 증거가 다소 불충분하다 할지라도, 뒤따라오는 후생들에게 자부심을 불어넣어 주기 위해선 우리 조상들이 훌륭했던 것으로 교육이 되어야 하지 않을까?"

"하지만, 조작이 되어서야……."

정수는 말을 하다 말고 실수를 인정하고 중단했다. 너무 마 소장의 아픈 곳을 찔렀다고 느꼈던 것이다.

"조작이라구?"

마 소장의 언성이 높아졌다. 청년회원 두어 사람이 앞채에서 나오는 것이 보였다. 마 소장은 침을 한번 꿀꺽 삼키더니 톤을 낮추었다.

"조작이 다소나마 끼지 않은 어느 나라의 역사가 있단 말인가?"

이런 식으로 논쟁이 되리라고는 짐작도 못 했던 일이었다. 그러나 내친걸음에 할 말은 해야겠다고 생각했다.

"선생님, 후생들에게 우리가 일시적인 자부심을 심어 준다 하더라두⋯⋯."

"박군, 관두게. 내 가슴이 막히는군."

마 소장은 괴로운 듯 가슴을 내리 쓸었다. 청년들이 어슬렁어슬렁 다가왔다.

후생들에게 일시적인 자부심을 넣어준다 하더라도, 나중에 그것이 허위였음을 알았을 때의 실망과 좌절감은 더욱 가공할만한 것이라고 말할 판이었지만 더 이상 주장을 계속하다는 것은 형세가 용서치 않았다.

문을 나오면서 정수는 마음이 개운치 않았다. 마치 배신이라도 한 뒤처럼 마음이 께름칙했다. 상대를 설복시키고자 하는 노력이 얼마나 어리석은 일인가? 그는 오늘의 방문을 후회했다. 당장에라도 되돌아가 사과를 할까 생각했으나 돌아설 수가 없었다. 기회를 보아 내일이라도 다시 찾으리라 마음먹었다. 정수는 거리로 나와 무작정 걸었다. 불안은 좀처럼 가시지 않았다. 마음이 무거웠다. 길가는 사람들과 부딪치기도 하고 떠밀리기도 했다. 낙엽이 지는 가로수 가에 몸을 세우고 서서 물결쳐오는 고독을 피부로 빨아들였다.

포성이 울리고 연기만이 피어오르는 폐허 위에서 그는 홀몸이었다. 유전流傳이 시작되었다. 고아원 탈출, 구두닦이 다리 밑, 다시 고아원, 그런 수많은 파도는 끝내 그를 지금이 가로수 아래로 밀어붙인 것이다. 그의 인생은 고독에서 고독으로 이어지고 있을 뿐이었다. 그는 담배를 꺼내어 입에 물고 불을 붙였다. 깊이 빨아들인 다음 그것을 길게 내뿜었다. 마음이 조금은 후련해졌다.

"오! 박정수, 오랜만이여."

이때 누군가가 그의 어깨를 두드렸다. 윤하중이었다. T신문사의 문화부장을 맡고있는 대학의 동문이다. 전공도 같았다. 그의 굵은 검은 테 안경 속에서 눈이 시원했다. 반가웠다. 구원자를 만난 듯 기뻤다.

"마침 잘 만났어. 그렇잖아도 요새의 자네 거동이 수상해서 전화라도 걸 판이었는데……."

하중은 그를 다방으로 끌고 들어갔다.

"왜 그리 맥이 없지, 젊은 사람이?"

"맥이 없긴……."

정수는 스스로의 초라한 모습을 의식하며 대꾸했다.

"자넨 신수가 좋군, 그래."

"좋지. 그건 그렇구, 요새 자네 생각이 많이 변했더군."

하중은 그에게 넌지시 건넸다. 들으나 마나 그 단조사 이야기겠지, 했지만 시치미를 뗐다.

"어디 세상에 안 변한 게 있을라구. 그런데 갑자기 무슨 소리야?"

담뱃불을 붙이고 있는 하중의 얼굴을 가스라이터의 기세 좋은 불빛이 환하게 비쳤다. 그의 눈은 언제나 검은 눈썹 밑에서 빛을 내고 있다.

"자네가 마 선생과 답사했다는 그 유적 말이야, 그게 정말인
가?"

진지하긴 했으나 역시 빈정거림이 섞여 있다고 생각했다.

"정말이고 아니고가 어딨나. 나 정말 미치겠다."

하중에게만은 실토를 하고 싶었다. 그러나 선뜻 입이 열리지
않았다. 그것은 결코 마 소장에 대한 의리 때문만도 아니었다. 마
소장의 민족주의가 눈물겨웠다. 타산적인 것이 없었다. 우월한
민족만을 염원하다가, 끝내는 어떤 상황에 사로잡힌 것이다. 그
환상은 점차 우상적으로서 그의 마음에 터를 잡고 성을 쌓아버린
것이다.

"내 생각으론 말이야, 마 선생은 그가 가장 미워했던 일본 사
람들의 날조 사관에 스스로가 빠져들어 갔다는 일이야."

하중의 표정은 한결 진지해지고 있었다. 바깥 거리는 벌써 밤
의 찬란한 불빛으로 메워져 있었다.

"내 생각도 자네 생각과 다를 바야 없지."

정수는 물론 하중과 동감이었다. 생각하는 바가 같았다. 그러
나 하중은 그를 그렇게 인정해 주지 않는 것이다. 마치 마 소장과
의 공범자처럼 생각하고 있는 것이다. 사람으로부터 사실과 동떨
어지거나 당착된 인식을 받고 있다는 것은 무척 답답하고 거북스
러운 일이 아닐 수 없었다. 그러나 그는 모든 자구능력自救能力을
거세당해버린 사람처럼 하중의 오해를 감수하기로 했다. 하중은
다시 지껄이기 시작했다.

"쇼비니즘은 열등의식이 바탕이 되고 있어. 미국 사람은 『어글리 아메리칸』을 쓰고, 일본 사람은 『추악한 일본인』을 쓸 수 있어도 우린 그걸 쓸 수 없거든. 만일 우리가 그걸 썼다구 해봐, 틀림없이 범죄자 취급을 받을 거야. 역시 이것은 소국주의적 쇼비니즘이야. 마 선생도 좋건 싫건, 일제 식민사관의 포로가 된 거야."

"여자가 어떤 사람을 지나치게 미워하게 되면, 결국 그 미운 사람을 닮은 애를 낳게 된다는 말이 있지."

정수는 마 선생을 두고 비유했다. 하중의 지나친 진지성을 누그러뜨리고 싶었다.

"그런데 자넨 그 마 선생과 공범자가 됐지 뭐야."

결국 하중은 그를 공범자라고 했다. 겉이 검은들 속조차 검을소냐였지만, 정수는 변명하지 않았다. 어쩌면 사람이란 결과에 대한 책임만은 뒤집어써야 할지도 모른다고 생각했다. 소신은 언제나 변함이 없었으나 외부의 거대한 힘들— 마 소장은 물론이고, 총장이며 학장까지 그에게 빠져나갈 수 없는 굴레를 씌우고 있는 것이다. 그 굴레는 거부작용을 하면 할수록 점점 강하게 옭매어 들어오고 있었다.

"나도 말이야, 본심은 따로 있지. 그런데 그것이 어찌 된 영문인지 이상하게 나타나고 있단 말이야."

정수는 맥이 풀린 채 호소력이 없는 말을 넋두리처럼 중얼거리고 있었다.

"내 생각으론 같은 민족주의 중에서도 마 선생의 민족주의가 가장 위험성이 많구 해독도 크다고 생각해. 아무튼 자넨 그곳을 빠져나와야 해."

윤하중은 반밖에 타지 않은 담배를 재떨이에 쑥 비벼서 문질렀다. 떨어져 나간 담배 끝이 꺼지지 않고 연기를 내뿜고 있었다.

"박 형은 말이야⋯⋯."

하중은 지나칠 정도로 그 문제에 대해서 집착하고 있었다.

"박 형은 마승이라는 너무나 큰 거인은 모시고 있어. 그러니 스스로 왜소해져 버릴 수밖에. 마치 어떤 거목巨木 밑에서 다른 나무들이 자랄 수 없는 거와 같아."

"그러면 우리 마승 선생님이 그렇게 위대한 분이란 말인가?"

"사실은 가장 보잘 것 없고 비참한 사람이지. 우리들은 그 사람을 불쌍하게 생각하고 있어. 정말이야. 우리 신문에선 그분의 이야기란, 아예 취급도 하지 않아. 자네에겐 미안한 이야기지만, 그분이 아무리 떠들어도 묵살해버리는 거야. 그는 주위의 몇 사람들에게만 거인으로 군림하고 있는 거지."

"야야! 그만 하구, 우리 술이나 한 잔 하자."

정수는 불쑥 몸을 일으켜 하중을 데리고 밖으로 나왔다.

술집에 들어서자 정수는 대뜸 석 잔을 연거푸 들이마셨다. 그러고 나자 안주가 나왔다. 윤하중도 사양하지 않았다. 권하는 대로 뚤뚤 들이마셨다. 거머리같이 달라붙은 가시내들에게도 억지를 써서 술을 먹였다. 젓가락도 두들기고 노래도 불렀다.

열 시쯤 되어 밖으로 나오자 발이 비쩍거렸다.

"하중아, 임마!"

정수는 하중의 어깨에 팔을 걸쳤다. 든든한 감촉이 그의 흐트러지는 몸을 받쳐주었다. 똑같이 마시고도 끄떡 않는 그가 얄밉기까지 하다.

"하중아, 임마!"

고개를 휘저으며 소릴 질렀다.

"너무 지성인인 척, 진보적인 척하지 마. 시시껍절하게시리."

정수는 막무가내로 떠들어댔다.

"하중아, 나는 고삐를 잡힌 송아지다. 하지만 말이야 하중아, 날 너무 괄시하지 말라구."

눈에는 눈물이 찔끔거리고, 혀도 제대로 돌아주지 않았다.

"후와하하하⋯⋯."

하중은 밤하늘이 떠나가게 웃음을 웃어젖혔다.

"괄시는, 누가 괄시한다는 거냐?"

하중은 정수를 달래듯 은근하게 대꾸했다. 흔들거리고 있는 것은 이쪽뿐이었다.

그들은 다음 술집에 들렀다. 여러 술집들을 순례했다. 하중은 사양하지 않았다. 더러는 앞장서기도 했다.

외로움이라든가 슬픔을 달래기 위해서 마시는 술은 곧 위안의 벗이 될 수 있다. 그러나 부자유스럽게 밀폐된 의식의 돌파구를 찾기 위해서 마시는 술은 마실수록 사람이 격해지고, 가슴속에 그대로 축적되다가 일시에 골속을 흔들어 버리거나 다리를 휘감아버린다.

아침에 눈을 떴을 때, 머릿속이 물에 잠긴 듯 무겁고 흐렸다. 밤새 여러 차례 토하였다. 오랫동안의 축적물을 모두 토해라도 버릴 듯 왝왝거렸다. 그러나 어떻게 해서 집에까지 돌아왔는지 경로를 알 수가 없었다. 아내의 말에 의하면 통금이 임박해서 하중에게 부축되어 돌아왔다고 했다.

아침을 먹으려 해도 통 받질 않는다. 출근하는 일도 단념을 했다. 정수는 이제까지 공무가 아닌 개인적인 사정으로 결근한 일이 없었다. 몸이 불편한 때가 없었던 것은 아니다. 그럴 때마다 그는 선생님이라는 의무감으로 그것을 극복했다. 한 시간의 결강은 수강생이 삼십 명이었을 때 그 학생들에게 삼십 시간의 손실을 가져다준다고 생각했기 때문이다. 그런 의무감은 그로 하여금 결근 없는 스승이 되게 했다. 오늘로 말하더라도 꼭 출근 못할 상황이라고 할 수는 없었다. 여느 때 같으면 깡다구로 이겨냈을 것이다. 그를 일어서지 못 하게 하는 요인은 다른 곳에 있었다. 요사이 그를 자꾸만 패배케 하는 외부적인 힘들일 수밖에 없었다.

정오가 넘어서야 정수는 아내가 끓여준 깨죽 한 그릇을 마시고 집을 나섰다. 좀이 쑤셔서 누워 있을 수가 없었다. 학교로 직행할까 하다가 방향을 바꿨다. 이십 번 버스를 타고 마 소장집 앞에서 내렸다.

"어서 오게, 어서 와."

마 소장은 반색을 하며 뛰어나와 그를 맞았다. 그에게서는 언제나 과거의 언짢은 일에 대한 흔적을 찾기 어렵다. 곰곰이 지난 일을 멍울처럼 지니고 있는 이쪽이 민망할 지경이다.

그의 거실에 들어서면 '救國一念'이라 쓰인 A장군의 친필 족자가 첫눈에 띈다. 그 족자는 마 소장이 평소에 자랑으로 삼고 아끼고 있는 물건이다. 그밖에 K선생이나 의사, 열사님들의 사진이 벽에 쭈욱 걸려 있었다. 방바닥에는 몇 권의 책이 꽂힌 서가 하나와 손때 묻은 서안이 초라하게 놓여 있었다.

창밖으론 몇 포기의 난초가 화분에 담긴 채 한가롭게 졸고 있었다. 이런 분위기는 그의 정신주의적 생활 태도에 상응하는 이른바 지사적 생활의 보금자리이기도 했다. 마흔에 아내를 잃은 그는 이제까지 내리 이십여 년간을 독신이었다. 그는 금욕주의자임에 틀림없었다. 종삼鐘三에서 창녀를 끼고 있다가 임검나온 순경에게 걸려 쩔쩔맨 적이 있었다는 소문이 있지만 주위에 어느 누구도 그것을 믿으려 하는 사람은 없었다.

부신 오후의 햇살이 단풍든 나뭇잎에서 부서지다가 어두운 그늘로 빨려 들어가고 있었다. 그 그늘에서는 벌써 찬 기운이 서리고 있었다. 차가 들어왔다.

"자주 찾아와주게. 무척 바쁘겠지만, 사람이란 자주 만나지 않으면 소원해지기가 쉽네. 그런데 어째서 얼굴이 햅쓱하지?"

"간밤에 술을 좀 했습니다."

"음, 그랬었군. 그렇다면 한잔 마셔버리는 게 좋아."

마 소장은 소리를 쳐서 술을 내오게 했다.

"선생님, 저의 어제 언행에 대해서 과히 언짢게 생각지 마십시오."

과거의 의리를 생각하면 그런 사과를 하지 않을 수 없었다.

"섭섭할 것까지야 있겠나. 그러나 내 마음은 좀 답답했었어.

만나니까 다 이렇게 풀어지는군. 하하하…….”

마 소장은 웃어젖혔다.

정수는 다시 송구스러운 사람이 되어가고 있었다.

술이 나왔다.

“술은 술로 푸는 게 좋아. 자, 받게.”

마 소장은 손수 술을 따라 그에게 권했다. 간밤의 술 때문에 갈증이 있었던 그는 연거푸 몇 잔을 들이마셨다. 알콜이 몸에 번지면서 머리를 휘감고 있던 구름이 걷히고 속도 풀리었다. 만나기만 하면 단조사 이야기를 하고 설득시키려던 마 소장이었지만 오늘은 되도록 그것을 피하는 눈치였다.

정수는 술이 오르면 언제나 담배를 청하는 버릇이었다. 그는 담배를 피우기 위해서 문을 열고 밖으로 나왔다. 어릴 적부터 부모와 같이 받들었던 탓으로 그는 마 소장 앞에서 담배를 피우지 않는다. 담배를 한 개피 피워 입에 물고 나니까 술기운 탓인지 오줌이 마려워 왔다.

변소는 앞채를 돌면 바로 그곳에 자리 잡고 있었다. 그는 뜰을 가로질러 앞채를 돌았다. 그러나 그곳에는 웬일인지 변소가 없었다. 그동안에 집의 구조가 변했을 리는 없고, 아마 더 안에 있었거니 싶어, 몇 걸음 더 걸어 들어가서 기웃거렸다. 그곳에도 변소는 없고 전에 못 보던 창고가 있었다. 문이 열린 창고 속에서 어떤 사람이 돌을 매만지고 있었다. 순간 정수는 그 돌에 갓 조각된 글씨를 보았다. 얼마 전에 산중에서 탁본되어 왔다고 주장된 단군 유적비의 글씨임이 분명했다. 고개를 돌린 사내는 창고를 넘보고 있는 사람이 정수임을 알자 소스라쳐 놀라 일어섰다. 정수는 못 볼 것을 본 듯 얼른 외면을 하고 놀라 일어섰다. 곧 뒤따라오는 사내의 발걸음 소리가 났다. 사내는 이 집에 같이 들고 있는 청년회원인 김이었다. 김은 날쌔게 뛰어나와 그의 앞을 가로막았다.

"이 배신자!"

외치면서 왼손으로 정수의 목덜미를 쥐어 잡았다.

"이놈이 죽고 싶어서 남의 창고를 뒤지는 거지."

어디서 뛰어나왔는지 두 사람의 청년이 그를 에워쌌다.

그러나 결코 두렵지 않았다. 모든 것을 체념했다. '배신자' 하고 외친 김의 소리가 그로부터 저항할 수 있는 모든 힘을 앗아가 버렸다. 흘러간 과거가 번개처럼 그의 머리를 스쳤다. 고아였다. 애당초부터 그는 고아일 따름이었다. 지금도 고아임이 분명했다. 전쟁의 거대한 포성이 그를 하루아침에 고아로 만들어버렸듯이, 김과 다른 두 청년의 위협을 받으며 숨을 할딱거리는 외톨이가 되어 있었다.

"빨리 해치워!"

한 청년이 김에게 재촉하는 굵고 나직한 목소리가 저승에서의 소리처럼 들려왔다.

"이놈들, 무엇 하고 있어?"

어느새 나타났는지 마 소장이 뛰어오며 지르는 외침 소리가 모퉁이에서 들렸다.

"이놈이 우리 창고를 살폈습니다. 스파이입니다. 죽여야 합니다."

"이 못난 놈, 빨리 물러가."

마 소장은 김을 노려보며 소릴 질렀다. 증오심이 이글거리는 눈빛이었다. 청년들은 김을 부축하고 어슬렁어슬렁 물러갔다.

그들이 물러간 다음 마 소장은 정수의 어깨를 잡고 얼굴을 묻었다.

"박 군!"

신음소리를 냈다.

"이제 나에겐 희망이 없어."

그는 마 소장이 이렇게 실망하는 것을 처음 보았다.

"박군도 아다시피, 나는 민족을 사랑할 뿐이야. 우리 민족이 다른 민족보다 우월하단 걸 보이고 싶었어. 그런데 웬일인지 동조자가 별로 없었어. 비통하다. 비통한 일이야."

마 소장은 흐느끼기 시작했다. 회한의 눈물인지 분노의 그것인지 분별은 가지 않았다. 단지 정수는 흐느끼고 있는 마 소장에 대해서 옛날에 가졌던 감정, 부모에 대한 것과 같은 신뢰와 정다움이 가시어짐을 느꼈다.

머리 위에 높이 솟은 은행나무의 노란 이파리들이 소리를 내며 살랑거렸다. 몇 잎의 이파리가 팔랑팔랑 공중을 선회하며 날아와 몸과 주변에 떨어졌다. 정수는 불현듯 그 은행잎들에게서 계절을 절감하고, 이별을 생각했다.

"박 군! 아무리 거부하더라도 박 군은 나의 주장을 뒷받침할 유일한 증인이야."

문밖에까지 따라 나온 마 소장의 마지막 말이었다. 왠지 그는 마 소장의 그런 말에서 옛날과 같이 강박이나 구속을 느끼지 않았다. 마음은 큰 바윗덩이가 빠져나간 것처럼 허허롭기만 했다. 거리는 벌써 어둠이 깔리고, 차들이 내뿜는 헤드라이트의 불빛이 찬란했다.

다음날 정수는 휴가원을 썼다. 그것을 들고 학교로 달려갔다. 용납이 되건 안되건 쉴 결심이었다. 어쩌면 이것으로 영원히 학교를 그만두어야 할지도 모른다는 생각도 들었다.

"계획서인가? 그렇잖아도 총장님이 박 교수한테 그것을 받아 놓으라 하셨네."

학교의 선배인 학장이 봉투를 받으면서 싱글거렸다.

"뜯어보시면 아십니다. 저는 잠깐 쉬겠습니다. 안녕히 계십시오."

교문을 나서자 정수는 마음이 후련했다. 먼 곳으로 여행을 떠나리라 마음먹었다. 하늘을 우러러봤다. 청회색의 끝없는 하늘이 멀리 굽이쳐서 퍼져가고 있었다. 그는 하늘을 한 번 날고싶은 충동을 느낀다. 걸어가면서 그는 손을 들어 머리를 더듬어 봤다. 까칠까칠한 머리털이 한 움큼 잡힐 따름, 어느새 머리를 누르고 있던 굴레는 떨어져 나가고 없었다.

카타르시스의 밤

근수는 괜히 가슴이 두근거리고 불안하기만 했다. 길을 가다가 혹 가죽잠바장이를 만나기라도 하면 찔끔하고 놀라졌으며, 행여 자기를 미행하고 있는 사람은 없는가 하고 주위를 살피면서 어슬렁어슬렁 길을 걸었다.

신문의 타이틀부터가 사람을 불안하게 하기에 알맞은 내용이었다.

남녀 시체 발견!

자살이냐? 타살이냐?

타살 혐의 농후

원래 신문기사란 풍이 있고, 사실과 어긋나는 경우가 많다지만, 근수로서는 그 기사를 보고 얼떨떨하지 않을 수가 없었다. 그렇다고 죄도 없는 놈이 자수할 수는 없는 일이었다. 섣불리 경찰에 나타났다가 살인범으로 몰려 평생을 붉은 벽돌집에서 살게 될지도 모를 일이었기 때문이었다.

사건의 수사는 그날 밤 그 집에 출입한 놈이 누구냐 하는 것으로부터 시작될 것이고, 그 집을 출입한 놈은 김근수 한 사람이었다 하게 되면 그는 영락없이 살인범으로 몰릴 수밖에 없는 일이었다. 이렇게 해서 옥살이를 한 사람이 이 세상에는 수없이 많을 것이고, 지금도 살고 있는 사람이 많을 것이라고 그는 생각했다.

공원의 벤치 위에 앉아 있어도 그의 다리는 달달달 떨리었다. 마치 포수에게 쫓겨 온 사슴처럼 가슴이 두근거렸다. 그는 손으로 얼굴을 감싸면서 이마에 밴 땀을 문질렀다. 그러면서 손가락 사이로 눈망울을 굴려 사위를 살폈다. 아무도 이쪽을 주목하고 있는 사람은 없는 것 같았다. 그는 안심하고 땀 묻은 손을 얼굴에서 떼어 내려 바짓가랑이에 쓱쓱 문질렀다. 그리고 한숨을 길게 내쉬었다.

바로 어제 그들은 만났었다. 식당에 들러 저녁을 먹으면서 그들은 참으로 오랜만에 정담을 나누었었다. 금숙이는 옛날의 소녀 마음이 되어 흥분을 했고, 그러다가 울기도 했었다.

"근수 씨! 오늘 돌아가면 안 되어요. 저한테로 가요."

"아니, 그러다가 영감이 오면 어쩌려구 그러지?"

"그인 올 때가 멀었어요. 그 전에는 일주일에 한 번이었는데, 요새는 이주일에 한 번이어요."

식당을 나오자 밖은 이미 어두웠다. 근수는 오늘 밤 어떻게 처신을 해야 할 것인가 하고 거리에 서서 잠시 망설였다.

"가요! 빨리요. 우리 집으로."

금숙이는 근수의 팔에 매달리며 애원을 했다.

"아직 일러, 공원이라도 좀 돌자."

그들은 공원으로 올라갔다. 전망대에서 휘황찬란한 시가를 구경하고 그곳에서 내려와서는 다리 위에서 불빛 머금은 강물을 바라보면서 이야기를 계속했다. 그들이 방으로 돌아왔을 때는 밤이 이슥한 다음이었다. 돌아와서도 그들은 추억담으로 꽃을 피웠다. 근수가 서울로 떠난 다음, 금숙이가 겪은 일들은 눈물겨운 것이었다.

"미안해, 미안했어."

근수는 자주 금숙이를 위로했다. 근수는 공부를 한답시고 불알 하나를 덜렁 차고 상경을 했다. 그러나 뜻대로 되는 일은 한 가지도 없었다. 전기 제품 외판원, 우유 배달, 심지어는 공사판의 막벌이 인부 노릇까지를 해가면서 몸부림쳤지만, 뜻했던 공부는 되지도 않고 호구에도 급급한 나날을 보내게 되었던 것이었다. 그러다 보니 금숙이에게 편지 한 장 띄울 겨를이나 면목도 없었고, 두 사람 사이는 자연히 소식조차 끊겨 버렸던 것이었다.

이런 근수의 비참한 처지를 몰랐던 금숙이는 금숙이 대로, 근수를 야속하게 생각하고 고민하던 끝에 옛다 모르겠다, 바람이나 쐬자, 하고 밖으로 뛰쳐나온 것이 요 모양 요 꼴이 되어 버렸다는 것이었다. 금숙이는 세컨드인지 써어드인지 그 차례는 확실히 알 수 없었지만 모 회사의 사장인 맹진달孟進達의 사육녀飼育女가 되어 있었다. 사육주인 맹사장은 방 하나를 얻어 금숙이를 살리어 놓고, 생활비와 용돈 나부랑이를 대주면서 일주일에 한 번씩 나타나 그녀의 육신을 도살屠殺하곤 사라진다는 것이었다.

"아이구, 징그러워."

금숙이는 맹사장의 도살 행위를 회상하면서 몸서리를 쳤다.

"그렇게 징그러우면 뚝 떼어버리질 않고?"

"이젠 소문나서 다방조차 돌아갈 수 없어요. 맨몸으로 뛰쳐 나가면 누가 밥 먹여 주나요. 그러니 이렇게 몇 년 동안 꾹 참고 한 밑천 잡길 기다리는 거지요."

금숙이는 옛날의 금숙이가 이미 아니었다. 인피를 쓴 여우나 다름없었다. 그러나 근수는 생각했다. 금숙이가 이렇게 된 것은 모두 나 때문이야. 그러니 나는 금숙이의 모든 걸 용서해 줘야 해. 내가 돈을 벌거나 금숙이가 한밑천 잡도록 기다려야 해. 그때 가서 우리의 '스위트 홈'을 꾸며도 늦질 않아. 그때의 우리 순정, 그것은 영원히 변할 수가 없지. 근수는 금숙이의 몸을 껴안고 회한과 격정이 뒤섞인 키스를 마구 퍼붓고 있었다.

똑똑똑…….

이때 밖에서 누군가 덧문 두드리는 소리가 났다. 키스를 하다 말고 금숙이가 그쪽을 향해 귀를 종그렸다. 근수도 놀라서 팔을 풀었다.

똑똑똑똑…….

아까보다도 더 거세게 문소리가 났다.

"누구시지요?"

금숙이가 문가에다 입을 대고 밖을 향해서 물었다. 방안은 불이 꺼져 있었기 때문에 칠흑같이 어두웠다.

"나야 나, 빨리 문 열어!"

"아니 당신, 나는 누구라고."

하면서 금숙이는 문을 열었다. 문밖에 있는 근수의 구두를 냉큼 챙겨 벽장 안으로 처넣으며 낮은 소리로 근수의 귀에다 수근거렸다.

"빨리 벽장 안으로 들어가요."

우물쭈물하고 있자 그녀는 근수의 등을 떠밀었다. 그는 도리 없이 벽장 안으로 기어 올라갔다. 뒤이어 벗어놨던 옷가지가 들어왔다.

"빨리 열지 않고 뭣해!"

사내의 재촉이 성화같았다.

"네, 곧 가요. 지금 옷 입고 있어요."

금숙이는 옷을 주워 입고 전등을 켠 다음, 방안을 한번 살피고 나서 밖으로 나가 문고리를 땄다. 드르륵 문이 열리며 얼굴이 검실한 중년의 사내가 안으로 들어섰다.

"뭘 그리 꾸물대고 있었어?"

사내는 여자가 굼뜬 것을 힐난했다.

"아이구 당신두, 옷은 입어야지요."

여자는 몸을 흔들며 사내에게 아양을 떨었다.

"언제부터 그리 예의 밝았어?"

사내는 찡글 상을 하며 털썩 이불 위에 주저앉았다. 주기가 있는 거동이었다. 이렇게 해서 근수는 영락없이 유폐되고 만 것이었다. 나갈 도리는 없었다. 이 방은 구조상 출구가 뒷문을 통한 통로밖엔 없었다. 다행히 여자의 기민한 처신 때문에 위기를 벗어나긴 했어도 언제까지 이곳에 갇혀 있어야 할지 답답하기 이를 데가 없는 일이었다. 벽장 안은 여러 개의 술병과 낡은 옷 나부랑이가 널려 있고 퀴퀴한 냄새가 코를 찔렀다. 관솔괭이 때문에 뚫린 판자문의 조그마한 구멍으로 빛이 새어 들어와서 칠흑같은 어둠은 면하게 해 주었다.

"진지는 드셨어요?"

"응, 저녁은 친구들 만나서 먹었어. 어서 술이나 한잔 내와. 오! 참 그때의 남은 술 벽장 안에 두었었지? 내가 두었으니 내가 꺼내겠어."

사내가 일어섰다. 근수는 흠칫 놀라 몸을 뒤로 제쳤다. 몸이 와들와들 떨려왔다.

"아니에요. 그 술은 이미 없어졌어요. 이리 앉기나 해요."

여자가 사내의 팔을 끌어당겨 억지로 자리에 앉혔다.

"왜 없어, 어느 놈을 대접했지?"

"아이구 당신두, 귀엽기두 해라. 어느 놈을 대접하겠어요. 하두 향기가 좋아서 내가 맛을 본다는 게 그만 다 없어졌다우."

"여자가 무슨 술을 마셨다구 그래."

"남녀 동등을 모르나요. 지금 세상 어디 여자가 술 안 마시는 법 있나요. 나나 되니까 그 정도 하는 줄 아세요."

"여자가 술 마셔서 좋을 것 하나도 없어."

사내가 제법 훈계조로 말했다.

"오늘은 내가 사서 대접할게요."

여자의 말에,

"아니 그 술을 이곳에서 살 수가 있어?"

"돈만 있으면 얼마든지. 못 들으셨어요? 유전이면 가사귀."

금숙이는 지껄여대며 문을 열고 밖으로 나갔다. 덧문 소리가 나고 그녀가 밖으로 사라지자 맹사장은 이불 위에 벌렁 몸을 내던졌다.

"빌어먹을 것, 이젠 사업도 틀렸지."

사내는 입맛을 쩝쩝 다시다가 윗목에 있는 물그릇을 집어들고 벌컥벌컥 들이마셨다.

"아이구 속상해. 쩝쩝, 아아프."

사내는 입맛을 다시다가 하품을 한 대 뽑아댔다. 덧문 여닫는 소리가 나더니 어느 사이 금숙이가 술병을 들고 방으로 들어섰다.

"꼬냑이네, 너 돈 많구나."

"내가 무슨 돈 있겠어요. 외상이지요."

"외상 좋아하네. 나두 요샌 죽을 지경이다."

"왜 무슨 일이 생겼어요?"

"수출실적을 좀 속였더니 자금을 회수한다, 세무사찰이다, 야단법석이니 해먹을 도리가 없어. 이제까지 탈세한 것 모두 드러날 판이야."

"어떻게 수출실적을 속여요?"

"하는 수야 얼마든지 있지. 옛날이야 십만 불 해 놓구 오십만 불, 백만 불도 문제없었는데, 이제 그게 탈이 나기 시작하니 말이야."

사내는 연신 술을 들이켰다. 왼손으로 잔을 잡고 오른손으론 여자의 허리를 감았다.

"이러지 말구, 어서 술이나 들어요."

금숙이가 술을 따르면서 몸을 비틀었으나 사내는 더욱 힘을 주어 허리를 감았다.

근수는 침을 한번 꼴깍 삼키고 나서 관솔 구멍에서 눈을 뗐다. 눈이 희미해져서 물건들이 통 눈에 들어오지 않았다. 너무 오래 밝은 곳을 보고 있었던 탓이었다.

이윽고 어둠에 익숙해지자 눈앞에 물건들이 나타나기 시작했다. 그는 너절하게 널려 있는 병들 가운데서 아까 맹사장이 찾던 술병을 찾기 시작했다. 금숙이는 자기가 그 술을 마셔버렸다고 했지만 그것은 사내가 벽장문을 열지 못하게 하기 위한 수단임이 분명할 것이었다. 여자에 비해서 사내란 어수룩하기 이를 데 없는 동물이었다. 일을 저질러 놓고 잽싸게 둘러 붙이면 사내란 십중팔구 넘어가기 마련인 것이다. 금숙이는 임기응변의 재치로 사내를 넘어뜨린 것이었다.

드디어 근수는 그럴싸한 병 하나를 찾아냈다. 마개를 제치고 코를 들이대니 알코올 내를 타고 은근한 향기가 스며들어 왔다. 그는 침을 한번 꼴깍 삼킨 다음 입을 벌리고 가볍게 술을 부었다. 목구멍이 따끔했다. 그 따끔한 자극으로 말미암아 그만 캘룩캘

록 기침을 내뱉기 시작했다. 그는 엉겁결에 손으로 입을 틀어막
고 기침을 내뱉기 시작했다. 그는 엉겁결에 손으로 입을 틀어막
고 기침을 이기려 했다. 가볍게 붓는다고는 했어도 어둠 속에서
가늠을 잡을 수가 없었던 것이다.

"무슨 소리야?"

사내의 혀 꼬부라진 목소리가 울려왔다. 근수는 얼른 술병을
바닥에 놓고 귀를 종그렸다.

"아무 소리도 아니어요."

여자의 소리.

"벽장 안 같은데?"

"아니, 당신두 미쳤수? 무슨 벽장 안에서 소리가 나겠어요. 당
신 참으로 신경이 예민해 졌나봐."

"요새 신경이 예민해지긴 했지."

사내가 안심을 했는지, 다시 술 홀짝이는 소리가 들려왔다.

근수는 구멍에다 눈을 대고 방안의 광경을 다시 살피기 시작
했다. 사내는 마시던 술잔을 상 위에 놓고 여자를 다루기 시작했
다. 기대와는 달리 금숙이는 맹사장의 키스를 순탄하게 받아주고
있었다. 그녀는 분명히 맹사장에게 대해서 애정이라고는 눈곱만
큼도 없다고 단언했었다. 돈이 없으니까 우선 한밑천 잡을 때까
지 겉치레 상대를 해주고 있다고 했었다. 그렇기 때문에 그는 그
녀가 맹사장의 어떤 공격이라도 막아내 주기를 기대하고 있었다.
그런데 도리어 그녀가 적극적으로 사내의 수작에 응해주고 있는
광경을 보니 가슴에서 뜨거운 불덩이가 치밀고 올라왔다.

술에 대한 유혹이 벌컥 솟아올랐다. 술을 마셔서 취해버리지 않고는 마음을 걷잡을 수 없을 것 같았다. 그는 병 주둥이를 입에 물고 꿀꺽꿀꺽 몇 모금의 술을 마셔댔다. 곧 뛰어나가서 사내를 붙잡고 한바탕 뒹굴고 싶었다. 사내의 멱살을 틀어잡고, '임마 물러가. 이 여자는 내 거야', 하고 큰소리치며 사내를 쫓아내고 싶은 충동이 가슴속에서 요동을 쳤다. 그러나 어쩐지 행동으로 옮겨지진 않았다. 벽장 안으로 쫓겨 들어왔다는 위치 때문에 그의 마음은 자꾸 위축되기만 했다.

근수는 하릴없이 술만을 꿀꺽꿀꺽 마셔댔다. 목구멍이 약간 따갑긴 했으나 아까처럼 기침은 나오지 않았다. 점차 몸이 후끈해지고 떨리던 기운은 어느새 사라지고 있었다. 가슴속에 도사리고 있던 불안도 점차 누그러져 갔다. 그러자 갑자기 쉬가 마려워 왔다. 그는 아래에 힘을 주고 그것을 참았다. 사내가 깊은 잠에 빠진다거나 어떤 기적이 일어나 밖에 나가는 일이 생기도록 기다릴 수밖에 없었다. 하여튼 그는 그런 기대를 가지고 쉬를 참아낼 수밖에 없었다. 그는 되도록이면 오줌에 대한 관심을 덜어버리기 위해 다시 구멍으로 눈을 가져갔다. 오줌이란 마렵다고 의식을 하면 할수록 마려워 오고, 잊고만 있으면 한두 시간까지 견뎌낼 수도 있기 때문이었다.

구멍에 눈을 댔을 때 사내는 여자를 쓰러뜨려 옷을 벗기려 안간힘을 쓰고 있었다. 그러나 여자는 저항을 하고 있었다.

"싫어요. 엊그제는 딴 여자한테 가놓고, 오늘은 무슨 짓이에요. 결코 안 돼요."

여자가 야무지게 사내의 손을 뿌리쳤다. 뜻밖의 저항 때문인지 사내는 한참 동안 어이없다는 표정으로 상대를 바라보고 있다가,

"이년이 미치고 환장했나, 언제라고 내가 여자를 하나 둘 가지고 사는 놈인가. 이년아! 그러기 위해서 다 탈세도 하고, 직원들 봉급도 떼먹고, 가짜 수출도 해가지고 널 먹여 살리고 있는 게 아녀. 콱 아가리를 부숴 버릴 테다."

"그래도 딴 여자한테 안 가겠다고 맹세한 건 언제고."

"그때는 그때고, 지금은 지금이여."

"흥 그건 헛소리였다 그 말이지. 그럼 나도 오기가 있지."

여자는 벌떡 일어나 앉아서 사내를 노려봤다. 종당엔 당할 수밖에 도리가 없겠지만 근수에 대한 체면을 세우기 위해서 버티는 데까지 버텨보겠다는 모양이었다. 하기야 벽장 안에 있는 사람이 송장이 아닌 다음에야 어디 멀쩡하게 눈을 뜨여 놓고 안전에서 못된 짓을 하기 쉬울라고 — '그것은 고문이다' 근수는 입속에서 외쳤다. '나는 그런 고문은 결코 당할 수 없어. 금숙아! 내가 지금 여기 있어, 금숙아! 굳세어라' 그는 마음속에서 응원을 하고 있었지만 점점 밑심이 빠져 가는 것을 어쩔 수가 없었다.

사내는 술을 거푸 들이마셨다. 더욱 사나워지고 싶기 때문일 것이었다. 술기운을 빌어 사자처럼 덤벼들어 여자를 덮치거나, 못하면 처죽여 버리고 싶은 충동일 때문일 것이었다.

근수의 가슴은 점차 맹 사장에 대한 증오심으로 차 올라갔다. 그 알량한 공부를 한답시고 서울로 올라가 버리지만 않았더라도

금숙이는 고향을 떠나지 않았을 것이다. 지금쯤은 얌전한 내 아내로서 나만을 유일하게 하늘 같은 남편으로 섬기며, 끌방망이 같은 아들딸 낳고 살고 있을 것이다. 그런데 지금 저런 바람둥이의 노리개가 되어가지고 시달리고 있다니 하고 생각할 때 근수의 가슴은 미어지는 듯했다.

그는 가슴을 누르고 고통을 참아내느라고 무척 애를 썼다. 눈을 지그시 감고 금숙이에게 사죄를 했다. '금숙아 나를 용서해다우. 정말 내가 죽일 놈이었어. 금숙아, 우리는 서로 순정을 바쳤던 사이가 아니냐. 나는 지금까지 동정을 지키고 있어. 너는 비록 숫처녀가 아니지만 나는 너를 용서하겠어. 꿋꿋하게만 살아 가다우. 푸른 산이 변하더라도 내 마음 변치 않을 테야.'

눈을 감고 뇌까리고 있는데, 근수는 갑자기 아랫배가 미어지는 아픔을 느끼기 시작했다. 오줌통이 곧 터질 것 같았다. 아랫께에다 더욱 힘을 주어 봤지만 고통만 더할 뿐, 더는 참을 수가 없었다. 아무 곳에나 대고 분별없이 쏴대어 버릴 수밖에 도리가 없었다. 그는 즈봉의 단추를 따고 그놈을 끌어냈다. 그것을 관솔 구멍에다 들이댈 작정이었다. 무릎을 꿇고 포구를 구멍에다 밀착시켰다. 쏴아, 하고 터져 나가면 번들번들한 맹사장의 이마와 코빼기가 오줌 범벅이 될 것이고, 그다음의 사태야 빌어먹을 그의 젊은 힘을 과시해 버리면 될 것이었다. 웬일인지 오줌은 전달되지 않고 이제는 아랫께가 시큰하게 아파왔다. 결국 근수는 그 짓을 포기할 수밖에 없었다. 눈에는 눈물이 찔끔거렸다. 드디어 그는 철수를 단행했다. 덩케르크나 흥남철수와 비견할 만한 일이었

176

다.

"야 이년아, 나는 검불을 들여 너를 먹여 살리고 있는 줄 아느냐?"

사내의 격앙된 소리가 들려 왔다. 그러나 근수는 방안의 사태에 관심을 돌릴 만한 마음의 여유가 없었다. 우선 오줌을 처리할 방도를 강구해야 했다.

"오, 옳다. 알았어."

하마터면 소리가 터져 나올 뻔했다. 멍충이, 등하불명이라니 그것을 모르고 있었구나. 그는 조심조심 병을 찾기 시작했다.

친구들한테 들은 이야기가 있었다. 술집에서 술을 마시다가 쉬가 마려웠는데, 변소에는 가기 싫고 해서 옛다 모르겠다, 하고 술병에다 쏴대어 버렸다는 것이다. 그 친구 풍이 많아서 사실인지 모르지만 그놈의 오줌을 술인 줄 알고 다른 친구들이 따라 마시고 기분 좋다고 하더라는, 참으로 희한한 착상이었다. 모든 일이란 궁하면 통하게 되는 법이다. 사람이 죽으란 법은 없는 것이다. 하늘이 무너져도 솟아날 구멍은 있는 법이다.

그는 드디어 한 되들이 병을 골라잡았다. 한됫병이라야 병 주둥이도 넓고 넘칠 위험이 없기 때문이다. 병은 속이 비었는지 가벼웠다. 그는 무릎을 꿇고 병을 가랑이 밑으로 옮겨 포구를 병 주둥이에 야무지게 들이댔다. 그러나 너무 밀착만 시켜도 일은 잘 되지 않았다. 속으로 들어간 양만큼의 공기가 새어 나올 틈이 있어야만 한다. 그렇지 않으면 쉬는 병 속으로 들어가지 못하고 넘쳐버릴 위험이 있는 것이다. 겨냥이 되자 힘을 주었다. 그랬는데, 웬일인지 오줌이 터져 나오지 않았다. 다시 힘을 주어 봤다. 역시 되지 않았다.

일이 이렇게 되면 너무 바둥거린다고 해서 되는 것이 아니다. 먼저 마음을 안정시켜야 하는 것이다. 숨을 한번 크게 쉬고 마음을 느긋이 가진 다음 쉬가 요도로 스며들어 길을 찾도록 해주어야 한다. 과학적으로 말하자면 요도의 수축된 근육을 살살 풀어주어야 하는 것이다.

그는 몇 년 전에 고향으로 돌아가는 귀성열차를 탄 적이 있었다. 그 완행열차는 어찌나 만원이었던지, 문자 그대로 입추의 여지가 없는 상태였다. 그는 객실의 중간지점에 서 있었는데, 좌석 하나에 삼사 명의 승객이 포개어 앉고 좌석과 좌석 사이도 들어차 있어서, 몸을 움쭉도 할 수 없는 상태였다. 그는 통로의 중간에서 한 발자국도 발을 옮길 수 없었고, 말하자면 기름틀 속에 들어간 깨알 같은 처지가 되어 있었다.

그런 가운데서 그는 어이없게도 소변이 마렵기 시작한 것이다. 변의가 생긴 것은 영등포에서부터였다. 마시지만 않았어도 그렇지 않았을 텐데 한잔 얼큰히 마신 뒤라 쉽게 오줌이 마려워 온 것이다. 그는 몇 차례나 발은 옮기려고 시도했지만 워낙 콩나물시루 속이라 발은 단 몇 치도 옮겨지지 않았다. 변소 쪽을 바라보니 수없는 사람의 머리만이 진땀을 빼며 널려 있었고 변소에 이른다는 것은 상상도 할 수 없는 일이었다. 그는 하는 수 없이 목표를 바꾸어 창가로의 접근을 시도했다. 수없는 인체의 압력 때문에 불켜는 폭발 직전에 있었다. 이마에서는 진땀이 번지고 정신이 몽롱한 상태에서 창을 향해서 허우적거렸다. 그러나 마음만이 창을 향해서 움직이고 있지, 몸은 조금도 나아가지 않았다. 그는 불켜뿐 아니라 온몸이 폭발해 버릴 것 같은 극한 상황에서 몸부림을 쳤다.

"아저씨! 사람 좀 살리시오. 창가로 가지 않으면 나는 죽을 거요. 예, 부탁입니다."

"나도 죽겠소."

앞에 있는 승객이 쏘아붙였다. 승객들은 모두가 제 몸도 괴로웠기 때문에 옆 사람의 사정을 알아줄 사람은 한 사람도 없었다. 그는 절망적인 마음으로 몸을 웅크리고 손바닥으로 고놈을 꼬옥 눌러 댔다. 그러자 힘이 솟았다. 그는 몸을 솟구쳐 공중으로 날아올랐다. 몸이 솟아 올라오자 사람들의 머리와 등을 헤치고 헤엄을 치기 시작했다. 창을 향해서 몸을 움직여 갔다. 밑에 깔린 사람들이 아우성이었지만 죽느냐 사느냐를 판가름하는 마당에 그 따위 사정은 문제가 되지 않았다.

드디어 근수는 창가에 도달하는 데 성공을 했다. 그는 막무가내로 말뚝처럼 사람과 차벽 사이로 꽂혀 들어갔다. 그리고 서슴지 않고 창밖을 향해서 포구砲口를 겨냥했다. 그러나 생각했던 것과는 달리 배출은 되지 않았다. 비록 밤이라고는 해도 승객들의 틈바구니에서, 더구나 둥둥둥둥 진동하는 열차 속에선 일이 이루어지지 않았다. 그는 여러 차례 발사를 시도했지만 번번이 실패만 거듭했다. 가슴에까지 오줌이 차오르는지 숨이 컥컥 막혀 왔다.

이렇게 버둥대고 있는데도 누구 한 사람 그에게 관심을 가져다준 사람은 없었다. 사람들은 모두가 샌드위치가 되어 있어 제 몸 하나를 가누는 데도 사력을 다하지 않으면 안 되었기 때문이다. 남의 사정을 알아줄 마음의 여유가 없었기 때문이다.

그래도 근수는 살아서 숨을 쉬고 있었고, 열차는 가고 있었다. 수원역, 천안역, 드디어 대전역에 이른 다음, 그는 혼신의 힘을 다하여 차창을 뛰어넘었다. 찻바퀴를 향해서 오랜 시간 동안 배출에 배출을 계속했었다.

배출을 끝내고 나니 몸은 날듯이 가벼웠고, 죽음으로부터 소생한 것 같은 환희, 중병으로부터 살아난 듯한 기쁨, 아니 그것을 뛰어넘는 쾌감을 그는 맛봤던 것이었다.

비록 불안한 위치라곤 해도 오늘의 형편은 그때보다야 나았다. 차차 마음도 안정이 되었다. 그는 다시 포구를 병 주둥이에 대고 서서히 배출을 시도했다. 따끔하니 전달되는 아픔과 함께 몇 차례 찔끔거리더니 소변은 위세 좋게 터져 나왔다. 거품이 뒤집히는 소리뿐, 별다른 소리도 나지 않았다. 얼마쯤을 배출했는지 느긋한 시간이 흐른 다음 손에 들려 있는 병에 중량감이 가중되었다. 끝낸 다음 그는 넘어질세라 병을 조심스레 구석에다 세웠다. 앞 단추도 잠궜다. 마음이 후련했다.

마음이 후련해지자 신경의 촉수는 다시 방으로 쏠렸다. 그는 너무나 오랜 시간 배출을 위해서 신경을 쓰고 있었기 때문에 그들의 일을 잊고 있었던 것이다.

어느새 벗었는지 연놈들은 알몸을 노출시킨 채 지쳐 쓰러져 있었다. 배변을 하는 동안 들렸던 기성, 괴성들은 모두가 저런 결과를 가져오기 위한 과도기였던 것을- 참 나는 맹추였구나. 저런 가시내를 순정으로 사랑하고 있었으니 갈보, 창녀, 똥치 입이 더러워 욕이 나오지 않을 정도였다. 그에 대한 순정 따위도 어느새 봄눈 녹듯 사그라지고 없다.

근수도 역시 연놈들처럼 배출을 하느라고 힘을 탕진해 버렸기 때문에 몸이 녹초가 되어 있었다. 그는 누더기 위에 몸을 눕혔다. 곧 잠이 찾아왔다.

막 잠이 들려고 하는데 방안에서는 다시 소리가 들려 왔다. 사자와 같은 사내의 으르렁거리는 소리, 여우와 같은 계집의 비명, 그는 그만 손가락으로 귀를 틀어막았다. 귀를 막자 그의 눈앞에는 장의사의 시렁에 얹혀 있던 상여가 떠올랐다. 비 오는 날이었다. 그는 빗속을 혼자 걷고 있었다. 장의사는 시중을 가로지른 철로 옆에 있었다. 그날사 말고 일을 나가지 않은 하얀 장의차가 차고에서 낮잠을 자고 있었는데 그 위의 시렁에는 꽃술에 싸인 상여가 놓여 있었던 것이다. 그런데 그의 의식에는 그 상여가 죽음을 덮는 덮개로 느껴지지 않고 시골의 대보름날 농악꾼들이 쓰는 고깔로 느껴졌었다. 그 고깔을 쓴 소고장이가 소고를 돌리며 신기로운 재주를 부리는 그 신나는 장면을 연상했었다. 그날 왜 상여는 죽음의 상징으로 비치지 않고 소고장이가 썼던 고깔로 비쳤을까. 오늘 밤도 역시 그의 눈앞에 떠오른 상여는 그 황홀한 꽃술을 단 고깔로 둔갑을 하는 것이었다.

귀에서 손을 떼면 고깔의 모습은 사라지고 맹사장이나 금숙이의 울부짖음 소리가 들려 왔으며, 다시 귀를 막으면 눈앞에 상여가 떠올랐다. 몇 차렌가 그 짓을 계속하다가 나중에는 귀를 막아도 상여가 떠오르지 않았다. 그러자,

"아이고 오줌 마려워."

맹사장이 투덜거리며 일어나는 기척이 있었다. 곧 문소리가나고 사내가 나가는 것 같았다.

"미안해요. 근수씨!"

금숙이가 벽장문을 삐끗 열고 속삭였다.

"나 지금 나갈 테다."

근수가 씩씩거리며 내뱉었다.

"안 돼요. 나가다간 들켜요. 조금만 참아요."

"참기 좋아하네. 콱……."

"쉬이."

침묵하라는 신호를 보내고 금숙이는 문을 닫았다. 드르륵 문이 열리며 사내가 들어서는 소리가 났다.

"근데 당신, 이번엔 왜 이렇게 일찍 오셨지요?"

"너 보고 싶어서 그랬다."

사내가 능청맞게 대꾸했다.

"무척도 생각했구만."

"계집년이 사내 속을 저렇게 몰라. 난 지금 쫓기고 있는 몸이야. 죽냐 사냐 하는 판국이여. 잘못하면 절단이 나는 거야. 콩밥을 먹게 돼."

"아니 그게 무슨 말씀이시유?"

"아까 다 말했지 않아. 바로 그 일 때문이야."

사내가 담배를 피우는지 라이터 소리가 찰가닥거렸다.

"이놈들을 몇 놈 갈아 마셔야겠어. 다 내 돈 수천씩 먹은 놈들이 이제 일이 터질 것 같으니까 발뺌을 하는 거야. 발뺌만 하면 좋게. 나를 진구렁으로 콱 집어넣자는 거야. 맹가 이놈 이번에 죽어라, 하는 거야. 글쎄 부정 않구 해나갈 수 있는 사업도 어렵게 됐어. 참 그때 엉터리 피임약 장수 시절이 좋았지. 광고만 하면 술술 팔리고, 가짜라고 여기저기서 터져 나와도 다 뒤에서 봐주는 사람만 있으면 끄떡없었으니까."

"그럼 이제 어떻게 되는 거지요?"

"일본으로 뛸까 해."

"그럼 나는 어떡하구요."

"다 살아가는 수가 있으니까 꿈쩍 말고 조금만 참아. 난 새벽에 부산 친구집으로 떠난다."

"새벽에요?"

"그래, 너 시원하지?"

"아이구, 고만."

사내가 다시 덤벼드는지 여자의 소리, 이윽고 사자의 울음소리, 살이 난도질을 당하는 도살장의 비명소리, 그들은 지구 최후의 날을 맞이하려는 사람들처럼 끝없이 불길을 태우고 있었다. 근수는 이제 지칠 대로 지친 심신을 가누느라고 몸을 뒤척이며 신음을 했다.

얼마만 한 시간이 흘렀을까, 눈을 떴을 때 밖에서는 찻소리가
났다. 방안의 동정을 살폈다. 그들은 나신을 드러내 놓은 채 서로
껴안고 죽은 듯이 누워 있었다. 싸늘하기까지 한 두 마리의 고기
덩이였다.

그는 구두를 들고 벽장의 문을 열었다. 조심조심 방으로 내려
섰다. 살금살금 걸어서 문 앞으로 돌았다. 이불을 끌어 싸늘하게
보이는 그들의 몸을 덮은 다음 문을 열고 밖으로 나왔다. 덧문 열
기도 그렇게 어렵진 않았다.

하늘에는 샛별이 반짝이고 있었다. 통금이 막 해제된 뒤라 차
들의 통행은 드물었고 근무를 마치고 돌아가는 방범대원들의 어
깨가 한결 무거워 보이는 시간이었다. 그는 타박타박 목적 없이
길을 걸었다. 얼마를 걸었는지 발길은 공원에 다다랐다. 그는 성
큼성큼 공원으로 올라갔다. 아침 등산객들이 어느새 나와 있었
다. 개를 끌고 나온 사람, 여자를 데리고 나온 사람, 뜀질을 하는
사람, 태권 동작을 하는 사람, 하여튼 가지가지의 사람들이 여러
가지의 동작들을 되풀이하고 있었다. 근수도 그들 사이에 끼어들
어 뛰는 시늉도 하고 체조하는 시늉도 하면서 시간을 보냈다.

그러다가 시장기를 느끼게 되자 공원 앞에 즐비하게 늘어서
있는 해장국 집으로 들어갔다. 해장국 한 그릇에 대포 두 잔을 해
치웠다. 잠을 설친 머리가 무겁고 눈이 깔깔했으나 속은 좀 풀리
었다.

속이 후끈해지자 그의 뇌리에서는 다시 그들의 나신이 떠올랐
다. 그가 집을 빠져나올 때 그들의 몸은 시체처럼 방바닥에 나뒹

굴고 있었다. 마치 숨이 끊어진 몸에는 온기조차 전연 없는 사람으로 비쳤었다. 그러기 때문에 이불을 끌어다 덮어주었는데도 꼼짝하지 않았던 것인지도 몰랐다. 생각해보면 무모하달만큼 대담한 행동이었다. 살금살금 방을 빠져 나와 버리면 될 것을 무엇 때문에 이불을 끌어다 그들을 덮어주었단 말인가. 밤새는 증오하고 멸시했던 그들이 아니었던가. 그런 그들에게 인정을 베풀었다는 것은 그때 그들이 살아있지 않았다는 잠재적 예감이라고 느꼈었기 때문에 취한 행동이 아니었을까. 아무리 약하고, 더럽고, 미운 사람에 대해서도 사후에는 동정이 가는 법이니까.

그는 해장국과 막걸리로 출출했던 뱃속을 채우자, 곧장 시내로 들어왔다. 시내는 아침부터 사람이 붐비었다. 직장으로 나가는 사람, 리어카 등을 이끌고 장사를 나가는 사람, 거의 모두가 목적을 향해서 가고 있는 것 같았다. 그러나 그에게는 목적이 없었다. 요새는 그나마 배달 자리도 끊기고 완전한 실업자가 되어 있었다. 맹사장이 새벽에 떠난다고 했으니까 다시 금숙이 집을 찾아가 볼까도 생각했으나 그는 곧 그 생각을 수정했다. 어젯밤의 일을 생각하면 너무나 치사하고 추잡했기 때문이다.

그는 길을 걸어가면서 눈에 걸리는 것은 닥치는 대로 구경을 했다. 야바위하는 것도 구경하고, 약장수의 떠드는 소리도 몇 시간씩이나 듣고 섰기도 했다. 하천 변을 거닐면서 오물이 밀려가면서 일으키는 소용돌이를 구경하기도 했다. 고기 한 마리를 기르지 못하는 그 물은 죽음의 물일 따름 생명의 물은 이미 아니었다.

해가 벌써 오후로 접어드는 시간, 하천 변의 복덕방 옆에 몇 사람의 사내들이 머리를 맞대고 신문을 보고 있었다. 무슨 기사가 났기에 저들은 신문 하나를 놓고 저렇게 어우러져 있는 것일까. 대단히 궁금했다. 그는 발을 멈추고 그들의 어깨 너머로 신문을 들여다봤다.

기사는 사회면의 톱으로 취급된 한 쌍의 남녀가 죽었다는 보도였다.

－ 남녀의 시체－ 타살 혐의 농후－성남동

그는 그만 망치로 머리를 얻어맞은 것처럼 깜짝 놀랐다. 달아나듯 그 자리를 피했다. 미처 성명을 확인하지 못했지만 맹 사장과 금숙이에 관한 보도임이 틀림없었다. 그는 그 보도를 본 다음 사람들을 피하는 신세가 되었고, 인적이 뜸한 곳만을 골라 배회하거나 아주 복작거리는 곳을 골라 어울리기도 하였다. 몇 차례나 경찰서에 나가 자수할까도 생각했다. 결심을 하고 경찰서를 향해서 걸어가기도 했다. 그러나 이대로 들어가서 콩밥을 먹는다는 것은 너무나 억울했다. 그래서 그는 다시 발길을 돌렸다. 다리가 후들후들 떨려 왔다. 왜 이렇게 떨리는 것일까? 떨리는 걸 보면 아마 자기가 죽인 것이 아닐까. 죽이고도 몽유병자처럼 모르고 있는 것은 아닐까?

어느새 해가 지고 거리에는 어둠이 깔리고 있었다. 그는 신변에 아주 위험을 느꼈다. 이렇게 시내에서 얼쩡거리다가는 틀림없이 붙들리어 철창 신세를 면하지 못할 것 같았다. 비록 어머니조차 죽고 살붙이라곤 아무도 없는 고향이었지만 우선은 고향으로 피해 보는 것이 나을 것 같았다. 그는 마침 그때 눈앞에 와서 멎는 시내버스를 잡아탔다. 정거장에 이르자 그는 차 시간을 확인하기 위해서 매표소 앞으로 차근차근 다가갔다. 이때 누군가가 사람들 사이를 뛰어가고 있는 그의 앞을 가로막았다.

"아니?"

놀라서 바라보니 눈앞에는 다른 사람 아닌, 이미 죽었을 금숙이가 버티고 서 있었다.

"죽지 않고 왜 여기 서 있는 거여. 너 유령 아녀?"

"죽긴 왜 죽어요. 우리가 잠든 사이 용케도 잘 빠져 나갔더군요. 하지만 난 다 알고 있었어요."

"그럼 죽은 건 딴 사람이었단 말이지?"

그는 금숙이를 다시 확인하기 위해서 그녀의 얼굴을 뚫어지게 바라보았다. 피로의 기색만 눈 가장자리에 번져 있었을 뿐, 분명히 귀신 아닌 금숙이었다.

"우리 이웃집에서 살인 사건이 일어났어요. 범인은 곧 잡혔대요. 나는 그이와 부산 가요. 아주 바다 건너 떠나 버릴지도 몰라요. 빠이 빠이!"

금숙이는 서슴없이 근수의 곁을 떠나 개찰구로 다가가서 그곳에서 기다리고 있는 맹사장의 팔에 손에 끼었다.

'새벽에 떠난단 놈이……'

근수는 중얼거리며 눈을 흘긴 다음 천천히 걸어서 광장으로 나왔다. 전신주 가까이 걸어가서 즈봉의 단추를 끄르고 그놈을 턱 드러냈다.

쏴아- 상쾌하게도 오줌은 전신주를 때린 다음 분수처럼 사방으로 흩어졌다. 발등이 뜨뜻하게 적셔지고 있었으나 그따위 것에 개의치 않고, 하늘을 향해 히죽히죽 웃으며 그는 배출을 계속하고 있었다.

심야의 질주

"속도를 더 빨리!"

"사장님 그러다간 위반으로 걸립니다."

"걱정 말고 뛰란 말이야."

호통을 받은 운전사가 하는 수 없이 작동을 하자 차는 더욱 빨라졌다. 앞서가는 많은 차들을 추월하면서 곡예사처럼 아슬아슬한 재주를 부려, 마치 너른 바다를 헤엄치는 상어같이 빠르고 거칠게 달려 나갔다. 이것을 목격한 교통순경도 몇 사람 있었지만, 그들은 그저 얼빠진 모습으로 바라보고만 있었다. 너무나 대담한 질주였기 때문에 딱 기가 질려버린 모양이었다.

"병신 같은 놈들 왜 잡질 않는 거야? 그러기만 했으면 한 뭉치 푹 안겨주는 건데……"

나는 그들의 무력성을 내심 비웃었다.

어떤 나라에서는 대통령의 차도 잡혀서 벌과금을 낸 일이 있

다는데, 고급 외제차라고 잡지조차 않는 그들의 행동이 마음에
거슬렸다. 뭔가 기대했던 일에 배신을 당해버린 것 같은 아쉬움
을 안고 나는 B호텔 앞에 차를 세우게 했다.

눈앞에는 마침 복권 판매소가 있었다. 후줄근한 서민의 허황
한 사행심을 부채질하는 그곳은 이따금 나에게도 위안의 대상이
되기도 했다. 백 년을 일해봐야 집 한 채 마련할 수 없는 그들이
복권에 기대를 걸고 판매소 앞에 서듯 나는 형체를 잡을 수 없는
어떤 기대를 안고 판매소 앞에 서서 외쳤다.

"전부 해서 몇 장이야?"

너무나 엄청난 물음에 놀랐는지 판매원은 교도소의 식구통같
이 생긴 구멍을 통해서 나를 내다봤다.

"뭘 하시게요, 다 사시게요?"

"응, 다 사겠어."

"아이구 그러세요. 며칠 전에도 그런 분이 한 분 있었어요. 근
데 거기에 구백만 원짜리가 들어 있었거든요."

판매원은 즐겁게 지껄이면서 복권을 세었다. 삼백 예순다섯
장이라고 했다.

"행운이 있을 것 같은데요."

운전사가 어느새 차에서 나왔는지 곁에 서서 내 비위를 맞추
고 있었다. 그는 운전사를 겸한 나의 보디가드였다.

"행운?"

나는 되물으면서 생각했다. 행운을 바라고 복권을 산 것은 아
니었다. 위안을 얻고자 해서 산 것이었다. 마치 죄수나 동물원의

동물처럼 갇혀 있는 한 인간의 모든 비밀을 창자 속까지 끌어내보고 싶은 충동 때문이었다. 그리고 그가 보물로서 간직하고 있는 유가증권의 총체가 얼마나 되는지도 궁금했다. 확률상으로 볼 때 당첨될 가능성이 거의 없는 몇백 몇십만 원의 당첨금과 지난번의 당첨 번호를 늘어놓고 허황한 사람들을 부르고 있는 그들의 그물에 걸려들고 싶은 호기심 때문이기도 했다. 따라서 나에게는 당첨에 대한 기대 같은 것은 없었다. 만일에 구백만 원이 당첨된다면 나는 그것을 술집에다 뿌릴 수 있을 것이었다. 그랬을 때 계집애들은 엉덩이를 하늘로 쳐들고 기어 다니며 돈을 주울 것이고, 내가 그녀들의 등에 올라타서 엉덩짝을 탁탁 치면 비명이 울려 나오고 환성이 솟아오를 것이었다. 그러나 그것도 그것일 뿐 이제 나에게는 모든 일이 지겨웠다. 계집애들은 그저 술을 따는 기계이고 돈을 주워 담는 가죽지갑에 불과한 존재들이었다.

"복권의 매수가 일 년의 날짜 수와 들어맞지 않습니꺼? 그건 예사로 있는 일이 아니니까요."

운전사의 말은 얼핏 듣기에 그럴듯한 말일지도 몰랐다. 그러나 그들의 말은 실제로 그렇대서 하는 말이 아니라 조그마한 꼬투리만 있으면 나에게 아첨하는 습성에서 비어져 나온 허튼 수작에 불과한 것이었다. 그들은 노상 내 얼굴이 이 세상에서 제일가는 미남이라는 것이고, 지상 최고의 신사라는 것이고, 나폴레옹과 같은 영웅이라고 추켜대고 있지 않은가?

어렸을 때는 그래도 사람들의 칭찬이 과히 싫지는 않았다. 그러나 나이가 들면서는 듣기 좋은 말일수록 함정이 많다는 것을 알게 된 것이었다. 국내 굴지의 대회사 '무진산업'의 후계자라는 이유에서 무턱대고 추켜올리는 데는 이제 진절머리가 나고 약이 오르기까지 한 것이었다. 그들의 말은 어디까지가 진실이고 어디까지가 허위인지 통 짐작할 수가 없었다. 그런 불투명성은 더욱 나를 답답하게 하고 괴롭게 하고 이 세상에 대한 회의를 두텁게 할 따름이었다.

단지 내 위에 군림해서 진정을 토로해 주는 사람은 아버지가 있을 뿐이었다.

"너는 이 애비가 어떻게 고생해서 세운 회산 줄이나 알고 있다는 거냐? 네가 정신을 차려야 해. 모든 걸 이제 네가 이어받아야 해. 이제 나는 늙었어. 힘겨워서 더 일을 할 수가 없어. 그러니 네가 정신을 가다듬고 오늘이라도 이 회사를 이어받아야 해."

아버지의 표정은 참으로 비통하고 근심에 차 있었다. 주름지고 찌들은 얼굴에는 젊었을 때 시달렸던 모진 세파의 파문들이 물결치고 있었다. 젊었을 때 일본으로 건너가 엿장수로부터 출발했다는 아버지가 태평양전쟁 때 고철 경기를 타고 고철을 수집해서 한몫을 봤으며, 전쟁 말기에는 조그마한 공장까지를 차렸다고 했다. 해방이 되어 귀국한 그는 일본에서의 경험을 바탕으로 해서 다시 사업을 시작해 몇 차례의 기복을 거친 다음 오늘의 대기업을 이룩했다는 것이었다. 세상에서는 그런 아버지를 입지전적 인물이라고 추켜올리고, 그 재산을 이어받을 나를 행운아라고 부러워하고 있는 것이다. 그러나 나에게 있어서는 이런 모든 일들이 불운으로 통하는 것을 어찌할 수가 없었다.

나는 이제까지 내가 살아온 쇠틀 같은 나날 가운데 단 한 번도 '이것이다' 하는 행운을 잡아보질 못했다. 참으로 더럽게 불우한 운수를 타고난 것이었다. 이 세상에는 내가 만족할만한 일, 내 힘으로 이룬 일이란 하나도 없었다. 그저 남이 지어 준 밥을 먹고, 양복점에서 만들어 준 옷을 입고, 운전사가 끌어 주는 차를 타고 그리하여 저절로 솟아나는 돈을 물 쓰듯이 쓰면서 이 세상을 살아가고 있는 것이었다. 이런 나를 행운아라 해서 부러워하는 사람이 있다는 것은 천만부당한 일이 아닐 수 없는 일이었다.

"참으로 김사장님은 징기스칸이나 알렉산드리아 같은 분이십니다. 하지만 사장님! 우리같이 불행한 사람도 있지 않습니껴?"

불행한 것이야말로 자기들이란다.

"그럼 내가 그 사람들같이 위대하다 그 말인가?"

"그렇구말구요. 사장님은 현실에 만족하지 않구, 자꾸 높은 곳을 바라보고 계시니까요."

그들의 그런 말을 듣고 나면 나는 도리어 마음이 어두워졌다. 내가 바라고 있는 높은 곳이란 도대체 무엇이란 말인가? 내 눈앞에는 아무것도 보이지 않았다. 돈, 지위, 여자, 세상 사람들은 이와 같이 하찮은 것들을 얼마나 가졌느냐에 따라서 사람의 행불행을 규정하고 있는 것 같았다. 그러나 나에게는 돈이라면 얼마든지 있었다. 금고에, 통장에, 지갑에 주체할 수 없이 많이 있었다. 계집애들로 말하더라도 나에게는 너무나 너절해서 귀찮기 이를 데가 없었다. 노래 부르는 가수, 텔레비전이나 영화에 나오는 탤런트나 여배우, 춤추는 무희 등 원하기만 하면 그런 여자들을 얼마든지 소유할 수가 있었다. 그러나 이렇게 유명하다는 여자들일수록 상대해 보면 실속이 없었기 때문에 나는 여자의 가치를 아예 인정하지조차 않고 있는 것이었다.

어쩌다가 내가 회사에라도 들르게 되면 전 사원들은 한결같이 일어서서 마치 제왕 앞에 시립하는 군신群臣들처럼 늘어서서 나를 맞이하는 것이었다. 일본사람들한테 배운 예법인지 머리를 몇십 번이고 조아리면서 인사를 하는 것이었다. 그러나 나는 그들의 행동거지가 도시 마음에 들지 않고 시시껄껄하게만 보였다. 아무리 목구멍이 포도청이라고는 한다지만 사람 위에 사람 없고, 사람 밑에 사람 없다는 말도 있는데 저럴 수가 있느냐, 싶었다. 나는 그런 꼬락서니가 아예 보기조차 싫었다. 그래서 요사이는 회사에 나가는 일까지를 기피하고 있었다.

그래도 소년 시절에는 꿈이 있었다. 대통령이나 아니면 그만 못한 장관이라도 되고 싶었고, 아버지 같이 사장이 되어 둥글고 큰 의자를 돌리며 아래 사람들에게 명령하는 사람이 되고도 싶었다. 순진하고 아름다운 아가씨와 꿈같은 사랑을 속삭이고도 싶었다. 그랬는데 어찌 된 셈인지 지금 나는 그 중 아무것도 바라고 있지 않았다. 모두가 시시하고 역겨울 따름이었다.

친구들과의 사이만 해도 그랬다. 빈들빈들 놀고 있던 많은 수의 친구들을 나는 아버지에게 부탁해서 우리 회사에다 자리를 마련해 주었다. 그들 중에는 지금 과장이 되고 계장이 된 사람도 몇 사람 있었다. 그런데 그 친구들이 우리 회사에 들어온 다음에는 나와의 사이가 싹 멀어져 버린 것이었다. 아무리 가까이 하려 해도 옛날의 친구가 되어 주지 않았다. 고등학교 동창인 어떤 놈은 아예 말까지 올려버렸다. 내가 회사에 나타나면 공수拱手를 하고 경건한 자세로 나를 맞이했다. 나는 천황폐하가 되고 그들은 마치 나의 충실한 신하로 둔갑해버린 것이었다. 술자리에 나가도 그랬다. 똑바로 마주 앉아서 나와 대작해주지 않는 것이었다. 전부가 반병신이 되어 가지고 그저 나를 추겨 올리고 비위를 맞추는 데 급급할 따름이었다. 나는 점차 소외되어가고 있었다. 어느 민둥하고 차가운 철탑 위로 한 치 한 치 밀려 올라가고 있는 것이었다. 윗사람에게 그토록 알랑거리는 사람은 아랫사람에게는 지독한 짓을 하는 거라는 어느 신문기자 놈 이야기를 들은 다음부터 나는 싸늘한 비정의 냉혹성까지 그들에게서 느끼는 것이었다. 밑엣사람들에게 후리기라도 하던 매를 돌려 나를 때리고있는 것 같은 섬찟한 착각 같은 것을 느끼기도 했다. 나는 차가운 철탑을 부둥켜안고 이따금 쓰러질 듯한 현기증으로 몸을 휘청거렸다.

날마다 돈을 뿌리며 술을 마셨다. 계집애들의 사타구니 사이를 헤엄쳐 다니며 꾀꾀 소리를 질렀다. 원숭이 시늉, 망아지 시늉, 늑대 시늉 할 것 없이 온갖 별의별 짓을 다 해봐도 직성이 풀리지 않았다.

향락의 경험이 쌓일수록 그에 비례해서 권태와 욕구불만이 가중되었기 때문에 나는 내가 미친 것 같은 환각에 사로잡힌 때가 한두 번이 아니었다. 여행을 떠나 보고, 등산도 하고, 에로영화를 보거나 방안 가득히 춘화를 걸어 놓고 감상을 해보기도 했다. 근친의 여인을 꼬셔 유린해 보기도 하고 까닭 없이 사람에게 시비를 걸어 실컷 두들겨 패주고 몇백만 원씩 위자료를 지불해 줘보기도 했지만 항시 내 마음은 비어 있었다.

"이 회사는 나의 뼈와 살을 깎아서 키운 회사다."

"천만에요."

나는 대번에 아버지의 말을 마음속으로 부인을 했었다.

"외국 기업체에서 지불하는 십 분의 일 오 분의 일도 안되는 품삯을 뿌려주고 당신은 그 거름 위에 살찌신 것입니다."

하마터면 이런 억담을 토로할 뻔하였다. 언젠가 임금 인상을 요구하며 그런 억담으로 대들다가 물러간 노조 간부의 말이 스쳤기 때문이었다.

"내일이라도 당장 인수를 받으러 오너라. 이미 준비가 다 되어 있다. 의사의 말이 이제 혈압이 높아져서 이 이상 회사 일 돌보는 게 무리라고 하더라."

나는 입을 다물고 대답하지 않았다. 마치 어떤 음모에 말려드는 것처럼 마음이 떨떠름하였다.

"그리고 술, 계집을 조심해라, 이제 회사를 맡아 가려면 체통도 세워야 하느니라."

"아버지! 나는 그놈의 회사 이야기 지겹습니다. 사장이 되면 도대체 뭘 하는 겁니까? 나는 안 하겠습니다."

"저놈이, 못 할 말이 없네. 죽일 놈 보게. 이 애비 속을 그렇게 몰라……"

화가 머리끝까지 올라온 아버지의 호통이 고래고래 등 뒤로 쏟아지고 있었다.

나는 슬금슬금 아버지 앞을 빠져나왔다. 밖에서 부자간의 동정을 살피고 있던 비서진들이 문밖까지 따라 나오며 역시 일본놈 식으로 굽실거렸다.

"아버님 말씀을 따르셔야 합니다. 아버님은 지금 건강이 안 좋으십니다. 인계할 모든 준비는 다 되어 있습니다."

손을 싹싹 비비면서 사정을 했다. 그 가운데는 나의 동창 놈도 한 놈 섞여 있었다. 그 동창 놈은 중학교 때 급장으로서 힘도 세고 머리도 명석해 언제나 내 위에 군림해서 큰소리를 치곤 했던 녀석이었다.

젊어서야 비록 고생했다고는 하지만 돈이 모아지면서 계집질로 몸을 조져대고 권모술수로 이권을 따내서 치부한 아버지가 이제 몸이 늙어서 회사를 유지하기가 어렵게 되자 그것을 나에게 억지로 떠맡기려 하는 것이었다. 나를 그 무서운 굴레로 얽어매려 하고 있는 것이었다. 한 번 매어버리기만 하는 날이면 내 인생은 끝장이 나는 거나 마찬가지가 될 것이고 나는 평생을 그 조직의 노예가 되어 살다가 시들어져 버릴 게 뻔한 일이었다.

나는 어디론가 차를 몰고 실컷 달려보고 싶었다. 교통 규칙이고 뭐고 사람이 만들어 놓은 어설픈 올가미들을 토막토막 절단 내면서 달리고 싶었다.

"어디로 달릴까요?"

"시외다."

"시외요?"

"고속도로 말이다."

차는 곧 시가를 벗어나서 고속도로로 나왔다. 수많은 차들이 불을 켜고 날듯이 휙휙 곁을 스쳐 갔다.

"더 속도를 내게."

"지금도 백 이십인걸요."

"잔말 말고 내란 말이야."

나는 소리를 꽥 질렀다.

운전사는 하는 수 없이 가속 작동을 했다.

"지금 얼마야?"

"백 오십입니다."

"더 내!"

"안 돼요, 사장님 이러다간 큰일 납니다."

운전사는 도리어 속도를 떨구었다. 반항이었다.

"그럼 차를 세워!"

나는 격한 소리로 외쳤다. 차는 곧 찌익 하는 마찰음을 내며 길가에 멎었다.

"못하겠으면 자넨 내리게."

"안 돼요, 사장님 서툰 솜씨로 이곳에선 위험합니다."

"잔말 말고 내려."

나는 억지로 운전사를 끌어냈다. 그리고 핸들을 잡고 브레이크를 밟았다. 멍청하게 서 있는 운전사를 도로가에 세워놓고 차는 달리기 시작했다. 차는 마치 제트기처럼 씽씽 소리를 내며 달려 나갔다. 수많은 차들의 불빛이 왼켠으로 쉭쉭 신호탄처럼 날아갔다.

얼마 동안 달리다가 나는 내 차의 라이트를 탁 하고 꺼버렸다. 동시에 써늘한 바람이 조금 벌어진 창틀 사이로 새어들어 왔다. 차는 이제 달리는 것이 아니라 무한한 어둠의 공간을 날고 있었다. 이래서 나는 기똥차고 멋있는, 내 생애 최대의 행운을 붙잡은 것이었다. 나는 어떤 경우라도 이 행운의 찬스를 결코 놓치지 않으려고 더욱 굳은 결심을 하면서 핸들을 잡은 손에 힘을 주었다.

극락강에서 얻은 지문

바람이 제법 차가웠다. 나는 간이역의 문 없는 대합실의 창을 통해서 밖을 내다봤다. 경지 정리가 잘 된 바둑판 같은 논에는 아직 어린 연녹색의 보리들이 듬성듬성 돋아나고 있었으며, 참새를 닮은 갈색의 이름 모를 들새들이 떼를 지어 푸르륵 푸르륵 자리를 옮겨 다니고 있었다. 도시의 근교에서 으레 볼 수 있는 비닐하우스의 하얀 천이 연약한 햇볕을 받아 은빛으로 빛나고 그것이 바람을 받아 물결처럼 출렁이고 있었다. 이 벌판을 꿈틀대며 흐르고 있는 극락강의 천변에는 얼핏 보기에 관목들을 닮은 앙상한 포플러들이 무리져 있고, 그 곁으로는 하얀 소로길이 감겨 가고 있었다.

이때 철로가에 즐비하게 심어진 측백나무를 따라 한 소년이 다가오는 것이 보였다. 낯익은 얼굴 같았다. 그러나 소년은 우리 훈이의 얼굴을 닮았을 따름 실상은 처음 대하는 얼굴이라는 것을 나는 곧 깨달았다.

'훈을 닮은 얼굴도 있구나.'

내가 바라보고 있는 사이 소년은 성큼성큼 다가와서 벤치에 주저앉았다.

"기차를 탈래?"

"예."

소년은 영롱하게 빛나는 눈을 들어 나를 바라봤다.

"몇 시 차가 있다지?"

"세시 오십 분이래요."

소년의 대답은 느긋하고 부드러웠다.

"그럼, 오십 분이나 남았는데……"

나는 이곳에서 나루터를 건너 이십 분을 걸으면 시내로 들어가는 버스를 탈 수 있다고 들었기 때문에 열차를 기다릴 시간이 너무나 멀다고 생각했다. 걸어가서 시내버스를 타는 것이 나을 것 같았다. 그러나 혼자 가는 것은 너무나 쓸쓸할 것 같았다. 동반자가 있으면 싶었다.

"기차 시간이 아직 멀었으니까 버스 타고 안 갈래?"

"벌써 승차권을 사버린 걸요."

"그래, 그렇다면 하는 수 없지."

혼자라도 갈 것인가, 말 것인가, 하고 나는 잠시 망설였다. 머리를 들어 멀리 버스정류소가 있을 법한 곳을 바라봤다. 강둑이 만리장성처럼 북에서 남으로 뻗어가고 있었다. 갑자기 그 길은 나에게 강한 유혹을 풍겨왔다. 어렸을 때 누님네 집을 가면서 걸었던 시골길, 오징어 한 마리를 사서 씹으며 걸었는데, 그 오징어가 동나고도 얼마 동안을 더 걸었던 시골길이 연상되었다.

"그럼, 너 혼자 가거라."

나는 서슴없이 대합실을 걸어 나오며 소년에게 손을 흔들었다. 소년도 쓸쓸한 얼굴로 손을 들어 나에게 회답했다. 나는 강둑을 향해 논 사이로 난 농로를 마구 걸었다. 들새 떼들이 나와의 등거리를 맞추며 자꾸 쫓겨서 자리를 옮겨갔다.

강둑 안은 낙화생이나 보리 따위를 경작하는 모래밭을 이루고 그 끝나는 낭떠러지가 강이었다. 나루터는 그곳에 있었다. 나룻배를 탈 손님은 나 혼자뿐이었다.

"건너시겠어요?"

검정 물감을 올린 군복 잠바에 털모자를 눌러 쓴 사공이 담배를 끄면서 나를 훑어봤다.

"한 사람이라도 괜찮겠어요?"

"되는 대로지요."

"나도 갈래요."

그때 나룻가의 모래밭에서 묻어놨던 무를 캐고 있던 중년의 여인이 소쿠리를 끼고 다가왔다.

"왜 이렇게 손님이 없지요?"

"차 시간이 멀었으니까요. 기차가 아니더라도 농번기가 오면 득실거리지요."

내가 먼저 훌쩍 몸을 날려 배에 뛰어오르자, 뒤이어 여인이 옮아 왔다. 사공이 노를 젓기 시작했다. 노를 젓는 것이 아니라, 강의 양쪽을 건너질러 놓은 굵은 철사를 잡고 힘을 주니까 배는 움직이기 시작했다.

"이곳에도 다리 하나쯤 있어야 하겠는데."

"있어야 하구 말구요. 요새는 국회의원 선거가 없으니까, 그 소리 쑥 들어가 버렸네요."

여인이 내 말을 받아서 나불거렸다. 사공은 말없이 배만 저었다.

"하기야 다리가 놓이면 사공님이 실직을 하겠는데요."

사공에게 다리 이야기가 민망스러워서 한 소리였다.

"이까짓 썩은 배 아깝지도 않습니다."

그러고 보니 배는 낡아 곳곳에서 물이 새어들고 있었다.

"시내버스 종점이 어딥니까?"

배가 둑에 닿을 무렵, 나는 동전 삼십 원을 건네며 사공에게 물었다.

"저기 마을이 있지요? 바로 그 마을 앞이어요. 유촌이라구요."

사공은 배 바닥에 고인 물을 퍼내면서 마을을 가리켰다. 갈색의 구릉 아래 노랑 빨강의 지붕이 섞인 마을이 보였다.

배에서 내린 나는 터덜터덜 마을을 향해서 발을 옮겼다. 이 길은 정류소를 거쳐 들판으로 구부러져 사라진 길이었는데, 비가 온 뒤에는 진창이 되어 자동차는 물론 마차조차도 좀처럼 지나가기 어려운 길이었다. 울뚝불뚝한 흙덩이가 솟아 있고 파인 바퀴 자국이 족히 한 자는 됨직한 그런 길이었다.

나는 발걸음을 멈추고 잠시 뒤를 돌아봤다. 강바람이 얼굴을 차갑게 스쳤다. 측백나무에 둘러싸인 간이역이 들판을 건너 아스라이 보였고, 대합실 안에는 상기 아까의 소년이 앉아 있는 모습이 분별되었다. 아들 훈이와 닮았던 얼굴, 그래서 나는 그를 낯익은 사람으로 착각했던 것이다. 어쩌면 그는 우리 훈이와 혈연이 닿아 있는지도 모르지. 가령 외가로 해서 핏줄이 뻗쳤다거나 아니면 처족으로 해서라도 내가 알지 못하는 혈연이 뻗쳐 있을지도 모를 일이었다.

"같이 동행을 해주는 건데……."

나는 새삼스레 그 소년을 혼자 놔두고 온 것을 후회했다.

"바보 같은 자식, 나를 따라오지 않고……."

유촌이 가까워지자 나는 홀로 남아서 아직까지 열차를 못 타고 있는 소년을 생각하며 나무라는 마음으로 뇌까렸다.

둥근 정류소 표지판이 서 있는 정류소에는 세 사람의 승객이 버스를 기다리고 있었다. 한 사람은 쉰쯤 되어 보이는 시골 여자였고 다른 한 사람은 서른 살이나 먹어 보이는 여인이었는데 그 여인은 다섯 살쯤 난 어린애를 데리고 있었다.

언덕에 가려서 바람은 잠잠했다. 언덕 밑 양지 밭에서 팔짱을 끼고 볕을 쬐고 있는 사내들이 이쪽을 유심히 바라보고 있는 것이 나에게 새삼스럽게 이향감異鄕感을 느끼게 했다.

"버스 타실 것이지요?"

나는 동료가 세 사람이나 있다는 일을 매우 마음 든든하게 생각하며 물었다.

"예, 그런데 솔찬히 기다렸어도 어째서 뻐스가 안 오는구만요.”

향토색 짙은 억양으로 초로의 여인이 대답했다.

“그래요? 그럼 혹시 요새 안 다닌 것은 아닐까요?”

“얼마 전까지 다녔는데요.”

“그렇다면 오겠지요.”

나는 안심을 하고 버스를 기다리기로 작정을 했다.

양지쪽 사내들은 그들끼리 무어라 히히덕거리다가 깔깔대고 있었다. 그런 그들의 태도가 나에게는 까닭 없이 거슬리었다. 그들의 깔깔거림이 나에 대한 도전이거나 적의의 표시로 받아들여졌다. 물론 그들의 이야기는 마을의 초상집에서 잘 먹은 이야기다. 바람난 과부의 이야기 아니면, 시내에 술 마시러 갔다가 아가씨에게 봉 쓴 이야기가 십상이겠지만……

마을은 꽤 묵은 마을인 듯, 고가의 뒤꼍에는 부채꼴로 퍼져 있는 고목들이 늘어서 있고, 지난겨울의 유별난 추위 때문에 댓잎들이 불이라도 가까이 대면 확 댕길 듯한 마른 소리를 내며 사그락거리고 있었다. 그 저편으로는 몇백 년쯤 되어 보이는 정문旌門이 서 있었는데, 허물어진 돌담 사이로 황토에 바랜 비체가 드러나 보였다. 어떤 효자나 열녀, 아니면 충신을 기리는 비석이겠지만 근래에는 거의 돌보는 사람조차 없다는 듯 황폐화되어 있었다.

“저건 어떤 정문이지요?”

나는 무료해지자 보퉁이를 지키고 있는 나이 든 여인에게 말을 건넸다.

"열녀비랍니다."

"열녀비라……."

내 뇌리에는 청상과부가 되어 추상같은 준엄한 생활로 일생을 마쳤던 할머니가 떠올랐다. 생존 시에 욕 한마디, 농담 한마디 입 밖에 내지 않고 근엄한 생활로 평생을 마쳤던 할머니, 일을 하시다가 혹 손발을 다쳐 피가 줄줄 흘러나와도 닦으려고조차 하지 않았던 할머니였다. '내 먼저 죽어간 사람도 있는데 이것이 무슨 고통이겠느냐? 죽진 않을 것이다.' 할머니는 몸을 아끼는 법이 없었다. 어떤 벅찬 일을 당하면 삼사일씩 눈 한번 까딱 않고 버티셨고, 내리 며칠씩을 수저를 잡지 않고서도 괴로운 표정 한번 짓지 않았던 할머니였다. 입으로는 이따금 밥통에서 나오는 핏덩이를 뱉으면서도, 그녀는 밤을 새워 노력하지 않고는 배기지 못하였다. 그래도 할머니는 구십을 넘기셨다.

채 다섯 살밖에 되지 않은 아버지를 놔두고 하늘같이 믿고 의지했던 할아버지를 여읜 다음, 할머니는 웃음을 잃었고, 집안에서나 밖에 나가서나 한 치도 비뚤어지지 않는 대쪽같이 곧은 자세로 평생을 마친 할머니였다. 이런 할머니를 두고 '과부가 된 건 성품 탓이여' 하는 사람도 있었고, '과부가 저러지 않고 어떻게 살아' 하는 사람도 있었다.

"외아들 며느리였다요. 신행도 하기 전에 서방이 죽었는디 시부모 모시며 절개를 지켰담서요."

자기와는 무관한 옛사람의 이야기였기에 그녀는 아무런 감동도 없이 지껄이고 있었다. 모질고 곧게 평생을 마친 과부와 허물어져 가는 정문과의 사이에는 지금 어떤 인연이 흐르고 있는 것일까. 정문의 뒤쪽은 얕은 구릉이고 구릉 위로는 시커먼 고목들이 팔을 벌리고 서 있었는데, 그 위로는 하얀 오후의 하늘이 텅 빈 공동을 메우고 있을 따름이었다.

삼십 대 여인은 내 얼굴을 힐끔힐끔 살피면서 이따금 미소까지를 보내고 있으나 나는 그녀의 콧등에 검게 솟은 사마귀가 유난히 눈에 거슬리었다.

"인자 껌 사달라고 하지 마라잉. 한 번만 그러면 죽여버릴란께."

그녀는 이제까지 자기가 쩍쩍 씹고 있던 껌을 입에서 꺼내어 어린애의 입에 넣어주면서 엄포를 놓고 있었다. 어린애는 그 껌을 날름 받아서 씹기 시작했다. 아마 어린애는 자기 몫은 대충 씹어서 뱉어버리고 엄마가 씹고 있는 것을 탐낸 모양이었다.

쩝쩝쩝…….

어린애의 껌 씹는 소리를 들으며 나는 침을 꿀꺽 삼켰다. 달콤한 식욕이 입안을 맴돌다가 그것은 메스꺼움으로 변해갔다. 나는 입안에 가득 고인 침을 길가의 마른 풀 위에 뱉어냈다.

뿌옹~ 저음의 고동 소리를 내며 검붉은 열차의 동체가 간이역에 멎어 서는 것이 건너다보였다. 잠시 멈췄던 열차는 곧 그곳을 떠나서 북으로 북으로 멀어져 갔다. 그것을 보고 있는 내 가슴이 갑자기 공허해져 왔다. 구불구불 뻗어간 황톳길과 나룻배의 유혹이 아니었다면 나는 지금 이 황막한 정류소에 서 있지 않을 것이었다. 어서 이곳을 떠나고 싶은 나의 의욕은 그 소년을 영원히 놓쳐버렸다는 자각 때문에 더욱 심화되었다. 조바심이 일기 시작했다. 만일 버스가 안 올 것 같으면, 걷기라도 해서 버스가 오는 정류소까지 나아가고 싶었다. 이곳에서 2킬로만 나가면 K동에 이르게 되는데, 그곳에서는 5분 만에 한 대 꼴로 시내버스가 운행되고 있다는 것이었다.

나는 그들에 대한 적의를 감추고, 양지 밭에 서 있는 사내들에게 다가갔다.

"이곳 뻐스는 안 오는 것입니까?"

"요새 안 다니는 것 같대요."

그중 제일 젊은 사람이 바지 호주머니에 손을 찌른 채 대답했다. 나머지 사람들은 히죽히죽 웃으며 내 얼굴을 유심히 바라보고 있었다. 그들은 이제까지 오지도 않은 버스를 기다리고 있는 우리를 구경거리 삼아 히히덕거리고 있었던 것이다. 나는 분노를 느꼈지만 꾹 참고 돌아섰다.

"버스 안 온답니다."

돌아와서 여인들에게 일렀다.

"그래요!"

여인들은 반사적으로 길바닥에 놔뒀던 보퉁이를 집어 들었다. 나는 그녀들과 나란히 발을 옮기기 시작했다. 다리가 무거웠다. 길은 아까보다는 반반했으나 마음이 우울한 탓인지 피로가 몸을 친친 휘어 감았다. 가위를 들고 하얀 까운을 입은 이발사가 골목에서 불거지더니 허술하게 생긴 이발관으로 들어가는 것이 보였다.

하얀 까운, 의사, 나는 이발소의 문을 열고 들어서는 이발사를 바라보면서 갑자기 발등에 격렬한 아픔을 느끼기 시작했다. 아픔이 어찌나 심했던지 거의 발을 옮길 수가 없었다. 나는 구두에서 발을 빼고 주저앉아서 발을 마구 주물러댔다. 발의 엄지 제 3관절, 바로 그 대목이었다. 훈이가 수술을 한 바로 그 자리인 것이다.

"왜 그러세요?"

사마귀의 여인이 근심스러운 얼굴을 하고 허리를 굽히며 물어왔다.

"어서 먼저 가세요."

나는 퉁명스럽게 쏘아붙이며 손을 내저었다. 사마귀의 여인은 나의 저항 때문에 더 가까이 와서 친절을 베풀지 못하게 되자 멍하니 길 끝을 바라보고 서 있었다. 중년의 여인도 덩달아 나에게 말 한마디 붙이지 못했다. 이윽고 사마귀의 여인이 토라진 모습으로 발을 옮기자, 중년의 여인도 따라서 멀어져 갔다. 이래서 나는 완전히 낙오자가 된 것이었다. 나는 이제 진짜로 혼자가 된 것이다. 처음에는 소년을 버렸고 다음으로는 여인들을 버렸기 때문에 나는 병든 채 이 벌판에 내던져진 것이었다. 한참 만에 어느 정도 아픔이 진정되자 나는 다시 몸을 일으켰다.

훈이의 발에 바늘이 박혔다는 전화를 받고 S병원에 뛰어 갔을 때, 훈이는 응급실을 거쳐 외과 외래실에 누워 있었다. 두 장의 X선 사진으로 뼈에 박혀 있는 바늘의 위치가 확인된 다음, 이삼 인의 수련의들이 훈이를 둘러싸고 발바닥을 째고 있었다. 생각과

210

는 달리 훈이는 별로 아픔을 느끼지 않은 듯 생글거리기까지 하고 있었다. 거칠게 놀아대다가 이런 꼴을 당한 것이 아버지에게 송구해서 그러는지, 사내라서 모질기에 그러는지, 하여튼 큰 고통을 느끼지 않고 있는 것이 다행이었다.

"나왔어!"

닥터 안이라고 불리는 키가 작달막한 의사가 환성에 가까운 소리로 외쳤다. 나는 뼛속에 박힌 바늘이 빠져나왔는가 해서 달려갔더니 바늘 끝이 비치기 시작했다는 것이었다.

"됐어요. 이제 끝이 나왔으니……."

닥터 김이 나를 돌아보며 미소를 지었다.

"응급실에서 조금만 기술을 부렸으면 될 걸 그만 끊어버렸어요. 오늘은 마침 토요일이라 노련한 의사님들이 퇴근한 다음이었으니까요."

이제 일이 다 된 거나 마찬가지니까 응급실의 흉을 좀 봐도 괜찮다고 생각했는지 닥터 김은 응급실의 허물을 털어놓았다.

나는 닥터 김의 이야기를 들으면서 이제 고통을 호소하기 시작한 훈이 쪽으로 눈을 돌렸다. 그들은 펜치를 창구創口에 끼어서 바늘을 물려 잡아채고 있었다. 그러나 바늘은 좀처럼 뽑혀 나오질 않았다. 쇠끝이 걸리는 찍하는 소리만 날 뿐, 아무리 반복을 해도 바늘은 물려 나오지 않았다. 다시 한 사람이 달라붙었다. 그들은 훈이가 비명을 지를 때마다 마취제를 주입하는 동작을 계속했다. 어느덧 그들의 이마에는 송알송알 땀이 솟아오르기 시작했다. 끝내 그들은 지치기 시작한 것 같았다.

"안 되겠군, 위쪽을 째볼까."

신참 의사가 제의를 했다. 신참 의사의 말에 이의가 없는지 그들은 곧 발등 쪽에 국소 마취를 시킨 다음 메스를 대기 시작했다. 마취가 신통치 않았던지 훈이는 자꾸 아픔을 호소해 왔다. 훈이의 그 고운 발등은 이제 인체의 일부라기보다는 짐승의 고기와도 같이 난도질을 당하고 있는 셈이었다.

발등 속에서는 아예 흔적조차 찾아내지 못하겠다고 했다. 그 동안에 닥터 김은 양쪽의 창구에서 흘러나오는 피를 연신 닦아내고 있었는데, 그의 이마에서도 땀방울이 송알송알 솟아 나오고 있었다. 일이 잘되지 않고 시간을 끌게 되자 그들은 이제 내 얼굴을 보려고 하지 않았다. 나도 그 자리를 떠나 밖으로 나왔다.

시간이 흘러감에 따라서 그들은 적이 당황하기 시작하는 것 같았다. 나는 외람되게도 이 젊은 의사들의 일단에 대해서 그 능력을 의심하기 시작했다. 나는 외과 의사인 닥터 서를 생각했다. 닥터 서는 나의 중학교 선배이기도 한 사람으로서 언제나 어려운 환자를 거뜬하게 수술해 낸다는 소문이 나 있는 노련한 의사였다. 나는 그곳으로 훈이를 데리고 가지 못한 것을 안타깝게 생각했다. 물론 훈이가 이곳으로 오게 된 것은 나와 아내가 집에 없는 사이에 건넌방 부인의 황급한 판단에 의한 것이었지만, 어쨌든 나는 일이 잘못 저질러진 것이 아닌가, 하는 의혹을 품기 시작한 것이다.

그러나 지금으로는 어쩔 수 없는 일이었다. 훈이는 마치 운명과도 같이 이들에게 맡겨진 몸이었다. 주어진 조건 하에서 최선의 방법을 모색해 보는 도리밖에는 없는 일이었다. 이 병원에 있는 닥터 송과 상의해 보는 수밖에 없었다. 나는 곧 밖으로 나와 공중전화 통에 동전을 넣고 다이얼을 돌리기 시작했다. 닥터 송이 전화를 받았다. 그는 이 병원의 산부인과 과장인 것이다.

"죄송해요. 내 아들이 당신 병원에 와 있는데 좀 도와주어야겠어. 바늘쯤 찔린 것 별것 아니라고 생각했는데 쉽지 않아요"

"알았어요. 알았어요. 그러나 과가 달라서 말이어요."

"과가 다르나 마나 와서 좀 도와주어요. 상처를 너무 오래 벌려 놓으면 곤란할지 모르겠어요. 벌써 세 시간째여요."

"알았어요. 지금 급한 환자가 있으니까, 하여튼 그분들이 잘할 테니까, 믿으세요. 믿으면 돼요."

자꾸 끼어들지 않으려고 몸을 사리고 있었다. 우리가 평소에 생각하고 있던 우정의 세계가 아니었다. 냉랭하기 이를 데가 없었다. 구원의 손길이 하나 꺾여버린 듯한 좌절감이 밀려왔다. 나는 우울한 마음으로 수화기를 놓았다.

외래실로 돌아왔을 때 그들은 어느 사이 드릴을 준비해 놓고 조작 연습을 하고 있었다.

"밑으로 바늘을 밀어내 보겠어요."

믿어지지 않는 일이었다. 상식적으로 생각해도 그것은 허황한 일이었다. 메스를 대서 조직을 상할까 두려우니까 드릴을 들여대서 무턱대고 밑으로 밀어내 보겠다고 하는 것이 얼마나 확실성 없는 무모한 짓인가 하는 것을 나는 직감으로 알 수가 있었다. 나는 이 일만은 막고 싶었다.

"될까요? 닥터 김, 안 되겠으면 나한테 권리를 주겠어요? 내 아는 분한테 데리고 가보겠어요"

놔 주기만 하면 훈이를 닥터 서한테 데리고 가고 싶었다.

"그분이 누군데요?"

"서동수라고요."

"그 선배님은 훌륭한 외과 의사지요. 하지만 노련한 의사라도 이런 적은 일에 당황하는 수가 있답니다."

훈이를 내주고 싶지 않다는 눈치였다. 그들은 진짜로 훈이의 발을 드릴로 공격하기 시작했다. 어떻게 하자는 것일까. 드릴 질을 한다고 과연 바늘이 밀려 나갈 것일까. 훈이의 악에 받친 비명 소리가 터져 나왔다. 나는 내 가슴속으로 건너오는 고통을 참기 위해서 눈을 지그시 감고 숨을 눌렀다.

"저들은 자기의 자식들에게도 이런 경우 저런 방법을 쓸 것인가."

갑자기 학대받고 있는지도 모른다는 소외감 때문에 분노가 보글보글 가슴에서 끓어 올랐다. 그러나 어쩔 수 없는 일이었다. 나는 그것을 제지할 용기가 없었다.

"가장 유명하단 소아과 의사놈 치고 제 자식들한테는 엄두도 내지 못할 독한 약들을 물 쓰듯이 쓰고 있거든."

언젠가 술자리에서 닥터 송이 내뱉었던 말이 되살아났다. 닥터 송은 그 나름대로 청백하고 정의감이 강한 의사였다. 조금만 돈을 모으게 되면 돈이 없어 치료를 못 받고 죽어가는 사람들을 위해서 봉사하는 병원을 세우겠다고 기염을 토하고 있는 친구였다. 물론 그것은 술자리에서 술기운이 거나할 때의 일이었지만, 돈이 없다는 가난하다는 이유 때문에 곧 죽어가는 사람이 병원의 문전에서 쫓겨나는 사회가 정상적인 사회냐고 외치는 그의 말은 늘 우리를 감동시키기까지 하고 있었다.

그런 그가 어째서 오늘은 나에 대한 도움을 거절하고 있는 것일까. 비록 맡고 있는 분야가 다르다곤 하지만 조언쯤은 해줄 수 있는 일이 아니겠는가. 무슨 월권을 해달라는 것도 아니고, 치료비를 깎게 해달라는 것도 아닐 텐데, 그는 한사코 회피하고 있는 것이다.

그들의 세계에는 동료 간에, 어쩌면 무서운 암투와 질서가 내재하고 있는 것이 아닐까. 병든 사람만을 매일 아침부터 밤까지 대해야 하는 그들은 뭔가 병자들이 갖고 있는 병적 정신생리까지 옮아 받고 있는 것은 아닐까. 그렇다면 그들끼리의 인간관계도 병적일 수밖에 딴 도리가 없을 것이다. 그런 그들이 정상적인 사회인을 병자 다루듯 하다가 망신 당하는 수는 얼마든지 있는 일이었다. 자기를 구세주 대하듯 해주는 병자들만의 세계에서 살다가 병원 밖으로 나온 의사가 진짜 구세주처럼 자존자만하고 으스대다가 친지나 벗들로부터 소외당하는 수는 얼마든지 있는 일이었다.

그들은 한참 동안 훈이의 발에 드릴질을 하고 나서 다시 사진을 찍겠다고 했다.

"하고 싶은 대로 해보세요."

나는 그들의 얼굴조차 바로 보지 않고 내뱉었다. 나의 가슴에는 그들에 대한 신뢰감 따위는 쥐뿔만치도 남아 있지 않았다. 스트레처에 실려 나가는 훈이의 파리한 얼굴을 나는 내려다봤다. 무언가 나에 대한 구원 같은 것을 요청하는 것 같았지만 무능한 나는 그저 무표정하게 그의 눈을 바라보고 서 있을 따름이었다. 그러는 사이 스트레처는 밖으로 사라지고 하얀 문이 닫혔다.

얼마 만에 훈이가 돌아오고, 이어서 두 장의 X레이 사진이 따라 들어왔다. 결과는 예상했던 대로 엉망이었다. 족지골에 수직으로 박혀있던 바늘은 방향을 바꾸어 평행으로 골강骨腔 속에 완전히 잠입해 버렸던 것이다. 사진에 무식한 나도 모든 상황을 짐작할 수 있었다.

그들은 한참 동안 팔짱을 끼고 우두커니 앉아 있더니 수화기를 들고 이곳저곳으로 전화를 걸기 시작했다. 과장은 없다는 것 같고 교수와 대화가 되는 것 같았지만 나는 그대로 밖으로 걸어 나와 대폿집의 통의자에 주저앉아 버렸다. 술로 가슴속을 가라앉히고 싶었다. 얼굴이 화끈해지면서 가슴속의 면적이 조금은 넓어지는 것 같았다. 거푸 몇 잔을 들이마셨다.

얼마쯤 걸어가다가 나는 다시 발이 아프기 시작했다. 그럴 때마다 나는 길가에 주저앉아서 발을 주무르며 훈이를 생각하고, 소년의 일을 생각했다. 소년과 더불어 조금만 더 열차를 기다렸더라면 이런 고생은 없었을 것인데, 웬일인지 이 거리에는 택시조차 지나가지 않았다. 나는 잠시 쉬었다가 발의 고통이 웬만해지면 다시 발을 옮기고 걷다가 더 이상 견딜 수 없으면 쉬는 일을 몇 차례고 되풀이하였다.

나는 다리를 쉴 때마다 극락강 쪽을 바라봤다. 강변의 앙상한 포플러가 곧 눈에 들어왔다. 그런데 그 포플러는 몇 년 전부터 꼭 그만한 키로 그 자리에 서 있었던 것으로 기억되었다. 나는 그것이 몹시 마음에 거리끼었다. 어째서 그 포플러는 관목처럼 자라지 않고 앙상하게 그 자리에 서 있는 것일까. 근래에는 나들이를 할 때마다 버스를 이용하느라고 열차를 타지 않았기 때문에 나는 그곳을 스칠 기회가 좀처럼 없었다. 고작해야 일 년이면 한 차례쯤 이곳을 지나치는데 포플러는 몇 년 내로 언제나 그 꼴로 그곳에서 있던 것으로 생각되었다.

자라지 않는 나무들, 왜 나는 포플러의 숲을 자라지 않는 숲으로 기억하고 있는 것일까. 들이 넓기 때문일까, 하늘이 높기 때문일까. 그렇지 않으면 이 들판은 불모의 땅이란 말인가.

지루한 들판이 끝나고 마을이 나타나기 시작했다. 집들에 걸려 포플러의 숲이 가려지자 그곳에 한 대의 버스가 머물러 있었다. 철도역을 경유하는 삼십 번 버스였다. 올라가서 좌석에 허리를 걸치자 피로가 조수처럼 엄습해 왔다. 피로는 온몸 속속들이 스며들어 왔으며, 발은 마비가 온 듯 아픔까지를 느낄 수가 없었다. 나는 의자에 몸을 깊숙이 맡기고 눈을 감았다. 포장이 안 된 도로는 사정없이 흔들렸다. 그럴 때마다 나는 초점을 잃은 눈을 뜨고 앞좌석에 시선을 던졌다.

아까부터 건너편 좌석에 앉은 삼십 대의 사내가 나를 뚫어지게 바라보고 있었다. 바라보다가 내가 감았던 눈을 뜨면 그는 놀란 듯 외면을 하고 딴전을 부렸으며, 내가 눈을 감은 듯싶으면 다시 나를 살피곤 했다. 그가 나를 그토록 관찰의 대상으로 삼고 있는 데는 무엇인가 까닭이 있을 법도 했다. 설령 그가 도둑놈이더라도 내 몰골로 봐서 돈이 있을 것 같아 보이지도 않을 텐데, 아마 그는 내 발에 범벅이 된 황토에서 몇백만 원인가 현상금을 노리고 있는지도 모를 일이었다. 나는 폭포처럼 쏟아지는 피로를 감당하지 못하고 끝내 깊은 잠속으로 빠져들었다. 얼마만 한 시간이 흘렀을까?

"역전이오!"

하는 안내원의 외침 소리에 나는 벌떡 잠을 깼다. 몸은 한결 가뿐했다. 콘크리트의 역전 광장은 하얀 햇빛에 찬란하게 빛나고 있었다. 그 광장 속에 점점이 흩어져 있는 사람 가운데서 나는 낯익은 사람의 모습을 발견했다. 아까의 그 소년이었다. 구름이 낀 유리창을 사이한 위치였지만, 나는 소년의 모습을 분명히 확인할 수 있었다. 한 시간쯤 앞서서 열차에서 내렸을 것인데 어째서 지금까지 이곳을 서성대고 있는 것인지 몹시 궁금했다.

버스가 정류소를 떠나려는 순간 나는 몸을 날려 광장으로 내려섰다. 소년은 이편으로 등을 보이며 천천히 역사驛舍 쪽으로 발을 옮기고 있었는데 왠지 풀죽은 모습이었다.

"너 왜 여태 여기에 있지?"

나는 다짜고짜 소년의 어깨에 손을 걸치며 물었다. 돌아보는 일그러진 소년의 얼굴에 쓸쓸한 웃음이 떠올랐다.

"다시 그곳으로 돌아가는 거예요."

"왜?"

"정거장에다가 짐을 놔두고 와버렸어요."

"지금까지 그 짐이 남아 있을까?"

"그래도 가보겠어요."

대답하고 소년은 한 일一자로 입을 굳게 다물었다. 나이답지 않게 의지적인 표정이었다. 간이역으로 되돌아가겠다는 그의 결의를 꺾을 수 없을 것 같았다. 나는 아무 말 없이 매표구로 다가가서 두 장의 승차권을 샀다.

"같이 가자."

"아저씨도 같이 가주는 거여요?"

"응, 같이 가보자."

소년의 얼굴이 갑자기 밝아졌다.

"바쁘시지 않으세요?"

"괜찮아."

대답하는 나의 뇌리에 나를 기다리고 있을 아내와 막내의 얼굴이 떠올랐지만, 지금 소년은 너무나 내 가까이에 있는 것이었다. 우리들의 재회는 서로의 갈라섬을 거부하고 있었다.

열차가 올 시각이 아직 이십 분 남짓 남아 있었기 때문에 간신히 한 사람이 끼어들 만한 좌석을 찾아내어 그곳에 허리를 내렸다.

'새마을호 대합실'

대번에 내 눈에 들어온 것은 흰 바탕에 검정 글씨의 그 표지였다.

새마을호를 타지 않는 사람은 들어갈 수 없는 금지된 구역이 그곳에 있었다.

'흑인과 개는 이곳에 들어가지 못함.' 미국엘 가면 곳곳에 서 있었다는 푯말처럼 새마을호 대합실의 표지판이 그곳에 있었다. 그곳은 나에게 있어서 금단의 구역일 수밖에 없었다. 새마을호 승차권만 가졌다면 얼마든지 침입할 수 있는 곳이었다. 그런데 나의 손에 있는 것은 완행 삼등 승차권이었다.

시내의 곳곳에 너절하게 붙거나 서 있는 간판이며 표지판들은 그 옆을 지나는 사람들에게 여러가지 형태의 관심이나 유혹을 불러일으키는 것이다. 그러나 그 간판들과 인연이 없는 많은 사람들에게는 그것이 도리어 소외감 같은 것을 안겨주는 결과가 되기도 하는 것이었다.

내가 느끼고 있는 것은 바로 그 소외감이었다. 백인들이 세워놓은 표지판 앞에 서 있는 흑인, 바로 그것이 나라는 생각 같은 것이었다. 그렇다면 나의 체내에도 그 검고 후덥지근한 피가 흐르고 있을 것임에 틀림 없었다. 수술실에서 흘러내렸던 훈이의 피가 그토록 깨끗하게 느껴졌기 때문에 내 피는 역시 깨끗하리라고 믿었던 그 신념이 삼등 대합실에 앉았다는 사실만으로 이렇게 쉽사리 지워져 버리리라고는 미처 생각지 못했던 일이었다.

하얀 거즈가 빨갛게 물들고 나면 그들은 다시 새 거즈를 들이대는 일을 되풀이 했었다. 그것은 분명히 검붉고 후덥지근한 피는 아니었고, 그렇다고 비린내 나는 희부연 피도 아니었으며, 고소한 향기가 감돌 것 같은 진분홍의 순수하고 맑은 피였다. 그것

220

이 바로 나로부터 나누어간 것일진대, 내 피도 그런 피일 수밖에 없으리라는, 나는 다시 그 소신을 되살리고 싶었다.

내 옆에는 얼굴이 가무잡잡하게 그을린 건강하게 생긴 시골 아가씨가, 역시 시골에서 같이 올라온 듯한 청년과 나란히 앉아서 이야기를 주고받고 있었다. 그녀의 손에 낀 장갑은 누렇게 황토색으로 바래 있었다. 아마 그녀는 장갑을 낀 채 밭에 나가 괭이질을 하고 삽질을 했던 것 같았다. 그러기에 장갑이 황토색으로 바래 있는 것이리라. 하노라고 해봤지만 농촌 생활이 지겨워진 끝에 두 사람은 눈이 맞아 서울로라도 달아나는 길인지도 모를 일이었다. 그러나 그들의 눈은 이글거리고 희망에 넘쳐 보였다. 신선한 건강미가 온몸에 굽이치고 있었다. 무심결에 그들과 자리를 같이한 것에 불과했지만 나는 그들에게 흥미를 느끼기 시작했고 나중에는 점차 동화됨으로써 스스로에 대한 자신감을 되찾고 있었다.

개찰이 시작되었다. 두 남녀는 일어서서 행렬 속으로 끼어 들어갔다. 나도 소년과 더불어 행렬의 꼬리에 붙었다. 줄이 천천히 개찰구로 빨려 들어갔다.

열차는 만원이었다. 시골의 여러 역을 거쳐서 사람을 되는대로 걷어 싣고 오는 열차였기 때문에 손님의 종류도 잡다했다. 시골 노인, 젊은 부인, 학생, 장사꾼, 그 종류를 분간할 수가 없었다. 짐의 종류도 가지가지 소주병, 고구마 포대, 쌀 포대, 닭을 싼 보자기, 멀리 항구에서 올라오는 생선 바구니 등 이루 헤아릴 수가 없었다.

나는 이런 혼잡 가운데서 비로소 생의 충만감 같은 것을 느끼기 시작했다. 그것은 환희였다. 새마을호 속에서는 찾을래야 찾을 수가 없는 기쁨이었다.

열차가 움직이기 시작했다. 좌석이 없었기 때문에 나는 통로에 서서 손잡이를 잡고 밖을 내다봤다. 철도 연변의 가게들에 붙은 왕대포, 덴뿌라, 호떡, 비빔밥 따위의 넓적한 글씨들이 파란 유리 칸을 메운 한산한 집들이 하나하나 뒷걸음쳐서 물러갔다. 나는 멀리 가지 않고 내 앞에 바짝 붙어 서 있는 소년의 등에 몸을 밀착시켰다.

"이 병원은 오십 년의 역사를 가진 병원입니다"

"오십 년이오? 그건 닥터 김이 태어나기 이전이지요."

"그렇구 말구요. 반세기가 넘는 세월이니까요. 그건 그렇구, 우리는 교수님을 모시기로 했습니다. 교수님을 수배하느라고 우리가 얼마나 애를 태웠는지 선생님은 그걸 아셔야 합니다."

'알고 말고요.' 하는 대답은 어쩐지 입에서 터져 나오지 않았다. 훈이를 위해서 오랜 시간 땀을 흘렸고, 교수를 찾느라 애를 태운 그들이었다. 그러나 나는 그들의 말에 맞장구를 칠 수 있는 심정은 아니었다. 훈이는 상처를 입은 비둘기처럼 비참하게 몸을 웅크리고 베드 위에 누워 있었다.

토요일의 오후는 이미 어둠으로 접어들고 있었다. 할 일을 잃어버린 젊은 의사들이 아무렇게나 의자나 진찰대에 허리를 걸치고 담배를 빨거나 하품을 하고 있었다.

"아무리 어려운 수술이라도 교수님들 없이 우리가 다 해내고 있습니다."

내 찜찜한 표정을 누그러뜨리기 위해선지 닥터 김이 중얼거리듯 말하며 나를 올려다봤다. 그러자 그때, 문이 열리며 중년의 사내가 들어오고 젊은 의사들이 몸을 일으켰다. 교수였다.

"이거야?"

교수는 사진을 집어 들고 훈이에게 다가와 상처를 확인하더니, 다섯 장이나 되는 사진을 차례로 훑어 내렸다.

"어떻게 해서, 이게 요렇게 됐지?"

드릴질을 하기 전의 사진과 후의 사진을 가리키며 교수가 물었다.

"드릴을 써서 밑으로 밀어내려 했어요."

"드릴이 잘못이었어. 그냥 헤치고 빼내는 건데……"

그들은 내가 들을세라, 영어 투성이의 은어로 말하고 있었지만 나는 딴전을 피우면서도 그들의 대화를 죄다 듣고 있었다.

"하여튼 수술 준빌 해요."

교수가 가운으로 갈아입으며 단호하게 명령을 했다. 곧 수술실과 연락이 되고, 대충의 수술준비가 끝나자 훈이는 수레에 실려 수술실로 옮겨져 갔다.

어떤 사람들은 남편이나 자식들을 수술실로 들여보낼 때 마치 저승길로 보내는 것처럼 엄청난 두려움에 사로잡히는 일이 있다고 했다. 그러나 나의 마음은 목석같이 굳어져 있었다. 조그만 바늘토막 하나가 발에 꽂혀서 벌어지고 있는 이 소동들에 대해서 냉소를 보내고 있었다.

훈이가 긴 복도를 따라 수술실 안으로 사라지고 저승의 사자使者들처럼 흰 스타키네트를 머리에 뒤집어쓰고 마스크를 걸친 의사와 조수들이 분주하게 오고 가더니 곧 문이 닫혔다. 나와 훈이와의 사이는 완전히 단절되었다.

"어째서 이리 엄청난 일이 저질러지고 있을까요?"

"엄청나긴, 발바닥에 꽂힌 조그만 바늘을 빼는 거야."

나는 뒤에서 오들오들 떨고 있는 아내에게 쏘아붙였다. 훈이란 놈이 워낙 부잡하고 덜렁거리다가 스스로 저지른 잘못이었지만, 아내는 마치 자기의 잘못이나 되는 것처럼 송구해서 쩔쩔매고 있었다. 딸 미옥이는 항시 애같이만 여겨 왔었는데, 이런 일을 당하고 보니 퍽 침착하고 슬기롭게 처신하는 것이 마음 든든하고 위안이 되었다. 두 시간이라는 시간이 흐른 다음 훈이는 병실로 옮겨졌다. 3등 병실이었다. 웬 환자가 이 병원에는 그리 많은지 3등 병실 중에서도 그나마 좀 낫다고 하는 것은 차지가 오지 않고, 벽이 헐리고, 깨진 유리 사이로는 바람이 펄펄 기어들어오는 병실이 우리의 차지가 되었다. 전등도 희미했다. 고목처럼 병상 옆에 서 있는 주사대는 칠이 벗겨진 검은 모습으로 버티고 서 있었다. 이 병실에는 훈이가 차지한 병상 말고도 또 하나의 병상이 있었는데 그곳에는 다리를 수술하고 거의 완치가 되어 퇴원을 기다리고 있는 한 청년이 앉아 있었다. 그는 퇴원할 채비로 행장을 보따리에 싸놓고도 아직 치료비를 완불하지 못해서 나가지 못하고 있다고 했다.

훈이는 마취상태에서 코를 골고 있었다. 완전한 생의 상태가 아닌 가사의 상태였다. 정상적인 의식을 갖지 못하고 잠재의식이나 무의식의 상태가 그의 생의 끄나풀을 잇고 있었다.

훈이의 입에서 마취약인 에테르의 냄새가 숨을 내쉴 때마다 확확 풍겨 나왔다. 수술한 발은 몇 겹으로 감겨 있어서 그것은 마치 사람의 발이 아닌 어떤 이물처럼 느껴졌다. 그 속에는 전혀 피라곤 흐르지 않는 대리석이나 석고가루로 메워져 있을 것같이 싸늘해 보였다. 밤이 이슥해지면서 병실의 공기는 차가움을 더해 갔다. 이따금 일에 지친 간호원들이 무표정한 얼굴로 들어와서 체온을 재고 주사를 놓은 다음, 병실로 사라지곤 했다.

얼마 만에 훈이는 눈을 떴다. 초점이 없는 눈을 굴려 주위를 한번 살핀 다음 다시 눈을 감았다. 이런 일을 서너 차례 반복한 다음 그는 신음소리를 내기 시작했다. 수술 자리가 몹시 아파오기 시작한 것이다.

나는 병상에 몸을 걸치고 훈이의 얼굴을 가슴으로 감싸주었다. 어렸을 때 환절기면 호되게 열병을 앓았던 나를 할머니는 이렇게 감싸주면서 위로를 해주곤 했었다. 그럴 때 나는 할머니의 가슴을 더듬어 젖무덤을 찾아 쥐고 위안을 얻곤 했었다. 나를 유독 따르는 훈이는 평소에도 내 팔을 베고 잠들기를 좋아했고, 오늘도 그 절망적인 아픔을 아버지에게 의지함으로써 다소나마 누그러뜨릴 수가 있는 것이었다. 훈이는 잠시 안정을 찾고 잠이 드는 듯했다.

싸늘한 주사액이 긴 줄을 타고 밤새내 훈이의 혈관으로 흘러

들어가고 있었다. 아내와 나는 잠을 자지 못하고 병상의 가장자리에 걸터앉아 밤을 새웠다. 자고 싶어도 자리가 없었다. 그동안에 훈이는 몇 차례 진통제를 맞았고, 약효가 가시면 다시 신음소리를 내곤 했다. 옆 병상의 환자도 퇴원해나가고 긴 밤의 싸늘한 공기만이 우리 주위를 밤새내 감돌고 있을 따름이었다.

열차는 시내를 벗어나서 들판을 달리고 있었다. 차 속이 워낙 복잡하고 떠들썩했기 때문에 소년과 나는 마음 놓고 말 한마디 건넬 수 없었다.

간이역은 가까운 거리에 있었다. 열차가 그곳에 멎자 몇 사람 안 되는 승객들이 뿔뿔이 뛰어내렸다. 곧 열차는 저음의 경적을 울리며 떠나갔다. 차에서 내린 승객들은 개찰구도 통하지 않고 제멋대로 흩어져 길을 찾아 나섰다. 그런 승객들을 철도직원이 쫓아가서 승차권을 확인하고 그것을 회수했다. 혹 승차권이 없는 사람한테는 돈을 받아 담기도 했다.

소년은 차에서 내리자마자 대합실로 뛰어갔다. 나도 빠른 걸음으로 그의 뒤를 따랐다. 그러나 내가 대합실에 이르기 전에 소년은 울상을 하고 그곳을 걸어 나오고 있었다. 짐은 그곳에 없었던 것이다.

"직원들에게 물어보자."

나는 소년을 이끌고 역사 쪽으로 걸어 갔다. 한 사람의 검은색 제복의 직원이 열차가 사라져버린 철로를 바라보고 우두커니 서 있었다.

"아저씨, 내 보따리 못 보셨어요? 아까 올라가는 차를 탈 때 그만 이곳에 놓고 갔어요."

"이놈아, 그것이 지금까지 남이 있겠냐? 틀렸다. 찾긴 틀려."

쏘아붙이고 직원은 뚜벅뚜벅 역사 안으로 걸어 들어갔다.

빨간빛을 토하며 태양이 서산 위에 반쯤 걸쳐 있었다. 저 해가 완전히 넘어가면 천지는 어둠 속에서 죽은 듯이 고요해질 것이었다. 나는 시방 소년과 같이 있다는 것이 위로가 되긴 했으나, 밤이 깊어지기 전에 집으로 돌아가야 한다고 생각했다. 훈이의 모습, 아내의 모습, 딸의 모습이 눈앞을 스쳐 갔다.

"돌아가는 차 몇 시에 있다지?"

"다시 올라가는 차는 없대요. 이곳에선 완행밖엔 서지 않으니까요."

"그러면 어떻게 한다?"

"그냥 걸을 수밖에 없어요. 괜히 아저씨는 나 땜에 고생이네요."

마음이 어두웠다. 나는 구원이라도 바라듯 멀리 나루터 쪽을 바라봤다. 나루터는 제방에 가려 보이지 않고 강 건너 마을의 집들이 어둠이 스며드는 언덕 밑에 음영 짙은 모습으로 깔려 있었다. 강을 향해서 언덕 위에 서 있는 정자의 검은 동체가 희끄무레한 하늘을 배경으로 검고 크게 부각되었다.

그러나 그곳에 버스는 오지 않는 것이다. 버스가 오지 않는 그곳은 아까 내가 스쳤던 길이었는데도 나와는 아무런 상관이 없는 아득히 먼 땅으로 감지되었다.

소년은 근심스런 얼굴로 나를 바라보고 서 있었다. 철로를 제외하면 이곳은 섬과 같은 마을이었다. 버스가 통하지 않았다. 그러기 때문에 이곳에서 열차를 놓쳐 버린 사람은 영락없이 철로를 걷거나 농로를 걸어서 시내로 들어가는 수밖에 도리가 없었다.

"가자."

나는 소년을 이끌었다. 우리는 금단의 길인 철로를 걷기로 했다. 철로가 아닌 농로는 너무나 많이 돌아야 하는 우회로였기 때문이다. 4킬로만 가면 그곳에 시내로 들어가는 버스 정류소가 있었다.

"너는 무엇 때문에 이곳에 왔었지?"

"원래 이 마을이 외가 마을이었어요. 그런데 와보니까 찾을 수가 없었어요. 아주 어려서 와본 곳이었는데⋯⋯"

"그럼 와본 지가 십 년도 넘었단 말이지?"

"넘었어요. 그런데 아무도 외갓집이 이사 간 곳을 모른대요."

"무척 오랜 세월 인연을 끊고 있었구나."

"우리 집은 너무나 생활이 비참했으니까요. 얼마나 비참했는지 말할 수가 없어요. 모두 아버지의 죽음 때문에 그렇게 되었대요. 그래서 외갓집서도 우릴 꺼리고, 우리도 발을 끊었어요."

"그런 외갈 뭘 하러 찾니?"

"그래도 이쯤 크고 보니 핏줄을 찾고 싶어졌어요."

우리는 터덕터덕 걸어 나갔다. 더러는 침목들을 건너뛰며 걷기도 하고, 더러는 철로가의 공지를, 멀리 휘황찬란한 도시의 불빛을 향해서 걸어 나갔다.

아마 일 킬로는 걸었을 거리였다. 나는 운수 없게도 발의 아픔이 도지기 시작했다. 아픔은 격렬해져서 도저히 발을 옮길 수가 없었다. 나는 그만 철로 위에 엉덩이를 내리고 잠시 동안 쉬지 않을 수 없었다.

"왜 그러세요?"

"발, 발이 아프다."

나는 발등만 만져댔다. 단단한 침목이나 돌자갈이 깔린 길을 걷는다는 것이 쉬운 일은 아니었다. 나는 아픔이 어느 정도 진정되면 다시 발을 옮기고, 그러다가 아픔이 발작하면 다시 쉬곤 했지만 끝내 더 이상 걷지 못하고 주저앉고 말았다. 이미 사위는 어두워 있었다. 바람도 매섭게 차가웠다.

"아저씨, 제 등에 업히세요."

소년이 한참 만에 내 앞에 등을 내밀었다.

"아서라."

나는 소년의 등을 밀어제쳤다. 그러나 소년은 막무가내로 물러서지 않고 버티고 있었다. 내가 꺾일 수밖에 없었다.

생각하기와는 달리 그의 등은 든든했다. 소년이 발을 옮길 때마다 그의 몸을 울린 진동이 내 가슴으로 울려오곤 했다.

"괜히 아저씨 나 땜에 고생이어요."

소년은 아까의 그 소리를 되풀이했다. 그는 열여섯이라고 했다. 고등학교는커녕 중학교의 문도 딛지 않았다고 했다.

"나이 딴엔 힘이 장사구나."

"예, 문제없어요."

장담은 했지만 점차 소년은 숨이 가빠갔다. 그 호흡의 기복이 가슴에 울려올 때마다 내 가슴으로 욱신욱신한 것이 건너왔다. 피가 흘러 들어가고 흘러 들어오는 느낌이었다. 피란 혈연을 통해서 뿐만 아니라 이렇게 맞대고 있는 사이 누구하고나 교류될 수 있는 것이라는 희한한 생각을 하며, 나는 소년의 등을 으스러지게 껴안았다.

나는 황홀한 가운데서 소년을 훈이처럼 착각하기도 했다. 그런 나의 뇌리에는 또, 전등 아래서 아버지가 돌아오기를 기다리며, 파리한 얼굴로 공부를 하고 있을 진짜 훈이의 얼굴이 떠오르기도 했다.

참으로 나는 이것을 잊고 있었다. 극락강에 갈 때는 같이 가자고 훈이와 약속했던 사실을…….

남해별곡 南海別曲

용왕제가 시작되면, 섬은 온통 축제의 분위기로 들뜨기 시작
했다. 밤하늘은 수없는 별을 간직한 채 더욱 깊숙한 신비를 안고
물러앉으며, 바다는 비늘 같은 날개를 파닥이며 검은빛으로 일렁
거렸다.

유랑극단의 공연이 있은 지 닷새째 되는 날, 남원집을 들렀던
나는, 그 집에서 설란雪蘭이를 보고 깜짝 놀랐다. 설란이는 작부
노릇을 하고 있었다.

동백 아가씨이
그리움에 지쳐서
울다가 지쳐서어…….

그녀는 술꾼들 앞에서 죽어라 노래를 부르고 있었다. 술꾼들

은 어깨를 들먹이며 젓가락으로 따닥따닥 상을 두드려 장단을 치
거나, '얼씨구절씨구' 하고 오금 저리는 기성을 발하기도 했다.

설란이는 왜 유랑극단의 패거리를 따라가지 않고 이곳에 처져
있는 것일까? 필경 어떤 곡절이 있을 것 같았다. 나는 그것이 몹
시 궁금했다. 저것들이 돌아간 다음에 그녀를 만나보리라. 나는
술꾼들이 돌아가도록 기다리기 위해서 남원집이 거처하고 있는
안방으로 들어가 술상을 청했다.

건넌방에서는 자지러지는 설란이의 노래에 이어서 맹꽁이 울
음 같은 어떤 사내의 블루스가 흘러나왔다. 우울하고 코가 막힐
듯한 그 노래 소리는 내 가슴을 무척 답답하게 했다. 그러나 그들
은 마냥 즐거운지 노래가 끝날 때마다 바글바글 끓는 웃음소리가
풍선처럼 퍼져 나왔다.

그들의 흥청거림과는 대조적으로 나는 마음이 초조했다. 설란
이를 어서 보고 싶은 마음에서였다. 나는 중동까지밖에 타지 않
은 담배를 푹 짓이겨 끄고 다시 귀를 세웠다.

이윽고 문이 열리더니 남원집이 가벼운 옷 바람을 몰고 들어
왔다. 손에는 어느새 마련했는지 주안상을 들고,

"저 설란이 말씀이지라우. 극단 패들하고 같이 왔던 가시나그
여요."

저 아가씨가 어째서 여기 있느냐는 물음에 그녀는 경위를 설
명했다.

"글쎄 장마가 져 가지고 닷새 동안이나 굿을 못 하지 않았겠어
요. 그동안에 밥값도 못 내고, 먹고 자고 먹고 자고 하더니 종당

에는 밥값조로 저 가시내를 잡으라고 허요 그래. 그래서 도리는 안됐지만 그렇게 하자고 했는데, 며칠 만에 돈을 가져오겠다고 철석같이 약속한 사람들이 오지를 않능그만이라우."

"말하자면 인질로 잡았군요."

"그런 폭이지라우. 좀 짠허기는 해도 나같이 막된 처지에 놓인 년이 남의 인정사정 보게 됐는가요. 하, 그런디 저것이 노래도 잘 하고, 하는 짓이 제법이네요. 옛날 같으면 곤반卷番에라도 집어넣어서 한 모습 만드는 것인디, 요새는 저렇게 놔두면 똥갈보 되어 버려라우."

"그럴 거야. 참으로 아까운데요."

"호호호…… 김선생님이 홀딱 반해 버렸구만이라우. 정 마음에 드시면 밥값만 내시고 가져가 버리시죠."

"말은 좋네. 아 설란이 땜에 저녁에 장사가 잘 되는디?"

"나 정말이어요. 나사 자식도 없는 년이지만 헐 짓인가요."

남원집은 한숨을 한 번 훅 내쉬더니만 자개로 장식된 농문을 열고 수건을 꺼내어 손등의 물을 닦았다. 이런 장롱은 대처에서나 볼 수 있는 물건으로서 시골에서는 좀처럼 보기 어려운 고급 물건이었다.

자개 무늬로 말하더라도, 십장생十長生을 다 갖추진 않았어도 사슴, 거북, 구름, 학, 소나무 등이 썩 정교하게 새겨져 있는 농이었다.

머리 위에는 사진틀이 두 개 걸려 있었는데, 그중의 하나는 옛날의 친구들이나 친척들과 찍은 사진들이었으며, 다른 하나는 독

사진이었다. 그녀가 입고 있는 저고리는 지금의 것보다 기장이
길었으며 미끈하게 빗어 가른 머리의 가르마가 시원스러웠다.

"아줌마, 옛날에는 참으로 미인이었다!"

"한 시절 낫지라우."

남원집은 꺼져가는 소리로 대답했다.

"저건 뉘 글씨지요?"

桐千年老恒藏曲
梅一生寒不賣香

벽에 걸려 있는 족자를 가리키며 내가 물었다.

"오! 저거요? 참으로 인연이 있는 글씨지라우. 나를 귀여워해
주던 신사 한 분이 기셨어요. 그 냥반이 저것을 써줌서 말하기를,
'너는 꼭 이 글과 같은 여자다', 이렇게 말씀하셨어요. 나같이 아
무것도 아닌 사람을 그렇게 여겨 주었으니 고마운 분이지라우."

행서行書로 씌어진 글씨가 서예에 조예가 없는 내 눈에도 썩
눈에 들었다.

오동은 천 년을 묵어도 항시 곡을 간직하고
매화는 평생을 찬 가운데 피어도 향기를 팔지 않는다.

남원집이 따라주는 술을 마시며 나는 칠언七言의 뜻을 새겨봤
다. 그것을 입으로 중얼거려도 봤다.

"그래서 제 기명妓名이 한매寒梅랍니다."

그녀가 감회가 깊은 듯 깊숙한 눈빛을 허공에 주고 말하고 있었지만, 이미 노기老妓가 되어버린 남원집한테서 그 기명妓名에 방불하는 매서움이나 아름다움은 찾을 길이 없었다. 그녀와 이야기를 하면서도 내 마음은 자꾸 설란에 대한 생각으로 되돌아오곤 했다.

"짜아식들은 왜 저리 안 가고 있소?"

나는 주제넘게도 건넌방 놈팽이들이 물러가지 않는 것을 가지고 그녀를 들볶았다.

"아따 성질도 급하셔라. 조금만 참으면 될 것인디, 김선생님답지 않다."

남원집이 술을 따르면서 곱게 눈을 흘겼다. 빛을 받은 물처럼 정이 흘렀다. 가슴이 울렁거렸다. 젊어서 사람의 간장깨나 녹이고, 사내의 마음을 사로잡았던 여인다운 눈매였다. 그러나 내가 남원집한테서 얻은 그 정감은 곧 설란이한테 이어지는 것이었다. 나는 역시 설란이만 생각하고 있었다.

유랑극단이 베푼 환상의 무대에서 퍼져 나오던 트럼펫의 여운은 지금도 나의 가슴에 생생했다. 광장에는 휘황찬란한 불빛이 높다랗게 매달아지고, 가설무대 위에서는 '홍도야 우지마라'식의 신파극들이 벌어졌었다. 구봉서와 서영춘을 본딴 코메디가 끝나면 가수들이 나와 노래를 불렀다. 해지고 때 묻은 포장, 서까래 같은 막대기를 얽어매서 꾸민 무대에서 남이 알아주지도 않는 무명의 배우들이 시대에 뒤떨어진 연극을 하고 있다는 사실도 잊은 채, 나는 마을의 관중들과 더불어 완전하게 정신이 홀려 있었던 것이었다.

이때 설란이는 앳된 모습으로 무대에 나타났었다. 그녀를 처음 보는 순간 나는 마치 마녀에 홀린 듯 정신이 아찔했었다. 정답다고 보기에는 너무 써늘했고, 아름답다고 보기에는 귀기鬼氣 같은 것이 서려 있는 얼굴이었다. 그렇다고 분장을 한 것도 아니었다.

바닷물의 찰싹거림, 솔바람 소리, 청기 어린 불빛들을 거느리고 그녀가 무대 위에 나타났을 때, 나는 그녀에게 압도당하는 전율 같은 것을 느낀 것이었다. 그녀에게는 마력과 같은 힘이 있었다. 그녀는 끈끈이 같은 인력으로 나의 온 정신을 속속들이 끌어들이고 있었다. 그래서 나는 스스로도 모르는 사이에 끌려들어 버렸던 것이었다.

트럼펫과 기타의 전주 끝에 시작된 설란의 노래는 그렇게 잘 한달 수도 세련되었달 수도 없는 노래였지만, 사람의 가슴을 울컥하게 하는 울림이 있었다.

설란이의 노래가 끝나고 나면 앵콜 소리가 여기저기서 터져 나왔다. 어떤 젊은이는 팔을 휘두르며 뛰어나오기도 했다. 그럴 때마다 그녀는 사회자의 요청을 받아 무대 위로 다시 나와서 앵콜 송을 불렀다. 그리고 보면 그녀가 풍기는 매력은 나 혼자만의 것이 아니었던 모양이었다.

건넌방에서는 어떤 사내의 발발 떠는 쇳소리가 울려 나왔다. 기를 써서 부르는 그들의 노랫소리는 모두가 설란이에게 잘 보이려는 수컷들의 울음소리였다. 얼마나 기를 쓰고 부르는지 노랫소리가 기성으로 변했다가 막히게 되면 다시 저음으로 내려오는 품들이 불쌍할 지경이었다.

그들이 그럴수록 나는 설란이의 처지가 딱하고 안타깝게 여겨졌다. 그녀의 처지는 닷새 전과는 너무나 달라져 있었다. 그때만 해도 설란이는 가지 높은 꽃이었다. 누구나가 함부로 꺾을 수 없는 꽃이었다. 극단원의 한 사람으로서 어디까지나 극단 안에 피어 있는 꽃이었다. 그러나 오늘의 설란이는 뭇 사내들의 술상 앞에 앉은 꽃이었다. 이른바 노류장화路柳墻花였다.

하얀 천에 금색 무늬의 붉은 회장을 단 저고리가 그녀에게는 안성맞춤으로 어울렸다. 가무잡잡한 피부와 가는 허리 그리고 까만 눈은 영화에서 본 카르멘의 눈을 연상케 했다.

건넌방의 술꾼들은 '노랫가락'에 이어서 '노들강변'을 합창하더니 이제는 한술 더 떠서 '아리랑'을 불렀다. 노래를 부르고 노는 좌석이란 이렇게 합창이 나오게 되면 파장이 가까웠다는 것을 뜻하는 것이었다.

설란은 곧 남원집의 인도를 받아 안으로 들어왔다. 그녀는 술상 앞에 천연스럽게 앉자마자 술병을 잡았다.

"아가씨의 노래 소리가 좋더군요."

나는 그녀를 기다리는 동안 여러 잔의 술을 마셔 꽤 간덩이가 커져 있었기 때문에, 잡놈 같은 자세로 그녀에게 칭찬의 덫을 던져 보았다. 설란의 검고 깊은 눈이 번개처럼 나를 훔쳐보고 나서 다시 내리깔아졌다.

"모든 것이 무너졌어요. 나는 이렇게 가수가 아니고 작부인걸
요"

그늘지고 잔잔한 인상과는 달리 그녀는 냉큼 내 말을 받아넘
겼다. 말의 줄기 속에는 저항의 맥이 깔려 있었다.

"설란아, 귀한 손님이시다. 선생님을 잘 모셔라."

방안의 분위기가 불안스러웠던지, 병치회를 들이밀면서 남원
집은 설란이에게 뜻있는 눈짓을 보내면서 당부를 했다.

산전수전 다 겪은 사람답게 남원집은 손님을 대하는 데나 색
시를 다루는 데 있어서 점잖게 능란했다. 그녀의 언동이 흐뭇하
고 따스웠다. 나는 남원집의 거동을 바라보다가 얼른 벽을 올려
다봤다. 지금의 그녀 모습을 사진에서 찾고 싶었다. 그러나 비슷
하다는 느낌뿐 사진 속의 얼굴은 너무나 아름다웠다. 나는 우아
하고 매섭기까지 한 그녀의 사진에서 감미로운 관능적 희열 같은
것을 느꼈다. 안으로만 정열을 태우면서 그것을 좀처럼 밖으로
드러내지 않은 찬 매화가 그곳에 있었다. 그러나 남원집도 지금
은 많이 사라진 것이다. 자기의 정열을 안에서나마 태우던 일을
접어두고 이제는 남들을 즐겁게 해주는 뚜쟁이가 되어 있는 것이
었다.

남원집이 물러가고 문이 닫히자 나는 술상을 사이에 두고 설
란이와 단둘이 되었다. 설란이의 얼굴이 문 닫는 소리와 함께 굳
어지는 것 같았다. 작부 노릇은 해도 역시 애송이인 것이었다.

"술 한 잔 해보시지."

내가 마시고 난 술잔을 내밀자 그녀는 고개를 흔들며 밀어냈

다. 술을 먹여서라도 이 가시내의 마음을 열어보자는 내 의도는 좌절된 셈이었다.

"단둘이 앉았다고 불안할 것 없어요. 나, 이래봬도 불량한 사람 아니야."

나는 그래도 돌아온 잔에 술을 받으면서 한차례 으름장을 놨다. 잠시 그녀의 눈 가장자리가 바르르 떨리는 것 같았다. 그녀는 떨리던 눈을 크게 뜨고 한 차례 나를 바라보고는 다시 눈을 내리깔았다. 아까의 굳어진 모습 그대로였다.

밖에서는 후둑후둑 굵은 빗방울 듣는 소리가 들리었다. 설란은 토끼처럼 빗소리에 귀를 종그리고 있었다. 빗소리는 가늘어졌다간 굵어지고, 굵어졌다간 가늘어지는 일을 되풀이하고 있었다. 바람소리까지 어지러웠다.

이런 날씨는 우리들을 더욱 깊숙하게 밀폐시켰다. 어쩌면 아늑하고 황홀할 수밖에 없는 그런 단둘이의 자리였다. 그러나 시간이 흘러도 방안의 공기는 무거웠다. 우리의 사이는 너무 딱딱하고 힘겨운 호흡 때문에 평행선만을 긋고 있었다. 나는 이런 방안의 분위기가 견딜 수 없이 답답했다. 이 폐쇄된 분위기를 부숴버리기라도 할 양으로 거푸 몇 잔의 술을 들이켰다. 그래도 어찌된 일인지 힘은 솟아나지 않았다. 나는 설란이 앞에 발톱이 빠져버린 맹수였다.

먼발치에 있을 때 분명히 설란이는 나를 홀리게 했었다. 그래서 나를 이렇게 가까이에 끌어당긴 것이었다. 그래 놓고 그녀는 나를 그 이상 접근해 오지 못하게 제지하고 있는 것이었다.

나는 어떤 광기狂氣가 아니고는 그녀가 쳐놓은 금줄禁線을 뚫을 수가 없다는 생각을 하고 있었다. 나는 미치고 싶을 뿐이었다. 미치기 위해서는 술을 마시는 도리밖엔 없다. 설란이가 따르기를 기다리지 않고 마구 병을 잡아 똘똘똘 술을 부어댔다.

"호호호호, 성질도 급하시네요. 내가 따라 드릴 텐데……."

그녀는 술을 따르는 것이 자기 의무라서, 내가 자작하는 것을 보자 당황하는 것이었다.

"다 필요 없다고. 이 방안에는 나 혼자뿐이지 않아."

나는 큰소리를 질러댔다. 그러자 의외로 그녀의 석고상 같은 얼굴이 누그러지기 시작했다.

"선생님 미안해요, 어머니는 내 사주에 역마성이 들었대서 많은 사람들과 어울려야 하고, 말처럼 돌아다녀야 한댔어요. 그런데 그 사람들이 이렇게 나를 떼어 놓고 가버렸어요. 난 언제 풀려날지 몰라요."

설란이는 눈물을 닦았다. 나는 갑자기 코끝이 시큰해 오면서 방금 엄포를 놓았던 일들을 후회했다. 그녀는 역시 내 힘을 가지고는 정복할 수도, 위로할 수도 없는 여인이었다. 나는 자리를 털고 부스스 일어섰다.

"빌어먹을, 설령 밥값이 밀렸기로서니 그래 사람을 인질로 잡았던 말이여. 술장사를 해먹어두 바르게 해먹어요."

밖으로 나온 나는 남원집을 향해서 투덜거렸다. 종로에서 뺨 맞고 한강에서 눈 흘기는 격이었다. 내 투덜거리는 소리를 듣지조차 못했는지 남원집은 무 썰던 손을 멈추고 나를 멀거니 바라봤다.

"술값이 얼마욧?"

소리를 질렀다. 영문을 몰라 멍청하게 서 있던 남원집이 얼굴빛을 고쳐 잡았다.

"김선생님이 오늘 왜 이러실까? 기분이 썩 좋으시나 봐."

역시 열인閱人을 많이 한 사람의 너그러움이 있어서, 그녀는 나의 주정 따위는 아무렇지도 않은 모양이었다. 도리어 드러내 놓고 생글거리고 있었다.

"어험! 기분이 좋구만 좋아."

내가 비아냥거리자,

"멋지게 호강허셔 놓구, 호호호……"

하고 그녀는 구김살 없이 웃어댔다. 이 여자 역시 당해낼 수 없구나 싶자 나는 맥이 탁 풀렸다.

비는 거의 멎어 있었으나 하늘에는 검은 구름이 포장을 치고 있었다. 날씨 탓인지 아직 이른 시간인데 거리에는 어둠이 슬금슬금 기어들고 있었다. 봄밤이었다. 얼마쯤 걸어가자 다시 빗방울이 듣기 시작했다. 빗방울이 차차 잦아지더니 내 옷은 어느새 촉촉하게 젖어가고 있었다. 안개까지 자욱했다. 바람소리, 파도소리에 섞여 어촌의 불빛들이 가물거렸다. 귓전에 파도소리가 어지러웠다.

집에 돌아온 나는 거의 곤죽이 되어 있었다. 그대로 쓰러져 잠이 들었는데 밤중에야 말고 잠이 깬 것이었다. 물에 빠진 꿈을 꾼 것이었다. 그러고 보니 몸이 오들오들 떨리고 있었다. 이불을 머리에까지 덮었는데 그것도 허사였다. 오한은 더욱 심해지고 사지의 마디마디가 물러나는 것같이 지근거렸다. 나는 이렇게 며칠을 두고 고열에 시달리고 밤중이면 자꾸 헛소리를 지른 것이었다.

사흘이 지나고 나흘째 되는 날 새벽, 나는 아스라한 잠결 속에서 북소리를 들었다. 간간이 쟁소리도 울려왔다. 벌떡 일어나 이불을 기대고 앉으니 몸이 한결 가벼운 것 같았다. 그렇게 지근거리던 머리도 가벼워졌고 가슴이 미어지는 답답한 증세도 가시고 없었다.

몇 살 때였던가. 아마 예닐곱쯤 되었던 나이에 나는 무서운 열병을 앓고 있었다. 붉으락푸르락하는 빛깔들에 이끌려 나는 어느 깊숙한 계곡으로 빠져들어가고 있었다. 한발만 내디디면 낭떠러지였다. 공포에 질린 나는 엄마만을 부르고 있었다. 그때였다. 어느 곳에서인지 아스라한 곳에서 북소리가 들려왔다. 그 북소리는 이쪽을 향해서 점점 가까워지고 있었다. 그때 나는 눈을 떴는데, 소리는 바로 머리맡에서 울리고 있는 것이었다. 무당이 경을 읽으며 북을 치고 있었다. 그 소리는 내 가슴속으로 짜릿짜릿한 자극을 주며 스며왔다. 왠지 정신이 맑아지는 느낌이었다. 그때서야 내 얼굴을 주시하고 있던 내 가족들의 얼굴들이 눈앞에 나타났다.

"아가! 내가 누구냐?"

길고 흰 수염이 처진 할아버지가 자기의 얼굴을 가리키면서 물어왔다.

"할아버지."

내가 대답하자,

"나는 누구냐?"

"나는 누구냐?"

가족들이 환성을 지르며 서로의 얼굴을 내밀었다.

"엄마…… 누나…… 그리고 성……."

내가 더듬더듬 모두의 이름을 댔을 때 엄마는 왈칵 울음을 터뜨리며 내 얼굴에 자기의 얼굴을 비벼댔다.

그때 무당은 더욱 기세를 올리며 북을 치고 있었다.

북소리는 기이한 힘을 가지고 있었다. 나는 바람소리, 파도소리에 섞여 들려오는 북소리를 들으며 어렸을 적의 그날처럼 소생의 기쁨에 젖어 있는 것이었다. 새벽에 울려오는 북소리를 들으며 나는 편안한 잠을 청할 수 있었다.

밤이 되자 낮 동안 멈췄던 북소리가 다시 들려왔다. 몸은 한결 가벼웠다.

둥둥둥 두둥…….

연신 들려오는 북소리를 듣고 있는 가슴이 공연히 설렜다. 자리에 누워 있을 수가 없었다. 나는 옷을 주워입고 밖으로 걸어 나왔다.

"그런 몸으로 어딜 간다고 그러냐?"

숙모가 걱정스러운 모습으로 마루 끝에 나와 있었다. 멀리서 찾아온 조카가 병들었으니 행여 어찌 될까 봐 잠도 제대로 자지 못했던 숙모였다.

사리 때가 되어 바다는 만조가 되어 있었다. 파도는 달빛 아래서 하얀 배를 드러내고 밀려왔다가는 물러가는 일을 되풀이하고 있었다. 북소리는 멀리 노루목께서 들려오고 있었다. 이따금 쟁 소리, 장구 소리도 섞여왔다. 갯바람을 타고 들려오는 그 소리들 은 지척에서 나는 소리처럼 가까워졌다가는, 여운을 남기고 다시 멀어져가곤 했다.

나는 어느새 남원집 마당으로 들어서고 있었다. 닷새 만이었 다.

"아이구! 김 선생님, 왜 이제사 오셔요? 워마 어째서 얼굴이 저렇게 핼쓱하시다냐."

"독감을 앓았어요."

"그랬구만이요. 그랬어도 몰랐네. 근디, 설란이 그것이 얼마 나 김 선생님 기다렸다고라우. 그러긴 했는데 그년이 오늘 밤에 도 어디로 가버렸소 예. 성질이 찬찬한 것 같아도 사람들이 많이 있어야 흥을 내고 벌 쏜 암소같이 돌아다니길 좋아허요."

나는 닷새 전의 일을 생각했다. 그녀는 사람이 많은 곳에서는 그렇게 흥을 내고 놀다가 안방으로 들어와서는 돌부처처럼 차갑 고 말 없는 사람이 되어버렸던 것이었다. 그녀는 고독을 싫어하 는 여자였다. 스스로의 운명에 역마성이 들었기 때문에 돌아다니 는 것이 당연하다는 생각을 갖고 있는 여인이었다. 그래서 유랑 극단의 단원이 되었고, 그들과 함께 어울려 다닐 때는 즐거웠는 데, 이렇게 외톨이가 된 다음에는 외로움을 이기지 못하는 것이 었다.

"그 가시내 가만 안 둘라요."

갑자기 남원집은 설란이를 비난하기 시작했다.

"그놈의 가시내가 아무래도 바람이 나버렸는갑소 예. 어젯밤도 어딜 나갔다가 새벽에사 돌아왔당께요. 그래도 한 번인께 용서를 했는데, 오늘 밤 또 나가분 것 본께 바람이 나도 한두 벌로만 난 것 아니랑께라우."

설마하니 하는 생각을 했으나, 내 마음은 유쾌하지 않았다. 내가 이제까지 설란이에 대해서 품고 있던 뿌듯한 그리움 같은 것이 산산이 부서지는 느낌이었다.

"역시 요새 가시내들은 지조가 없어요. 죽이지도 살리지도 못할 일이지요."

"남원댁은 젊어서 어쨌었어요?"

나는 일부러 태연을 가장하고 남원집의 신상으로 화제를 돌렸다.

"우리사 어디 그랬겠어요. 아, 노래가 안있읍니꺼. '몸은 비록 기생이나 절개조차 없을소냐'라고. 얼마나 좋은 노랩니까. 우리는 다 그렇게 살았답니다."

남원집은 '몸은 비록' 하는 대목에 가서는 어깨를 들먹이며 노래를 불렀기 때문에 나도 덩달아 춤이 나올 뻔했다. 그러나 실제로 춤을 추진 않았다. 나는 이제까지 춤을 춰본 경험도 없거니와 설란이에 대한 생각으로 마음이 어두웠기 때문이었다.

나는 앉지 않고 방안에 서 있었다. 마음의 안정을 잡을 수 없기 때문이었다. 나는 벽에 걸린 사진을 바라보기도 하고 밀려오는 파도 소리에 귀를 쫑긋해 보기도 했다. 상상의 가지를 흉측한 곳으로 뻗쳐보기도 했다. 설란이가 어떤 우락부락한 사내놈 밑에 깔려 헐떡이고 있는 장면이었다. 그것을 구출할 사람은 나다, 하는 생각이 들었지만 그 생각은 곧 설란이에 대한 혐오감으로 이어져 버리는 것이었다.

남원집의 숨소리가 들렸다. 우리는 그렇게 가까이 서 있었다. 주위에서는 모래 사장을 씻는 파도 소리밖에는 들리지 않았다.

"요새 가시내들은 다 갈보지요 뭐."

남원집이 입을 열었다. 그 일을 골똘히 생각하고 있는 모양이었다. 그녀의 말투는 요새 가시내들은 모두가 갈보지만 자기만은 그런 여자가 아니었다는 자부심이 깔린 말투였다.

두둥둥둥…….

이때 다시 북소리가 울려왔다

"웬 북소리랍니까?"

"어제부터 용왕제를 모신답니다."

"오! 그래서 울렸던 북소리군요."

나는 다시 귀를 종그리고 소리를 들었다. 갑자기 가슴이 설레고 우둔거렸다. 북소리가 부르기라도 한 듯 마음이 쏠렸다. 나가고 싶었다. 그러나 남원집이 내가 나가는 것을 막기라도 하는 것처럼 문설주를 가로질러 짚고 있었기 때문에 그녀의 손을 젖히지 않고는 나갈 수가 없었다. 희부연 피부에 가무잡잡한 반점이 하나씩 깔려 있는 손이었다. 그녀의 손에 물 내가 물씬하고 피어올랐다.

대처에서 살 때는 꽤 화려한 전력을 가진, 이른바 이름있는 기생이었고, 웬만한 요정의 경영자였던 그녀가, 막걸리 손님이나 받는 주모로 영락하는 데까지는 무척 많은 사연들이 있는 것이었다. 어느 실없는 놈팽이에게 죽도록 순정을 바쳤는데 나중에는 재산을 빼앗기고 배신까지를 당해 버렸었고, 다음에는 자기의 여생을 의탁하기 위해서 친가의 조카에게 모든 것을 맡기고 돌봐주었는데, 그놈마저 재산만을 탈내고 달아나버린 것이었다.

남원집이 아니더라도 나는 그와 방사한 경위담을 많이 들었었다. 외로운 처지의 여인들이 살붙이를 찾거나 의탁할 사내를 찾았다가 종당에는 더욱 어렵고 외로운 사람이 되어 버린 일은 흔히 있는 일이었다.

밖으로 나온 나는 노루목을 향해서 걷고 있었다. 해를 꿀짝 삼켜버린 바다는 검은 동체를 일렁이며 괴물 같은 힘을 가지고 우리를 유혹하고 있었다. 그 힘에 끌려 마을 사람들은 용왕제가 벌어지고 있는 노루목을 향해서 모여들고 있었다. 물은 썰물이었다. 언덕을 올라서자 굿청이 내려다보였다. 백사장에는 높다랗게 불이 매달아지고 그 현란한 불빛이 바닷물에 반사되어 긴 빛의 기둥을 이루고 있었다. 바닷가는 흥청거리고 있었다.

"이번에는 신당이 패가 왔담서."

"어젯밤에는 썩 볼만하던데, 새로 온 무당, 노래 솜씨가 보통이 아니여."

"그래도 요새 굿은 옛것만 못해. 그때사 어디 사람이 하는 굿이었는가 귀신의 짓이었지."

두 노인이 굿청을 향해 걸어가면서 하는 이야기다. 달이 떠오르자 모래밭은 옥양목을 펼쳐놓은 것보다도 희고 밤바람은 뱃속을 식힐 듯 서늘했다.

나는 잠시 동안 흰 모래언덕에 서서 흥청거리는 굿청의 동정을 살피고 서 있었다. 저쪽이 흥청거리며 흥청거릴수록 이쪽 마음은 공허해지는 느낌이었다. 내 가슴에는 커다란 공동이 뚫려 있었다. 설란이가 빠져나간 자국이었다. 이때 쏴아 하고 솔바람 소리가 파도를 몰고 왔다. 연이어 북소리가 들려왔다.

굿청에는 어느덧 모닥불이 피워지고 춤추는 무당의 모습이 손에 잡힐 듯 가까웠다. 그 정경은 현실 아닌 어느 지옥이나 천국에서 벌어지고 있는 일처럼 내 정신을 황홀하게 했다. 어떻게 보면, 한 오천 년쯤 전의 우리 조상들이 유수한 골짜기나 외진 바닷가에서 축제를 벌이고 있는 장면으로 착각되기도 했다. 나는 그런 분위기가 풍기고 있는 마력 같은 힘에 끌려 모래톱을 밟고 빨리 듯 그곳으로 접근해갔다.

차일 아래 젯상이 차려지고 그 앞에서 무당이 장단에 맞춰 춤을 추고 있었다. 장단을 치고 있는 고수鼓手가 고개를 외로 틀고 몸을 비비 꼬며 신바람을 내며 북을 치고 있었다. 옆에 세워진 신기神旗와 신대에 달린 하얀 술이 바닷바람에 펄럭이고 있는 밑에서 무당은 춤을 추며 노래를 불렀다.

어부엽언 수부님네
두렵던 수부님네
하청은 열여덟 수부님네.

임진년 왜난시여

오다가다 객사하고…….

만리 이역 등천하신 수부님네

임진년 왜난시여

목도 말라가고 배도 고파가고

설사 전염병에 이질 설사에

앉아 죽고, 서서 죽고

졸다 죽고, 자다 죽고…….

어부엽언 수부님네

두렵던 수부님네

오늘은 이 굿을 받아주고

가중 정중 밝혀 주고…….

　무당은 〈수부가〉를 부르다가 춤을 추고 춤을 추면서 창唱을 했다.

　무르익어 가는 용왕제를 구경하고 있는 군중 가운데 장단에 맞춰 어깨를 들먹들먹 들먹이고 있는 사람이 내 눈에 띄었다. 왜 저러는 것일까? 내 관심의 초점은 무당으로부터 그 여인으로 옮겨갔다. 나는 사람들을 제치고 그 여인 가까이 다가갔다. 가까이서 보니 뜻밖에도 설란이었다. 그녀는 어깨를 움쭐움쭐 들먹이면서 숨을 헐떡거리고 있었다. 그녀는 자기가 구경꾼이라는 사실을 전혀 깨닫지 못하고 있는 것 같았다. 굿을 구경하다가 자기도 모르게 춤을 추듯 장단에 맞춰 몸을 움직이고 있는 것이었다. 그녀는 이미 취해 있는 사람이었다.

한마당의 굿이 끝나자 가만히 설란이의 등을 두드렸다. 꿈에서 깨어난듯 그녀는 놀란 표정으로 나를 돌아봤다. 너울거리는 모닥불에 비친 그녀의 얼굴은 상기되어 있었고 이마에는 송알송알 땀방울이 맺혀 있었다. 나는 손을 내밀어 그녀의 팔을 끌었다. 저항 없이 딸려왔다. 우리는 굿청을 빠져나왔다.

"어떻게 해서 여기 나와 있는 거지?"

"아줌마 몰래 빠져 나왔어요. 얼마나 황홀한 밤이어요."

열띤 목소리였다.

"그럼 어젯밤에도 이곳에 나왔었군."

"꼬박 밤을 새웠어요."

"그랬었군. 그런 줄도 모르고 남원집은 짜증이던데."

"할 수 없어요. 나는 이곳에 안 올 수가 없었어요."

그녀가 외도라도 하는 줄 알고 찜찜했던 내 가슴이 툭 터지는 기분이었다. 우리는 굿터를 뒤로 하고 솔밭을 향해서 걸어갔다. 발에 밟히는 하얀 모래가 유난히 부드러웠다.

"엄마가 이곳에 와 있어요."

"엄마라니?"

"오늘 밤 굿을 하던 무당이 바로 우리 엄마여요."

"어떻게 이런 곳까지……."

"더 멀리까지도 갈걸요."

"언제부터 무당이었어?"

"먼 할아버지 때부터요. 나는 그런 것 숨기지 않아요."

오빠가 둘 있었는데 모두 스스로 목숨을 끊어버렸다고 했다. 무당의 아들로 태어난 것을 비관하고 죽었는데 그들에게는 단골네 아들이라는 신분이 몹시 뼈 아픈 것이었다고 했다. 유기柳器장이나 백정이 옛날에 그랬던 것처럼 단골이라는 신분도 그 지방에서는 견디기 어려운 것이었다고 한다. 아들들을 잃은 어머니의 소원은 하나 남은 딸을 세습무당으로 만들지 않는데 있었다고 한다. 그래서 유랑극단이 마을로 들어오자 그녀는 딸을 가수로 키워달라고 그들에게 맡겨 버렸다는 것이었다. 물론 그들은 설란이를 일류가수로 만들겠다고 장담을 했고 어머니는 지금도 그것을 믿고 있다는 것이었다.

"그래 어머니는 만났어요?"

"만나지 않았어요. 만일 내가 술집에 잡혀 있는 걸 알면 엄마는 죽어버릴 거예요. 나는 앞에 나타나지 않을래요. 그래서 뒤에 숨어서 굿만 보고 있었는디……"

소나무 사이를 스친 바람이 출렁이는 물소리 사이로 묻혀 갔다. 북소리 장구소리가 다시 울려 왔다.

"나는 무당이 되어야 할라나 봐요."

설란이는 풀석 모래밭에 주저앉으며 중얼거렸다.

"어째서?"

나도 옆에 따라 앉으며 그녀의 팔을 잡고 얼굴을 바라봤다. 마치 술에라도 곤죽으로 취한 사람의 얼굴이었다.

"오늘 밤 마음이 미칠 것 같아요. 걷잡을 수가 없어요. 아! 저 북소리, 그리고 모닥불."

그녀는 숨을 헐떡거리고 몸을 비비 꼬면서 나에게 매달려왔다. 댕댕하는 쟁소리에 이어서 장구소리가 자지러지게 울려왔다. 나는 온몸이 스멀스멀하더니 출렁하고 움직이는 충동을 느꼈다. 마치 귀신에라도 홀린 사람처럼 나는 흥분하고 행동은 난폭해지고 있었다. 나는 맹렬한 힘으로 설란이를 공격하고 있었다. 그 힘은 얼마나 강력하고 무시무시한 힘이었던지, 그녀는 마치 불도저 앞에 엎드린 개구리와 같은 존재였다. 그녀는 마구 소리를 질렀다. 그것이 비명인지 환성인지 나는 구분할 수 있는 정신의 상태가 아니었다. 북소리 장구 소리가 높아지면 내 몸의 율동도 그에 맞춰 고조되어지고, 낮아졌을 때는 따라서 격렬의 도가 누그러졌다. 훨훨 타는 모닥불은 더욱 나의 혼을 불태웠으며 나는 바다에서 출렁이는 파도를 수없이 타고 그것을 넘어가고 있었다.

용왕님네 모시자
용왕님네 모시자
사해 팔방 용왕님네 모시자
팔용왕 구용왕아…….

굿은 용왕굿으로 이어지고 굿청은 흥겨움이 더해가는 것 같았다. 이윽고 용왕굿은 북소리, 장구소리, 쟁소리가 어울려 절정을 이루고 나서 끝이 났다. 내 몸도 태산 같은 파도를 넘은 다음 잔잔해져 있었다.

모래밭에 데친 나물처럼 누워 있던 설란이가 일어나더니 굿청을 향해 부나비처럼 날아가기 시작했다.

나는 그녀의 뒤를 따라 서서히 발을 옮겨갔다. 달빛이 파도 속에서 은가루를 뿌리며 부서지고 있었다. 먼 곳의 검은 섬에 켜진 등대가 이쪽의 모닥불에 호응이라도 하듯 가물가물 춤을 췄다.

내 앞에 달려가던 설란이는 어느새 굿청으로 뛰어들어 춤을 추기 시작했다. 그녀의 뒤를 따라 구경꾼 중의 아낙네 한 사람이 뛰어들어 춤을 췄다. 굿청은 다시 광란의 열기를 더해가고 있었다. 젯상 앞을 한 바퀴 돈 설란이는 끝내 제 어미를 붙들고 춤을 추기 시작했다. 처음에는 제 딸인 줄을 몰랐던 그녀의 어미가 나중에야 딸임을 알고 놀라 주춤했기 때문에, 굿이 중단되는가 했더니 그녀는 곧 딸을 붙잡고 다시 춤을 추기 시작하는 것이었다.

> 두웅둥 내 딸이야
> 어허 둥둥 내 딸이야
> 어디 갔다 인제 왔냐
> 하늘에서 뚝 떨어졌냐
> 땅속에서 불끈 솟았냐
> 하운이 다기봉하니
> 바람 광풍에 너 싸여왔냐……
> 바리대기가 이제 왔네
> 가수가 되면 무엇 할까
> 어허 두웅둥 내 딸이야

무당이 노래를 부르자 설란이가 그에 호응해서 춤을 췄다. 제 어미를 만난 설란이는 무대에 섰을 때보다도 몇 갑절이나 되는 신교한 재주를 부리고 있었다. 그들의 춤은 어느 때 끝날지 예측할 수도 없었다. 설란이는 이미 제 어미의 것이지 내 것은 아니었다. 나는 굿청을 뒤로 하고 마을을 향해 발을 돌렸다. 하늘을 보니 삼태성이 중천에 와 있었다. 새벽이 가까운 시간이었다. 남원집에는 그때까지 불이 켜져 있었다. 문을 열고 들어서자 그녀는 혼자 덩그마니 앉아 있었다.

"아이구! 김선생님, 이 밤중에 웬일이십니까?"

반기며 그녀는 일어서서 나를 맞았다.

"굿청에서 오는 길이어요. 근데 남원댁은 왜 이제까지 잠들지 않고 있어요?"

"괜히 오늘 밤 마음이 설레서 잠이 안 오네요."

"북소리 탓이지요?"

"그럴까요. 나는 그런 굿 좋아하지도 않는데요."

"그래도 저런 소리를 들으면 설레지는 법이라오. 근데 설란이는 아직 안 왔어요?"

내가 짐짓 물었을 때.

"글쎄요. 오늘 밤에도 아마 어떤 놈하고 어울렸는 모양이지라우."

"그러지 않았을 거요. 왜 남원댁 그렇게 심심하면 용왕제나 나가 구경하지 않구……."

"혼자 있고 싶었어요."

혼자 있고 싶었을 거다. 그렇구 말구. 그 소갈머리 없는 친정 조카 놈한테 둘리고, 불량한 놈팽이 놈한테 당했는데, 이젠 혼자 있어야지 잘 생각했어, 잘 생각하구 말구. 나는 이런 소리를 중얼거리며 그녀의 등에 손을 댔다. 그녀의 몸과 내 몸이 밀착되었다.

나는 가만히 그녀의 등을 어루만지며 벽에 걸려 있는 그녀의 사진을 바라봤다. 남원집의 머릿기름이 내가 향긋하게 콧속으로 스며왔다. 나는 그 냄새가 동백기름이기를 바랐다. 나는 사진만을 바라보고 남원집의 얼굴은 보지 않기로 했다. 나의 의식은 물 내가 물씬 났던 남원집이 아니고 사진 속의 남원집을 안고 있다는 충족감으로 굳어져 갔다. 십오 년이라는 연치의 도랑은 이제 우리에게 없었다. 그렇게 서 있는 동안 나는 느끼는 것이었다. 내 가슴이 점점 뜨거워지고 촉촉하게 적셔지고 있다는 것을…….

남원집은 내 가슴에다 얼굴을 묻고 울고 있었다.

잉태설孕胎說

구름이 끼고 음산한 바람이 부는 날이면 뱀고개의 바위 위에 사둔녀의 모습이 나타났다. 바람을 받아 흐트러진 머리털이 나풀거리는 모습은 마치 아수라와 같이 무서웠고 눈빛은 사람의 가슴을 등까지 꿰뚫는 날카로움이 있어 보는 사람으로 하여금 소름 끼치게 했다. 그래서 고개를 오르내리는 사람들은 그 여자를 만날까 두려워 어름어름 길을 돌아 스쳐가곤 했다.

사둔녀는 바위 위에 앉아서 울음소리를 내는 것이었다. 어떤 비원을 담은 듯한 그 소리는, 마치 어린애의 울음같이 들리기도 하고 어떤 때는 짐승의 울음소리 같기도 했다. 그런데 이 마을의 어떤 노인은 그 소리가 옛부터 이 고개를 지키고 있는 구렁이의 울음을 닮았다고 말하기도 했다.

그녀는 뱀고개의 바위 아래 펑퍼짐한 언덕배기의 오두막에 살고 있었는데, 그 집은 사둔녀가 들어오기 삼 년 전부터 비어 있었던 집이어서 벽은 습기 때문에 부스러지고 문종이는 흙빛으로 검붉게 바래서 녹아내리는, 참으로 을씨년스러운 집이었다. 문도 하나밖에 없었다. 밖으로 통하는 유일한 출입구인 정지문을 제외하면 방에 달린 봉창이 있을 뿐, 모두가 흙담으로 둘러싸인 집이었다. 정지문은 마치 이 집으로선 성문과 같은 것이어서, 그것을 굳게 잠가놓으면 도둑이나 짐승 할 것 없이 안으로 스며들어갈 수 없는 거의 완벽한 성과 같은 집이었다.

남빛 자욱한 갈매봉의 줄기가 크게 한바탕 파도처럼 굽이쳐 목을 이룬 곳이 바로 뱀고개이며, 여기서 줄기는 쉬지 않고 내리달려 뱀머리같이 불룩하게 뭉쳐졌으니, 이가 다름 아닌 사두혈蛇巳頭穴이었다. 이곳에는 옛부터 명당을 지키는 업인 대사大蛇가 살고 있다고 전해졌으며, 그에 따르는 가지가지 전설이 꼬리를 물고 있었다. 그래서 많은 사람들의 뇌리에는 이곳이 뱀이 득실거리는 곳, 지나기만 하면 금방 큰 구렁이가 나타날 것 같은 곳으로 연상되어지기도 했지만 실제로 뱀이 득실거리는 곳은 이곳에서도 훨씬 떨어진 갈매봉의 동쪽 기슭이었다.

그건 그렇다 하고, 사둔녀의 이야기는 아무래도 수수께끼일 수밖에 없었다. 무엇 때문에 그리 쓸쓸하게도 빈 오두막에 살고 있으며, 꼭 어느 때부터 살기 시작했는지는 확실하게 아는 사람은 없었다. 사실인지 추리인지는 몰라도 들려오는 말로는, 그녀의 어머니가 난리통에 피난 나가 사돈네 집에서 태어났대서 사둔녀가 되었으며, 그녀의 어머니는 딸을 낳은 뒤 얼마 안 되어 죽어버렸기 때문에 그녀는 이제까지 이 손 저 손을 거쳐 떠돌이로 자라왔다고 했다.

이 이야기가 얼마 만에 이 마을 박씨네 종손인 박훈관 노인의 귀에 들어갔을 때, 처음에 그의 눈은 휘둥그레했으며 다음으로는 이마를 잔뜩 찌푸렸다.

"뭣이! 처녀가 혼자 뱀고개 오두막에 살고 있다고?"

그렇다는 손자 종수의 대답에 그의 이마에는 주름살이 두어 개 더 늘어났다.

"그럼 어떻게 살고 있다는 말이냐?"

"통 마을 사람들과 접촉을 않고 있기 때문에 알기가 어렵습니다."

"그럼 식량은 어떻게 하고?"

"그것도 알 수가 없습니다."

"몇 살이나 되었다더냐?"

"알 수가 없지만 사람들 말로는 스무 살쯤이라고 합니다."

종수는 날름날름 대답은 하면서도 실상은 아무것도 모르고 있는 것이었다.

"괴이한 일이다. 하여튼 넌 그런 곳에 얼씬도 하지 말아라."

손자에게 접근을 금지시켰다. 가까이 했다가는 어떤 일이 생길지 모를 일이었다.

갈매봉은 언제나 푸르스름한 신비의 안개에 싸여 있었으나 꿩이 알을 품은 듯한 많은 산자락들이 습진 기슭이나 언덕으로 이어져 내려가고, 그중에서 가장 큰 줄기 하나가 사두혈에 뭉쳐져 그곳에 문정공文正公과 그 배위配位가 모셔져 있었다.

비록 증작贈爵이라곤 해도 이판吏判을 받았고 당당히 부제학을 지냈으며 문정공이라는 시호諡號까지를 받은 조상의 묘지였다. 이분이 바로 박노인에게는 십오대 조가 되는 것이다.

그 뒤로도 문중에는 문필가가 많이 나왔다. 시문서화詩文書畫야 끊임이 없었고, 진사만 해도 열 손가락을 꼽는다. 그러나 어쩐 일인지 관운은 신통치가 않았다. 대과大科에라도 어렵사리 붙어 관운이 트이는가 하면, 그 원수 놈의 당쟁의 피해를 입어 좌절되곤 했다.

박 노인은 이런 일도 모두 조상들의 대쪽같이 곧고 깨끗한 성미 탓이라고 단정하고 있었다. 그래서 도리어 자부심만은 당당했다. 문정공의 후예는 줄잡아 오백 호가 넘는다. 종가가 있는 이 중산 마을만 하더라도 일백 호가 넘으니 결코 번성하지 않았다고 할 수는 없었다. 석숭지부石崇之富야 없지만 조반 석죽을 거르는 사람은 거의 없고, 대학생도 여러 놈 있으니, 개중에는 옛날의 과거 격인 고등고시에라도 붙은 놈이 없지 않을 것이었다. 이쯤 되면 조상의 음덕을 받은 자손들이었다. 이런 모든 음덕은 사두혈 때문이라고 생각하고 있었기 때문에 그들은 어느 때부턴지 모르게 뱀을 외경하게 되고 숭배의 대상으로까지 삼게 된 것이었다.

문중 사람들은 뱀을 호칭할 때 사씨巳氏라고 불렀다. 수백 년에 걸쳐 뱀을 위해 왔으며 뱀을 해치지 않았다. 집안으로 기어드는 뱀은 비단에 모셔다가 버렸다. 만일 누군가가 뱀을 해치는 일이 있을 때는 당장 불려가서 어른들의 호통을 받아야 했으며 더러는 엄한 벌을 받기도 했다.

"네 이놈! 태어난 근본을 아느냐? 네놈들이 굶지 않고 밥술이나 먹고 사는 것은 다 뉘 덕인 줄이나 아느냐? 다 문정공의 묘소가 명당이기 때문이다. 그런데 함부로 사씨를 죽여! 차후로 한 번만 이런 일이 있어봐라. 덕석말이를 면치 못할 것이다."

이렇게 어른들의 추상 같은 꾸중을 듣거나 매를 맞았었다. 그러나 요사이 젊은 놈들은 이런 어른들의 뜻을 어기고 뱀을 죽이는 것은 물론이고, 먹는 놈까지 있다는 것이었다. 대놓고 말하진 못하지만 속으로는 이렇게 씨부렁거리는 것이었다.

"참으로 하나씨들은 현대의 물정이라곤 눈곱만치도 모르고 계시데요. 요새 젊은 사람들 하는 것 좀 보시라구요. 뱀 먹기를 멸치 먹듯이 하지요. 어디 그뿐인가요. 개구리, 달팽이, 드르렁이, 못 먹는 것이 없다구요. 발견만 하는 날이면 환장들 한다구요. 이러다간 뱀이고 뭐이고 얼마 안 가 씨가 마를 겁니다. 어디 시골뿐인가요. 도시 사람들은 더욱 환장들 한답니다. 서울, 부산, 광주 다 가 보세요. 고관님, 사장님치고 어디 뱀 안 자시는 분 있다던요. 거리마다 골목마다 사탕집이 즐비합니다. 참 사탕집이라고 하니까 어린애들 과자집으로 들리네요. 그래서 그쪽 사람들은 점잖게 '독사연구소'라고 간판을 달아놓고 찾아오는 고객들에게 고가로 뱀을 팔아 대접한답니다. 그곳에는 흑질 백장, 살모사, 백사, 청사, 능구렁이, 꽃뱀 할 것 없이, 없는 뱀이 없답니다. 지글지글 끓이고, 푸석푸석 굽고, 자글자글 볶고, 날것으로 먹고, 회쳐 먹고 하는데, 이것들은 모두 스테미너제랍니다. 뱀을 먹으면 마음이 간사해지고, 눈이 뱀 눈깔처럼 써늘해진다는 말이야 있지요. 그러나 요새 어디 그런 걸 믿는 사람이 있나요. 힘만 키우면 되는 거지요. 모든 것이 스테미너 시대니까요. 나는 이런 것도 봤다구요. 고관님, 사장님네 마누라들이 떼지어 뱀 먹으러 다니는 것 말이에요. 참으로 자알들 자십디다. 여자들도 연애하기 위해서 힘을 키우자는 것이지요. 다들 그런데 우리 같은 촌놈들이 어른 말만 듣게 되었어요? 유행이니까요. 아무리 시골에 산다고 해도 유행이 무어라는 걸 조금치는 알고 살아야지요. 우리가 우리 조상님들을 위해 주지 않는다면 누가 위해 주겠어요. 그런데 말입니다. 시대가 달라졌어요. 참으로 죄송해요. 어른들 말씀 못 지켜 미안해요. 허지만, 하는 수 없어요. 나 혼자뿐 아니고 다 그러니까요. 이제는 보가 터져버렸어요. 얼씨구 씨구씨구, 얼씨구 씨구씨구씨구……."

이렇게 금기를 깨버린 다음에 힘이 남아 돌아서 까불어댔다. 물론 죄책감 같은 것이 조금 없는 것은 아니었지만 문중의 젊은 놈들은 떼를 지어 갈매봉 밑으로 기어 올라가 뱀을 잡아먹었다.

처음으로 먹을 때는 주저를 했다. 꺼림칙한 마음을 가지고 시작했지만, 중이 고기 맛을 보면 절에 빈대가 안 남는다고 가뜩이나 육식에 주린 그들은 나중에 환장한 사람들 같이 덤벼들었다. 만일 딴 일이 있어 며칠만 맛을 못 봐도 허기진 사람처럼 허둥대며 갈매봉 생각만 했다. 그 고소하고 달콤하게 감쳐 드는 맛, 이것이야말로 천하의 진미였다. 중국에 팔진미라는 것이 있다지만 뱀 맛에 댈소냐, 였다.

그렇게 포식하고 나면 아랫배가 뻐근하니 팽창해오고 가슴에는 복숭아꽃이 어른거렸으며 더운 기운이 가슴으로 치밀고 올라왔다. 그들은 스스럼없이 여자의 이야기를 토해냈으며 그러다가 어느 날은 이야기가 사둔녀에게까지 미치게 된 것이다.

"야! 그 사둔녀 말이여, 꿩장한 미인이드라."

어느 날 뱀을 구워 먹으면서 덕수가 동생뻘 되는 애들에게 이야기를 꺼냈다. 처음에는 덕수도 사둔녀를 두려워했지만 단지 그녀가 치마를 둘렀다는 이유 때문에 야금야금 다가가 본 것이었다. 가까이 가 본 그는 사둔녀가 반드시 두려운 존재만이 아니라는 것을 알게 되었고, 그녀가 도리어 요염한 냄새를 풍겨오는 바람에 욱신 하고 타오르는 가슴을 누르지 못하고 말려 들어가 버린 것이었다.

"뭔 소리여? 다른 사람들은 징글맞다고 하는데 그럴 법이 있어!"

사촌인 경수가 투덜거렸다.

"아니여, 가까이 해보지 않아서 그려, 한번 사귀어 봐, 결코 그렇지 않아."

일그러져 있던 경수의 눈이 빛을 냈다. 그들은 뱀을 먹어 힘이 넘치고 있었기 때문에 여자 이야기만 나오면 미추美醜를 가릴 것 없이 눈빛을 빛냈다.

"그렇다면 나도 한번 가 볼까."

"나도 가 보겠어."

젊은 놈들은 모두 중구난방으로 토로를 하고 사둔녀를 찾아갈 결심을 했다.

박훈관 노인은 그날 아침 일찍 선산을 둘러보러 뱀고개를 올랐다. 누가 투장偸葬을 하지는 않았는가. 나무들은 도벌당하지 않았는가, 봉분에 쥐구멍이 나거나 사태가 생기지는 않았는가, 여러 가지 살필 일이 많았다.

몇 년 전까지만 해도 벌거벗었던 산등에 이제는 나무들이 빽빽하게 들어차고 보기 좋게 굽이쳐 간 사둣등이 문정공 묘소에 둥글게 뭉쳐진 품이 한없이 아름답고 흡족했다. 이만하면 다른 어느 문중에 대해서도 자랑할 만하지. ―그는 혼자 흐뭇한 마음으로 뇌까렸다.

건너편으로 두둠히 사둣등을 휘어감은 백호등白虎嶝이 멀리 앞을 흐르고 있는 용두천 가에 머물고, 마을의 안산案山이 되어 있는 청룡등靑龍嶝은 우거진 숲을 등에 인 채 명산인 국사봉으로 이어져 갔다. 그 국사봉 옆에 뾰족이 넘보는 문필봉文筆峰 때문에 문장가가 난다곤 하지만, 으레 그것이 살이 되어 훼방을 놓은 바람에 벼슬길이 막히고 끝 펴을 못하는 것이라고 했다. 특히 그것은 장손에게 화를 미칠 수도 있는 봉우리라고 했다. 그는 장손인 종수 아비가 요절한 것도 그 탓이라고 믿고 있었다. 장손은 이어서 장손을 낳을 것이고 보면, 화는 끊임없이 이어질지도 모를 일이었다. 옥에 티라고나 할까, 명당인 사두혈이 갖는 흠이었다.

그는 후우 하고 긴 한숨을 내쉬었다. 세상사가 흠이 없이 완벽한 것이 있다면 그 위에 더 바랄 것이 없겠지만 인간의 일이란 새옹지마와 같은 것이어서, 반드시 나에게 행운만을 가져다주는 법은 아니라고 생각했다. 비록 종수 아비는 그렇게 되었지만 유일한 혈육인 종수만이라도 잘 되어야 하겠는데…… 공연히 가슴이 떨리고 불안했다.

요사이 그는 마을에서 비린내가 노상 코를 찌르는 것을 경험하고 있었다. 유독 젊은 놈들을 부딪치기라도 하면 비린내가 건너왔다. 특히 손자와 끼니 때 맞상을 하게 되면 그 비린내 때문에 속이 역겨워 밥을 넘길 수가 없었다.

건강 탓이여. 내 속이 썩는가 보지. 그래, 자식이 앞서는 참척을 당하고도 죽지 않고 이렇게 살아온 것이 용치…… 그는 비린내를 자기의 건강 탓으로 돌렸다. 그러나 그의 가슴에서 불안을 지을 수는 없었다. 가슴이 썰렁하고 떨릴 때가 많았다. 그럴수록 그는 선산을 살폈다. 그러다가 오늘은 외면해 오던 오두막을 찾아보기로 결심한 것이다.

"케헴!" 노인은 문밖에서 우렁찬 기침을 했다. 그러자 곧 문이 열리고 예의 처녀가 나타났다. 그녀는 문설주에 손을 짚고 쏘는 듯한 눈초리로 노인을 응시했다.

"너는 어디서 와서 사는 사람이냐?"

대답이 없었다.

"그럼 이름이 무엇이냐?"

그때사 한일자로 다물어졌던 입이 어렵사리 열리었다.

"사둔녀 올시다."

처녀는 허리를 공손히 굽혔다.

"사둣녀라."

되뇌이는 그의 눈이 휘둥그레졌다. 그의 귀에는 사둔녀가 사둣녀巳頭女로 들렸기 때문이다. 그는 뚫어지게 그녀의 얼굴을 응시했다. 그러자 그의 눈에는 여자가 사람이 아닌 어떤 신격을 가진 존재로 떠올랐다. 이제까지 그녀에 대해서 품고 있었던 불쾌감, 모멸감이 일시에 사라지고 외경심으로 대체되었다. 마음이 사정없이 흔들렸다. 하마터면 여자 앞에 무릎을 꿇을 뻔했다. 다리가 후들후들 떨렸다. 업이로다! 분명히 우리 선산을 지키는 업이로다. 그는 여자를 업으로 단정했다. 그리고 그녀를 어떻게 대우해야 할지 당황했다. 한참을 망설이다가 그는 일단 집으로 돌아가서 계책을 강구하기로 마음먹었다.

"안녕히 계십시오. 또 찾아뵙겠습니다. 무엇이거나 간에 불편한 점이 있으면 도와드리겠습니다."

그저 몇 번이고 허리를 굽혔다.

그는 고개를 내려오면서 제정신이 아니었다. 업이라는 것이 사람의 눈에 띄게 되면 좋지 않다는 말을 들어 알고 있기 때문이었다. 만일 그녀가 그곳을 떠나버리면 명당의 기운은 증발해버릴지도 모르는 일이었다. 그래서 그는 어떤 수단을 써서라도 그녀를 달래어 그 자리에 잠적하도록 해야 한다고 생각했다.

집에 돌아온 박 노인은 손자인 종수를 불렀다.

"할아버지, 부르셨습니까?"

종수가 대령을 했다.

"너 당장 뱀고개 오두막집을 다녀오너라. 다녀오는디 광에 가서 쌀 한 말을 지고 가서 그 여자에게 전하고 오너라."

"아니, 어째서 그 여자에게 쌀을 줍니까?"

"아무 말 말고 다녀와, 그리고 그 사람에게 절대 무례하게 대하지 말아라."

어른의 명령이니 거역할 도리는 없었다. 종수는 쌀자루를 등에 메고 어슬렁어슬렁 고개를 올라갔다. 제기럴, 무엇 때문에 그까짓 가시내한테…… 불만이었다. 얼마 전에는 절대 가까이 가지 말래더니 웬 변덕일까 싶었다. 할아버지의 속은 참으로 알 수 없는 것이었다.

그는 오늘따라 고개를 오르기가 힘겨웠다. 오두막에 이르러 가만히 안의 동정을 살폈다. 사람은 있는 것 같은데, 안은 빛이 들어가지 않아 어두운데다가 정지문이 굳게 닫혀져 들어갈 수가 없었다.

"계십니까?"

대답이 없다.

"사람 없습니까?"

좀 큰소리로 불렀다. 그래도 대답이 없자 문을 찌그덕거렸다. 그때사 안에서 인기척이 있더니 한참 만에 사둔녀가 고무신을 찍찍 끌고 다가와서 문을 열었다.

요새는 사둔녀가 바위 위에 나타났다는 소문이 없었다. 그녀가 그렇게 처절한 울음소리로 기원했던 것은 무엇이었을까. 남자에 대한 그리움이었을까. 그렇지 않으면 누군가에게 시달리면서 구원을 청하는 비장한 소원의 외침이었을까? 그것이 지금은 이루어졌다는 것일까? 하여튼 사둔녀는 변신하고 있었다. 초승달 같은 눈썹, 강력한 광선에 반사된 물처럼 습지에 이글거리는 눈,

가늘게 선 코, 촉촉하고 혈색 좋은 입술은 바위 위에 앉아서 소리를 내고 있던 그런 사둔녀가 아니었다. 그녀는 이미 전에 가지고 있던 탈을 깡그리 벗어버리고 범속한 인간, 요염한 창녀의 모습으로 변해 있었다. 그녀가 가지고 있는 모든 것은 종수의 정신을 휘어 감고 있었다.

"우리 할아버지가 쌀을 전하라기에 가지고 왔어요."

종수의 말소리는 떨리고 있었다.

"오! 아침에 오신 할아버지!"

"예, 그래요."

"아이고, 고마와라. 그렇지 않아도 쌀이 떨어지는 판이었는데, 이리 좀 들쳐주어요."

사둔녀는 서슴없이 명령을 했다. 종수는 쌀자루를 메고 부엌으로 들어가 문을 열고 털썩 땅바닥에 부리었다. 종수는 쌀을 메고 온 일을 참으로 잘한 일이라, 생각했다. 사둔녀가 이렇게 아름답고, 이렇게 반겨줄 줄은 미처 몰랐던 일이었다. 모든 것이 행운을 기약해 주는 듯, 가슴 뿌듯하고 기쁠 따름이었다.

그는 방문 앞에 서서 한참 동안 눈이 어둠에 익숙해지기를 기다렸다. 당장 물러가기도 싫었거니와, 이 신비의 처녀가 어떤 몰골로 살고 있는가를 확인해 보고 싶었다. 이윽고 어둠이 스멀스멀 걷혀가더니 희미한 빛이 방안을 채웠다. 봉창을 통해서 흘러들어온 빛이었다.

그때 방안에 깔려 있는 이불이 꿈틀하더니 어떤 사내가 벌떡 일어나 앉았다.

"아니!"

확인된 것은 덕수의 얼굴이었다. 덕수가 사둔녀와 한 이불 속에 있었다니 놀라운 일이기도 하려니와 불 같은 질투심이 가슴에서 일렁거렸다. 갈매봉 아래서 사둔녀의 이야기야 서로 주고받았지만 이런 일이 있었다는 것은 참으로 뜻밖이었다.

"덕수 형, 웬일이여? 점잖은 분이……."

"잠깐 놀러 왔다."

덕수는 풀죽은 소리로 어물거렸다.

"형, 빨리 가!"

덕수를 그 자리에 놔두고 떠나기는 도저히 마음이 놓이지 않았다.

"너 먼저 가, 나는 좀 있다가 간다."

좀처럼 나올 것 같지 않은 눈치였다. 얼마 전에 분명히 덕수는 사둔녀가 미인이라고 말했었어. 저쯤 되어있어서 그랬던 거지. 종수는 덕수에 대한 증오심이 가슴속에서 소용돌이쳤으나 어쩔 도리가 없었다. 적어도 이 자리에서만은 덕수에게 권리가 더 있는 것이었다. 종수는 오두막을 뒤로 하고 뚜벅뚜벅 발길을 돌렸다. 패군지장처럼 마음이 비참했다. 방금 오두막에서 스친 사둔녀의 체취가 콧속을 맴돌고 있었다. 그 암내는 스멀스멀 몸속을 기어 다니면서 불을 질렀다. 뱀을 먹어 약이 찰대로 찬 사지가 팽팽하게 알이 져 바위라도 뚫어버릴 듯한 무서운 힘을 뻗치고 있었다. 어디에라도 대고 풀어버리지 않고는 참을 수 없는 힘이 확확 휘발유에 불을 당긴 것처럼 타올랐다.

종수는 뱀고개의 바위 위에 올라서서 늘어지게 기지개를 켜며 불덩어리가 되어있는 가슴을 삭히었다. 시커먼 숲과 바윗돌이 엉클어진 갈매봉이 지척으로 바라다보이고 사듯등으로 뻗은 미끈한 구름이 약이 오른 뱀 목처럼 엎드려 있었다.

그는 바위에서 몸을 날려 쿵하고 땅에 내려서자 하늘을 나를 듯한 힘이 솟아올랐다. 갈매봉을 향해서 성난 뿌사리처럼 뛰기 시작했다. 헉헉 더운 기운을 내면서 비탈길을 뛰어오르는데 도시 지칠 줄을 몰랐다. 갈매봉 기슭의 뱀골에서 혀를 널름거리며 그를 기다리고 있을 뱀들을 생각하자 이제 덕수와 사둔녀의 일도 머릿속에 없었다.

그곳에는 이미 문중의 많은 젊은이들이 모여 있었다. 하나씨 뻘 되는 사람, 아저씨 뻘 되는 사람, 형 뻘, 동생 뻘 되는 사람 할 것 없이 우글우글 모여서 뱀을 뒤지고 있었다. 뱀을 발견하면 졸시 굿소리를 지르고 뛰어가 나꿔 잡았다.

불을 피워 뱀을 굽고 있는 사람, 우선 굽기 전에 날 것을 질근질근 씹고 있는 사람, 솥에 불을 때고 있는 사람, 제각기 분주했다. 날것을 씹고 있는 근수의 입에는 검붉은 피가 범벅이 되어있었다. 소주병을 차고 와서 뱀을 안주 삼아 뚤뚤 마셔대는 치도 있어 뱀골은 하나의 커다란 잔치마당이었다.

문중의 몇 어른들이 이 사실을 알고 말려보려 했으나 허사였다. 막을 도리가 없었다. 단지 박훈관 씨에게만 알리지 않고 막아보려 했다. 만일 박훈관 노인이 이 사실을 알면 자결하고 말지 살아있을 위인이 아니라는 것을 알고 있기 때문이었다.

젊은 놈들이 금기를 하면 할수록 더욱 호기심을 갖고 달려들었으며, 뱀 맛을 한번 본 후로는 그 맛이 골속에 박혀 뗄래야 뗄 수 없이 되어 버린 것이었다. 그것은 분명히 마약과도 같은 유혹을 그들에게 주었으며 그들을 걷잡을 수 없게 한 것이었다.

갈매봉 기슭 뱀골은 옛날부터 뱀으로 이름난 곳이었다. 발을 들여놓을 수 없이 뱀이 득실거렸다. 한 자리에 사오십 마리의 뱀이 뭉쳐 있기도 했다. 땅꾼들이 전국에서 모여들고 회춘을 희구하는 사람이나 폐병쟁이들이 모여들어 뱀을 훑어갔다. 특히 땅꾼들은 뱀이 있는 곳을 알아맞히는 데 있어서 신통한 능력을 갖고 있었다. 수북이 쌓인 낙엽 밑에서도 뱀의 거처를 척척 찾아내어 자루에다 메뚜기 넣듯이 주워 넣었다. 그것을 대도시의 애호가들에게 또는 독사연구소에 팔아넘겼다.

마을 어른들은 문중 망할 징조라고 떼져 올라가서 그들을 쫓아냈지만 어느 틈엔지 그들은 볼일을 다 보고 사라지는 것이었고, 나중에는 문중의 젊은 놈들과도 유격전을 하지 않으면 안 되었다. 뱀잡이들은 마치 똥 그릇에 파리 모여들 듯 흩어졌다가는 또 모여들고 쫓겼다가는 되돌아서는 일을 반복하고 있었다.

외지의 뱀잡이들이 잡아가는 것은 알고 있었지마는 문중의 젊은 놈들이 뱀 먹기에 미쳐 있다는 소식을 들었을 때 박훈관 노인은 하늘이 무너지는 절망을 느꼈다.

"이제 문중이 망하는구나."

탄식을 했다. 산을 지키는 업이 나타난 것도 그 때문이라는 걸 알았다. 몇 번이나 몽둥이를 들고 올랐으나, 이미 늙은 그의 힘은 그것을 저지할 수가 없었다. 충격으로 말미암아 몸은 더욱 약해져 있었던 것이다. 어느 날 그는 종수를 불렀다.

"종수야! 너만은 사씨를 먹지 않겠지?"

박 노인은 절망과 분노로 몸을 부들부들 떨었다.

"할아버지 저는 결코 사씰 먹지 않습니다. 정말입니다."

거짓말이라고는 모르고 살아온 종수였으나 할아버지 앞에서 감히 뱀을 먹는다고 실토할 수는 없었다. 그보다도 뱀을 먹었기 때문에 예사로 거짓말을 하게 되었는지도 모를 일이었다. 실상 그는 뱀을 먹었을 뿐만 아니라 할아버지가 선산을 지키는 업이라고 생각하고 있는 사둔녀를 범했고 오늘도 사둔녀의 오두막을 찾아갔다가 벌써 딴 놈들이 차지하고 있어서 밀려 나오기도 한 것이었다.

"그렇다면 어머니한테 또 쌀 한 부대를 담아 달라고 해라."

종수는 할아버지의 명령을 받고 안으로 들어가 쌀을 한 자루 담아가지고 나왔다. 할아버지는 어느새 돼지고기도 서너 근 준비해 놓고 있었다. 평시에 식구들을 위해서는 쉽사리 사지 않는 고기였다.

종수는 쌀자루를 메고 앞장을 섰다. 할아버지는 돼지고기를 들고 그의 뒤를 따랐다. 못난 총생들이 범하고 있는 엄청난 죄를 사죄받을 생각이었다. 사죄를 한 다음 고개를 떠나지 말고 명당을 지켜주기를 간청할 생각이었다.

고개를 슬슬 넘어서 솔폭 사이를 꿰어온 바람이 조손의 이마에 방울진 땀을 식혀 주었다. 노인이 먼저 풀폭 위에 엉덩이를 내리자 종수도 뒤따라 짐을 부렸다.

"종수야!"

정답게 손자를 불렀으나 마음은 무엇에 쫓기고 있는 사람처럼 초조했다.

"예!"

"너 빨리 장가가야겠다. 어서 손자가 보고 싶구나."

종수는 얼굴을 붉혔다. 그러나 그의 머릿속은 사둔녀로 가득 차 있었기 때문에 장가들면 맞이할 색시에 대한 생각은 쥐뿔만큼도 없었다. 어서 올라가서 사둔녀의 얼굴을 보는 것이 그의 소원이었다. 헉헉 내뿜던 뜨거운 입김, 혀를 내둘러 그의 몸을 차례로 핥아 뇌쇄시켰던 전율할만한 촉감, 어둠 속에서 그를 완전한 꿈의 세계로 유도했던 환상적인 신음소리, 이런 모든 것들이 그를 사로잡고 있었다.

"계십니까?"

노인은 왕 앞에 시립한 노신처럼 정중하게 정지문을 향해서 사둔녀를 찾았다. 곧 문이 열리고 찍찍찍…… 신 끄는 소리가 다가왔다. 정지문이 열렸다.

"문안 왔습니다. 이것을 받아 주십시오."

종수는 성큼성큼 안으로 들어가 방문을 열고 털썩 쌀자루를 방에다 부렸다. 할아버지는 고기를 여자에게 건넸다. 다행이 방안에는 아무도 없었다. 종수는 오직 그것만이 즐거웠다.

"아무쪼록 굽어살피시어 우리를 버리지 말아 주십시오. 못난 총생들이 너무나 엄청난 죄악을 범하고 있습니다. 제 정성을 봐서라도 부디 우리 조상님네를 버리지 말아 주십시오. 간곡히 빌고 바라옵니다."

　노인은 여자에게 머리를 조아리고 있었다. 종수는 할아버지가 돌았나 싶게 느껴졌지만, 내색할 수는 없었기 때문에 속으로 히죽히죽 웃고 있었다. 손자가 가지고 노는 여자에게 머리를 조아리고 있는 꼴은 참으로 우스꽝스러운 일이었다. 그것은 늙은이의 망령일 수밖에 없었다.

　사둔녀는 침통한 표정으로 노인을 바라볼 따름 대꾸 하나 없었다. 그녀의 얼굴은 노인의 거동에 따라 자꾸 파도와 같이 변해 갔다. 어떤 때는 운명과 맞서려는 초인적인 의지가 번뜩이는가 했는데, 곧 변해서 운명에 꺾이어 순종하는 모습으로 변해갔다.

　그러나 그런 표정은 종수에게 더욱 뜨거운 불을 질렀다. 그의 가슴은 양귀비꽃을 가득 채운 듯 훨훨 타고 있었다. 그것은 어떤 방파제로도 막을 수 없는 파도였다. 부나비와 같이 뛰어들어 안아 버리고 싶은 충동을 몇 차례고 억제해야 했다. 할아버지를 집에다 모셔다 준 종수는 곧 그길로 발을 돌려 뱀고개를 향해 발을 옮겼다. 걸어가는 그의 가슴은 사둔녀의 생각으로 가득 찼고 그것이 더운 물이 되어 발끝까지 뜨끈뜨끈 흘러넘치고 있었다. 그의 어깨를 낙지발처럼 휘어 감고 더운 기운을 내뿜던 사둔녀의 입김이 그의 얼굴에 화끈화끈 뿌려져서 정신이 몽롱하고 아찔아찔했다. 한번 손아귀에 넣은 사둔녀를 결코 놓치지 않으리라, 그는 몇 번이고 다짐했다. 사둔녀도 맹세를 한 것이다. '나는 종수 한 사람뿐이여. 다른 놈들 쓸데없어 정말이여. 나는 네 꺼니까.'

이런 울부짖는 듯한 호소는 그를 만족시켰고 그를 행복의 산꼭대기까지 밀어 올렸었다. 그러나 종수는 지금 마음이 자꾸 불안하기만 했다. 그녀를 다시 빼앗길지도 모른다는 의구심 때문이었다. 그녀는 너무나 많은 사람들에 의해서 포위되어 공격의 대상이 되고 있는 것이었다.

종수는 뱀고개의 바위에 앉아 한바탕 주변을 살폈다. 오두막을 침공하기 위해서는 일단 주변을 살피지 않으면 누구에게 들킬 가능성이 없지 않기 때문이다. 별다른 이상이 없는 것 같았다. 그는 바위를 뛰어 내려 한 걸음 한 걸음 오두막을 향해서 접근해 갔다. 그러다가 그는 우뚝 발걸음을 멈췄다. 근수가 오두막의 문을 열고 들어가는 것을 보았기 때문이다. 아양을 떨며 근수를 맞아들이는 사둔녀의 모습이 잡힐 듯이 소나무 가지 사이로 보였다

불같은 질투심이 가슴에서 타올랐다. 그때 태양은 벌건 피를 토하며 가마재 위에 호박처럼 걸쳐 있었다. 홧김에 작은 소나무들을 툭툭 차며 시위하듯 그는 걸어갔다. 소나무들이 툭 쓰러졌다가 몇 차례 몸을 흔든 다음 자리를 가로막았다. 바라보니 역시 육촌형인 상수였다.

"다음은 내 차례야!"

상수가 폼을 재며 엄포를 놨다.

"네 이 도둑놈!"

형이고 뭐고 안중에 없었다.

"너는 도둑놈이 아니고?"

상수가 하얀 이를 드러내고 웃었다. 근수에게 먼저 여자를 빼

앗긴 그들은 서로 화풀이의 대상을 만난 것이다. 종수는 주먹을 내둘러 앞을 가로막고 있는 상수의 배때기를 후려쳤다. 상수도 지지 않고 상대의 면상을 때렸다. 그들은 성난 사자들같이 서로 으르렁거리고 고함을 질렀다. 치고받고 뒹굴었다. 얼굴은 피투성이가 되고 옷은 갈기갈기 찢어져서 살이 검붉게 드러났다.

그들은 지칠 줄 모르고 싸우고 있었다. 뱀을 먹고 축적된 힘, 여자와의 싸움으로 풀려 했던 힘을 육촌 간에 틀어잡고 풀어대고 있었다. 종수는 상수의 목을 오른팔로 휘어 감고 조여댔다. 흑흑……, 상수는 숨이 막혀 버둥대다가 종수의 사타구니를 휘어잡았다. 그 난투 중에서도 지칠 줄 모르는 정력 때문에 가운데 것이 목 곧은 뱀처럼 서 있었다. 상수가 그것을 틀어잡은 것이다.

으윽……, 종수는 비명을 지르며 솔폭 사이에 나둥그러졌다.

"또 다시 덤벼봐라. 이제는 분질러놓을 테니까."

상수가 물러서자 종수는 한참 동안 사타구니에 손을 넣고 엎드려 있었다.

이윽고 삐그덕, 오두막의 문이 열리더니 근수가 집을 나오는 것이 보였다. 그가 선산 쪽을 향해서 솔밭 사이를 뛰어가자 놓칠세라 벼르고 있던 상수가 뛰어 들어가고 종수가 몸을 일으켰다. 일어선 그의 앞에는 어느새 왔는지 덕수가 서 있었다.

"도둑놈!"

이를 부드득 갈고, 종수는 이제 덕수를 향해서 돌진을 했다. 누더기가 되고 피범벅이 된 옷이 잿빛 짙어가는 땅거미 속에 처절했다. 두 사람은 한덩이가 되어 끝없이 뒹굴었다. 서로 물어뜯고 다리를 감고 비틀었다. 싸우다가 지치면 잠시 쉬었다가 다시 붙었다. 싸움은 그칠 줄을 몰랐다. 그들은 삼태성이 중천에 솟은 다음에사 나란히 오두막에 접근해서 봉창에 귀를 대고 덕수가 그 때까지 버티고 있는 것을 확인하고 하는 수없이 집으로 돌아갔다.

이런 싸움은 거의 매일같이 뱀고개의 숲속에서 사둔녀네 오두막을 둘러싸고 벌어졌다. 종수와 근수가 붙기도 하고, 근수와 덕수가, 그리고 상수가 그 아저씨 뻘 되는 아무개와 어울리기도 하여 솔밭은 잔솔이 절단나고 곳곳에 피 묻은 헝겊들이 나뒹굴었다.

어느 날 새벽 박 노인은 뱀고개를 넘어 서둔녀가 사는 오두막 앞에 발을 멈췄다. 동녘 하늘은 희끄무레하게 빛이 번지고 있었지만 사위는 아직 어두웠다. 손자인 종수를 비롯한 문중의 젊은 총생들이 사둔녀를 사이에 두고 사로 혼음을 하고 있을 뿐 아니라 매일같이 피투성이가 되어 쟁탈전을 벌이고 있다니 참으로 어이가 없는 일이었다. 그러고 보니 종수가 이따금 몸에 상처를 입고 돌아온 것도 모두 그 때문이었던 것이다. 그러나 아무리 사태가 그렇다 하더라도 박 노인은 어떻게 해서라도 그녀를 위로하고 달래어 붙들고 싶었다. 여러가지 궁리로 몇 밤을 새웠다. 사둔녀의 배가 어느새 맹꽁이처럼 불러 있었던 것이다.

그는 고개를 들어 동녘 하늘을 물끄러미 바라봤다. 마음은 아까와는 달리 무겁게 가라앉아 있었다. 유성이 길게 꼬리를 긋고 간 하늘에 샛별이 유난히 크게 빛나고 있었다. 문정공도 지금 저

별을 바라보고 있을 것임이 틀림없다. 저 별이 비추는 하늘 아래서 밤마다 할아버지들은 자기의 자손이 번성하고 잘 되기를 기원하고 있을 것이었다. 그런 조상의 마음을 눈곱만큼도 모르는 후손들은 대대로 내려온 금기를 깨뜨리고 뱀을 죽여서 먹기를 밥 먹듯이 했다. 그런 짓을 하고 어찌 천벌을 면할 길이 있을 것인가. 시변도 이만저만한 시변이 아닌 것이다. 옛사람들은 그렇지 않았는데 지금의 젊은 놈들에게는 조상이나 어른들의 갸륵한 뜻이 통하질 않는다. 왜 이다지도 서로의 뜻이 통하지 않는 것일까? 옛날은 뜻을 통하는데 결코 노소가 격절되지 않았었다. 분명히 말세는 말세임이 틀림없는 모양이다.

그들은 황음한 행동을 했다. 문정공은 벼슬 중에서도 가장 깨끗하다는 교리 부제학을 지냈고, 죽음도 그 깨끗한 선비로서의 지조 때문에 당한 것이다. 그런데 그 피를 받은 후손들이 한 여자를 놓고 사촌, 오촌, 육촌을 분별 않고 음탕하기 이를 데 없는 혼음을 계속하고 있으니 문중도 끝장이 나는 일임에 틀림이 없는 것이다. 사둔녀 뱃속에…… 아니 업님에게 ─감히 만일 재앙을 입는다면 그것은 뱀을 죽이고 혼음을 한 자손들의 행위에 대한 업보거니 하고 체념했다. 그는 별을 바라보던 눈을 내려 감고 흐트러진 정신을 가누었다.

한참 만에 눈을 뜬 그는 후우─ 하고 긴 한숨을 내쉬고 나서 호주머니에서 성냥을 꺼냈다. 모가 나고 딱딱한 감촉을 주는 성냥곽을 꽉 쥐고 엄지손가락으로 알통을 밀어냈다. 하얀 성냥 가치가 미명의 어둠 속에 드러났다. 그는 그중 한 가치를 골라잡고 오두막의 지붕 가까이 다가갔다. 얕은 오두막의 처마 끝 이엉이 코앞에 걸치었다. 지붕 위의 별들이 맑은 하늘에 떠 있는데도 물범벅으로 되어 보였다. 지익하고 성냥을 그었다. 건조한 마찰음과 함께 빨간 불이 솟아올랐다. 그것을 이슬은 맞았지만 푸석한 처마 끝에 들이댔다. 불은 곧 처마 끝에서 지붕 위로 혀를 날름거리며 번져갔다.

마을 사람들이 이 소식을 듣고 몰려왔을 때는 이미 날이 훤하게 밝아 있었다. 그들이 폭삭 내려앉은 지붕 밑을 헤쳤을 때 그곳에서 한 구의 시체가 발견되었다. 살펴보니 그것은 사둔녀의 시체가 아니라 종수의 시체였다. 박 노인이 불을 지르러 나타나기 바로 전에 사둔녀는 곁에 고이 잠든 종수를 놔두고 갈매봉을 향해서 떠나버린 것이었다. 이것을 목격한 것은 바로 솔폭 사이에서 밤새워 사둔녀를 노리고 엎드려 있던 총생들이었다. 사둔녀에 대해서는 후문이 꼬리를 이었다. 마을의 어떤 노인은 사둔녀의 뱃속에 잉태된 것은 사람의 씨가 아니고 수를 헤아릴 수 없이 많고도 많은 뱀일 것이라고 말했다.

연륜年輪

영미를 만나면 무엇이라고 말을 꺼낼까? 내가 누구인지를 알았을 때 그녀는 깜짝 놀라겠지. 기뻐서 소리를 지르며 뛰어오겠지. 그녀의 그런 꼴을 보고 남편 되는 사람이 찍자라도 놓으면 어찌한다? 사랑했어요, 잊지 못하고 있었어요, 하고 이미 지각이 되어버린 사랑을 고백이라도 해 온다면 어떻게 대해야지. 그런 그녀의 말에 내가 호의적인 반응이라도 보인 뒤에, 염치없이 덤벼 오기라도 한다면 어떻게 할까. 하기야 이루지 못해서 한스러웠던 사랑이니까, 몇 차례라도 못하면 단 한 번만이라도 만나서 맺힌 것을 풀고 깨끗이 깨끗이 잊어야지…….

그때 문을 열고 들어서자 영미는 수저를 입으로 옮기다 말고 나를 바라봤다. 커다란 눈이 요염하게 빛나면서 나를 매혹시켰다. 나는 욱신하는 가슴이 충격과 함께 정신이 아찔했다. 가슴이 타고 있었는지 얼어붙고 있었는지 아마 좌중의 사람들에게는 내

모습이 창백하거나 혼 나간 사람으로 비쳤을 것이었다. 아니면 홍당무의 빛깔로 취해 있을지도 모를 일이었다. 나는 웃을 수도 없었다. 말을 뺄 수도 없었다. 그리고 앉을 수도 물러설 수도 없었다. 내 망막에 비친 영미의 모습은 요정이었다. 그녀는 물빛으로 번쩍이는 눈을 깜박이지도 않고 나를 한참 바라보다가 그 눈을 어머니에게로 옮겼다. 그 거동은 어른과 같이 의젓하고 자연스러웠다. 어머니는 맞바로 영미의 얼굴을 바라보진 않았지만 영미가 자기의 얼굴을 바라보고 있다는 것을 알아차렸고, 어떤 뜻까지를 읽어낸 것으로 보였다.

"성환아, 앉지 그러냐……."

어머니가 나에게 부드럽게 말하자 영미의 어머니도,

"앉아라 같이 먹자. 어서."

하고 볼이 볼쏙하게 무엇인가를 씹으면서 말하는 것이었다. 영미의 어머니는 자꾸 어머니에게 음식이 맛있다고 칭찬을 했다. 나는 처음에 음식이 너무 빈약한 것같이 보여서 불만이었으나 영미 어머니의 칭찬을 듣자 마음이 점차 흐뭇해져 갔다. 음식이라야 마음먹고 모처럼 대접하는 자리라고는 해도, 기껏해서 키우던 닭 한 마리 잡고, 몇 개의 생선 토막이 올랐을 뿐, 모두가 채소였다, 그래도 그것들이 맛있다고 영미 모녀는 감식들이었다.

영미는 정다운 눈빛을 나에게 연신 보냈지만 나에게는 그것이 감미로우면서도 가슴이 터지는 괴로움으로 받아들여졌다. 나는 끝내 자리에 앉지 않고 사르르 문을 열고 밖으로 나왔다. 내 방으로 돌아와서 열띤 감정으로 나는 무엇인가 낙서를 갈기고 있었다. 사랑이란 말, 영미란 이름, 이런 것들을 수없이 갈기면서 입으로는 그녀의 이름을 부르고 있었다.

전쟁이 끝나자 일본으로부터 고국에 돌아온 집이 우리 마을에만도 열 가구나 되었다. 영미네 가족도 그중의 하나였다. 영미네는 내가 팔구 세 되던 때까지 우리와 한마을에 살았었고 두 집 사이는 유별나게 친근한 사이였다. 철이 들지 않았던 우리들은 매일처럼 서로 피부를 마찰하며 그림책을 보거나 소꿉장난을 하며 지냈었다. 당시 우리 마을에는 생업을 찾아 일본으로 건너가는 사람이 많았는데 영미의 아버지도 먼저 일본으로 건너가서 터전을 잡은 뒤에 영미 모녀를 뒤이어 데려갔었다. 어느 날 학교에서 돌아와 보니 영미가 그날 일본으로 떠나버렸다는 소문이 마을에 쫘악 퍼져 있었다. 나는 어찌나 서운했던지 정거장으로 통하는 길이 환히 바라보이는 뒷동산으로 뛰어올라가 영미가 떠나면서 지났을 꾸불꾸불한 길을 해가 저물도록 바라보고 서 있었다. 집에서는 늦게까지 돌아오지 않는 나를 찾느라고 소동이 났었다. 온 마을을 찾은 다음 동산까지를 뒤져서 솔숲 사이에 있던 나를 찾아냈었다. 나는 할머니의 손에 이끌리어 집에 돌아왔는데 할머니와 어머니는 꾸중은 하면서도 내가 무엇 때문에 저물도록 동산에 있었는지 알지 못하였기 때문에 더욱 답답해 했었다.

영미는 나보다 나이가 두 살 위였다. 그러나 그날 밤 영미는 나보다 다섯 살은 더 먹은 사람처럼 의젓하게 행세했다. 나는 시골뜨기 소년이었고 그녀는 동경東京의 도시 생활에 세련된 탓이 있었는지 하여튼 나는 그녀 앞에서 맥을 쓸 수가 없었다. 나도 내 나름대로는 조숙성을 자부하고 있던 처지였는데 그녀의 가족을 초청해 놓고 통 주인 노릇 한번 해 보지 못했으니 정말로 말이 아니었다. 그해는 여느 때보다도 겨울이 빨리 왔다. 회색의 하늘에선 한 송이씩 눈이 내리고 밤이면 그 하늘이 그대로 내려와 땅을 물들이곤 하였다. 나는 그때 열병이 오르는 것이 아니고 평시에도 삼십칠 도의 열로 괴로움을 당하고 있었다. 폐결핵이었다. 안정을 해야 했음에도 불구하고 나는 매일 밤 영미 집 근처를 서성거렸다. 그렇게라도 하고 돌아와야 마음을 잡고 잠을 청할 수가 있었다. 그리고 나면 더욱 쿨룩거렸고 어머니는 나의 밤 외출을 걱정하였다. 그러나 나는 그것을 자제할 수가 없었다. 그러다가 영미와 골목에서 부딪쳤을 때 나는 기대와는 달리 통 말조차 빼지 못하였다.

"왜 거기 섰지이?"

놀랍다는 듯이, 뻔히 속을 안다는 듯이, 영미는 거리낌없이 말을 붙여왔다.

"아니야 이쪽에 볼 일이 있어서……."

이렇게 어물쩍거리고 있으면 어둠 속에서도 환하게 비쳐오는 얼굴을 들어 웃으면서 그녀는 멀어져 갔다.

내가 그토록 용기를 못 가졌던 원인으로는 남녀가 골목에서 다정하게 이야기라도 하는 것이 퍽 큰 죄가 되는 것으로 생각하였기 때문이었으며 열다섯을 갓 넘은 촌뜨기 소년으로서는 마음의 열병을 넘어서지 못하는 한계가 있기 때문이었다. 그런 뒤로 그녀는 길에서 스치거나 잠시 만나게 되었을 때마다 나에게 퍽 다정히 대해 주었지만 나는 한 번도 그에 부응해서 가슴을 털어 보여주진 못했었다.

다음해 봄에 그녀는 부모를 따라 읍으로 날아가 버렸다. 나도 그해 봄에 열병을 무릅쓰고 복교를 했다. 의사나 가족들은 나의 복교를 반대했지만 영미를 놓쳐버린 비장감이 그렇게 만들었던 것이다. 영미가 없는 고향은 나에게 있어서 너무나 쓸쓸하고 허전한 곳이었다. 사는 보람이 없는 곳이었다. 사는 보람이 없었을 때 신병 따위를 생각할 리가 없었다. 그곳은 일종의 자기학대였다.

그녀는 언제나 내 가슴속에 황홀한 한 소녀로 살고 있었다. 언제나 소녀로서였다. 그녀가 마음속에 소녀로 남아 있을 때 나는 언제나 소년일 수가 있었다. 그러나 스스로를 거울에 비춰 보고 내 나이를 인식했을 때는 그때마다 내 소년의 껍질은 연륜과 함께 하나씩 벗겨져 갔다. 그래도 그녀만은 언제나 소녀로서 남아 있는 것이었다. 나 혼자만 성장을 하고, 그녀는 시집가서 어른이 되고 어린애의 어머니가 되었다는 데도 영원한 소녀로 남아 있었다.

어린 시절에 들었던 노래가 있었다. 뒷동산으로 잎나무를 긁으러 가는 나이 많았던 초동들이 부르던 노래였다. 그 속에는 도라지 타령이나 양산도 같은 것이 있었고 '꽃이야 좋다마는 가지가 높아 못 꺾겠네' 하는 노랫가락이 있었는데 그 노래는 몹시 나의 흥미를 끌었었다. 꽃이란 말이 갖는 비유의 의미를 어린 나이에도 짐작하고 있었다. 그것을 기억하고 있는 십오 세의 나에게 영미는 가지 높은 현실의 꽃으로 나타났던 것이다. 무슨 가정의 기체나 인격의 차이에서가 아니라 우리는 그 사랑을 이룰 수도 없었으려니와 설령 이루었다 하더라도 그것을 이끌고 갈 능력이 없었으니 말이다.

"저게 영미네 집이네."

영미의 사촌이 과수원 속에 묻혀 있는 양철집을 가리키며 말했다. 봄이었다. 화사한 빛이 감나무 자두나무가 성기게 서 있는 마당을 비추고 있었다. 마당에는 햇병아리가 어미 닭을 따라 졸졸 이동하고 있는 것까지 보였다. 내 가슴은 그녀를 만날 수 있다는 기대로 부풀어 오르고 예방주사를 맞으러 줄 선 사람같이 야릇한 불안이나 공포 같은 것까지가 소용돌이치고 있었다.

이곳을 지나다가 고향이 같은 영미의 사촌 오라비를 우연히 만났는데 그는 이곳에 영미의 집이 있으니 같이 들르자고 나를 끌어댔었다. 오랜 세월을 객지에 나가 살았던 나는 그녀가 사는 곳을 알지 못하고 있었다. 설령 집을 알았다고 하더라도 그곳을 찾아갈 염치나 용기를 나는 갖지 못하고 있었던 것이다.

영미와 헤어진 지 십오 년이라는 세월의 무늬 가운데는 사랑이나 여자에 대한 경험도 있었고 아무리 황홀한 여자를 만나더라도 이제는 그 시절같이 얼어서 맥을 못 추는 그런 풋내기의 꼴을 보이지 않을만한 자신이 있다고 자부하고 있었는데도 막상 당하고 보니 그렇지 않았다. 추운 겨울의 눈 내리는 골목에서 그녀를 기다리다가 그녀가 나타날까 불안해하던 그런 감정이 되살아났다. 기다리고 있으면서 나타날까 두려워하는 이것을 송아지 사랑이라고 했던가. 어쨌든 나는 그녀를 몹시 그리고 있으면서도 막상 만나는 일에 대한 불안을 안고 있었다.

보기 좋게 직선으로 전지된 탱자 울타리 안에는 배꽃이 머물어 오르고 복숭아꽃이 만발해 있었다. 내 가슴속이 환해지고 황홀한 사랑에의 기대가 그 속에서 타고 있었다.

"자네, 내 사촌을 좋아했었지?"

"마음으로 좋아는 했지만, 이제는 뭐."

내가 말끝을 안 맺고 그의 반들거리는 얼굴을 바라보며 싱글거리자,

"그래 그래, 이젠 벌써 남의 사람이니께."

말하면서 그는 유들유들 웃고 있었다.

"난 자네가 영미를 좋아한다는 걸 알고 있으니까 그곳으로 끌고 가는 거네."

짓궂게 굴어왔다.

"이 사람 큰일날 소리, 자네 매부한테 몽둥이 맞게."

"염려 말어. 내가 살짝 만나게 해줄께."

나는 이런 그의 말이 진담인지 농담인지 알 수가 없었다. 저으기 당황해졌다. 가슴이 뛰면서 얼굴이 달아올랐다.

"정말일세."

그는 고개를 흔들면서 다짐을 했다.

나는 점차 마음이 야릇해져 갔다. 정말이라면, 영미 오라비 말이 정말이라면 응해버릴까. 아니 응하지 않더라도 그런 자리를 만들어 놓고 능글맞게 권할지도 모르지. 그러면 살짝 만나서 손

목이라도 잡고 옛이야기를 하고 여덟 살 때의 기분이 되어 과수원 속을 거닐어 보면 얼마나 좋을까. 가슴이 달달달 떨리겠지. 숨이 막힐 것 같은 사랑의 괴로움이 벅차오르면 그녀의 손을 이끌어다가 가슴을 만지게 하면 황홀한 사랑이, 피지 못했던 사랑이 늦게나마 피어나겠지. 얼마나 그 시간은 행복할까. 물빛으로 빛나는 눈, 그 눈은 언제나 내 영혼을 그 속에다 용해시켜버렸지. 깜박이지도 않고 나에게 웃음을 주면, 나는 그 눈을 단 몇 초간도 바라보고 있을 수가 없었으니까, 그녀의 가슴에 머리를 박고 문지르다가 얼굴을 들어 바라보면 그 눈이 있겠지. 그때는, 그렇게 되었을 때는 이제 맞바로 바라볼 수가 있겠지. 그때는 내가 지배자의 위치에라도 설 수가 있겠지. 나를 뇌쇄시키던 그 눈이 이제는 순종하는 빛으로 변하겠지. 과거를 복수하는 뺨이라도 칠 수 있는 그런 남녀로서의 친숙한 관계가 이루어지겠지.

"여기네."

그가 내 옷을 잡고 이끌었다. 환상에 취해 있었던 나는 거의 처소 감각을 잃고 있었다.

사립문을 들어서자 좌우로 넓은 과수원이 벌려 있고 그 안에 영미의 집이 펼쳐져 왔다. 주위에는 복숭아, 매화, 살구, 감나무 등 꽤 다채로운 나무들이 무성해 있었고 배나무가 그 대부분을 차지하고 있었다. 어떤 여인이 통을 들고 과수원 속으로 들어가고 있는 것이 눈에 띄었다.

"동생! 영미 동생!"

그가 부르자 통을 들고 가던 여인이 그것을 놓고 돌아섰다. 배

가 불룩해 보였다. 이쪽을 한참 바라보다가

"오! 오빠요? 누구라고."

머리의 수건을 제치며 그녀는 뒤뚱뒤뚱 걸어왔다. 와서는 낯
설게 보이는 나를 물끄러미 바라봤다. 그녀가 영미인 것을 곧 알
수 있었으나 이미 보기 싫은 중년의 여인이 되어버린 여인에 대
한 혐오감이 나를 침묵시켰다.

"성환이야, 모르겠어?"

"오! 성환이 많이 컸네."

그녀는 거의 무표정하게, 그러나 내가 이렇게 성장한 것이 놀
랍다는 듯이 말했다. 배는 임신 구월이나 됨직하게 불러 있었고
얼굴은 기미 투성이였다. 그 물빛으로 빛나던 눈도 빛을 잃었는
지 나의 영혼을 용해시키기는커녕 나에게 아무런 감동도 주지 못
했다. 더구나 나를 여태까지 어린애로 생각하고 있었기에 많이
컸구나, 했으려니 생각했을 때 가슴속에서 부아가 끓어올랐다.

"박 서방이 이번에 과수조합 대표가 될 뻔했어. 이 마을에선
박 서방을 무시할 사람은 없어요. 돈이 없나요 배경이 없나요. 인
물도 그만하면 내가 할 말은 아니지만 박 서방만한 사람도 드물
지요. 오빠 안 그래?"

"암, 그렇고말고, 박 서방이야 인물이지."

영미는 남편 자랑을 하고 오라비는 그에 장단을 맞추어 매제
를 추켜올렸다.

"그렇고말고, 읍내에서는 다 알아주지. 근데 손님 오셨으니 과
일이라도 좀 내와야지."

    제 남편을 추켜올려서 기분이 좋은지 그녀는 생글거리며 무릎
에 손을 짚고 무거운 몸을 일으켰다. 커다란 배를 앞세우고 아장
아장 걸어가는데 나는 어찌나 마음이 역겨웠던지 그만 손바닥으
로 얼굴을 가리고 상 위에 엎드려 버렸다.

세 번 태어난 사람

"동수야, 동수야!"

동수는 잠결에 아버지의 나지막한 부름 소리를 듣고 눈을 떴다. 밤새내 억수로 쏟아지는 빗소리 때문에 잠을 이루지 못하다가 어렵사리 잠이 든 것이 한식경도 못된 것 같은 이 시각에, 아버지의 부름 소리는 아닌 밤중에 홍두깨였다. 정신이 몽롱했다.

"동수야, 어서 일어나."

천만이는 문을 가지고 서서 재촉했다. 동수는 마지못해 굼뜬 동작으로 몸을 일으키기 시작했다.

"빨리 옷 입고 나오란께."

다시 재촉을 받고 횃대를 더듬었다.

"우장雨裝이랑 챙겨라잉."

"이 밤중에 어디를 가게라우?"

퉁명스럽게 내뱉었다.

"솔고개 간다. 솔고개, 알았지?"

동수는 두 말 없이 벌떡 일어나 옷을 주워 입었다. 그는 그 일을 결행하자는 아버지의 뜻을 알아차린 것이다. 그 일을 잊고 있었다는 게 되려 송구스럽기까지 했다.

부자가 밖으로 나왔을 때 비는 뜸해져 있었다. 밤사이 동천東川 물이 불어 희부연 배때기를 드러내놓고 굼틀굼틀 흘러내리고 있었다. 물은 금방이라도 둑을 넘칠 듯 넘실거리고 있었다.

천만이는 밧줄과 톱을 들고 도끼는 아들 동수에게 맡겼다. 그들은 방천을 따라 솔고개로 통하는 지름길을 거슬러 올라갔다. 도롱이를 걸쳤다고는 해도 몸은 촉촉하게 젖어오고 밤공기는 제법 써늘했다.

동수는 아버지의 뒤를 따르면서 이따금 가볍게 몸을 떨었다. 추위 때문이었지만 두려움도 없지 않았다. 희부연한 빛을 내며 흐르고 있는 물은, 마치 귀기를 가린 회색의 천이 너울거리는 듯도 했고, 이무기가 몸을 꿈틀대며 몸부림치고 있다는 환각을 전해 오기도 했다.

그들은 돼지우리나 헛간을 지어야 할 땐 으레 야음을 타고 남의 산에 나가 나무서리를 해오곤 했었다. 그런 경험 때문에 오늘 밤의 거사도 별스럽게 큰일로 여겨지진 않았다. 그러나 오늘 밤은 작업의 대상이 조무래기 나무들이 아닌 거목이었기 때문에 여러 가지 준비를 갖추어야만 했다. 운반의 수단에도 묘안을 쓰지 않을 수 없었다.

그들은 몇 구비의 방천을 돌아 족히 일 마장은 걸었다. 냇물은 목적지인 솔고개 앞을 스쳐 멀리 추풍산 골짜기에서 흘러내리고 있었다.

솔고개에 이르자 그들은 방천을 버리고 언덕 위로 발을 옮겼다. 바로 그곳에 아름드리 검은 소나무가 팔을 벌리고 서 있었다. 그들은 그 나무 가까이 다가갔다. 어스름 달빛 아래 비친 커다란 나무의 동체에 덕지덕지 붙은 두꺼운 비늘을 만지며 그들은 한참 동안 서 있었다.

"나무야, 미안하다. 그러나 너는 원래 우리 것이었단다. 다음에 요긴허게 쓰이는 것인께 과히 노여워는 말어라."

천만이가 중얼거리며 연장을 땅에 내리자, 동수는 나무를 한 바퀴 빙글 돌아보고 작업을 시작할 위치를 찾았다. 천만이가 알맞은 자리에 톱을 들이대자 동수는 그것을 맞잡았다.

싹싹싹싹……

톱은 뻑뻑한 마찰음을 내며 움직였다. 흥부네 박 타듯 스르렁스르렁 되진 않았다. 톱을 끌어당기는 데 유독 힘이 들었다. 나무가 물을 머금은 탓이었다. 톱날이 깊이 들어올수록 점점 톱질은 힘겨워졌다.

"안 되겠다. 도끼로 따내고 톱질을 하자."

천만이는 도끼로 나무를 찍기 시작했다.

쿵쿵……

둔한 음향이 숲을 울려서 멀리 퍼져나갔다. 동수는 가슴이 두근거리고 머릿속이 취한 사람처럼 얼떨떨했다. 한 차례의 도끼질을 끝내고 나면 마치 산짐승처럼 귀를 쫑긋한 채 그들은 주위의 동정을 살폈다. 비는 멈춰 있었다. 도끼 소리는 간헐적으로 숲속을 울려 퍼졌다.

도끼질을 해서 나무를 따내고 나면 다시 톱질을 했다. 나무는 뻑뻑하긴 해도 반면에 톱날이 잘 먹혀들기 때문에 일은 예상보다 순조로웠다. 그들은 나무가 넘어지도록까지 몇 번이고 도끼질과 톱질을 섞바꾸어 가며 되풀이했다.

드디어 거대한 나무의 동체가 물방울을 우시시 쏟으며 땅 위에 쓰러졌다. 그들은 하나의 큰 줄기만을 남기고 잔 가지나 윗동을 잘라내어 통나무를 만들었다. 그것을 언덕 아래로 굴러 내렸다. 도랑이 있으면 떠메어 건넸다. 마침내 그것을 동천 가로 끌어왔다. 밧줄로 통나무의 중허리를 묶은 다음 세차게 흐르고 있는 물속으로 밀어 넣었다. 통나무는 물의 흐름을 따라 떠내려갔다. 그들은 밧줄의 한끝을 손에 거머쥐고 내를 따라 내려갔다. 중간에 버드나무 같은 것이 길을 막으면 밧줄을 돌려서 길을 열었다.

마을 앞에 이르렀을 때 구름에 가려진 동녘 하늘이 희부옇게 물들어 오고 있었다. 일을 서둘러야 했다. 만일 마을 사람들 눈에라도 띄게 되면 필경 도둑으로 몰릴지도 모르는 일이었다. 이편이야 내 산에서 내 나무 베었다는 마음으로 저지른 일이지만 다른 사람들도 그렇게 보아주리라고 기대할 수는 없는 일이었다.

마을 사람들 가운데는 동수네 처지를 동정하는 사람도 있었지만, 세력이 큰 병삼이네한테 빌붙어 살아가는 사람들도 많았다. 만일 그들의 눈에라도 뜨이면 병삼이한테 고해바치지 않는다고 보장할 수가 없는 일이었다. 병삼이는 이 사실을 알았을 때, 결코 좌시할 위인은 아니었다. 그는 산을 감독해야 하는 산림계장의 직책까지를 가지고 있었다.

"쬐금만 더 밀어라."

골목으로 들어오는 언덕을 올라채며 천만이는 속삭이듯 낮은 소리로 아들에게 말했다.

"물이 불어나서 솔찬히 무겁소."

동수는 젖 먹던 힘까지 풀어서 통나무를 밀어 올렸다. 그곳에만 올려놓으면 집은 지척 간이었다. 마치 개미와도 같이 그들은 통나무를 떠메고 밀고 하며 어렵사리 집 안으로 끌고 들어가 뒤안 울타리 밑에 옮겨 놓고 풀잎으로 덮은 다음, 방으로 돌아가 새벽잠을 청했다.

"그 숲에는 좋은 관목棺木이 하나 있는디 베어올 수 없는 것이 한이란다."

운산 노인이 땅이 꺼지는 한숨을 내쉬며 손자인 동수에게 털어놓는 것이었다. 자신이 들어갈 관목을 기어이 준비해 놓고 죽고 싶다는 것이 그의 뜻이었다

"느그 증조 할아버지는 의병이 되어가지고 일본놈들하고 싸움을 할 때, 병삼이 할아버지는 일본 놈한테 붙어서 밀대 노릇을 하다가 종당에는 보조 헌병이 되었단다. 쿨룩 쿨룩 쿨룩……."

병삼이 할아버지라면 민숙이에게는 증조 할아버지 뻘이 되는 것이었다. 매일처럼 바우재에서 만나고 있는 민숙이 할아버지가 그랬다니 믿기지 않는 일이었다.

"증조 할아버지는 의병이 되어가지고 담양, 장성, 화순, 남원

할 것 없이 안 댕긴 골짜기가 없이 돌아댕겼단다. 이를 부드득 갈고 왜놈들을 한 놈이라도 더 없앨라고 기를 쓰고 댕겼단다. 쿨룩쿨룩! 아, 이놈의 기침…….”

운산 노인은 이야기를 하다 말고 기침을 해대고, 기침이 끝나고 나서는 끙끙 앓는 것이었다.

“그런디 말이다. 아무리 용을 써도 왜놈들을 당할 수가 있어야지야. 첫째로는 총이 나빴단다. 의병들이 가지고 댕긴 총은 화승에다 불을 붙여갖고 화약에다 옮기는디 시간이 얼마나 걸렸다고야. 불을 붙일라고 서둘다가 하나, 둘 왜놈들 총에 맞아서 죽어버렸은께 말할 것 있냐. 둘째로 우리 의병들이 훈련을 받았어야지야. 그래놓고 본께 맨날 죽는 것은 의병인디 어쩔 것이냐. 말도 마라, 그때 일 생각하면 원통하고 속이 탄다. 그러고 이왕 의병이 된 사람은 된 사람이지만 남은 식구들이 살 수가 없었단다. 같은 조선 놈이 보조 헌병이나 밀대가 되어가지고 왜놈보다 한술 더 떴어야. 우리 식구들 잡아다 조지고, 살림 때려 부수고, 아이고 말도 마라. 당최 살 수가 없었은께. 그 북새통에 우리 어머니도 맞아 죽고 식구들은 풍비박산이 되어 버렸어야. 쿨룩쿨룩……. 나는 그때 외가 동네 가서 머슴살이를 시작해 뿌렀어야. 나이가 어린 꼬마둥이였지야. 그랬는디 얼마 안 가서 느그 하내가 추월산에서 돌아가셨다는 소문이 들려왔다마다. 왜놈들과 한 바탕 대접전을 했는디, 우리 의병들이 함몰을 당해 버렸다는 소식이라마다. 나는 느그 당숙하고 같이 추월산 골짜기를 들어가서 마구 뒤졌어야. 그 많은 시체 가운데서 느그 하내를 찾아 낼란디 찾을 수가 있냐? 날씨가 더워서 시체들은 흐믈흐믈 썩어가지, 당최 숨을 쉴 수가 없드라. 그래서 쑥을 뜯어서 코를 꽉 틀어막았어야. 당숙 말씀이 '느그 아버지는 가슴에 검은 점이 있어야. 웃통만 벗으면 그 점이 가슴 한가운데 콩알만 하게 백혀 있드라마다. 그런게 점 있는 사람을 찾자' 이렇게 해서 점박이 시체를 찾아냈다마다. 그 랬는디 참 별스런 일이 생겨버렸어야. 가슴 한가운데 콩알만 한 점박이 시체가 둘이 나와 버렸다마다. 그래서 당숙이 하시는 말 씀이, '혹 모른께 호주머니를 뒤져보자', 글 안 허시냐. 호주머니 는 송장물이 축축하게 젖어 있드라. 아 그랬는디 그 속에서 눈에 익은 담배쌈지가 나온다마다. 공단 쌈지였어야. 느그 할매가 고 모 농지기 해주고 남은 헝겊 조각을 이리 맞추고 저리 맞추고 해 가지고 맹근 것인디, 느그 하내는 그것을 얼마나 소중하게 간직 했다고야. 그 양반은 그것을 끝까지 품에 품고 숨이 지신 것이 아 니냐. 나는 그것을 가지고 와서 지금까지 간직하고 있어야. 어느 땐가는 느그들한테도 내보여 주지. 쿨룩 쿨룩 쿠룩……."

운산 노인의 주름지고 검버섯이 덕지덕지한 얼굴에서는 금방 이라도 눈물이 쏟아져 나올 듯한 표정이었다. 그는 한참 동안 아 들과 손자의 얼굴을 번갈아 보다가 다시 입을 여는 것이었다.

"애비야! 너는 잘 아는 일이지만 동수는 모르는 일 아니냐? 쿨 룩 쿨룩 쿠룩……, 아이고 이놈의 기침 봐라. 어서 죽어야 쓸 것 인디. 그래도 지금은 못 죽어야. 느그들이 사는 꼴을 보고 죽어야 제."

팔십이 넘은 운산 노인은 마치 유언이라도 하는 사람처럼 과

묵하기만 했던 입을 다물지 않고 이야기를 계속하는 것이다.

"솔고개 산은 분명히 우리 산이다. 내가 머슴을 살다가 돌아와 본께 우리 산판이나 전답은 이미 병삼이네 것이 되어 버렸드라마다. 아무리 말을 해도 찾을 수가 있어야지야. 벌써 왜놈들 세상인디…… 관청에다 말을 했자 소용이 없드라마다. 대판 싸움질만 몇 번 했지만 나만 끌려가서 경을 쳤어야. 그랬던 것인디. ― 어찌 된 놈의 세상인지 해방이 되어 갖고도 재산을 못 찾았다. 항상 우리가 병삼이네한테 보대끼고만 살아 왔은께야."

운산 노인의 말에는 마디마디 한이 서려 있었다.

"빌어묵을 것, 그 동안에 몇 차례나 세상이 바뀌었냐? 그랬어도 나는 한 번도 그놈의 한을 못 풀었다. 그런께 말이다. 그 관목만이라도 우리 것을 만들어야 할 것 아니냐?"

지난날의 모든 일을 숙명으로 받아들이고 살아온 운산 노인이었다. 그러나 그에게는 한 가지의 집념이 있었다. 그것은 관목에 관한 것이었다. 도벌은 유언과도 같은 그의 말이 계기가 되어 이루어진 것이었다.

날이 새자 부자는 마주 앉아 작업을 시작했다.

"민숙인가 뭔 뭔가 하는 가시내하고 친하다는 말이 있는디 절대로 그러지 마라잉."

천만이는 톱질하는 손을 놀리면서 아들을 건너다봤다.

"뭣이간디요?"

동수는 갑작스러운 아버지의 충고를 받고 당황한 것 같았으나 곧 시치미를 뚝 떼었다.

298

"병삼이란 사람이 어떤 사람이냐? 알게 되면 가만히 안 있을 것이다."

사뭇 걱정스러운 천만이의 말투였다. 만일 병삼이가 쫓아와서 행패를 부린다면, 모든 형세로 봐서 당할 수밖에는 없는 일이었다. '네 따윗 것이 우리 딸을 넘봐. 제 분수를 알아야지, 한번만 집적거려 봐라. 다리 몽댕이를 분질러 놀란께.' 이렇게 호통을 치면, 이편에서는 그저 잘못했으니, 차후로는 절대로 그런 일이 없겠노라고 손이 발이 되도록 빌 수밖에 없는 일이었다.

"요새 덕근이도 와 있다더라."

"덕근이가요?"

동수는 오싹하는 두려움을 느끼며 반문했다.

"광주에서 깡패 노릇하다가 무슨 죄를 짓고 와서 숨어 있다더라."

덕근이는 병삼이의 첫번째 아내한테서 태어난 아들이었다. 그는 어려서부터 힘깨나 쓰는 사내로서 광주에 가서 학교를 다니다가 그만 두고, 깡패가 되어 광주 거리를 누비고 있다는 소문이었다.

동수는 그에 대해서 쓰라린 기억이 많았다. 같은 나이 또래였던 그들은 손이 맞아서 싸우길 잘 했다. 싸우면 힘이 엇비슷했다. 그런데 싸우고 나면 뒤가 좋질 않았다. 병삼이가 나타나서 호통을 치는 것이었다. 온 가족이 나가서 빌어야 했다. 천만이는 병삼이한테 당하고 나서 죄 없는 아들만 나무랐다. 몇 차례 그런 일이 있은 다음, 싸울 때마다 동수는 밑에 깔려 주었다. 코피를 흘리며 집으로 돌아오는 일도 있었다. 분통이 터지고 창자가 썩었지만 아버지나 할아버지가 당하는 꼴이 보기 싫어 그는 노상 져주고만 살았던 것이었다.

그런 기억 때문에 그는 오싹하는 두려움을 느낀 것이다. 그러나 그는 이제 소년이 아니었다. 쩍 벌어진 가슴, 굵직한 근육이 꿈틀대는 팔을 가지고 있는 한 사람의 장정이었다.

"헛소문 아니지야?"

천만이는 다그쳐 물었다. 자식의 여자관계 따위를 캐는 일이 어른의 체통에 어울리지 않는 일이란 것을 알면서도, 이 일만은 꼭 확인해 보고 싶은 것이다. 병삼이네의 트집이 아니더라도 민숙이와 사귀는 일이 그에게는 달갑지 않은 일이었다.

"아버지! 그 가시내가 붙어싸서요, 몇 차례 만나는 주었는디요, 어저께 만나서 툭 차버렸습니다."

"그랬어야. 후후훗, 차뿌렀다고야? 후후훗, 네가 채이지나 말아 후후훗……."

천만이는 얼빠진 사람같이 웃어제꼈다. 일손을 놓고 배를 움켜쥐기도 하고, 경련하듯 몸을 떨면서 웃어댔다.

"병삼이 딸년이 자꾸 찐드기 같이 붙어쌌는디, 네가 툭 차부렀다 그 말이지? 아이고 우습다. 우스워 후후훗……."

천만이는 마음이 후련하다는 것인지, 아들의 말을 믿지 못하겠다는 것인지, 아니면 아들의 말이 우습다는 것인지, 도시 대중을 잡을 수 없이 웃어대고만 있었다.

"정말 차버렸어요."

동수는 어리둥절해 가지고, 웃고 있는 천만이의 얼굴을 바라다봤다. 음식 찌꺼기나 담뱃진에 저려 누렇다 못해 거무데데하게 된 잇몸이 온통 드러나 보였다.

어제 그는 정말로 민숙이를 차버린 것이다. 할아버지의 한에 서린 말을 듣고 난 다음 그는 뚜벅뚜벅 바우재를 올라갔었다. 여느 때와는 달리 발걸음이 무거웠다.

"여기다가 하마트라면 너를 묻어뿌릴 뻔했단다."

어느 땐가 나무를 하러 와서 아버지가 일러 준 구덩이 터가 바로 그곳에 있었다.

"네가 죽었을 때 말이다. 느어메하고 나하고 너를 업고 와서는 항아리에 담아가지고 묻을락 한디 말이다."

천만이는 곧 울음이라도 비어져 나올 것 같은 슬프디 슬픈 표정으로 이야기를 했었다.

"그날밤사 말고 부엉이도 어찌 그리 울어 쌌는지, 이 애비 간장이 터질락 하드라. 느어메는 징징 울면서 내 뒤를 따르고야 잉. 바우재에다 지게를 부려 놓고 무덤 구덩이를 막 팠단 말이다. 내가 항아리를 지게에서 내리는디 느어메는 풀썩 땅에다 무릎을 꿇더니 하늘에다 축원을 하기 시작하드라마다. '신명님네, 천지 신명님네, 우리 내외가 무슨 죄를 지었간디 우리 자식을 데려가시요? 남들이 묵는 쌀밥 한 그릇 못 멕이고 나물죽, 시레기죽, 고구마로 끼니 떼우고 서낭가낭 키운 자식 무슨 죄가 있다고 데려가시오? 아쇼 아쇼 그럴랍디요? 억울하고 원통하요. 이왕에 데려 갈 양이면 올 가을에 농사지어 쌀밥이라도 한 그릇 늑신하게 먹여 보고 데려갔어도 한이 없겠소. 신명님네, 천지 신명님네, 지발 내 자식 한 번 살려 줘 보시오.' 이렇게 울면서 빌어 쌌드라마다. 내가 항아리를 보듬고 구덩이로 들고 가는디, 느어메는 또 항아리를 붙잡고 못 내리게 한다마다. '워매 뭔 일이란가. 내 자식이 아조 간단가. 하느님도 무심해라. 차라리 데려갈 바엔 이 에미나 데려갈 일이지 어째서 어린 자식을 데려갈꺼나. 엊그제까지도 끌방맹이 같던 내 자식이 무덤 속이 웬말일꺼나!' 하고 울어 쌌드라마다. 참으로 기가 막히고 눈 앞이 캄캄하드라. 그래도 밤은 깊어가는디, 느어메 하는 대로 내뿌러 두었다가는 한이 없겠드라. 그래서 말이다잉, 내가 큰소리를 질렀어야. '이 방정맞은 여편네보소, 오늘 저녁에 왜 이 지랄을 한단가? 내 속은 안 아프고 그래네 속만 아푸단 말이냐? 빨랑 저리 비끼지 못해!' 이렇게 막 호통을 쳤어야. 그래도 쓸데없어야. 용을 쓰고 달려들어 항아리를 뺏을락 한다마다. 참말로 그대로 놔두었다간 죽도 밥도 안 되겠드라. 그래서 말이다 잉, 느어메를 쿡 미끄러뿌렀어야. 그랬더니 느어메는 가시덩쿨 욱에가 푹 쓰러져 버리드라. 그래놓고 항아리를 구덩이 속에다 내려놨는디 말이다잉, 차마 흙을 덮을 수가 없드라마다. 안 그랬컸냐? 어떻게 나서 키운 자식이간디야. 느어메가 너를 날라 공드린 일을 생각해 봐라. 아침마다 정화수 떠 놓고 삼신님께 축도하고, 밤마다 목욕하는디 여름 겨울이 있었드라냐? 칠성님께 빌고, 남근 바위에 빌고, 애기타러 간다고 화순 못재까지도 갔어야. 그것뿐이라냐? 느어메 공들인 일은 아무도 몰라야. 정말이지 나도 잘 모른다. 그런디 누가 다 알 것이냐? 그런 자식인디 말이다. 어린것 그냥 묻어 뿌리고 올 수가 있어야지야. 차라리 내가 솔람구에다가 목을 매고 죽어뿌렸으면 죽어 뿌렀지. 그 짓을 못하겠드라. 그래서 삽자루만 잡고 우두커니 서서 있었어야. 하늘에는 수 없는 별이 박혀 있는디. 말이 글잖냐잉? 하늘의 별들은 모다 사람의 몫이 있다고 말이다잉. 그런디 저렇게 많은 별 가운데 내 자식 몫이 없어서, 내 자식이 죽었는갑다 싶은께 더욱 슬프드라. 그런디다, 웬센놈의 짐승들은 어째서 그리 울어쌀거나? 부엉이 울지, 쑤꾹새 울지, 캑캑 여시는 울어 쌌지, 먼디서는 늑대 우는 소리도 들리는 것 같드라. 그때사 느어메가 가시덩쿨에서 푸시시 일어나더니 하는 소리 좀 봐라잉. '당신 디진 자식 빨리 묻어 뿌리지 않고 뭣하고 있소!' 하고 악을 쓰더라마다. 그때사 나도 정신을 차렸어야. 얼굴을 만져본께 온통 내 얼굴이 눈물 범벅이어야. 그래서 마음을 고쳐묵고 삽자루를 잡아 흙을 퍼서 한 삽을 푹 던졌어야. 그랬더니 느어메 변덕좀 봐라잉. '못하요! 내 자식 묻지는 못하요!' 하고 소리를 지르더니 구덩이에 뛰어 들어가 항아리를 보듬고 나오드라마다. 나는 그것을 막을라고 뛰어가서 항아리를 막 뺏었어야. 한참동안 실랑이를 하다가 종당에는 그놈의 항아리를 날쳐뿌렸다마다. 항아리가 펑하고 땅에 떨어지더니 결국 두 쪼각이 나뿌렸어야. 참말로 얼척없는 일이지야잉. 그랬는디마다, 그때 꿈같은 일이 생겼뿌렸어야. 항아리가 쪼개져가지고 네 시체가 땅바닥 위에 나둥그러졌는디, 그때 말이다잉. 시체에서 '끄응' 하고 앓는 소리가 나드라마다. 처음에는 뭔 소린가 하고 귀를 종그렸더니, 다시 '끄응' 하고 앓는 소리가 난다마다. 그래서는 막 소리를 질렀어야. '동수 어메! 동수 어메! 얼른 이리좀 와요. 동수가 앓는 소리를 냈어.' 그랬더니 땅바닥에 쓰러져 울고 있던 느어메가 '워따메 뭔 소리린가!' 하고 일어서서 너를 끌어 안았는디, 그때사 숨이 끊어진 줄 알았던 네가 '쿠우' 하고 한숨을 내쉬드라마다."

이야기는 벌써 여러 차례 들은 이야기였지만, 바로 그 구덩이의 현장에서 듣고 보니, 보다 절실하게 삶과 죽음의 뜻을 되새기게 하는 것이었다. 그곳에는 그를 죽음에서 삶으로 이끌게 하는 생명의 불기둥이 잠겨 있을지도 모른다는 생각이 들었다. 그런 일이 있은 뒤로 그는 매일처럼 바우재를 올랐다. 그곳에서는 솔고개의 울창한 숲이 내려다보였다. 그 숲에는 언제나 엷은 안개가 휘감겨 있었다. 그는 그 숲을 내려다보는 것이 하나의 즐거움이었다.

겨울이 되면 그곳에는 흰 눈이 발목이 빠지게 쌓였다. 눈 위로는 여러 가지 짐승들의 발자국이 어지러웠다. 그럴 때면 아버지 천만이를 따라 그는 이곳으로 노룻치를 놓으러 올라오기도 했었다. 바우재에는 다른 곳보다도 봄이 빨리 온다는 것이었다. 마을 사람들은 이곳이 명당이기 때문에 그렇다는 것이었다.

눈이 녹으면 푸른 새싹이 돋아나고 곧 오색의 꽃이 찬란하게 피어났으며, 이름 모를 새들이 모여들었다. 이런 곳에서 두 번째의 생명을 얻었다는 일이 그에게는 신비스럽고 자랑스러웠다. 팔을 벌리고 힘을 주어보면 뗄싹 큰 바위라도 밀어 움직일 수 있을 것 같은 힘이 출렁출렁 온몸을 휘감고 도는 것이었다.

그들은 언제나 이곳에서 만났던 것이었다. 그것은 민숙이와 같은 순결한 아가씨와의 사랑은 이런 곳에서 이루어야 한다는 확신 때문이었다. 그날도 민숙이는 그곳에서 동수를 기다리고 있었다. 그러나 그녀를 바라본 동수의 표정은 시무룩해 있었다. 결코 이전에는 그런 적이 없었던, 일그러지고 험한 얼굴이었다. 그런 동수의 모습을 본 민숙이의 얼굴이 갑자기 창백해졌다.

"너하고 나는 이제 안 만나게 됐어."

동수는 민숙이를 노려보며 매정하게 내뱉았다.

"동수! 왜 그래?"

"말도 하고 싶지 않아."

"동수! 갑자기 왜 이러는 거여? 그렇게 무서운 얼굴 하지마."

민숙이는 동수의 다리를 잡고 매달렸다.

"느그 하나씨는 우리 하내를 죽게 하고 우리 재산을 가로챘어."

"그럴 리가 없어. 동수, 절대로 그럴 리가 없어."

"사실이야. 너는 모른께 그래. 느그 하내는 일제 때 헌병질을 하면서 그 따윗짓을 했단 말이야. 그랬기 때문에 우리는 평생 가난뱅이고 나는 중학교도 못 마치고 말았어."

민숙이는 대꾸를 못하고 무릎 위에 머리를 얹고 울기 시작했다. 등이 들썩들썩 들먹거렸다.

동수는 입을 한번 삐죽하고 내민 다음 먼 산을 노려봤다. 그러면서 저따위 여자의 울음에 장부의 마음이 흔들리지 않을 것을 다짐했다. '뭐야 울긴 왜 울어, 제가 제 설움에 겨워 우는 거지.

나 때문에 우는 것이 아닐꺼여, 새엄마 밑에서 고생스럽고 서러운께 우는 거지. 쫓겨나서 죽어버린 제 생모가 보고 싶어 울고 있어. 학교조차 안 보내주고 천대하는 제 아버지가 원망스러워 우는 것이여, 나 때문에, 나 때문에 지금 울고 있다고는 천만에 인정할 수가 없어.' 동수는 중얼거리며 몸을 홱 돌이켰다.

"동수! 가지 마. 동수 말이 맞을 꺼야. 정말 그 사람들 그런 짓했을 꺼야."

민숙이는 어느 사이 동수에게 동조해 오고 있었다. 동수는 마음이 휘청하고 흔들렸으나 이를 악물고 마음을 가다듬었다. 동수는 무작정 산비탈을 뛰어내렸다. 민숙이는 그 자리에 쓰러져 울고 있는 것 같았다. 훌쩍훌쩍 우는 소리가 들려 왔다. 하늘에는 먹구름이 차일을 치고 금방이라도 비가 쏟아질 듯했다.

천만이가 그 자지러질 것 같은 웃음을 어느 정도 진정하자 동수는 어깨가 우쭐해졌다. 아까의 멋쩍고 수줍은 생각은 구름 걷히듯 가시고 없었다. '너나 채이지 마라' 했던 천만이의 말 속에는, '네가 차버렸다니 후련하다' 는 뜻이 들어 있었다. 천만이의 그 끝없는 웃음소리는 대를 이어서 맺혔던 한이 풀려나는 소리였다.

"우리 재산을 뺏고, 그렇게도 구박을 한 사람들인디, 내가 민숙이를 좋아하겠어요. 그 전에는 몰라서 그랬지요. 아버지, 내가 우리 재산 모조리 찾아낼랍니다."

"아서라. 우리가 못한 일, 넌들 어떻게 할 것이냐."

그들은 다시 톱질을 시작했다. 노란 톱밥들이 우수수 쏟아져서 바짓가랑이에 흩어졌다.

"관목이구나. 기어이 비어왔구나."

운산 노인이 아장아장 그들 가까이 다가왔다. 천만이는 일손을 쉬지 않은 채 노부老父에게 웃음만 보냈다.

"힘들도 장사구나. 어떻게 끌고 왔냐? 용키도 하다. 이제 우리도 쬐끔이라도 한을 풀게 되었다."

운산 노인은 마음이 흡족한지 연신 합죽한 입을 벙글거리며 웃음을 멈추지 않았다. 통나무는 판자를 만들면 족히 두 벌의 관판棺板이 나올 것이었다.

"아무리 산은 거저 뺏겼다고 해도 그 관목 하나만은 심적으로 포기 않고 있었어야. 그 나무 자라는 것 오랫동안 지켜봤지만 오십 년 전부터 싹수가 있다고 생각했거든아."

그들은 운산 노인의 말에 대꾸는 하지 않고 톱질하는 손을 바삐 놀렸다. 일을 너무 오래 끌고 있을 수는 없기 때문이었다.

"흥! 네놈들이었구나."

그때 울 너머서 어떤 사내의 굵직한 목소리가 넘어왔다. 놀란 그들이 고개를 들었을 때, 울 밖에는 병삼이가 흰 이를 드러내고 웃고 있었다. 몸이 움츠려지는 두려움이 뒷마당을 채웠다.

"느그들 요새 산림법이 얼마나 엄하다는 것을 알고 있겠지. 그리고 느그들은 도둑놈들이여. 절도죄로 엄하게 다스리도록 할 것인께 그리 알고 있어."

그들은 연장을 놓고 우두커니 앉아서 아무 대꾸도 할 수가 없었다. 넋을 쑥 뽑혀버린 사람처럼 아무런 생각도 들지 않았다. 동수는 몸에서 힘이 쭉 빠지면서 다리가 후들후들 떨리었다. 돼지 막이나 헛간서 끌을 장만하느라고 나무 서리를 할 때는 장난이나 같이 생각되었으며, 어젯밤에 일을 치르면서도 이런 두려운 결과가 오리라는 것은 꿈에도 생각지 못했던 일이었다.

"자! 이 종이에다가 시인서를 쓰고 지장을 찍어."

어느새 병삼이는 울타리를 돌아 들어와서 그들 앞에 종이를 내밀었다.

"박주사 죽을 죄를 졌는갑네."

천만이가 기가 꽉 질린 꼴로 병삼이에게 다가갔다.

"자! 산림녹화를 몰라서 한 짓은 아닐 것이여. 나는 이 마을 산림계장인게 권리가 있는 것이여. 정 지장을 못 찍겠다면 안 찍어도 좋아. 더 엄벌을 받게 할 수가 있은께, 알아서 하라고."

병삼이는 버티고 서서 천만이를 가엾다는 듯이 노려봤다.

"병삼이 내 말을 좀 들어 볼란가?"

이때 구경만 하고 있던 운산 노인이 수염을 한번 쓰다듬으며 병삼이에게 말을 걸었다.

"노인네 말 들으나 마나요."

병삼이는 노인의 말 따위는 아예 듣기조차 싫다는 듯 쏘아붙였다.

"병삼이! 자네도 알 것이네마는 그 산은 일대가 우리 산일세. 그것을 자네 조부와 선고가 왜놈들과 짜고 우력으로 뺏어간 것이네. 그 일은 근동에서 알만한 사람은 다 알고 있는 일이네. 아 그런 내력이 있어서 우리가 관목에 쓸라고 나무 하나를 비여 온 것이네. 그런께 산림법이라면 몰라도 도둑질은 아닐세. 행여라도 그런 누명은 씌워선 안 되네. 우리는 결코 도둑놈은 아닐세. 하늘이 다 내려다보고 있는 일인께……"

병삼이는 운산 노인의 말을 들으면서 어이없다는 듯 자꾸 하늘을 보며 히죽거렸다. 그러다가 점차 화가 올라오는지 얼굴이 붉으락푸르락 해지는가 했더니 꽥 소리를 질러대는 것이었다.

"뭣이 어째? 이 영감탱이야. 그럼 우리가 사기꾼이란 말이냐? 다시 그런 소리만 해 봐라. 그 주둥아리를 찢어 놀란께."

평소엔 양 같은 운산 노인의 얼굴이 일그러뜨려지며 눈썹이 꼿꼿하게 곤두섰다.

"저 불살스러운 놈 보소. 네 죽은 애비보다 내가 손 위다 이놈아!"

병삼이 아버지는 일제하에서 일본 놈 덕으로 세도를 부리고 우쭐대며 살았지만 얼마 전에 세상을 떠난 것이었다.

"이 도둑놈아, 어째 해필이면 죽은 우리 아버지까지 들먹거리냐?"

운산 노인에 대한 호칭이 '영감탱이'로 부터 '도둑놈'으로 바뀌자 동수의 가슴속에서 뜨거운 불덩이 같은 것이 울컥 치솟았다. 그러나 그것을 참았다. 병삼이는 그들에게 있어서 너무나 두려운 대상이었고 그들은 지금 죄인이었기 때문이었다.

병삼이는 시인서를 받기 위해서 들고 있던 종이를 구겨서 호주머니에 쑤셔 넣더니 욱, 하고 운산 노인에게 달려들어 멱살을

틀어잡았다. 틀어잡았는가 했더니 어느새 동댕이질을 쳐서 땅바
닥에 납작하게 엎어 버리는 것이었다.

"이놈 보소!"

천만이가 큰소리로 외쳤다. 동수는 눈빛만을 이글거리며 병삼
이를 노려보고 있었다. 병삼이는 아버지인 천만이 보다도 몇 살
인가 손 위가 되는 어른인 것이다. 어른들 사이의 다툼에 젊은 놈
이 끼어드는 것이 그렇게 보기 좋은 일이 아니라는 것을 동수는
너무나 잘 알고 있었다. 그래서 꾹 참고 있는 것이었다.

"아이고고……."

운산 노인은 땅 위에 엎어진 채 일어나지도 못하고 비명만 지
르고 있었다. 입에서는 피까지 흐르고 있었다. 병삼이는 자기가
너무나 엄청난 일을 저질러 놓고 겁이 났던지 슬금슬금 꽁무니를
빼더니 날쌔게 울타리를 뛰어넘어 바우재로 통하는 길로 걸어 올
라갔다.

"여보쇼! 거기 좀 있어요."

동수는 몸을 날려 울타리를 뛰어넘으면서 외쳤다 움찔하고 놀
라서 뒤를 한번 돌아본 병삼이는 동수가 뒤좇아오는 것을 보자
노루처럼 뛰기 시작했다.

할아버지가 의병으로 나간 이후 그들은 병삼이네한테 단 한
번도 기를 펴 보지 못한 것이었다. 병삼이네는 언제나 그보다 우
위에 있었다. 돈에 있어서 그렇고, 세력에 있어서도 그랬다. 그런
그들의 위치란 결코 바뀔 수 없는 것이었으며 바뀌리라고 생각할
수도 없는 일이었다.

"거기 있어!"

동수가 소리를 지르면, 병삼이는 사냥꾼에 놀란 토끼처럼 깜짝깜짝 놀라며 발걸음을 빨리 했다. 동수는 마치 축축한 피로 얼룩진 늪에라도 빠진 사람처럼 마음이 비참했다. 오늘은 누구를 한 사람 죽이거나 자기가 죽어버리거나 해버려야 할 것 같은 참담한 생각이 온몸을 속속들이 적시고 있었다. 불쌍하게도 비명을 지르며 나뒹굴고 있던 할아버지, 추월산 골짜기에 시체로서 썩어갔던 할아버지의 모습이 눈앞을 가릴 때마다 그는 술을 마신 짐승처럼 야성적 힘에 휘말리면서 다리를 비척거렸다.

병삼이는 야금야금 바우재 밑을 기어오르고 있었다. '부자 몸조심'이란 말이야 있지만 그렇게 기세가 당당했던 병삼이가 저런 추레한 꼴로 도망하고 있다는 것은 참으로 사실 같지 않은 일이었다. '동수야 동수야, 그냥 돌아와' 하고 불러대는 천만이의 소리가 솔숲을 스치면서 들려왔지만 동수는 못 들은 척 병삼이의 뒤를 밟았다. 입에서는 키득키득 짐승 같은 웃음까지 터져 나왔다.

병삼이가 도망하고 있는 길은 바우재로 통하는 길로서 마을과는 동떨어진 길이었다. 얼떨결이 아니었다면 그런 길을 선택하지 않았을 텐데 일을 저질러놓고 병삼이는 그만 방향을 옳게 잡지 못한 것이었다. 이 골짜기는 누군가가 사람을 때려죽인대도 소리조차 들리지 않는다는 호젓한 곳이었다.

동수는 그가 두 번째의 생명을 얻었다는 바우재가 가까왔음을 느꼈다. 그의 가슴은 갑자기 두근거리고 바닥을 알 수 없는 뿌듯한 기운이 가슴을 밀고 올라왔다. 그의 몸은 이무기처럼 한 차례 꿈틀하고 굽이쳤다. 그러자 감당할 수 없는 무지스러운 힘이 온몸을 태풍처럼 휩쓸었다. 하늘이라도 날 듯한 힘이었다. 그는 단숨에 언덕을 뛰어올랐다. 완전히 지쳐버린 병삼이는 저만치 주저앉아서 숨을 헐떡거리고 있었다.

"동수야! 이놈 여기서 너를 기다리고 있었다."

어떻게 된 영문인지 이때 덕근이가 쩍 벌어진 어깨를 좌우로 흔들면서 어기적 어기적 걸어 나왔다.

"······?"

동수는 예기치 않았던 덕근이의 출현으로 기운이 탁 가시면서 그 자리에 얼어붙어 버렸다.

"덕근이구나! 나를 살려라. 저놈이 나를 죽일락 한단다."

병삼이는 갑자기 나타난 사내가 아들임을 알자 구세주를 만난 듯 혈기가 돌며 소릴 질렀다.

"상놈의 새끼, 네가 내 동생을 집적거린담서야? 하룻강아지 범 무서운 줄 모른다고, 내가 없는 동안에 요따위 새끼가 놀아나고 있어."

이곳에서 동수가 민숙이와 만난다는 것을 누군가가 까바친 게 틀림없었다. 덕근이의 무서운 주먹이 날아와 퍽 하고 얼굴에서 작렬했다. 이어서 또 한대가 날아왔다. 동수는 미처 정신을 차릴 사이도 없이 한 대를 맞고 비칠거리다가 두 대째 주먹을 맞고 그 자리에 꽉 꼬꾸라졌다.

정신이 몽롱했다. 죽는구나 싶었다.

'한번 죽은 사람은 오래 산단다.'

흐릿한 그의 머릿속에 죽은 어머니의 그 소리가 울려왔다. 그 소리는 힘이 되어 덕근이에게 밀리어 낭떠러지에 떨어지고 있는 그이 몸을 붙들어 주었다. 고개를 들어 덕근이를 올려다봤다. 그는 동수가 일어나기를 기다리며 공격할 자세를 취하고 있었다. 맞은 얼굴이 얼얼했으나 기운을 내서 벌떡 일어섰다. 덕근이가 다시 주먹을 휘둘렀다. 순간 동수는 고개를 숙이고 주먹 사이를 뚫고 들어가 상대의 허리를 꽉 껴안았다. 껴안은 팔에 힘을 주고 조여댔다.

남몰래 그가 몇 차례나 먼 타관 장터의 씨름판에 나가 힘을 겨뤘을 때처럼 죽을힘을 다해서 조여댔다. 대개의 경우 그의 힘 앞에는 꾀라는 것이 소용없었다. 잡혔다 하면 배가 맞닿고 상대는 허리가 뒤로 휘어지면서 벌떡 나자빠지는 것이었다.

'욱' 하는 비명과 함께 덕근이가 뒤로 넘어지자 두 사람은 곧 한덩이가 되어 뒹굴기 시작했다. 엎치락뒤치락 두 사람은 몇 차례의 고비를 넘기며 난투를 계속했다. 궁굴다가 바위에 부딪혔던 두 몸뚱이가 바위 아래로 툭 떨어졌을 때, 덕근이의 몸이 아래로 깔려 있었다. 힘이 다 빠졌는지 몸을 움직이려고 하지도 않았다.

동수는 누워 있는 덕근이를 그대로 놔두고 몸을 일으켜 언덕을 올라갔다. 코에서 터진 피로 옷은 범벅이 되어 있었다. 병삼이는 아까의 자리에서 오들오들 떨고 서 있었다.

"동수! 잘못했네. 그리고 나무 비었다고 고소를 안 할 테니 그리 알아주소."

막상 맞부딪히고 보니 폭력을 쓸 수는 없었다. 상대는 어느 사이 너무나 초라해져 있었고, 나이 든 사람이었다. 그러나 동수는 흐지부지 그대로 물러나 버릴 수만은 없다고 생각했다.

"당신은 어째서 우리 하내를 쳤소?"

"그런께 고소를 안할란다마시."

"고소야 하건 말건 당신 마음 내킨대로 하쇼 그래."

동수는 배짱을 한번 툭 퉁겼다.

"아니, 그럼 솔고개 임야를 돌려달란 말인가?"

그런 목적으로 쫓아온 것은 아니었다. 땅에 쓰러져 비명을 지르고 있는 할아버지의 꼴을 보고 분에 못 이겨 쫓아 온 것이었다. 그랬는데 뜻밖에도 병삼이는 임야 이야기를 들고 나온 것이다. 동수는 잠시 마음이 어리둥절했다. 그러나 곧 그의 가슴속에는 그것을 찾고 싶다는 불같은 욕망이 타올랐다. 그래도 그것을 표현하진 않고 상대를 노려보고만 있었다.

"동수! 나를 용서하소. 자네가 원한다면 산을 돌려줌세. 암 돌려주고말고. 당장 증서를 씀세. 내가 이 자리에서 증서만 쓰면 산은 자네 것이네."

병삼이는 품에서 종이를 꺼내더니 양도증서를 쓰기 시작했다. 쓰고 난 다음엔 착실하게 서명날인까지를 해서 동수에게 건네주었다. 나무 도둑을 찾아서 시인서를 받고자 했던 종이가 결국, 양도증서로 둔갑을 해버린 것이었다. 병삼이는 달달 떨리는 손으로 증서를 건넨 다음 비척비척 휘감기는 다리에 몸을 싣고 비탈을 내려갔다.

소원을 풀었어. 할아버지의 소원을 풀어 증조 할아버지도 무덤에서 기뻐하시겠지. 복수를 하고, 재산을 찾고 얼마나 신나는 일이여! 그는 피로 범벅진 얼굴을 들어 히죽히죽 웃었다. 마음이 후련했다. 참으로 몇 대에 걸친 한이었던가? 고것을 이제사 푼 것이다. 어서 할아버지에게 알리고 싶었다. 당신의 해묵은 한을 풀었소, 하고 증서를 바치고 싶었다.

덕근이도, 그의 아버지인 병삼이도 어디론가 사라져 버린 골짜기 길을 그는 뚜벅뚜벅 내려오기 시작했다. 얼마쯤 내려오다가 그는 증서를 다시 확인하기 위해 호주머니에 손을 넣었다. 구겨진 채 손에 잡혔다. 그는 그것을 꺼내어 몇 자 읽어 내려갔다. 그런데 이상하게도 그의 눈에는 증서가 이제는 하나도 하잘 것 없는 휴지로 비치기 시작했다. 참으로 그것은 알 수 없는 일이었다. 아까까지도 그렇게 소중하게 느껴졌던 것인데, 이것을 가지고 집으로 돌아간대도 누구 한 사람 좋아할 사람이 없을 것 같은 생각이 들었다. 더이상 지니고 있어야 할 아무런 가치도 없다고 생각했다. 그는 호주머니에서 성냥을 꺼내어 부웅 그었다. 증서에 불을 붙였다. 불은 확 퍼지면서 너울너울 타올랐다. 제사 끝에 할아버지가 지방과 축문을 소지하듯 훨훨 공중에 날렸다. 종이는 까만 종이재가 되어 바람을 타고 멀어져 가다가 아득한 골짜기 속으로 사라졌다.

동수는 진짜 마음이 후련했다. 지금 재산에 대한 집념은 완전히 사라지고 없었다. 그것은 이제 병삼이 것도 아닌 종이재로 돌아가 버린 것이었다. 그리고 증조와 조부에게 걸어졌던 짐을 한꺼번에 부려버린 가벼운 기분이었다. 이제 모든 것이 끝난 것이었다. 민숙이와의 관계도 물론 끝나고⋯⋯.

그는 피에 범벅진 얼굴을 들고 한참 동안 동상처럼 서 있다가 풀숲 사이로 발을 옮겼다. 아까보단 마음이 조금 무거웠다. 그는 개선장군이었지만 얼굴과 손에 묻은 피를 느끼는 순간 마음이 언짢았다. 한참을 걸어가자 누군가가 뒤를 따르는 기색이 있었다. 어디서 숨어 있다가 나왔는지 민숙이었다.

"동수 인제 나도 알았어. 솔고개 산은 동수네 것이 되었제. 나도 숨어서 다 봤단 말이야."

민숙이가 울음 섞인 소리로 말하고 있었다. 그러나 그녀의 말은 이제 아무런 뜻도 없는 공염불에 불과한 것이었다. 동수는 아랑곳하지 않고 도망치듯 마구 걸었다. 그의 마음은 어서 할아버지를 만나야겠다는 일념뿐이었다. 죽어간 할아버지의 이야기를 더 자세히 듣고 쌈지도 구경하고 싶었다. 높았다간 낮아지고 굽었다간 펴지는 돌밭길을 마구 걸어 내려갔다. 민숙이가 끝까지 그의 뒤를 따르고 있었으나 그는 아랑곳하지 않고 비탈길을 마구 걸어 내려갔다.

시간의 지층을 넘어

김영삼_ 문학평론가

0. 모든 견고한 것들이 대기 속으로 사라진다

현대성에 대한 경험은 변증법적이고 허무주의적이다. 다음의
문장은 그 핵심을 집약하고 있다.

> 고정되고 쉽게 결속되는 모든 관계는 일련의 진부한 아이
> 디어 및 견해와 더불어 사라져 버렸고, 새로 형성된 모든 아
> 이디어와 견해도 그것이 응고되기 전에 쇠퇴된다. 견고한 모
> 든 것은 대기 속에 녹아 버린다. 신성한 모든 것은 세속적인
> 것이 되고, 인간은 마침내 내정한 감각으로 자신들의 생활의
> 실제조건과 자신들의 동료와의 관계에 직면하게 되었다. (「공
> 산당 선언」 중에서)

마샬 버먼(『현대성의 경험』)과 지그문트 바우만(『액체 근대』)이 다

시 강조했듯 현대(또는 근대)는 유동성과 휘발성을 동력으로 작동한다. 시공간을 돌파하면서 거친 흙먼지를 날리는 현대성의 질주 본능은 '떠다니는 존재'(유동성)들을 싣고, 고정되고 견고해보였던 기존 세계의 모든 것들을 대기 속에 녹여버리면서(휘발성) 자신의 힘을 강화한다. 상실과 파괴와 변화를 동력으로 생명을 유지하는 이 기관차가 폭주의 주체인지 유토피아로의 안내자인지 누구도 확언할 수는 없을 터, 다만 이 글의 관심은 40여 년이 넘는 시간 동안 이 인정머리 없는 현대의 시간을 관통하면서 소설을 발표해 온 이명한이라는 한 주체의 시선에 있을 뿐이다. 그리고 나는 내가 태어나기 한 해 전 발표된 오래된 소설을 보면서 작가 이명한의 시선을 19세기 유럽의 시골에서 도시로 이동하던 한 인물의 고백과 겹쳐보는 중이다. 마샬 버먼은 루소의 소설 『새로운 엘로이제』에서 가장 폭발적이면서 혁명적 붕괴를 경험하는 생-프리라는 인물의 목소리를 빌려오는데, 그는 "내 눈앞을 스쳐 지나가는 다양한 대상으로 인해서 현기증이 날 정도입니다. … 나는 내가 무엇이고 내가 누구에게 속해 있는지를 망각"하게 되었다고 말한다. 그리고 곧이어 자신이 집착할 수 있는 확고부동한 것을 필사적으로 갈망함에도 불구하고, 창밖으로 비치는 근대의 풍경에 대해 "내 눈을 사로잡기는 하지만 포착하려고 하자마자 사라져 버리고 마는 허상만을 보고 있을 뿐"이라고 고백한다(『현대성의 경험』). 나에게 생-프리의 고백은 작가 이명한이 경험한 현대적인 것들에 대한 감각과 다르지 않았다. 시공간의 간극이 무색하게도 세계는 곳곳에서 모든 사라지는 것들의 파열음과 신음을 생산하고 있었다. 어쩌면 이러한 분위기가 변화하는 시대의 강을 건너는 사람들이 느꼈던 현대적인 것에 대한 감각인지도 모르겠다.

1. 사라지는 것들의 흔적

모든 사라지는 것들은 흔적 혹은 비명悲鳴을 남긴다. 그 쓸쓸한 흔적을 추적하고 기록하는 것이 소설의 한 의무라면 작가 이명한의 40여 년이 넘는 글쓰기는 정확히 그 고통스러운 의무에 기여하고 있다. 그것이 고통스러운 이유는 언어의 한계에 기대어 언어로 담을 수 없는 세계를 서사화해야 하기 때문이며, 아무도 돌아보지 않는 공간에 홀로 눈을 두어야 하기 때문이며, 견고한 모든 것들이 대기 속으로 사라진다는 것을 알고 있음에도 불구하고 그 사라지는 것들의 마지막 흔적을 기어코 잡아내야만 하기 때문이다. 그러니 어쩌면 이명한의 작업들은 패배를 알고도 전투에 뛰어드는 비극적 서사의 양식일지도 모른다.

1975년에 발표된 이명한의 등단작 「효녀무」(발표 당시 「월혼가」)는 사라져 가는 어떤 원형적 세계의 종말의 시공간대에 진입하고 있다. 인간과 세계가 공명하면서 자연의 목소리를 인간의 몸과 말로 번역 가능했던 그 시공간에서 작가는 '효녀무'를 추며 학의 날개짓을 번역하고 자연의 비명을 시각화했던 한 여인의 마지막 숨을 조명한다.

이미 소멸해버린 장구의 춤이 재현한다면 저렇게 되는 것일까. 거기에는 현존하는 춤들이 보여주는 평범한 동작이나 표정이 아니라 자연과 완전히 융합하거나 그것을 뛰어넘고자 하는 강력한 소원이 불타고 있었다.

밖에서는 여전히 천둥이 치고 비는 더욱 세차게 내리고 있었다. 장구 소리는 그것에 호흡을 맞추듯 음조가 높아지고 춤은 그에 따라 격렬해져 갔다. 시작할 때의 그녀의 춤은 마치 학들의 유장한 너울거림이었고 격조를 높였을 때의 춤은 숨가쁜 퍼덕임 같아서 견딜 수 없는 아픔을 그에게 전해왔다. (「효녀무」, 전집 1권 p. 16)

그녀의 춤은 자연의 정동(affect)과 공명한다. 그녀의 춤은 노인의 장고와 하나인 듯 어울려 유려한 선들의 잔상을 만들며 "자연과 인간이 신비롭게 융합하는 미의 극치"(전집 1권 p. 16)를 재현한다. 그녀가 소복을 입고 있는 이유는 표면적으로 죽은 어머니를 위한 것이지만, 다른 측면에서 그것은 더 이상 학들이 돌아오지 않는 숲의 마지막 숨에 대한 의례복이며 모든 사라지는 것들에 대한 제의적 성격을 지닌다. 그러므로 그녀의 춤을 북돋는 노인은 이 세계의 마지막 제사장이며 소복 차림의 있는 여인 '선이'는 이 세계와 저 세계를 매개한다는 본질적 의미로서 샤먼에 해당한다. 이 무녀巫女의 춤[舞]은 이제 곧 무無의 세계로 사라질 것이다. 작가가 이 작품의 초점인물 성재에게 부여한 임무는 이 신화적 세계의 마지막 춤을 기록하는 것이다. 그러니까 성재는 세계와 인간이 구분되지 않았던 원형적 세계의 마지막 목격자로서 그 신화를 증언해야 할 임무가 있다. 서사시의 탄생이 그러했던 것처럼. 이야기꾼의 숙명이 그러했던 것처럼. 속세의 존재들에게 보이지 않는 성스러운 세계의 복원자이자 증언자여야만 했다(사실 이 역할을 이명한의 소설이 하고 있지만). 그러나 그에게는 적절한 언어가 없다. 서사시의 사제들이 신과 영웅들의 이야기를 시적 언어의 강렬함으로 재현했다면 성재에게 있는 것은 카메라라는 근대적 기계의 무례한 플래쉬 불빛일 뿐이다. 사진은 회화가 담당했던 재현의 임무를 부여받았지만 벤야민이 일찍이 언급했듯 기술복제 시대의 예술은 그 아우라는 상실할 수밖에 없지 않은가.

사뿐사뿐 나가던 발이 한 바퀴 돌면서 팔이 너울너울 바람을 일으켰다. 영정 옆에 놓인 두 개의 촛불이 춤을 췄다. 장구 소리가 잦아지며 고조되자 그녀는 가속적으로 몸을 돌리면서 손을 움직였다. 그녀의 눈도 광채를 더해갔다. 그 초자연을 본다는 신비의 색채가 곧 나타날 것 같았다. 앞선 실패를 되풀이하지 않기 위해서 그는 신중을 기해야 했다. 그러나 어느 대목을 잡아야 최고에 이른 상태가 될지 몰라 마음이 초조해졌다. 빨라도 안되고 너무 늦추어 잡다가 기회를 놓쳐 버려도 안 될 것이기 때문이었다. 눈빛이 점차 광채를 더하기 시작했다. 그는 이때다 하고 셔터를 눌렀다. 불빛이 번쩍 온 방안을 스쳤다. 그녀의 얼굴이 처절한 모습으로 명멸했다. 그러나 춤은 아직 절정이 아니었다. 다음의 동작을 찍기 위해서 필름을 한 바퀴 감았을 때 춤의 동작이 무디어진다고 느껴졌다. 허탈이 나타나고 있었다. 그녀는 끝내 제 체중을 가누지 못하고 얼마 만에 자리에 쓰러지고 말았다. 쓰러져서 성재를 노려봤다. 꼿꼿한 시선이 그를 압도할 것 같았다. 눈은 성재를 노려보면서 그녀는 팔을 집고 몸을 일으키려 했다. 당황한 성재가 부축하려고 접근했을 때 그녀의 날카로운 손톱이 그의 얼굴을 할퀴었다. 그녀는 성재의 손에서 카메라를 빼앗아 마룻바닥에 내동댕이쳤다.

"이놈의 기계가 날 죽이고 있어요." (「효녀무」, 전집 1권 pp. 27~28)

카메라의 불빛은 무례하고 폭력적이어서, 선이가 '이놈의 기계'를 내동댕이치는 것은 근대의 폭력적 시선에 대한 강력한 거부의 표현이다. 그녀의 말처럼 결국 그녀는 숨을 거둔다. 포수의 총에 맞은 학의 "하얀 깃털에 붉은 피"(전집 1권 p. 12)가 차를 따르는 그녀의 "손가락 끝에 불그레 홍조된 손톱"(전집 1권 p. 13)으로 재현되는 경로를 사진은 담을 수 없다. 포수가 쏜 총에 학이 피를 흘린 후 오랜 시간 동안 학들이 오지 않았던 것처럼, 그의 사진은 선이의 춤사위를 찍을 수 없으며 그의 성적 리비도는 그녀의 몸에도 닿을 수 없다. "기계라는 게 뭐든지 두렵긴 해요. 불이 번쩍했을 때 꼭 내가 총을 맞을 걸로 착각했어요"(전집 1권 p. 24)라는 그녀의 말과 "남녀가 육신을 결합하고 나면 춤을 못 추게 될지도 모른다"(전집 1권 p. 27)는 그녀의 생각이 이를 증명한다.

소복 차림 여인의 춤사위처럼 허공에 흩어지는 한 시대의 종말에 대한 이명한의 시선은 여기에서 멈추지 않는다. 1978년 발표된 「남해별곡」에서 김선생은 성재의 임무를 대신하는 존재다. 「효녀무」의 선이는 여기에서 '설란'이라는 여자로 변주된다.

설란은 무녀의 딸이다. 설란은 유랑극단을 거쳐 남원집이 운영하는 술집에서 술과 노래를 판다. 그녀는 자신을 "나는 이렇게 가수가 아니고 작부인걸요"(전집 1권 p. 238)라며 위악하지만, 무당의 피가 흐르는 그녀에게 굿자리에서 삶과 죽음의 경계를 넘는 무아지경을 춤으로 표현하는 것에 대한 갈망이 사라지지 않는다. 김선생과의 술자리와 달리 여러 손님들 앞에서 노래를 부를 때 생기가 돋는 것도 마찬가지의 이유다. 그녀의 몸에는 사라져 가는 무녀의 피가 흐르고 있다.

그리고 이런 설란의 모습은 술집의 주인 남원집도 다르지 않다. 그녀는 과거 한매寒梅라는 기명妓名으로 불렸다. 비록 지금은 노류장화로 전락한 '뚜쟁이'이며 막걸리 손님이나 받는 주모이지만 방에 자리한 비싼 자개 장롱과 벽에 걸린 "우아하고 매섭기까지 한 그녀의 사진"(전집 1권 p. 238)은 과거 그녀가 감미로운 관능적 희열을 내뿜으며 겨울을 이겨내고 달빛을 호명하는 찬 매화의 우아한 기품의 소유자였다는 것을 말해준다. 그녀는 기녀의 삶 이후 가족과 주변 사람들의 배신으로 재산을 잃었다. 설란의 피가 그러했던 것처럼 과거의 고혹했던 예술(또는 제의)의 아우라는 현실원칙의 가혹함 앞에서 종말을 맞이하는 중이다.

김선생은 여기서 그녀들의 과거를 현재와 미래의 시간으로 지속하고 매개하는 임무를 부여받은 중개자이다. 이런 역할을 맡을 수 있는 이유가 그가 북소리, 굿, 춤 등의 단어로 상징되는 어떤 세계와 접속한 이력이 있기 때문이다.

> 몇 살 때였던가. 아마 예닐곱쯤 되었던 나이에 나는 무서운 열병을 앓고 있었다. 붉으락푸르락하는 빛깔들에 이끌려 나는 어느 깊숙한 계곡으로 빠져들어가고 있었다. 한발만 내디디면 낭떠러지였다. 공포에 질린 나는 엄마만을 부르고 있었다. 그때였다. 어느 곳에서인지 아스라한 곳에서 북소리가 들려왔다. 그 북소리는 이쪽을 향해서 점점 가까워지고 있었다. 그때 나는 눈을 떴는데, 소리는 바로 머리맡에서 울리고 있는 것이었다. 무당이 경을 읽으며 북을 치고 있었다. 그 소리는 내 가슴속으로 짜릿짜릿한 자극을 주며 스며왔다. 왠지 정신이 맑아지는 느낌이었다. 그때서야 내 얼굴을 주시하고 있던 내 가족들의 얼굴들이 눈앞에 나타났다. (「남해별곡」, 전집 1권 p. 242)

그는 죽음의 경계를 넘었다가 '북소리'와 무당의 목소리에 이끌려 현재의 생으로 복귀했다. 때문에 그에게 북소리는 (설란에게 무녀들의 춤처럼) 현실 세계의 울타리를 넘어 순간 다른 세계로 도약하고 접속하게 하는 시그널과 같다. 이러한 이력이 그녀들을 호명하는 동력이 되고 그녀들에게 시선을 두는 정동의 근거가 된다.

이명한의 작품에서 빈번하게 등장하는 공통의 서사 문법 중 하나가 있다면, 그것은 특정 여인에 대한 정서적 끌림과 우연한(과거 상실한 원형적 이미지를 대리하는 존재이기 때문에 이 우연은 사실상 예견된 것이지만) 만남 그리고 그녀들과 정서적 교감(때로는 정사로도 이어지는)을 나눈 후 현실로부터 일탈하는 플롯이겠다. 대체로 주인공들이 만나는 여성 인물들은 과거 그가 상실한 세계와 연루되어 있기 때문에 이러한 구성은 모든 사라진 또는 사라지는 것들에 대한 복원의 소망이면서 그것이 실패로 끝났을 때에는 복원 불가능성에 대한 진한 여운을 서사화한다. 「남해별곡」에서 이러한 플롯은 두 여성 인물들과의 결합으로 이어진다.

나는 가만히 그녀의 등을 어루만지며 벽에 걸려 있는 그녀의 사진을 바라봤다. 남원집의 머릿기름 내가 향긋하게 콧속으로 스며왔다. 나는 그 냄새가 동백기름이기를 바랐다. 나는 사진만을 바라보고 남원집의 얼굴은 보지 않기로 했다. 나의 의식은 물 내가 물씬 났던 남원집이 아니고 사진 속의 남원집을 안고 있다는 충족감으로 굳어져 갔다. 십오 년이라는 연치의 도랑은 이제 우리에게 없었다. 그렇게 서 있는 동안 나는 느끼는 것이었다. 내 가슴이 점점 뜨거워지고 촉촉하게 적셔지고 있다는 것을…….
남원집은 내 가슴에다 얼굴을 묻고 울고 있었다. (「남해별

곡」, 전집 1권 p. 255)

설란과의 정사가 황홀경의 상태에 빠지는 무속의 무아지경의 느낌이 강하다면 여기 인용한 남원집과의 결합은 그녀에 대한 위로의 정서를 강하게 전달한다. 비록 김선생은 강력한 주술사는 아니어서 사라지는 것들의 운명을 되돌려주지는 못하지만 그것들의 운명을 서둘러 결정짓고 정의 내리는 현대적 시간의 흐름을 잠시 동안은 멈추게 한다. 역사의 뒤안길로 사라져가는 것들에 대한 작가 이명한의 시선들이 대체로 이러하다. 「효녀무」에서 선이의 춤이 학이나 엄마처럼 존재가 희미해지는 것들에게 헌정이었던 것처럼 말이다.

조금만 덧붙여 보자. 1987년에 발표된 「연鳶」에서는 어떤 순수의 회복과도 같은 대상으로 할아버지가 만들어준 연이 등장한다. 교수로서 현재의 삶에 회의를 느끼고 있고, 시대의 정치적 격변에도 대응하기 어려움을 느끼고 있는 주인공에게 성묫길에 발견한 연은 과거의 기억과 선영이라는 인물을 소환한다. 선영은 여전히 연을 만들고 있다. 그것이 학교 앞 조그만 문방구에서 소비되고 있다는 사실은 과거의 예술혼이 너무 가벼운 교환가치로 환산되고 있다는 쓸쓸한 재현이기도 하지만, 텅 비어 있던 그의 마음은 다시 연에 대한 천착으로 이어지고 충만한 마음으로 회복된다. 모든 사라지는 것들에 대한 작가의 천착이 그에게 어떤 의미인지를 알 수 있게 하는 부분을 옮겨본다.

326

그러다가 우연히도 S국민학교 앞을 지나게 되었다. 아니, 우연이 아니라 그것은 의도했던 방향인지도 몰랐다. 하여튼 그는 한 문방구점 앞에서 우뚝 발을 멈췄다. 점방안에 연이 진열되어 있는 것을 발견했기 때문이었다. 그날 이후 연에 대한 관심은 줄곧 그에게서 떠나지 않고 있었다. 거기서 가져온 연을 책상 위에 걸어 놓고 날마다 바라보는 일은 그에게 있어서 더없는 위안이 되고 있었다. 이따금 도서관에 들러 R씨와 C씨의 연에 대한 저서를 탐독하기도 했다. 연의 역사, 연의 종류, 연의 형태에 이르기까지 그의 관심의 폭은 넓어져갔다. 연은 이제 생활 속의 친근한 벗이었고 어둠을 밝혀 주는 빛이기도 했다. 그는 머리맡에 걸려 있는 연을 바라보며 깊은 사색에 잠기는 수도 있었다. 이 연은 과연 누가 만들었으며 어느 날 누가 띄우다가 건지산까지 날려 보낸 것이었을까! 일부러 날려 보냈을까, 실이 끊어진 것일까. 나는 연과 같이 자유롭게 하늘을 날을 수는 없을 것인가.(「연」, 전집 3권 pp. 81~82)

작품에서 "동심의 꽃 그림자"로 표현된 어떤 순수의 회복이 자유롭게 하늘을 나는 연의 모습으로 연상된다. 그 연의 비행은 근대 합리적 세계의 직선을 거부한다.

2. 무작정 상경 소년·소녀들

근대 도시의 산책자는 자기 시대의 거리를 정복하러 나가는 사람의 산책이다. 벤야민의 말이다. 그에게 거리는 정신적 피신처였고 근대적 이미지들을 조망하는 비평의 재료들이었고 무엇보다 거리의 사람들은 그에게 영감의 대상이었다. 그가 '영혼의 매음'이라고 정의하기도 했던 만남을 가능하게 했던 사람들은 대체로 현대 도시의 주역이 아니라 소외된 사람들이었다. 그는 집단의 힘을 구사하는 대중의 무리나 무한 경쟁의 각축장에서 승리해서 잘 적응해 가는 사람들에게는 흥미가 없었다. 갑자기 벤야민의 산책을 이야기하는 이유는 그의 시선이 이명한의 시선과 닮아 있기 때문인데, 이명한의 소설에 1970~1980년대 문학을 장식했던 민중들의 저항과 정치적 구호가 없는 것은 그가 앞서 말한 소외된 사람들의 삶에 시선을 두었기 때문이기도 할 터이다.

작가의 관심을 끈 대상은 어디까지나 이런 사람들이었다. 가족이 없이 혼자서 무허가 쪽방촌에서 기생하는 사람들이거나(「동숙자」), 견고하기 이를 데 없는 근대 사회의 조직 속에 편입되지 못한 채 경계 바깥으로 유폐된 존재들이거나(「부서지는 달빛」의 찬수, 「찬란한 에덴」 연작의 엄마), 거리를 배회하는 넝마주이, 시골에서 상경한 구두닦이 소년이나 버스 차장(「위패」), 식모에서 여공으로 여공에서 술집으로 일자리를 옮기면서 시골의 가족들에게 돌아가지 못하는 무작정 상경 소녀들(「부서지는 달빛」의 아가씨), 몸을 무기로 삶을 연명하는 여자들(「카타르시스의 밤」), 도시의 남루한 걸인들, 병자, 창녀, 도둑, 노동자 등 산업화의 과정에서 소외되거나 잉여적 존재로 전락한 사람들이다. 랑시에르의 표현을 빌리자면 이들은 모두 사회의 경제적 '셈법에서 제외된 존재'들이며 자기 몫을 부여받지 못한 잉여들이다.

이와 유사한 시선으로 근대 도시의 풍경을 바라본 시인으로 보들레르를 떠올리는 일은 어렵지 않다. 그러나 이 시인의 시선에는 그들에 대한 동정이나 자비로움이 담겨 있지 않다. 오히려 악마적 자비에 더 가깝지 않을까. 그는 그들을 타자화하고 자신이 그 타자가 되는 상상을 통해 자유를 '체험'한다. 근대에 대한 이런 체험의 태도에는 부르주아 사회의 건설을 냉소적으로 바라보고 물질과 돈의 가치 추구를 비판적으로 인식하려는 보들레르의 정신이 내포되어 있지만, 도시의 소외되고 세속적인 대중들과 천박한 관계를 맺지 않으려는 그의 거리두기 또한 내재되어 있다. 그의 시선은 자비롭지만 그의 태도는 악마적일 수 있다.

그러나 이명한의 시선은 이와 다르다. 그의 인물들은 도시의 잉여적 존재 자체에 더 가까워서 거리를 두거나 대상화하지 않는다. 때로는 시니컬하고 패배주의적일지언정 서로의 살이 맞닿거나 서로의 삶을 들여다보는 것을 꺼려하지 않는다. 그러니까 이명한은 양복을 입고 중절모를 쓰고 지팡이를 휘돌리며 근대 도시를 걷는 산책자가 아니라 그들의 시선에 걸리는 도시의 생활자에 더 가깝다.

무허가 하숙방에서 기거하는 「동숙자」의 인물 폰쇠와 만술은 구두닦이와 짐지게꾼으로 하루하루를 연명한다. 그중 만술은 주민등록에도 이름이 올라와 있지 않은 미등록된 주체로서 국가 발전이라는 경제적 이데올로기의 과정에서 도시의 하위주체로 호명되고 소비되다가 이내 버려지는 잉여적 존재이다. 주민등록이 되어 있지 않아서 범죄자로 몰리는 다음과 같은 상황은 상당히 상징적인 장면으로 읽힌다.

> 만술이가 푸짐하게 장담을 하며 신을 신고 있을 때, 가죽 잠바 차림의 두 사내가 문을 밀고 들어섰다.
> "우리 서에서 왔습니다."
> 불길한 예감에 두 사람의 눈이 휘둥글해졌다.
> "같이 좀 들어가실까요?"
> 그들은 두 사람을 앞세우고 방안으로 들어섰다.
> "이 시곈 어디서 났소?"
> 한 사내가 만술이의 시계를 가리키며 물었다.
> "얻었어라우."
> "뭐? 얻어? 어디 주민증 좀 봐요."
> "증명도 안했는디요."
> "증명을 안해? 그럼 주거부정이구만. 어젯밤에 어딜 갔었어?"
> 만술이가 미처 대답도 못하고 우물쭈물하고 있는 사이에 그의 손에서 시계가 벗겨지고 수갑이 채워졌다. 그들은 방을 샅샅이 뒤져, 만술이의 트렁크 속에서 이만 원의 돈뭉치를 찾아냈다. 다음으로는 폰쇠의 호주머니에서 금시계를 찾아냈

다.

"아주 이 집이 소굴이구만."

폰쇠의 손에도 수갑이 채워졌다. 안방에서 텔레비전이 석
순네 손에 들려 나왔다. 그녀는 억울하다고 극구 변명이었지
만 장물아비가 변명한다고 크게 호통을 치자 입을 다물어버
렸다.

…(중략)…

"옛부터 죄인 잡아들이라면 없는 놈 잡아 들이는 것인께."

만술이는 폰쇠의 안달에는 아랑곳없이 딴전을 피우다가
갑자기 무엇인가가 가슴속에서 모락모락 우러나오는 것을 느
꼈다. 그것은 곧 웃음으로 변해서 터져 나왔다.

"앗핫하하하……, 아핫핫하하…….."

한참을 웃고 나자 마음이 후련해졌다. 그는 다시 나그네가
되어 정처 없는 길을 떠나는 기분이었다. (「동숙자」, 전집 1권
pp. 133~134)

이제 만술은 셈법에서 제외되어 자본의 열매도 획득하지 못했
고 하위노동자에서 범죄자로 라벨링되면서 또 한 번의 배제를 경
험하게 된다. 이제 그는 고향으로 돌아갈 수도 없는 처지에 놓였
다. 이런 품팔이 인생들이 이명한의 소설에 무수히 많다.

다음날 새벽 그는 아내가 잠든 사이에 우선 입을 옷 몇 벌
을 싸 들고 몰래 집을 빠져나와 줄행랑을 쳐버렸다. 동가식서

가숙하는 방랑 생활에서 그의 발이 닿지 않은 곳이 거의 없을 정도로 세상을 유랑했다. 철도 부설 공사장, 저수지 공사판, 광산 할 것 없이 앵기는 것이 그의 일터였고, 발걸음 다다른 곳이 그의 생활 터전이었다. (「동숙자」, 전집 1권 p. 126)

「부서지는 달빛」에서 찬수가 버스에서 만난 그녀, 그러니까 찬수가 사랑했던 향순과 닮아서 그의 향수와 그리움을 자극했던 그녀는 어떤가.

"아까 내가 공순이라고 했지요? 하지만 사실은 그게 아니어요. 막다른 데까지 간 여자니까요, 그리 아시라구요. 담배나 한 가치 주세요."
"아가씨! 이러시면 안 돼요."
"안되긴 무어가 안되어요? 우리 순진한 도련님! 담배가 없는 모양이군요. 그렇다면 나한테 있어요."
그녀가 핸드백을 열고 담배갑을 꺼냈다. 한 가치는 제 입에 물고 또 하나를 빼서 찬수의 입을 물려주었다.
"소문내지 마세요. 집에서는 아까 말한 것처럼 공장에 다닌 줄 알고 있으니까요. 다 뭣 때문에 그러겠어요. 동생 하나 가르칠라고 이러고 있다구요. 우리 집에서 귀한 외아들인데 대학도 안 가르쳐서 되겠어요? 그놈이 성공하면 누나의 고생한 것 알아주기나 할까?"
이제는 스스로 술을 따라서 그녀는 벌컥벌컥 마셔댔다.

"누구는 귀한 사람 되기 싫어서 창녀 되었겠어요? 첫째는 부모 복이고 둘째는 서방 복 타고나야 한다구요. 하기야 가시내 면도 못한 년이 서방이랄 것은 없지만."

그녀는 탕, 하고 술잔을 상 위에 놓고는 찬수의 무릎에 얼굴을 묻었다. (「부서지는 달빛」, 전집 3권 pp. 51~52)

「카타르시스의 밤」에서 욕망의 배출구를 찾지 못해 빈번하게 소변을 눌 곳을 찾지 못해 빈 병이나 빈 벽에다 헛된 카타르시스를 분출하는 김근수나 이제는 "인피를 쓴 여우"(전집 1권 p. 168)가 다 되어버린 금숙은 또 어떤가.

근수는 공부를 한답시고 불알 하나를 덜렁 차고 상경을 했다. 그러나 뜻대로 되는 일은 한 가지도 없었다. 전기 제품 외판원, 우유 배달, 심지어는 공사판의 막벌이 인부 노릇까지를 해가면서 몸부림쳤지만, 뜻했던 공부는 되지도 않고 호구에도 급급한 나날을 보내게 되었던 것이었다. 그러다 보니 금숙이에게 편지 한 장 띄울 겨를이나 면목도 없었고, 두 사람 사이는 자연히 소식조차 끊겨 버렸던 것이었다.

이런 근수의 비참한 처지를 몰랐던 금숙이는 금숙이 대로, 근수를 야속하게 생각하고 고민하던 끝에 옛다 모르겠다, 바람이나 쐬자, 하고 밖으로 뛰쳐나온 것이 요 모양 요 꼴이 되어 버렸다는 것이었다. 금숙이는 세컨드인지 써어드인지 그 차례는 확실히 알 수 없었지만 모 회사의 사장인 맹진달孟進

達의 사육녀飼育女가 되어 있었다. 사육주인 맹사장은 방 하나
를 얻어 금숙이를 살리어 놓고, 생활비와 용돈 나부랑이를 대
주면서 일주일에 한 번씩 나타나 그녀의 육신을 도살屠殺하
곤 사라진다는 것이었다. (『카타르시스의 밤』, 전집 1권 pp.
167~168)

　「위패」에서 도시의 판자촌에 살고 있는 용수와 그의 누나 옥순
의 삶은 앞선 사례들의 프리퀼에 가깝다. 용수는 구두닦이를 하
면서 하루 몇십 원을 벌어 할머니에게 떡을 사주는 생활을 하지
만 그마저도 쉬운 일이 아니어서 거리의 불량 청년들에게 돈을
빼앗기며 살아간다. 옥순은 버스 차장일을 하다 서울로 떠난다.
옥순의 미래는 식모와 여공과 술집 작부를 거쳐 창녀의 길로 접
어들게 될지도 모른다. '무작정 상경 소년/소녀'들의 삶이 그러했
으니까.
　'무작정 상경 소년/소녀'라는 표현은 가난 탈출을 목표로 서울로
입성했던 미성년들을 지칭하는 일반적 표현이었다. 1960~1970년
대 서울역은 이들의 관문이었다. 특별한 기술이나 학력이 없는 그/
그녀들에게 유일한 노동의 도구는 제 몸뚱어리뿐이었다. 소년들은
구두닦이, 공장, 여관 보이 등의 일을 했다. 그리고 숙식을 제공하
는 여공과 식모는 무작정 상경 소녀들의 보편적 일터였다. 그녀들
은 최저 수준의 임금을 받거나 아니면 장성한 후 결혼을 시켜주는
것으로 노동의 대가를 받았다. 하지만 열악한 노동환경보다 그녀
들을 괴롭힌 것은 따로 있었다. 그들은 가정 내 '잠재적인 범죄자'

였고 남자 집주인들의 성적 대상으로서 '잠재적인 윤락녀'였으며, 이후 근대 가정 담론이 자리를 잡으면서 가정 영역의 바깥으로 다시 내몰리는 배제의 대상이 되었다. 그래서인지 식모- 여공- 술집- 창녀로 이어지는 서글픈 삶의 궤도가 형성되기도 했다. 무작정 상경 소년/소녀들은 도시 근대화의 과정에서 자본주의의 하위 노동을 담당하면서 근대적 발전의 동력으로 소비된 후 그 효용가치가 상실되면서 가정과 도시의 외부로 내쫓기는 삶에 노출되었다. 그러니까 조선작의 소설 「영자의 전성시대」에서 등장한 영자의 삶은 그 시대 무작정 상경 소녀들의 대명사에 해당하는 셈이다.

1970년대 중후반에 발표된 이명한의 소설들(「동숙자」, 「카타르시스의 밤」, 「위패」 등)이 이러한 존재들의 삶을 밀착된 시선으로 다루고 있다는 점은 앞선 장에서 언급한 사라져가는 원형적이고 전통적인 세계관을 응시하던 작가의 시선이 이제 도시의 거리와 사람들에게 이동하고 있다는 점에서 주목할 만하다.

이 작품들에 등장하는 인물들에게는 도시에서의 생존경쟁에서 패배했다는 사실 외에 또 하나의 공통점을 발견할 수 있다. 그것은 이른바 고향 상실의 화소다. 특히 1986년에 발표된 「부서지는 달빛」은 앞선 소설들에 등장했던 인물들의 가까운 미래를 보여준다. 작품은 "사람대접이 아니라 숫제 짐짝"(전집 3권 p. 33)처럼 실려 명절을 쇠러 가는 버스 안의 풍경을 비춘다. 45명 정원의 버스에 족히 백 명이 넘는 사람들을 태운 버스 안에서 사람들은 "남의 가슴에다 엉덩이를 맡기거나 가랑이 사이에 끼어들어 엉거주춤"(전집 3권 p. 34)한 자세로 버티고 있다. 작가가 "아우

슈비츠"로 묘사할 만큼 힘든 이동의 과정을 묘사한 것은 무작정 상경 소년/소녀들의 성공적 귀환이 얼마나 힘든 것인지를 보여주는 것임과 동시에 이들의 서울살이가 수많은 사람들과 부대끼고 살을 맞대면서 생존해 내야 하는 각박한 투쟁의 과정이라는 것을 보여주기 위한 설정인 듯하다. 아무튼 소설의 찬수가 이런 상황을 감내하면서까지 고향길에 나서게 된 데에는 다음과 같은 이유가 있었다.

　　오늘의 갑작스런 여행이란 그에게 있어서 예정에도 없었던 일이었다. 부모도 없고 전장田庄도 없는 그곳은 이제 돌아갈 명분이 없는 고장이었다. 금의환향이라는 말이 있듯이 지체 있는 지위에 오르거나 돈을 몽땅 벌었다면 몰라도, 오늘과 같이 비참하게 된 그에게는 정말 치욕의 길일 수밖에 없었다. 그런 곳을 가겠다고 그는 엉겁결에 뛰어나왔다. 향순이가 불러냈기 때문이었다. 방문을 열자 문간에서 그녀는 손짓을 했고 문간을 나가 한길 가에서 불렀다. 그녀가 배경으로 하고 서 있는 가로수가 그에게는 고향의 뒷동산으로 보였다. 환영이 사라졌을 때 찬수는 잠시동안 어리둥절 서 있었지만, 결국 그는 고향이 자기를 부르는 것으로 결론을 내렸다. 향순이가 마을을 대표해서 그러는 것이라고 생각했다. (「부서지는 달빛」, 전집 3권 pp. 34~35)

찬수는 도시에서 일자리를 얻고 시골의 부모도 서울로 모셨다. 그러나 회사의 부당함에 맞서다 일자리를 잃게 되면서 부모님의 행방도 묘연해졌다. 삶의 방향성을 상실한 찬수에게 명절날 아침 고향에서의 첫사랑 향순의 환영이 나타난 것이다. 앞장에서 언급한 이명한 소설의 서사 문법은 여기에서도 적용되는 바, 찬수는 버스에서 우연히 향순과 닮은 한 아가씨를 보게 된다. 그녀는 향순의 옆마을 친구였다. 그리고 그녀는 무작정 상경 소녀들이 거치는 일련의 과정을 밟고 있다. 여공이 아니라 창녀가 되었다는 그녀의 고백과 이런 몸으로 고향에 돌아갈 수는 없다는 하소연은 그녀를 포함해 향순이라는 향토적 이름의 소유자들의 공통된 삶을 암시한다. 결국 그녀는 고향에 가지 않았다. 찬수는 그녀를 뒤로하고 힘겹게 고향 마을에 도착했지만 그를 맞이한 것은 시집갔다가 죽었다는 향순에 대한 소식과 폐허가 되어버린 집터와 사라진 부모의 환영幻影뿐이었다. 그 환영을 좇아 물속으로 뛰어들었다. "그가 달리고 있는 물길을 따라 은빛살로 꽂히고 있는 달빛이 포말을 일으키며 찬란하게 부서졌다."(전집 3권 p. 57) 이제 환영은 그를 이 세계의 바깥으로 안내(사실은 추방)하는 듯하다.

이제 이들에게 고향은 존재하지 않는다. 황석영에게 더 이상 '삼포'가 예전의 그곳이 아니게 된 것처럼, 「위패」의 할머니가 그렇게 소중하게 간직했지만 결국 "보따리가 터지면서 다섯 개나 되는 위패가 길 가운데로 와르르 쏟아"(전집 1권 p. 92)져 버렸던 것처럼, 과거의 견고했던 그 모든 것들은 도시의 매연처럼 서서히 사라져갔다. 이 시기 이명한의 소설들은 순수의 상실이 보편화된 시대를 아파하며 산책했다.

3. 반복되는 역사의 비극

1980년 5월 광주민주화운동은 데모스의 생명을 대량으로 지워버린 국가폭력의 비극적 출현이었고, 행정권력은 사건의 진실을 은폐하고 왜곡하면서 광주를 역사적 지리적으로 고립시킨 음모를 기획했다. 광주는 일종의 '예외상태'(아감벤)였다. 인민의 주권 행사와 정상적 법질서가 정지되고 국가폭력의 비정상적 개입이 상례화되는 정치적 예외상태였다. 문학 분야도 상황은 다르지 않아서 언어로 재현할 수 없는 비극과 군사정권의 억압 아래 당대의 문학은 오랜 기간 '소설의 침체 현상'으로 일컬어지는 공백 상태를 보내야만 했다. 5월 광주는 사건의 진실성이 왜곡되거나 사실주의적으로 재현되지 못했고 은폐된 사건의 진실은 '음흉한 소문'이나 '믿기 힘든 음모론적 이야기'로 치부될 뿐이었다. 역사의 기록과 진실은 모순된 평행선을 그었다. 서로 다른 방향으로 움직였던 국가폭력의 실체적 진실과 은폐의 정치학은 주체의 '무기력'과 '우울'을 생산해냈다. 5·18이라는 정치적 사건이 문학적 사건일 수 있는 이유는 아이러니하게도 사건의 주체들이 경험한 이러한 무기력, 죄책감, 우울감, 분노, 환멸 등의 정서가 미학적 형상화의 정동을 작동시키면서 강력한 '감각의 분할'을 야기하기 때문이었다.

이명한의 1970년대 소설들이 주목했던 고향 상실, 순수의 파괴, 전통과 근대의 충돌 등과 같은 주제들 그러니까 모든 사라지는 것들에 대한 정동 또한 1980년 5월 광주를 기점으로 일종의 감각의 분할을 통과한 듯하다. 그 근거가 바로 「미로 일지」(『현대문학』, 1985년 12월호)와 「아이누와 칼」(『현대문학』, 1988년 7월호)이다. 1985년에 발표된 윤정모의 「밤길」이 사건의 진실을 보존하고 알리기 위해 역사의 어두운 밤길을 통과해나가는 인물들의 숙명을 서사화했고 1984년에 발표된 임철우의 「봄날」(단편)이 살아남은 자의 죄책감을 아프게 기록하고 있을 때, 작가 이명한의 「미로 일지」는 역사적 기록과 사건의 진실 사이의 모순 그리고 사과와 용서에 대한 당사자성이라는 첨예한 문제의식을 서사화한다(1980년대 당시 무기력했던 문학적 대응과 1987년 6월 항쟁 이후에야 오월 광주에 대한 소설들이 출판된 사실들을 돌이켜 볼 때, 이명한의 「미로 일지」는 문학사적인 재평가의 대상이 될 만한 작품으로 보인다).

「미로 일지」는 반복되는 비극적 역사 속에서 가해자와 피해자의 얽힘을 가상의 사건으로 형상화하면서 사건 이후 주체의 윤리성에 대해 가혹할 만큼 날카로운 질문을 던진다. 어찌 보면 이 작품은 5·18에 대한 알레고리를 훌쩍 뛰어넘고 있기도 하다. 사회적 참사와 재난이 반복되고 있는 역사적 상황에서 그러한 비극이 반복되는 이유에 대한 문학적 탐색으로도 읽히기 때문이다. 때문에 이 작품과 함께 유사한 주제를 다룬 작품들의 내용을 자세하게 추적해 볼 필요성을 느낀다.

이 작품에는 두 개의 사건이 등장한다. 첫 사건은 주인공 박성준의 7대조인 추당秋堂 박남도朴南道가 용문촌의 목사로 부임했을 때의 일이다. 지속되는 흉년으로 굶주린 백성들이 창고지기와 관원을 죽이고 반란을 일으킨다.

　관아를 습격했던 반민들은 곧 관군과 나졸들에 의해서 모
조리 잡혀 들어왔으며 주동자인 장금돌張今乭, 박내문朴乃文
을 비롯한 오십여 명이 참수 또는 문초 중에 장사되고 나머지
연루자 칠십여 명은 낡은 공선貢船에 실어 먼바다로 추방해버
렸다고 했다. 그런데 용문암 근처에서 처형된 사람들은 가족
들이 시체조차 수습해 가지 못했다. 만일 그것이 마을로 돌아
가면 민심이 더욱 흉흉해져 사건이 확대될 것을 두려워한 관
아에서는 방호군과 나졸들을 시켜 자갈밭에 묻어버리려 했으
나, 바닥에 바위가 깔려 팔 수가 없게 되자 건너편의 말섬馬島
으로 싣고 가 시체에 돌을 맨 다음 바닷속에 던져버렸다고 했
다. 물론 이 대목은 추당의 일기에 기록되어 있었던 것은 아
니고, 도서관을 뒤지다가 당시 대정大靜 현감이었던 정수남鄭
守男의 갑자년 일기에서 발견한 내용이었다. 이에 대한 기록
은 또 추당의 후임으로 그곳에 부임한 목사의 기록, 그리고
읍지邑誌에도 개략적이나마 실려 있긴 했다. (「미로 일지」, 전
집 2권 p. 268)

　추당은 물자의 이동이 원활하지 않은 섬에서 흉년을 겪은 백
성들을 구휼하기보다 사건을 은폐하고 축소하기 위한 학살을 선
택했다. 주동자를 참수하고 관련자들을 수장시켰다. 1980년 오
월의 광주가 그러했듯이. 섬은 고립되었고 역사의 기록은 그들의

죽음을 반란으로 규정했다. 오월의 광주가 한때 섬과 다르지 않았듯이. 그리고 목사였던 추당은 선정을 베푼 목민관으로 기록되었다. 끝끝내 사과도 없이 죽은 오월의 학살자가 그러했듯이. 역사의 비극은 반복된다. 사건의 진실이 가려지고 사건에 대한 의미화 작업이 완료되지 않았을 때 그와 같은 행위는 정당성의 근거로 활용되기 마련이다. 추당의 일기와 그의 공덕을 기리는 명분으로 세워진 선정비善政碑에는 다음과 같이 당시를 기록하고 있다.

갑자년 이월 초닷새, 지역 내의 굶주리고 병들어 죽은 자 일백오십인, 또한 심하게 소와 말에 돌림병이 돌아 죽은 수가 헤아릴 수 없다……(甲子二月初五日 域內飢病而死者一百五十人又熾牛馬之疫病以斃死不知其數……) (「미로 일지」, 전집 2권 p. 261)

동년 사월 초열흘, 흉악한 반민이 다수 작당하여 각기 농구와 도끼, 창을 들고 관아를 습격하여 관리를 살해하고 관곡을 탈취하였다……. (同年四月初十日凶惡叛民多數作黨各持農具斧槍等利到官衙殺害官員而奪受官穀) (「미로 일지」, 전집 2권 pp. 266~267)

'이 섬에 목민관으로 들어와 은혜와 선정을 베푸니 고아가 부모를 만난 듯, 칠 년 가뭄에 단비를 만난 듯, 그 덕과 은혜

일월日月과 더불어 영원하리라.' (선정비의 내용, 「미로 일지」,

전집 2권 p. 275)

일기는 굶주린 백성들을 '흉악한 반민'으로 기록했으며, 민란의 구체적 원인이나 수습 과정은 누락되었다. 하지만 이러한 기록은 추당 이후 부임한 목사들의 기록과도 일치하지 않았다. 부임 한 달 만에 세워진 선정비 또한 사실과 거리가 멀다. 마을 사람들에게 이 사건은 민란이 아니라 대량 학살이었고 가족의 시체도 수습하지 못한 채 증거가 인멸된 국가폭력이었다. 역사의 기록과 사건의 진실은 여기에서도 모순의 평행선 위에서 대립한다. 추당의 후손들은 그의 공덕을 기리고 찬양했으나 마을의 사람들은 그날의 학살을 국가권력에 대한 공포와 울분으로 전승했다. 가해자는 기록을 남김으로써 행위를 정당화하고 역사적 사실로 고착화시키지만, 피해자들에게는 그럴 수 있는 언어가 없다. 시간과 기억의 공백을 지나 여전히 섬에 남아 있는 선정비의 문장은 진실 규명과 판단이 여전히 비대칭적 상황에 놓여 있음을 말해준다. 이명한의 소설은 언어를 가지지 못했던 이들에게 언어와 목소리를 부여하면서 기울어진 상황의 수평을 맞추기 위한 작업이기도 하다.

두 번째 사건의 개요는 불분명하다. 장 영감의 표현으로는 "삼십 년 전의 그 난리"였고, 박성준의 표현으로는 "총성과 아우성과 쓰러지는 시체들"이 "아슴푸레 추상화된 형태"(이상 전집 2권 pp. 265~266)로만 느껴지는 사건이다. 작품의 발표시점으로 보아 5·18의 알레고리로 보이는 바, 이 사건에 대한 불분명한 서술은 작가의 실수나 게으름이 아니라 사건의 진실이 은폐되고 그 가치가 명확하게 정리되지 못한 상황(당시 5·18은 항쟁이나 운동이 아니라 '사태'였으니까)을 은유하는 의도적 공백으로 보인다.

장 영감은 이 두 사건에 모두 연루되어 있다. 과거 추당에 의해 민란의 주동자로 지목되어 참수당한 장금돌이 장 영감의 조상이었고, 삼십 년 전 사건에서는 아내와 아들을 잃었다. 개연성의 측면에서 볼 때 이러한 플롯은 상당한 우연성에 기반을 두어야 함에도 그런 위험성을 감수하면서까지 작가가 장 영감을 두 사건의 피해자로 상정한 것은 진실이 규명되지 않은 채 완료되지 않은 역사는 언제든 다시 반복된다는 사실을 강조하기 위한 전략일 것이다. 죽은 자들의 시신이 모두 수습되지 못했고, 장 영감이 그의 방 윗목에 아내와 아들의 뼈를 거두어 담기 위해 빈 관棺을 두며 지낸다는 소설의 설정 또한 역사적 의미의 미완성과 공백을 지시하는 장치로 읽힌다.

장 영감이 반복되는 국가권력의 피해자를 상징하는 존재라면, 작품의 주인공 박성준은 사건 이후 주체의 윤리성에 대한 질문을 던지는 존재에 해당한다.

현감과 후임 목사 그리고 읍지에 실린 글들을 살핀 후로 그는 교직에서 버티고 있을 수가 없었다. 어쩌면 그렇게 상반된 기록들이 이 세상에 엄연하게 공존하고 있을 수 있을 것인가, 하고 생각을 하다가 그는 일체의 역사적 기록이란 믿을 수 없다는 결론을 내렸다. 그것들을 근거로 해서 마치 그것이 진리이고 사실인 양 주장하고 떠벌이고 있는 학자나 훈장 나 부랭이들이 불쌍한 존재라는 생각이 들었다.

그가 직장을 떠난다는 것은 그다지 어려운 일이 아니었다. 사표를 써서 우송을 하고, 그 다음날부터 학교에 발을 끊었다. (『미로 일지』, 전집 2권 p. 277)

그러나 성준으로서는 노인의 공손이 조금도 친근하게 느껴지지 않았다. 그것은 추당과 장금돌이 사이에 맺어졌던 운명의 매듭이 아직 풀리지 않은 채로 있는 불편함 때문이었다. 차라리, "제가 갑자년에 이곳 목사를 지냈던 추당의 후손입니다. 당신 조상과 많은 백성을 희생시킨 일에 대해서 조상을 대신해서 깊이 사죄합니다."하고 청죄를 한 다음, 장 영감이 그것을 너그럽게 받아주고 나서 한바탕 쾌활하게 웃어버리고 난 다음이라면 맺힌 매듭이 하늘의 구름 걷히듯 풀려버릴 것 같았다. 그러나 아직 그게 아니었다.

"그놈의 박가란 놈이 절도사로 도임해 온다는데 어찌나 포악하고 탐욕스럽다는 소문이든지, 도임하기도 전에 백성들이 전곡錢穀을 거두어놨다가 선정비까지 세워주었는데……"(『미로일지』, 전집 2권 pp. 274~275)

작가는 박성준을 성찰적 주체로 소환한다. 역사 교사였던 그는 역사적 기록이 얼마든지 왜곡될 수 있다는 것을 확인하고 교사직을 사임한 후 추당을 대신해 사죄하기 위해 섬으로 왔다. 그리고 우연히 장금돌의 후손인 장 영감을 만나게 되었고 사죄의 기회를 얻는다. 하지만 이러한 방식의 화해는 진실을 은폐하는 작위作爲에 불과하다는 것을 작가 이명한도, 작품의 인물 박성준도 알고 있다. 사실 우리 모두가 알고 있다. 가해 당사자의 반성과 인정이 누락된 대리 사과는 오히려 상처를 덧나게 한다는 것을, 선정비와 같이 왜곡된 기록이 잔존하는 상황에서의 대리 사과는 자신의 죄책감에 대해 스스로 면죄부를 부여하는 기만일 뿐이라는 사실을.

이쯤에서 「미로 일지」와 「아이누와 칼」을 겹쳐보는 것은 그리 어려운 일이 아니다. 이 작품은 '사죄와 용서의 당사자성'이라는 문제의식을 더욱 예리하게 벼린 작품으로 배경과 사건은 다르지만 「미로 일지」의 연작이라고 해도 무방하다. 대리 사과의 화소는 여기에서도 반복되는데, 이명한은 당사자성이라는 것에 한 가지 요소를 더 추가함으로써 문제의식을 더욱 날카롭게 예각화한다. 바로 진정성의 문제다.

일본인 '데루오'는 일제강점기 시절 자신의 아버지 '오카야마'의 총에 목숨을 잃은 최상규의 아들 최종민에게 아버지를 대신해 사과와 보상을 하고 싶어 한다. 그러나 전달되는 최종민의 반응은 차갑다. 버젓이 오카야마가 살아 있고 그가 사과의 뜻을 표현하지 않는 상황에서 그 아들의 사과는 무의미하기 때문이라는 것이다. 최종민의 거부가 감정적 처사만은 아닌 것이 오카야마는 최상규의 조부가 의병대장이었다는 것을 알고 일부러 오발 사고를 가장한 살인을 자행한 것이었고, 지금도 "어느 민족이 다른 민족을 지배하기 위해서는 그럴 수밖에 없다"(전집 3권 p. 114)는 생각에 변함이 없는 인물이다. 그래서 과거 자신의 식민지에 가는 아들에게 "조선사람들이 송덕비를 세워주었다고 항시 자랑"(전집 3권 p. 125)하면서 사진을 찍어오라고 하기도 했던 자다. 그리고 이러한 역사 인식은 데루오도 다르지 않았다.

> "옛날하구 달라서 콧대가 제법 높아졌는걸."
> 차라리 잘됐다고 했으면서도 데루오는 최종민에 대한 관심을 좀처럼 지우지 못했다. 비는 장수 목은 베지 못하는 법인데, 과거의 일들을 사죄하려는 사람을 받으려조차 하지 않다니, 소작인의 아들놈치곤 너무한데. 사람은 어려서 찍힌 도장을 지울 수 없는 법이야. 설령 처지가 바뀌게 되더라도 지우긴 어려워. 그때는 논마지기나 얻어 벌려고 몸을 비비꼬며 굽신거렸던 놈들이, 더구나 제 애비가 죽었을 때는 쌀 두 가마니도 감지덕지했겠지. 같잖은 것들이 언제부터 저렇게 도도해졌지? 식민지였던 조센징이고 한도징半島人인 주제에……. (「아이누와 칼」, 전집 3권 p. 119)

데루오에게 최종민은 '소작인의 아들놈'이자 생존을 위해 '굽신거렸던 놈'이었고, 한국인들은 여전히 '같잖은 것들'이면서 식민시대의 '조센징'에 불과하다. 그가 한국의 여성들을 성적 대상화하면서 유린하는 것도 과거 해방 시절 그들이 당했던 수모에 대한 앙갚음이었다. 그러니 실현불가능했던 그의 사과는 자신의 아량을 시험하기 위한 도구이자 자신의 복수를 합리화하기 위한 기만이며 식민지 '조센징'과 달리 사과를 할 줄 아는 근대인이라는 자기합리화를 위한 수단일 뿐이었다.

이런 데루오를 보는 준섭은 그가 "아이누의 피를 받았을 거라고 생각"(전집 3권 p. 127)한다. 과거 홋카이도와 혼슈, 쿠릴 열도, 사할린 등지에서 개별적 부족국가를 이루었던 아이누족은 현재 일본에 완전 동화되었다. 동화의 결과 아이누의 언어는 거의 멸종되었다. 당연히 아이누의 종족 정체성도 희미해졌다. 따라서 당연히 그들이 겪은 역사적 비극도 잊혀졌다. 이 지점은 「아이누와 칼」이 또 한 번 「미로 일지」의 궤도를 훌쩍 넘어서는 지점을 생산한다. 이명한은 데루오를 아이누족의 후예로 설정함으로써 그 민족이 겪었던 아픔의 역사를 잊은 채 제국의 선민의식을 내면화해버린 영혼을 탄생시켰다. 가해자의 논리를 내면화한 채 또 다른 피해자들의 아픔을 괄호 치고 눈감아버릴 때 과거의 피해자였던 자신들의 역사는 그 의미화의 기회를 상실하게 된다. 아이누족의 언어처럼 이제 그것은 존재하지 않는 일이 되어버린다.

즉 작가 이명한이 보여주려는 것은 진정성이 거세된 사과의 무의미함만이 아니다. 그는 데루오를 통해 의미화가 완료되지 않은 역사의 비극은 언제든 다른 시공간에서라도 다시 반복될 수 있으며 바로 그때 그것을 되돌릴 수 있는 기회조차 상실된다는 것을 보여주기 위함이다. 「미로 일지」에서 박성준의 사과가 완료

될 수 없었던 것도 같은 이유이며, 장 영감의 손자가 박남도의 선정비를 부숴버리는 것도 비극의 반복을 저지하기 위한 소설적 장치인 것이다.

「미로 일지」로 돌아가 박남도의 공덕을 추앙하며 찬양의 역사를 반복했던 박성준의 다른 할아버지들은 「아이누와 칼」의 데루오와 다르지 않다. 그들은 추당이 자신들의 혈족이라는 이유만으로 역사적 진실에 눈을 감고 있다. 박성준은 무엇보다 이것이 괴로웠을 것이다. 그러나 성찰적 주체로 호명된 박성준 또한 오류를 범하고 있다. 장 영감이 말섬 바다 아래에서 '백산호'들을 발견한 장면으로 돌아가 보자. 장 영감이 백산호들이 죽은 자들의 뼈라면서 기뻐하고 슬픔을 무화하고 의미 없는 화해의 가능성을 시사할 때 박성준은 이런 '기록'을 남긴다.

> 7월 6일 목요일.
> 개인 후 구름이 끼고 바람이 불었다. 장 영감의 안내를 받아 비극의 현장인 용문암 근처를 답사했다. 갑자년에 50명의 인명이 학살되고 난리 때 많은 생명이 희생된 곳인데도 바다는 아무 일도 없었다는 듯이 잔잔하기만 했다. 시체들을 수장했을 것으로 추측되는 말섬의 현장에는 유골들이 엉켜 산호로 자라고 있었다. 뼈들이 산호가 되었다는 것은 희생자들이 모두 극락왕생했다는 것을 증명하는 것이다.

여기까지 쓰다가 그는 붓을 던졌다. 갑자년 당시의 역사적 사실을 탐구해서 정리를 해보고자 했지만 머리가 제대로 돌아가지 않았다. 방금 적어놓은 것을 혼몽한 정신으로 훑어봤다. 마치 『삼국유사』를 읽는 것처럼 신비로웠다.

'뼈들이 산호가 되었다.'

'희생자들이 모두 극락왕생했다.'

추당에 대한 아리송한 기록들 때문에 사학도로서의 신념을 상실해버린 그는 이제 장 영감의 신비적 환상을 좇아서 상식의 바탕까지를 송두리째 무너뜨리고 있는 것이었다. 전설과 신화를 창작하는 새로운 동화작가로 변신하고 있었다.

(「미로 일지」, 전집 2권 p. 281)

장 영감의 신비적 환상을 박성준은 일기의 형식으로 기록한다. 박성준의 태도는 그것이 정상적인 역사적 해석이 아님을 알고 있는 자신을 속이면서 사실에 대한 기록 의무에서 조금은 자유로운 일기의 형식을 택함으로써 자신 또한 이 복잡하게 얽힌 역사의 굴레에서 벗어나고 싶은 욕망을 무의식으로 표출하는 것이다. 그가 자신을 "동화작가"로 표현하는 것은 그런 무의식적 욕망을 인지한 자신에 대한 위악적 표현이다. 그러니까 반성적 주체인 박성준은 진정성의 측면에서 데루오와 다르지만 문제의 심장부를 피하고 있다는 점에서는 자유로울 수 없다. 가혹한 해석인가. 아니다. 이명한의 소설은 분명히 이 지점에 다다르고 있다.

어찌 보면 아주 작은 여지가, '이 정도는 봐줄 수 있지 않아?'

하는 잠깐의 방심이 역사의 반복되는 비극을 생산할 수도 있다는 사실을 이명한은 분명히 표현하고 있다. 그 근거가 바로 「혈족」과 「왕조와 굴레」에 마련되어 있다. 「왕조와 굴레」의 주인공 정수는 자신을 "고삐를 잡힌 송아지"(전집 1권 p. 157)로 자조한다. 그의 적극적 의지가 개입되어 있지 않다고 하더라도 그는 마 소장의 역사 왜곡 작업에 동조했다. 스스로는 소극적 동의였다 변명할지라도 그의 친구 하중의 말처럼 정수는 "공범자"(전집 1권 p. 154)이다. 그에게는 기회가 여러 번 있었다. 산행에 함께하지 않을 수도 있었고, 강연장에 나가지 않을 수도 있었다. 처음에는 아주 조금 들여놓은 발을 끝내 회수할 수 없었던 이유는 사실 아주 작은 일로부터 비롯되었다.

> 그러나 정수는 마 소장의 요청을 매정하게 거절해버리기에는 퍽 난처한 과거가 있는 사람이었다. 전쟁고아로서 고학을 하고 있던 그에게, 대학의 사 년 동안, 적지 않은 학비를 보조해주었던 마 소장이었기 때문이다. 뿐만 아니라 이 년 동안 미국을 다녀오는 데도 뒷바라지를 맡아준 분이 바로 마 소장이었다. 정수가 역사학 중에서도 특히 고대사를 선택하게 된 것도 마 소장의 영향 때문이었다. (「왕조와 굴레」, 전집 1권 p. 142)

그는 마 소장에게 조금씩 천천히 길들여진 개와 다르지 않다. 그에게 받은 경제적 도움과 마 소장이 계획하는 역사 왜곡의 가치를 비교할 때 그 무게추는 당연히 후자로 기운다. 그럼에도 정수는 무기력한 거부로 일관하다 결국 스스로 고삐를 더욱 옥죄게 되는 결과에 다다르게 된 것이다. 스탠리 밀그램의 복종 실험이 보여준 것처럼 그는 마 소장의 권위에 복종하면서 조금씩 비극을 견인한 존재로 전락해 버렸다. 「혈족」의 경우 작중 화자인 '나'가 정치 사기꾼에 가까운 조갑동의 선거운동을 돕게 된 것도 결국 그와 자신의 사이가 '혈족'으로 묶여 있다는 이유 때문이었다. 기실 '나'는 조갑동의 행태가 기만적이며 문중의 재산을 탐하기 위한 방책으로 선거를 이용하고 있다는 것을 알고 있음에도 불구하고 혹시라도 자기에게 돌아올 수도 있는 작은 희망 때문에 비판적 이성의 끈을 놓아버렸다. 역사의 반복적 비극은 가해자의 무책임과 무지와 몰염치 때문만이 아니라 사건의 당사자와 목격자 모두가 범할 수 있는 잠깐의 자기합리화가 동력이 될 수도 있다는 사실을 이명한은 서사화하고 있다. 1980년 오월 광주 이후 문학 특히 소설이 불모성의 오명을 쓰고 있을 때 작가 이명한의 시선은 사건 자체가 아니라 사건 이후 주체들의 윤리성에 주목하고 있었던 셈이다. 1980년대 중후반 발표된 그의 소설들이 30여 년이 훌쩍 지난 지금의 시선에서도 충분히 유의미하게 읽히는 이유는 당시 작가의 눈이 문제의 핵심부를 정확하게 응시하고 있었다는 것을 말해준다. 특히 「왕조와 굴레」가 1976년에 발표되었다는 사실은 그것이 우화적 소설임에도 불구하고 만들어진 역사 또는 만들어지는 정신의 위험성을 예민하게 인지하고 있었던 작가의 정신을 되짚어보게 한다.

4. 거부하기, 그리고 시간의 지층

「찬란한 에덴·1」(『소설문학』 1982년 6월호)에 덧붙인 「작가의 말」
에 이런 구절이 있다. 앞선 논의에 대한 작가의 대답으로 읽을 수
도 있기에 여기에 옮겨 본다.

　　동서양을 막론하고 원죄原罪의 유형에는 공통성이 있었던
것 같다. 다만 그것이 동양에서는 인연설이니 연기설緣起說이
니 하는 말로 표현되었다. 모두가 인간의 현재를 과거의 어떤
특정한 시점에 비추어 연관시켜 보고자 하는 노력들일 것이다.
　　만일 우리 부조父祖들의 어떤 행적이 유전처럼 흘러 어떤
운명으로 나타난다고 할 것 같으면 두려운 일이 아닐 수가 없
다. 또 그것은 바람직한 일도 아니다. 그러나 그런 현상이 어
떤 형태로서 존재하는 것이라면 이것은 분명히 인간의 비극
인 것이다. 비극 위에 비극이 겹치는 일이란 마치 그늘 위에
그늘이 겹치는 것처럼 우리에게는 일 년 내내 눈과 얼음이 녹
지 않는 동토만이 남게 될 것이다.
　　그러나 인간은 쉬지 않고 이런 숙명적 상황으로부터 탈출
을 시도한다. 이런 끊임없는 노력은 결국 완고한 운명의 성벽
을 부숴 버리고 인간의 원죄로부터 구원해 내게 되는 것이다.
　　글을 쓰는 일은 분명히 반추 작용임에 틀림없다. 우리는
이 작용을 통해서 스스로를 정화하지만 만일 남까지를 구원
할 수 있다면 즐거움의 하나가 되어도 무방할 것이다. (『찬란한

에덴·1」의 「작가의 말」 전문)

여기에서 작가는 유전처럼 흐르는 어떤 운명에 대한 강한 거부의사를 밝히고 있다. "비극 위에 비극이 겹치는 일"은 숙명적 상황으로부터의 탈출을 시도하지 않는 게으름으로부터 나온다는 의미로 읽었다. "원죄"나 "숙명"이나 "운명"이라는 말은 이 의무를 게을리한 존재의 변명이라는 말로도 읽었다. 실제로 「찬란한 에덴」에서 문둥병 환자로 사회 바깥으로 추방당한 어머니가 자신의 유폐된 삶의 원인을 조상들이 저지른 죄에 대한 천형으로 인식하는 장면이 나온다. 그러면서 그녀는 스스로가 만든 '검은 약(아편)'의 굴레에서 벗어나지 못한다. 그러나 이 소설이 강조하는 것은 그 이후에 있었다. 「찬란한 에덴·2」에서 그녀의 아들 춘보는 어머니가 규정한 천형이라는 운명에 대한 강한 거부의사를 밝힌다. 그녀가 양귀비꽃 사이에서 황홀경에 젖던 과거를 환기하며 검은 약을 먹고 "황홀하구나! 춘보야. 이게 천국이란다"(전집 2권 p. 169)라고 말할 때, 춘보는 몇 번이고 "거부하세요!"(전집 2권 p. 169)라고 외친다. 원죄를 거부함으로써 춘보는 비로소 자유로울 수 있었다. "호주머니 속의 검은 약을 덜어 버렸기 때문이었다."(전집 2권 p. 169) 그러니까 춘보는 '검은 약'이 주는 황홀경이 사실은 이성의 마비라는 것을, '검은 약'을 먹었을 때 도달했던 천국이 사실은 자신을 영원히 감금하는 비극의 무대임을 알게 된 것이다. 아마도 이명한에게 이 연작은 40여 년 넘게 이어져 온 그의 작가 정신이 집약된 작품 중 하나가 아닐까 싶다. 즉 모든 사라지는 것들을 붙잡고자 했던 초기의 시선들이 1980년대를 거치면서 도시의 소외된 사람들의 현실적 삶으로 이동한 것처럼, 반복되는 역사의 비극 앞에서 우리 민족과 사회가 처한 어쩔 수 없는 숙명이라는 생각 대신 그것에 대한 치열한 성찰을 통해 '반추'하고 '거부'하는 주체의 정신이 필요함을 알게 되었던 것처럼 말이다.

오랜 시간의 지층을 통과해 온 작가의 모든 작품들을 언급하지 못한 아쉬움이 크다. 50여 편에 이르는 작품을 읽는 동안 내내 돌아가신 나의 할머니가 생각났다. 당신께서는 1920년대 초반에 태어나 망백望百의 삶을 살았다. 그 시간 동안 당신이 거쳐왔을 수많은 역사의 파고와 엄청난 진폭을 보이며 변화했을 삶에 대한 이야기를 많이 듣고 싶었다. 하지만 안타깝게도 나의 그분은 문맹이었다. 의미를 정돈하기 힘들어 하셨다. 하지만 깊은 주름의 고랑에 90년이 넘은 시간의 지층들이 각각의 사연을 가지고 올올히 박혀 있음을 당신의 "그땐 그랬지야!"라는 말에서 읽을 수 있었다. 나의 삶보다 더 긴 시간을 통과해온 이명한의 소설들을 읽으면서 그분이 빈칸으로 남겨둔 이야기들의 조각들을 채울 수 있었다. 물론 이 해설이 작가 이명한의 삶 중에서도 아주 작은 부분에 대한 이야기일 뿐이라는 것을 알고 있다. 나의 문장들이 도달하지 못한 수많은 이명한의 이야기들이 시간의 지평선 너머에서 무수하다.

김영삼 2019년 〈문화일보〉 신춘문예 평론 부문으로 등단.

1931년	8월 19일, 전남 나주시 봉황면 유곡리 909번지 낙동마을에서 아버지 이창신, 어머니 김순애 사이에서 1남 2녀 중 장남으로 출생.
1956년	농민문학가 오유권을 만나 문학에 뜻을 두게 됨.
1967년	조선대학교 법정대 법학과 졸업.
1969년	이영권 이해동 송규호 등과 광주에서 〈청탑〉 동인 활동.
1973년	한승원 주동후 김신운 이계홍 작가 등과 광주에서 〈소설문학동인회〉 활동. 동인지 『소설문학』 제1집에 단편 「효녀무」 발표. 이후 문순태 송기숙 설재록 이지흔 작가 등과 함께 『소설문학』 동인지 2, 3집에 참여. 광주 조대부고(야간부) 국어교사로 10년간 재직. 광주 동명동에서 한약방 '묘향원'(훗날, 남인당– 한림원한약방) 운영.
1975년	『월간문학』(4월호) 제15회 신인상에 단편소설 「월혼가」 당선으로 등단.
1979년	7월, 조태일 시인의 편집으로 첫 소설집 『효녀무孝女舞』(시인사) 출간.
1983년	'한국문인협회' 전남지부장(~1984).
1984년	제1회 '현산문화상' 수상.

1986년	'전라남도문화상' 수상.
1987년	9월, '민족문학작가회의'(현, '한국작가회의') 창립. 송기숙 소설가, 문병란 시인과 함께 '광주전남민족문학인협의회'(현, '광주전남작가회의') 초대 공동의장(~1993). 이강재 등과 함께 '광주민학회' 창립회원으로 활동.
1989년	'전남일보' 창간1주년 기념 1천만원 고료 현상공모에 장편「산화」당선. 이후 1989년 5월부터 2년간 전남일보에 연재.
1990년	재일조선인 강제징용 육필수기 번역서 『아버지가 걷는 바다』(광주) 출간.
1992년	3월, '광주전남소설문학회'(현, '광주전남소설가협회') 초대 회장.
1994년	1월, 조선 중기의 천재시인 백호 '임제'의 일대기를 형상화한 장편 『달뜨면 가오리다』(전 2권, 열린세상) 출간. 5월, 문병란 시인과 함께 '광주전남민족문학인협의회' 초대 공동 대표(~1996).
1995년	『금호문화』 11월호부터 1996년 4월호까지 '소설가 이명한의 몽골 방랑기' 연재.
1997년	'민족문학작가회의'(현, 한국작가회의) 자문위원(~2002). 『월간예향』 1월호부터 4월호까지 '뿌리찾기 중국기행' 연재.
1998년	'광주MBC칼럼' 칼럼리스트로 활동. '광주민예총' 제2대 회장(~2002).
1999년	'광주비엔날레' 이사(~2000). 11월부터 2년간 대하역사소

설 「춘추전국시대」를 광주매일신문에 연재.

2000년   6·15공동위원회 남측 공동대표.

2001년   6월, 금강산에서 개최된 '6·15공동선언발표 1돌기념 민족통
            일대토론회'에 참가. 8월, 두번째 소설집 『황톳빛 추억』(작
            가) 출간.

2002년   '평화통일연대' 상임대표. '동방문화연구소' 설립.

2004년   '전주이씨 완풍대군파 양도공종회' 광주종친회장.

2005년   7월, 평양과 백두산 등지에서 개최된 '6·15공동선언 실천
            을 위한 민족작가대회'의 남측(민족문학작가회의) 대표단
            일원으로 참가.

2006년   12월, 일본 도쿄 와세다대학에서 개최된 '2006도쿄 평화문
            학축전' 참가.

2010년   조선대학교 총동창회 자문위원으로 활동.

2012년   7월, 산수傘壽 기념 시집 『새벽, 백두 정상에서』(문학들) 출
            간. '나주학생독립운동유족회' 회장. '6·15공동위원회' 광주
            전남본부 상임고문.

2013년   '한국문학평화포럼' 회장. '나주학생독립운동기념사업회'
            이사장. 광주광역시교육청의 '광주교육발전자문위원회' 자
            문위원으로 활동.

2014년   제1회 '백호임제문학상' 수상. '나주학생독립운동기념관' 관
            장.

2017년   '한국독립동지회' 부회장.

2019년   8월 15일, 정부에 의해 '독립유공자'로 추서된 '고故 이창

신' 선생의 유족으로 '대통령 표창장'을 전수받음. 제25회
'나주시민의 날'에 '시민의 상'(충효도의 부문) 수상.

2021년   문병란시인기념사업회 회장.

2022년   5월, 나주학생독립운동기념관·나주학생독립운동기념사업
회·문병란시인기념사업회 공동주최로 '한일국제심포지엄'
〈조선 저항시인과 탈식민주의〉 개최.

현재 '광주전남작가회의' 고문, '문병란시인기념사업회' 회
장, '나주학생독립운동기념사업회' 이사장, '나주학생독립
운동기념관' 관장.

이 명 한
중 단 편 전 집

1

효녀무

초판1쇄 찍은 날 | 2022년 12월 8일
초판1쇄 펴낸 날 | 2022년 12월 14일

지은이 | 이명한
펴낸이 | 송광룡
펴낸곳 | 문학들
등록 | 2005년 8월 24일 제 2005 1-2호
주소 | 61489 광주광역시 동구 천변우로 487(학동) 2층
전화 | 062-651-6968
팩스 | 062-651-9690
전자우편 | munhakdle@hanmail.net
블로그 | blog.naver.com/munhakdlesimmian

값 20,000원
ISBN | 979-11-91277-55-5(04810)
ISBN | 979-11-91277-54-8 (세트)